RHYS FORD

AU RISQUE D'UN BAISER

RHYS FORD

AU RISQUE D'UN BAISER

Publié par
DREAMSPINNER PRESS

8219 Woodville Hwy #1245
Woodville, FL 32362 USA
www.dreamspinnerpress.com

Ceci est une œuvre de fiction. Les noms, les personnages, les lieux et les faits décrits ne sont que le produit de l'imagination de l'auteur, ou utilisés de façon fictive. Toute ressemblance avec des personnes ayant réellement existé, vivantes ou décédées, des établissements commerciaux ou des événements ou des lieux ne serait que le fruit d'une coïncidence.

Au risque d'un baiser
Copyright de l'édition française © 2024 Dreamspinner Press.
Titre original : Dirty Kiss
© 2011 Rhys Ford.
Première édition : juillet 2011
Traduit de l'anglais par Charlotte Blake.

Illustration de la couverture :
© 2022 Reece Notley.
reece@vitaenoir.com
Conception graphique :
© 2024 L.C. Chase.
http://www.lcchase.com
Les éléments de la couverture ne sont utilisés qu'à des fins d'illustration et toute personne qui y est représentée est un modèle

Édition e-book en français : 978-1-64108-740-7
Édition imprimée en français : 978-1-64108-741-4
Première édition française : mars 2024
v 1.0

I

DANS MA jeunesse, j'étais assez naïf pour penser que toutes les grands-mères étaient des femmes au caractère jovial et au visage arrondi qui se plaisaient à distribuer des biscuits et quelques pièces lorsque les adultes regardaient ailleurs. Fâcheusement, même après avoir atteint l'âge adulte dépourvu de mes croyances, que la réalité s'était chargée de piétiner, il apparaissait que je m'étais accroché aux mythes candides à propos de grands-mères et de biscuits.

Cela expliquerait très certainement pourquoi je me retrouvai à dévaler une cour de jardins particulièrement bien aménagée au rythme des coups de feu résonnant derrière moi.

La mission devait être tout ce qu'il y a de plus simple. Lorsque M. Brinkerhoff, un vieil homme de bonne allure, était passé au bureau pour me demander si l'affaire m'intéressait, j'avais accepté en présumant que ce serait du gâteau. J'avais même été jusqu'à lui faire une petite ristourne en pensant qu'il me suffirait de suivre, le temps d'une petite soirée, sa chrétienne d'épouse pendant qu'elle faisait ses emplettes. Il suspectait qu'elle le trompait, mais je voyais bien qu'au fond de lui, il n'arrivait pas vraiment à y croire. *Pas sa Adèle.*

L'amour pouvait pousser un homme à faire de belles conneries. Pour ma part, je ne faisais rien de tout ça par amour. Et la paie était loin d'être suffisante pour que je mette ma vie autant en danger. M. Brinkerhoff et moi allions avoir une très sérieuse discussion lorsque je reviendrai au bureau.

Fallait-il encore que j'y revienne.

Des branches vinrent déchirer ma manche, tandis que je dépassais un arbuste bien taillé. Il s'agissait d'un éléphant vert feuille dressé vers le ciel depuis son élégant tronc. Du moins, était-ce ce à quoi il ressemblait avant qu'une explosion de coups de feu ne le décapite. Des débris fusèrent, et la fragrance du conifère me foudroya lorsque de la résine m'éclaboussa le visage. Ma joue se fit douloureuse là où les restes de l'arbuste m'avaient balayé, et je manquai presque de m'étaler par terre avant de pouvoir m'abriter derrière un énorme vase de style grec. Le court déluge qui s'était abattu plus tôt sur nous avait rendu l'herbe humide et le sol était impraticable pour une

1

telle course. Plus encore, j'avais mis bien trop peu de distance entre nous, à mon goût.

Quoi qu'on en dise, il arrivait qu'il pleuve dans le sud de la Californie, surtout dans ces moments où j'essayais d'échapper à quelqu'un qui s'amusait à me canarder.

Un point de douleur pulsa dans ma poitrine, certainement plus dû au pincement de la panique qu'à celui du surmenage. Profitant de la couverture que me procurait ce labyrinthe de plantes et de buissons éparpillés au travers du jardin à plusieurs niveaux, j'évoluais le long de divers chemins de briques à l'apparence tout bonnement quelconque en espérant retrouver où j'avais garé mon Range Rover. J'étudiai les alentours, et le paysage redevint peu à peu familier. Devant moi, un envahissant liseron semblait étrangler le pourtour d'une fontaine. Je l'avais remarqué lorsque j'étais passé par le portail à l'arrière pour espionner Mme Brinkerhoff lors de l'une de ses soirées de détente. Le portail en question ne devait plus être très loin, et contrairement à plus tôt, je n'aurais pas à crocheter le verrou pour l'ouvrir.

Cette haute clôture en bois était tout ce qui me séparait de ma voiture. Culminant à près de 2,5 m de hauteur, cette clôture était rendue obligatoire en quartier résidentiel afin de cacher les piscines aux yeux des troupeaux d'enfants surexcités qui cherchaient désespérément un point d'eau dans lequel se rafraîchir durant l'été. Je m'étais garé dans l'une des nombreuses ruelles qui creusaient les boulevards de Los Angeles. Ici, dans ce genre de quartiers très prisés, elles servaient à faire disparaître des rues les voitures des employés et des jardiniers. L'endroit parfait pour garer mon vieux Rover.

Des lumières commençaient à s'allumer dans les maisons à proximité de celle où j'avais retrouvé Mme Brinkerhoff. Si je ne trouvais pas vite un moyen de décoller d'ici quelques minutes, je me retrouverais en compagnie de toute la crème de L.A. Le son particulier d'une arme qu'on rechargeait me donna l'encouragement nécessaire pour commencer à escalader la clôture. Je laissai tomber le portail. Il fallait que je sorte de là aussi rapidement que possible avant que les flics ne retrouvent mon cadavre encore chaud.

Des échardes me rentrèrent dans les mains lorsque celles-ci rencontrèrent le sommet de la clôture. Mes baskets accrochèrent une prise étroite sur la surface rugueuse et je me hissai en passant une jambe de l'autre côté. Le bord de la clôture râpa l'intérieur de ma cuisse, et je tressaillis lorsque mon entrejambe fit connaissance avec les lattes de bois rêches. J'aurais bien eu besoin d'un moment pour reprendre mon souffle et me remettre de mes émotions, mais Mme Brinkerhoff semblait en avoir décidé autrement.

Depuis mon perchoir au sommet de la clôture, il me fut facile de repérer son casque de cheveux blancs artistiquement coiffés contre ses joues roses pointant vers l'arc espiègle de sa bouche. Elle devait avoir été mignonne dans sa jeunesse. Le genre de fille avec laquelle les hommes flirtaient et qu'ils rêvaient de ramener chez Maman. Son corps était arrondi dans une forme plaisante et facile à enlacer, profitant aux enfants qui pouvaient y trouver des genoux confortables sur lesquelles s'asseoir. Ce n'était définitivement pas une silhouette faite pour porter les soutien-gorge en cuir et les culottes ornées de ferrets en diamants dont elle était vêtue, tout occupée qu'elle était à me pourchasser à travers la jolie cour arrière.

Je devrais sérieusement me frotter les yeux avec un seau d'eau de javel avant de pouvoir oublier la vue de Mme Brinkerhoff et de son amante batifolant sur ce lit à baldaquin en velours écarlate. Je trouvais déjà les femmes très peu attirantes, sexuellement parlant, alors, contrairement à la plupart des hommes, deux femmes se pelotant rendaient la scène deux fois trop tumultueuse et d'autant moins intéressante pour moi. Et il y avait quelque chose de vraiment glauque à voir des monticules de peau vieillie et molle ondulant sur des draps cramoisis ou même à être témoin du glissement de la bouche de Mme Brinkerhoff jusqu'à l'entrejambe d'une autre femme. Le cuir n'était qu'un petit bonus et, une fois que les photos de ce qu'il se passait dans ce lit eurent été prises, il n'y avait chez moi toujours pas davantage d'inclinaison pour les femmes à l'horizon.

Pieds nus, la femme en question contourna soigneusement et silencieusement les restes de l'arbuste. Si je n'étais pas celui que cette vieille dame traquait, je devrais bien m'avouer impressionné. Elle n'était pas le genre de personne à qui on voudrait chercher des noises. Le canon du fusil qu'elle tenait avec aisance à la crosse était pointé vers le sol, prêt à être levé au moment même où elle m'apercevrait. À un tout autre moment, j'aurais bien volontiers applaudi ses talents de chasseuse, mais pour l'instant, tout ce dont je rêvais, c'était de pouvoir déguerpir avant qu'elle n'ouvre le feu sur moi.

— Super, marmonnai-je en observant Mme Brinkerhoff examiner de haut en bas chacun des arbres sculptés. Elle se croit dans un foutu safari, et je joue le rôle de cette satanée antilope.

Le sol, qui était modelé dans une douce pente qui emporterait le ruissellement et l'enverrait directement se déverser dans les bouches d'égout placées au beau milieu d'une petite allée, me sembla être bien plus bas de l'autre côté. En jaugeant les mètres qui me séparaient du sol, je me demandai si m'écraser contre le béton humide me vaudrait une jambe cassée.

Mme Brinkerhoff releva la tête lorsque je me laissai glisser pour avoir un meilleur angle de chute, et je ne pus retenir le léger geignement qui passa mes lèvres pincées lorsque la clôture creusa encore un peu plus la partie tendre de mes cuisses. À la vue de ses cheveux brillants, un éclair remonta ma colonne vertébrale. Dans la pénombre des lanternes qui longeaient tous les murs de la résidence, je la vis plisser des yeux et je sentis la piqûre d'une lueur meurtrière lorsqu'elle me repéra, perché à cheval sur la clôture. Les ombres s'éclipsèrent lorsqu'elle leva le fusil dans ma direction, la lumière pâle et orangée des lampadaires accrochant la surface lisse du métal.

Je fis ce que tout homme aurait fait face à une grand-mère Carabosse, l'arme au poing : je sautai.

Heurter le bitume n'est jamais très plaisant, surtout lorsqu'on chute sur plus de deux mètres. Le haut de la clôture explosa dans une réédition de la scène avec la tête de M. Éléphant. Des morceaux de bois dégringolèrent au-dessus de moi et, au loin, sous les détonations des coups de feu qui retentissaient dans mes oreilles, j'entendis le son des sirènes approcher. Il était plus que temps que je rejoigne ma voiture et que je me tire d'ici.

Tapotant mon torse, j'expirai un soupir de soulagement. Je n'avais pas perdu la petite caméra rangée dans la poche de mon blouson, celle-là même qui avait capturé la preuve des écarts de Mme Brinkerhoff et qui entraînerait sans doute quelques factures chez un psy pour les années à venir. Il n'y avait aucun intérêt à ce que je manque de me prendre une balle en pleine tête si on ne me payait pas ensuite, après tout. Mes clés y étaient également. Un vrai coup de chance ; ce soir n'était pas celui où je me verrais obligé de forcer ma propre voiture.

Le Ranger Rover démarra dans un grondement, rappelant celui de l'arme de Mme Brinkerhoff. Je mis les gaz et descendis la ruelle juste à temps pour voir sa silhouette pâle et rebondie apparaître à l'entrée du portail près de l'extrémité de la clôture. Elle leva son fusil, appuya la crosse contre son épaule tendre et visa. Je l'aperçus dans mon rétroviseur, debout en proie au vent glacial et remontant doucement dans la ruelle.

Il n'y avait qu'à retirer le string en cuir et le fusil, les remplacer par une robe de chambre fleurie et des gants, et voilà que je retrouverais la gentille petite grand-mère que j'avais imaginé qu'elle puisse être. Du moins, c'était ce que je pensais jusqu'à ce que les coups de feu reprennent et flinguent le pare-brise arrière de mon Range Rover. Des bris de verre volèrent, percutant mon crâne et mes épaules.

— Bordel.

Le coup de feu qui me déchira les tympans me ficha un sérieux mal de tête et me tortura d'un sifflement qui ressemblait à la sonnerie de mon ancienne école catholique. Sur un bond des pneus arrière, le Rover débarqua sur le boulevard dans un fracas. Il crissa dans un virage vers la droite, et j'appuyai sur la pédale pour décoller de là, laissant derrière moi Mme Brinkerhoff et son amante tout aussi rebondie.

J'ARRÊTAI LA voiture près du vieil immeuble que j'avais acheté lorsque j'avais décidé de devenir détective privé. Il était situé dans un quartier autrefois délabré de Los Angeles, l'un de ceux dans lesquels on tendait à chercher un logement peu cher et où il fait bon vivre. Au moins cinq cafés, chacun posté à moins de cinq minutes de chez moi, et plus de bars à sushi que je ne pouvais en compter avaient surgi depuis lors. Ce serait une véritable aubaine, si seulement j'aimais les sushis. Je me consolais par la présence d'un pub irlandais au coin de la rue. Ce quartier avoisinant le ghetto avait fleuri en une communauté prospère pendant que je me tuais à la tâche pour restaurer un bâtiment que la plupart considéraient comme une cause perdue. C'était un coin agréable dans lequel vivre. Et meilleur encore pour les affaires.

Aujourd'hui encore, alors que je m'en approchais, la vue de l'immeuble et de sa façade en vieilles briques dorées éclairée par des petits projecteurs dissimulés dans les buissons m'inspira un sentiment de fierté. Les travaux m'avaient pris deux bonnes années, chaque jour passé à jurer, transpirer et à verser plus d'une goutte de sang. Ce bâtiment n'avait jamais eu l'intention de me rendre la tâche aisée, et j'estimais avoir bien mérité de profiter de chaque petit centimètre du résultat après sa remise à neuf.

Autrefois, l'immeuble avait dû servir de cabinet juridique ou quelque chose dans lequel les boiseries en chêne maillé et les hautes fenêtres cintrées étaient indispensables pour faire du business. J'avais fait le tour du propriétaire pour déterminer combien de temps il me faudrait pour retirer la peinture et réparer les dégâts internes aux murs et j'étais tombé sous le charme. J'avais vu du potentiel sous la crasse et la poussière, et j'avais eu tant le temps que les finances nécessaires pour rénover un endroit dans lequel je pourrais par la suite vivre et travailler.

Par ailleurs, le dur labeur qu'était le décapage du vernis et le ponçage d'interminables mètres de bois m'avait permis d'arrêter de penser à Rick. Et à ce moment-là, c'était tout ce dont j'avais besoin. Peut-être était-ce toujours le cas, mais j'étais à court de planches à poncer.

J'avais divisé le bâtiment en deux espaces. La partie face du rez-de-chaussée servait de bureau pour mon travail d'investigation. Une autre entrée que celle du palier prévenait mes clients d'une reluisante plaque en laiton qu'ils avaient bien trouvé Cole McGinnis, «Détective Privé». Un porche latéral protégeait l'entrée de ma maison, avec son salon et sa cuisine en bas et deux pièces à l'étage. J'avais détruit quelques murs afin de créer une large chambre à l'opposé de la rue, laissant ainsi la place à une sorte de bibliothèque ouverte donnant sur celle-ci. L'endroit serait suffisamment grand pour toute une famille, si j'en avais une, mais ce n'était pas mon cas. Il y avait encore des échos. Vivre là-bas me convenait amplement. Je me sentais aussi vide que la maison, la plupart du temps.

Je rentrai mon Rover dans le garage. Il n'y avait rien de précieux à l'intérieur, mais avec le pare-brise en miette, je n'allais pas tenter ma chance. Une lumière était allumée au rez-de-chaussée. La dernière chose dont j'avais envie était bien de compagnie, mais je ne pouvais pas y faire grand-chose. J'avais remarqué la présence de la voiture de mon frère en arrivant, et Mike n'était pas le genre de personnes que je pouvais esquiver très longtemps. Surtout quand il me traquait jusque dans mon propre salon.

Affalé comme il l'était dans l'un des fauteuils rouges, Mike n'avait pas l'air très menaçant. Je le connaissais mieux que ça. J'avais grandi avec lui. La courbure de mon nez témoignait de la dureté de ses poings. La seule chose qui m'avait sauvé, à l'époque, avait été la fin de sa poussée de croissance au mètre quatre-vingt, tandis que j'avais continué à prendre quelques centimètres. Cela ne m'avait pas rendu plus intimidant, mais ma taille m'avait tout simplement procuré de plus longues jambes pour m'enfuir.

Mike tenait plus de notre mère, qui était d'origine japonaise. Son visage était carré et ses épais cheveux noirs étaient soulignés d'une coupe hérisson ébouriffée dans laquelle il aimait passer une main lorsqu'il réfléchissait. J'avais davantage pris du ton et de la carrure typiquement irlandaise de notre père, ainsi que de ses yeux brun clair et de ses cheveux, mais nous partagions le visage de notre mère. Dans mon monde, elle n'existait qu'en forme de quelques carrés en papier, sur les photos que mon père avait prises, depuis le jour où il l'avait rencontrée à Tokyo jusqu'à celui de sa mort. Sur l'une d'entre elles, elle tenait un bébé dans ses bras, les yeux plissés par son sourire. Il s'agissait de Mike. Elle n'avait pas vécu suffisamment longtemps pour me porter, moi.

— Tu rentres tard, frérot, annonça Mike en relevant les yeux d'un tas de paperasse.

Même lorsqu'il s'amusait à me stalker, ses pensées étaient toujours tournées vers son agence de sécurité.

Il y avait une bière à moitié entamée sur la table basse, posée sur un sous-verre estampé d'une marque de tequila que je n'avais jamais achetée pour absorber la condensation.

— Et tu as des brindilles dans les cheveux. Encore une affaire de mari jaloux ?

Pour toute réponse, je lui tendis la caméra et lui indiquai de regarder par lui-même tandis que j'allai me chercher une bière. Ses reniflements moqueurs retentirent jusque dans la cuisine et le temps que je revienne dans le salon, son visage avait pris une teinte pivoine. Je ne perçus pas un ricanement, mais il paraissait prêt à s'étrangler sur un éclat de rire en parcourant les images.

— C'est écœurant, déclara-t-il en brandissant la caméra vers moi. Quelqu'un t'a payé pour les prendre ?

— Son mari, répondis-je en me penchant par-dessus son épaule pour faire un zoom sur le visage chérubin de Mme Brinkerhoff. Il aurait pu me dire qu'elle était une tireuse en herbe. Sa copine m'a vu à travers la fenêtre et s'est mise à hurler. Après ça, je me suis retrouvé avec un fusil en pleine face et les restes de son arbre-éléphant dans les cheveux.

— Tu devrais venir bosser pour moi. Il n'y a personne pour te mettre un flingue sur la tempe, et tu n'aurais pas à supporter ce genre de traumatismes.

Mike se pencha pour décrocher quelques brindilles de mon cuir chevelu. Tirant sur l'une des longues mèches près de ma joue, il secoua la tête.

— Il faudra faire quelque chose pour ta coupe, d'abord. Personne n'a envie que son garde du corps ressemble à quelqu'un qui sort d'une couverture de roman d'amour.

— Adorable, dis-je en le titillant de mon pied nu. Et merci, mais non merci. J'ai assez souffert pendant mon enfance. Je ne vais pas travailler pour toi, en plus de ça.

— Tu es juste jaloux, parce que les professeurs savaient très bien que tu n'avais pas mon intelligence.

Mike me jeta un rictus en tapotant une plaie qui avait d'ores et déjà entamé le processus de cicatrisation. Avec les trois ans qu'il avait sur moi, il avait passé ses années lycée à jouer l'intelligent petit McGinnis. À toujours être comparé à ses exploits, passer après lui avait fait de ma vie un enfer. Me démener avec ma sexualité n'avait pas arrangé les choses non plus, à l'époque.

— Et la raison de ta présence ?

La bière froide apaisa ma gorge.

— Il est tard et, bizarrement, je doute que Mad-la-Démone t'ait envoyé ici avec les restes du dîner en guise d'offrande.

— Ne l'appelle pas comme ça. Son nom est Madeline.

— C'est toi qui l'as épousée. Ça fait partie du lot, répondis-je en haussant les épaules.

— Attends un peu que tu aies un nouveau petit-ami, le menaça-t-il. Tu vas le payer très cher, tu verras.

— Tu peux toujours attendre. Avec la manière dont ma dernière relation s'est terminée…

Le sujet « Rick » semblait comme en suspens entre nous, tel un sacrifice crucifié en l'honneur de mes choix de vie. Les yeux de Mike se baissèrent et son grand sourire s'estompa au souvenir de ce qui s'était passé avec lui. Je n'avais aucune envie d'y repenser. Et je n'avais certainement pas envie de revivre cette nuit-là ; elle me revenait déjà suffisamment à chaque rêve et me prenait même par surprise en plein jour lorsque je m'y attendais le moins. Je savais que Mike croulait sous le poids de sa propre culpabilité. Aucun de nous ne comptait remuer les souvenirs de cette nuit et répandre nos boyaux en guise d'offrande pour attirer la bonne fortune. Rien de bon ne ressortait jamais de les ressasser ; nous avions appris notre leçon.

— Et tu te trompes, contra Mike, pour briser le silence. J'ai ramené des restes ! De la quiche, même. Tu ne manges pas correctement, Cole. Combien de fois par semaine penses-tu qu'on puisse manger du steak ?

— Sept fois, répondis-je sur un sourire peu convaincant. Parfois, je sors même pour qu'on me le cuisine. Mais merci toujours. Je la mangerai, c'est promis.

— Si je suis là, c'est parce que j'ai un boulot à te proposer.

— Si c'est pour prendre des photos de lesbiennes septuagénaires, je vais devoir refuser.

— Je vois que tu sais utiliser des mots d'adultes, frérot. Et si c'était le cas, je préférerais ne rien te dire pour pouvoir voir ta tête.

Mike ricana.

— Le fils d'un client s'est suicidé. Sa famille assure qu'il ne leur ferait jamais ça et ils cherchent quelqu'un pour jeter un coup d'œil à l'affaire.

— Les gens font ce genre de choses à leur famille en permanence.

Haussant les épaules, je pris une énième gorgée de ma bière et me calai plus confortablement dans le fauteuil.

— C'est le principe d'un suicide.

— Son père insiste sur le fait que son fils n'aurait jamais commis un tel acte.

Secouant la tête, mon frère poussa un soupir.

— Écoute, je pense qu'il s'est suicidé, moi aussi, mais son père est un gros client. Ce sont des habitués de nos services, et je ne peux pas vraiment lui dire qu'ils disent des conneries en refusant de croire que son fils s'est lui-même crevé.

— Qu'est-ce que tu veux que j'y fasse ?

— Fais opérer ta magie.

Mike sortit une épaisse enveloppe kraft et me la glissa. J'arrachai la languette et la première chose que je vis fut le nombre de zéro sur le chèque agrafé au rapport relié par un trombone.

— Prends le temps, quelques semaines, si c'est ce dont tu as besoin, et penche-toi sur ce qu'il faisait. Ce n'est probablement rien, mais il faudrait que la famille ait l'impression qu'on a au moins mis quelqu'un sur l'affaire.

— Mais il s'est bien suicidé ?

Le rapport contenait des photos d'un jeune Coréen souriant, certaines prises par la victime elle-même et d'autres dans lesquelles l'homme apparaissait avec d'autres personnes ou avec une femme au visage fin de type caucasien.

— Sa copine ?

— Sa femme.

Mike trifouilla dans le paquet de photos et en sortit une sur laquelle un jeune homme portait un nourrisson agitant les jambes.

— Plus vraiment un gosse. Il avait presque la trentaine, il était marié et avait déjà un fils. Un bon petit Coréen. La fierté de la famille et tout le tintouin.

— Kim Hyun-Shik ? Est-ce que je prononce ça correctement ? Kim est son nom de famille, c'est ça ?

9

Les syllabes roulaient difficilement sur ma langue. J'étudiai son visage. Il était bel homme; une jolie bouche avec un visage noble. Ses cheveux noirs étaient coupés de manière conventionnelle, un peu comme ceux de mon frère, et ses yeux sombres brillaient. Il avait certainement de l'amour pour le jeune enfant qu'il tenait pour la caméra dans ces yeux, la fierté visible sur son visage.

J'étais presque jaloux de cette fierté et de cette affection. Cela faisait longtemps que je n'avais plus vu de telles émotions dans ceux de mon père.

— Quand est-il mort?

Il y avait plusieurs documents dans l'enveloppe; le compte-rendu d'une autopsie et une liste des endroits que Hyun-Shik fréquentait. Je reconnus quelques restaurants, mais ce fut un nom plus que familier qui me sauta aux yeux.

— Le Dirty Kiss, je connais cet endroit. C'est un escort club.

— Il y a quelques semaines. Et un escort club, mes fesses. Un bordel à homos, c'est ce que c'est, me reprit Mike. Il faut appeler un chat un chat, Cole.

— Un bordel, ça me semble juste un peu exagéré.

Je feuilletai les dossiers à la recherche de ce qui aurait pu causer sa mort.

— La grosse majorité de leur clientèle n'a jamais mis un pied dans les salles des orgies. Des imitatrices font leur show à l'étage principal. Il faut une carte de membre pour monter.

— Oui, eh bien, on dirait que notre gars a trouvé de quoi monter à l'étage.

Le logo sur la bière de Mike subissait le tapotement de ses ongles, et il en avait déjà bien entamé le papier. Il paraissait vouloir faire preuve d'indifférence en tournant autour du pot comme ça.

— Il t'arrive de t'y rendre? Pour les affaires, je veux dire? Non pas que ce soit un problème, quelle qu'en soit la raison. Tu as bien le droit d'aller en tirer une de temps en temps.

— Mike, c'était juste l'un des endroits dans lesquels j'ai dû enquêter lorsque j'étais flic.

Imaginer payer quelqu'un pour danser nu devant moi m'aurait paru excellent, il y a encore quelques années. Ce n'était définitivement plus la même époque.

— Je bossais pour la Brigade des mœurs, tu te rappelles? Il y a un paquet de suspects dans un endroit comme celui-là. Sa famille savait qu'il en était membre?

— Je ne sais pas. C'est là-bas qu'on l'a retrouvé, après qu'il a fait une overdose avec une poignée de médocs. Ils n'ont pas trouvé grand-chose lorsqu'ils lui ont ouvert l'estomac.

Il termina sa bière en grimaçant devant sa tiédeur.

— Le père insiste sur le fait que Hyun-Shik ne ferait jamais une tentative de suicide, mais il refuse de parler du fait que son fils était gay.

— Un bon nombre de pères refusent de croire leur fils gay. Regarde un peu le nôtre.

Mike gigota, l'air mal à l'aise, et son visage se tordit dans une grimace qui m'était familière.

— Oui, et à propos du paternel…, reprit-il en se frottant la nuque. Maman et lui viennent nous rendre visite dans quelques semaines. Maddy voulait savoir si tu voulais venir dîner avec nous. Tu pourrais peut-être ramener quelqu'un.

— C'est bon, Mike, pas de ça entre nous.

La bière se fit insipide sur ma langue, mais je continuai quand même à la boire ; qu'importait, tant que je pouvais faire disparaître l'acidité qui m'obstruait la gorge.

— Le vieil homme ne veut pas me voir.

— Ça fait quoi au juste, Cole ? Douze ans ?

Ses yeux étaient sombres, brillants presque à la lumière de la lampe.

— Quand est-ce que vous comptez arrêter d'être aussi têtus et tendre la main vers l'autre ?

Mike détestait cette rupture dans notre famille, haïssait devoir servir de passerelle entre mon père et moi. Notre éducation catholique irlandaise nourrissait fréquemment la culpabilité qui nous rongeait l'un comme l'autre. Mike se blâmait de ne pas avoir été présent la nuit durant laquelle j'avais admis à mon père que j'aimais les hommes, et moi de ne pas être celui que ma famille attendait que je sois. J'avais réussi à la surmonter, mais Mike avait encore du chemin à parcourir.

— Et alors quoi ?

Je me rappelais encore du bruit de la porte qu'on avait claquée derrière moi. Le dernier visage que j'avais aperçu avant qu'elle ne se referme avait été celui de Barbara, la seconde femme de mon père et celle que j'avais appelée « Maman » toute ma vie. Son expression s'était faite horrifiée dès que je leur avais déballé mon plus grand secret en comptant sur le fait qu'ils m'aimaient suffisamment pour continuer à me considérer comme leur fils. Je m'étais bien trompé.

— Tu veux vraiment que je cache qui je suis, juste parce que *Papa* à un problème avec ça ?

— Ce n'est pas pour lui, c'est pour toi, répondit Mike d'une voix caressante. Tasha va les accompagner. Elle vient d'entrer en deuxième année. Elle voudrait te voir.

Notre plus jeune sœur n'avait que trois ans lorsque j'étais parti. À part en photos, je ne l'avais pas vue, elle ou nos deux autres sœurs, depuis un paquet d'années. Mike était un maître de la manipulation, lorsque cela me concernait. Personne ne pouvait me persuader de faire quelque chose comme il le faisait.

— Je vais y penser.

Je scrutai mon frère, cherchant le moindre signe de triomphe sur son visage.

— Si tu souris, je t'en mets une.

— Je ne souris pas, dit-il en luttant pour ravaler son sourire jubilatoire. Je la ramènerais bien ici si je pensais que le paternel n'en ferait pas toute une histoire. Tu n'auras qu'à passer pour le dîner et rester poli. Et Maddy ne plaisantait pas à propos d'un éventuel invité. Elle pense qu'il est plus que temps que tu te trouves quelqu'un.

— Dis à Mad-la-Démone que le célibat me convient très bien.

La femme de Mike avait de bonnes intentions, mais elle ne m'avait jamais compris. Mike me connaissait mieux que ça. À l'exception de quelques allusions mal placées sur mon absence de sexualité, il n'était pas du genre à me forcer la main.

— Et puis, de toute façon, tu crois vraiment que je voudrais faire subir ses humeurs à quelqu'un qui m'intéresse vraiment ? Tu as vu un peu comment il tourmente Maddy ? Et tu es son fils préféré.

Il jeta un regard à sa montre et grimaça devant l'heure.

— Il faut que j'y aille. Rends-toi service et prends une douche avant d'aller te coucher. Tu sens comme ces désodorisants au pin que tu t'amuses à mettre dans ta voiture.

— Ouais, c'est clair.

La fatigue me frappa soudain ; il y avait trop de fantômes et de mésaventures qui happaient mes pensées.

— Je fermerai derrière toi.

— Mais tu comptes accepter le job ?

Mike rassembla sa paperasse et remit de l'ordre dans ses documents.

12

— C'est un gars bien, Cole. Il ne s'attend pas à ce que tu trouves quoi que ce soit, mais il ne veut tout simplement pas rester sans rien faire. Le gosse était son fils unique.

— D'accord, j'y jetterai un œil. Je connais l'une des danseuses du club. Elle pourrait peut-être me renseigner.

J'attrapai les bouteilles et me relevai, m'étirant de tout mon long jusqu'à entendre ma colonne vertébrale craquer. Une contraction pulsa au niveau de mon thorax et se diffusa progressivement dans le reste de mon corps dans un cercle d'engourdissement. Laissant tomber les bouteilles en verre dans la poubelle recyclable, je m'appuyai contre la voûte de l'embrasure et frottai l'endroit en question.

Mike m'aperçut me masser la peau du bout des doigts, et l'inquiétude fronça ses épais sourcils.

— Ça te fait toujours souffrir ? Quand est-ce que tu es allé voir un médecin pour la dernière fois ?

— C'est juste du tissu cicatriciel.

Mon excroissance apaisa son étau sur mes nerfs et les muscles autour de la cicatrice se détendirent progressivement.

— Il n'y a rien à faire de plus. Je me contente de vivre avec.

Il ne paraissait pas convaincu. Mike était du genre à tout le temps s'inquiéter. Cela faisait des années qu'il jouait les mamans poules avec moi, et ça ne changerait pas de sitôt. Cela avait empiré après que le paternel m'avait tourné le dos. Si quelque chose venait à m'arriver, j'étais presque certain qu'il déménagerait chez moi dans l'instant pour prendre la chambre d'ami et garder un œil vigilant sur moi.

— Va retrouver ta femme, Mike, dis-je en le poussant vers la porte.

Il avait beau être doté d'une carrure plus large que la mienne, j'avais toujours l'avantage de mes longs bras et le coup de poing qu'il m'envoya manquait tant de conviction qu'il n'effleura pas même mon épaule.

— N'oublie pas d'aller parler aux Kim avant de te rendre au club.

Il marqua une pause sous le porche en tenant la porte moustiquaire.

— Le mari est monté à San Francisco, mais sa femme est restée en ville avec le reste de leur famille. Depuis que les flics sont venus les voir pour leur apprendre la nouvelle à propos de Hyun-Shik, elle le prend particulièrement mal.

— Sait-elle qu'on va continuer à enquêter sur la mort de son fils ?

13

La dernière chose dont j'avais envie était bien de me retrouver sur le perron d'une femme en deuil pour lui poser des questions qu'elle n'était pas prête à entendre.

— Oui, je pense que si M. Kim le fait, c'est surtout pour elle. Il ne l'a pas dit de manière si explicite, mais c'est ce que j'ai déduit de nos discussions.

Mike avait presque fini de descendre les escaliers lorsque je le hélai. Les luminaires du porche projetaient des ombres sur le visage de mon frère, ses pommettes saillantes ressortant à leur lueur.

— Et si je trouve bien quelque chose? demandai-je. C'est quoi la suite des événements?

— Si c'est le cas, petit frère (il sourit, reprenant l'apparence de ce frère suffisant que j'avais connu et aimé toute ma vie), j'attends de toi que tu creuses jusqu'à découvrir ce qui s'est vraiment passé. Il est temps de mettre à profit l'entêtement qui est le tien. Je n'en attends pas moins de ta part.

L'EAU SUR mon corps me procura un sentiment de soulagement. Je pouvais enfin débarrasser mon cuir chevelu des dernières brindilles, et c'était comme une délivrance. Je m'appuyai contre le carrelage, une main supportant mon poids tandis que j'observai le tourbillon d'eau usée disparaître dans les canalisations. Le jet de la douche martelait mon dos et je passai mes doigts le long de mon crâne pour m'assurer qu'il ne restait plus aucune trace des événements de la nuit dernière. Une feuille toute jeune et vert printanier tomba et suivit le courant. Je la poussai d'un orteil jusqu'à la grille des canalisations. Cette couleur me rappelait trop celle des yeux de Rick. Ils n'avaient jamais été aussi verts, mais il avait souvent porté des lentilles de contact qui intensifiaient leur éclat, car il aimait l'effet saisissant que cela rendait contre sa peau tannée.

Il les portait, cette nuit-là. Depuis lors, les nuances trop vives de vert avaient tendance à me donner une impression de moquerie. Cette feuille ne faisait pas exception.

Coupant l'eau, j'attrapai une serviette et essuyai mes jambes. Un bleu commençait à se former sur l'intérieur de ma cuisse; une longue ligne violette marquant l'épaisse bordure de la palissade en bois. Il s'arrêtait pile au niveau de l'impact de balle cicatrisé sur ma jambe, l'une des plus petites de ma collection. La balle avait déchiré le muscle et était ressortie pour venir se loger dans le mur de brique derrière moi.

14

Ça avait été la dernière fois où je m'étais pris une balle, et il fallait dire que je me le rappelais à peine.

Je passai la serviette sur mon torse et sur mon ventre. Si je me réveillai suffisamment tôt, je pourrais me rendre à la salle et faire quelques rounds avant le travail. Me dépenser aidait à conserver la souplesse des tissus qui marquait mes côtes ; du moins, c'était ce que j'aimais à me dire. À tout le moins, cela me permettait de rester en forme afin que je puisse semer les vieilles dames armées et enragées.

Les tissus nodulaires au niveau de mes côtes étaient encore roses, plus proéminents et plus sombres que ceux qui balafraient mon torse. En frottant la crème sur mes cicatrices, je me mis à rêvasser, à repenser à cet homme et à son suicide.

Il y avait une lettre au milieu de toute la paperasse, la photocopie d'un morceau de papier sur lequel étaient écrits quelques mots en coréen. Le style était masculin et constant, et les lettres défilaient sur la page sans une trace d'hésitation. Si Hyun-Shik avait été anxieux, cela ne s'était pas reflété dans son écriture.

J'avais davantage reconnu la langue grâce aux différents caractères ronds et linéaires que j'apercevais parfois sur la devanture des restaurants qu'à une connaissance qui m'était propre. Je pouvais parler l'anglais et un peu d'espagnol, mais le coréen était au-delà de mes compétences. Après tout, j'avais beau avoir une mère d'origine japonaise, à part faire la différence entre des nouilles et du riz, j'étais aussi asiatique qu'un bol de cornflakes.

— Il va falloir faire traduire tout ça, marmonnai-je dans le silence de la chambre en cherchant un boxer.

Mon placard manquait cruellement de vêtements propres.

J'ajoutai le linge à ma liste de tâches à accomplir le lendemain. Il y avait quelque chose qui me dérangeait dans cette lettre. Et cela continua de me titiller tandis que j'éteignais la lumière et que je me mettais finalement au lit.

— Qu'est-ce qui peut bien leur faire croire qu'il s'agit d'un suicide ? Et pourquoi écrire une lettre sur un morceau de feuille arraché ?

Cela n'avait pas plus de sens que d'avaler tout un flacon dans un club de strip-tease et karaoké sur Garden Grove.

Soupirant, je laissai la fatigue m'engloutir. La dernière image qui me vint à l'esprit tandis que je m'endormais fut celle de l'expression de Hyun-Shik sur la photo dans laquelle il portait son fils dans ses bras. La joie qui

15

s'y reflétait était en désaccord avec celle qu'on avait d'un homme désespéré et poussé au suicide.

Mais après tout, songeai-je, *nous avons tous nos propres démons. Et bien souvent, c'est lorsque ces démons prennent le dessus que l'on apprend enfin la dure vérité sur quelqu'un.*

II

UNE SORTE de brume que je n'arrivais pas à faire disparaître troublait ma vision. J'avais beau cligner des yeux, elle ne s'estompait pas. Je tentai de tourner la tête, mais la fatigue me rattrapa avant que je ne m'y essaie. Les draps étaient rugueux sous ma joue, amidonnés et bien lisses contre le matelas. J'avais beau voir flou, je savais où j'étais. L'odeur d'antiseptique et de javel me submergea. Et sous cette puanteur acide, je pus sentir celles du vomi et de l'urine.

Une autre odeur s'en dégageait, métallique et âcre. Je la connaissais bien, elle aussi. C'était celle du sang. D'une flaque entière de sang.

Les machines bipaient autour de moi, une mélodie constante de gargouillis et de bourdonnements, marquant chacune de mes respirations et chacun des battements de mon cœur. Il y avait un certain rythme à y trouver, tel le décompte des secondes qu'il me restait. J'apercevais des silhouettes autour de moi sous forme de taches noires et blanches qui me paraissaient devenir plus solides à mesure que je revenais à moi.

Respirer était douloureux. Quelque chose obstruait mes voies respiratoires et il y avait un épais tube enfoncé dans ma gorge. Je ris presque à l'idée d'être enfin capable, pour une fois dans ma courte vie, d'avaler une chose aussi profondément. J'avais un réflexe nauséeux qui eut du mal à s'arrêter une fois activé. Et justement, il finit finalement par réagir à ce moment précis, pour que je puisse bien m'étrangler sur le tube qui permettait à éviter l'intrusion des fluides dans mes poumons. Mon corps se mit à lutter contre ces intrusions étrangères, mais il n'y avait rien à y faire. J'étais paralysé, piégé dans le cocon de mon corps immobile.

La pièce s'éclaircit et devint de plus en plus nette autour de moi. Un bleu pastel recouvrait les murs et des lumières vacillantes se réfléchissaient sur le chrome du lit d'hôpital voisin. Le bruit étouffé et répétitif que j'entendais sous les bips s'amplifia, et j'observai avec horreur les draps du lit voisin s'imbiber de sang et celui-ci goutter sur le sol tant il y en avait. Quelque chose était couché sur le lit, quelque chose de familier, et je tentai d'ouvrir la bouche, mais aucun mot n'en sortit à cause du morceau de plastique blanc plongé dans ma gorge.

Je reconnaissais ces yeux, car leur brillance me hantait. J'observai, immobile et impuissant, Rick tendre une main noueuse et tremblante vers moi, tentant à tout prix de réduire l'espace qui nous séparait.

Une explosion arracha à Rick son visage, ne laissant derrière elle que ces deux billes vertes printanières qui me fixaient. Son corps fut pris d'un soubresaut, comme s'il essayait de prendre la mort à bras le corps, et je hurlai silencieusement lorsque des bouts de cervelle atterrirent dans ma bouche et sur le reste de mon visage. Du sang gicla, et je pus goûter l'essence vitale de Rick tandis qu'elle se déversait sur le sol.

Soudain, une douleur éclata en moi et tout devint noir.

La partie consciente de mon esprit – celle qui savait qu'il ne s'agissait que d'un rêve – hurlait à la mort pour en sortir. Elle savait que Rick n'était jamais arrivé jusqu'à l'hôpital. Je ne l'avais jamais vu dans ce lit ou attaché à des moniteurs. Rien de tout ça n'était arrivé, mais mon subconscient, lui, s'en fichait royalement.

Le bourdonnement des machines se poursuivit, tout à fait froid et indifférent à la mort de Rick que je revivais dans mes cauchemars. Chaque nuit. Il mourait chaque nuit, et je ne pouvais jamais rien y changer.

La sonnerie de mon téléphone fixe et son chuintement incessant fut ce qui me tira des songes. Je puais la sueur et, pendant un instant, l'odeur nauséabonde et écœurante du sang me parvint aux narines avant de se dissiper à mesure que je revenais à la réalité.

En attrapant le combiné, je jetai un regard trouble sur mon réveil en me demandant comment la nuit avait pu passer aussi vite. Il me semblait que seules quelques secondes s'étaient écoulées depuis que je m'étais allongé, mais la réalité me frappa en plein visage : il était neuf heures du matin, et c'était sans doute Claudia qui m'appelait depuis l'extérieur.

— Allô, oui ?

J'avais conscience de l'enrouement de ma voix. Ma gorge était à vif, comme si le tube avait vraiment été là. De vagues souvenirs des jours suivant celui où ils m'avaient débranché des machines. La cicatrice sur mon thorax me pinça, mon système nerveux déglingué envoyant des petites ondes de choc directement dans mon ventre. Et comme si ce n'était pas suffisant, j'avais une sérieuse envie de pisser.

— Trésor, vous comptez travailler, aujourd'hui ?

L'accent de Claudia me parvint telle une épaisse mélasse. Elle jurait qu'elle n'avait jamais vécu ailleurs qu'en Californie, mais il y avait plus d'un indice du sud dans sa voix.

— Parce que, si ce n'est pas le cas, je risque de vous en foutre une belle pour m'avoir fait venir.

Et oui, très chère Claudia, qui pouvait sûrement me soulever d'une seule main. Je l'avais engagée pour sa sympathie et parce qu'elle ne risquerait pas de faire peur aux clients les plus nerveux qui passeraient le pas de ma porte. Elle avait élevé huit fils au fin fond de Long Beach et était parvenue à placer chacun d'entre eux à l'université. Il y avait un mental d'acier sous cette façade plus tendre. Je ne doutais pas une seconde qu'elle puisse me briser d'un simple claquement de doigts.

— Je viens juste de me réveiller, c'est tout. Je n'ai pas dû entendre mes autres réveils, grommelai-je en guide d'excuse envers ma seule employée. Je descends dans une minute.

Je n'étais pas stupide. C'était Claudia qui me gardait sur le droit chemin, pour ainsi dire. Elle avait cessé d'essayer de me brancher avec son fils, Marcus, après avoir certainement décidé que je n'étais pas assez bien pour lui, mais ça ne l'empêchait pas de me traiter comme l'un des siens. J'avais essayé de me faire pousser la moustache, une fois. Cela avait duré une grande demi-heure en tout et pour tout. Elle était entrée, m'avait aperçu et avait craché que je ne ressemblais vraiment à rien. J'étais remonté et l'avais rasée sans discuter. Je ne supportais pas de la décevoir.

— Prenez votre temps. J'ai du café et une tarte aux pommes pour me tenir compagnie, répondit-elle. Je vais regarder l'une de ces émissions matinales. Ils ont trouvé un de ces chiens qui dansent, apparemment. Qui a donc besoin d'un chien sachant danser, bah voyons. Pour m'impressionner, il faudrait plutôt qu'ils lui apprennent à faire la vaisselle.

Je raccrochai après avoir marmonné un « à toute ». Il était mieux pour tout le monde de la couper avant qu'elle ne s'emporte sur le sujet, surtout quand je savais qu'une tarte et du café m'attendaient en bas. Elle avait beau être tyrannique, elle mettait toujours beaucoup d'ordre dans mes finances et elle m'était aussi indispensable que le soleil brillant dans le ciel. Le matin où elle avait franchi la porte de mon bureau pour répondre à l'offre d'emploi que j'avais postée était, encore à ce jour, l'un des meilleurs de toute ma vie.

J'avais eu quelques réserves lorsque cette femme à la corpulence impressionnante, vêtue de sa plus belle robe, s'était pointée à ma porte. Je n'étais pas parvenu à deviner son âge, mais elle avait dégagé une sorte

19

de sagesse, et je n'avais pu nier qu'elle avait l'air d'une vraie force de la nature. Notre entretien s'était fait court et agréable; je lui avais dit que j'étais gay et que j'avais certains problèmes, et elle m'avait répondu qu'elle était noire et qu'elle faisait de l'hypertension.

À l'époque, elle ne connaissait encore rien aux ordinateurs, et je la laissais passer ses journées à tricoter ou à regarder ses émissions sur le poste de télévision que je lui avais offert, et de son côté, elle s'assurait que j'aie de quoi faire, que mes factures soient bien payées, et s'il y avait besoin de me sustenter, elle était toujours au rendez-vous. Après avoir quitté son poste dans l'éducation, Claudia avait continué de travailler, car elle refusait de devenir rouillée du cerveau. Je bossais, parce que je ne voulais pas finir comme l'une de ses larves humaines qui passent leurs journées sur le canapé, qu'importait l'état de mes finances après avoir quitté le commissariat. C'était du gagnant-gagnant.

Sauf quand Mike et elle s'amusaient à conspirer contre moi. Dieu me vienne en aide si un jour ils décidaient que leur nouvel objectif était de me faire sortir de mon trou. C'en serait fini pour moi.

Je pris une rapide douche pour me débarrasser de la transpiration accumulée pendant la nuit et débattis l'idée de mieux m'habiller qu'à mon habitude. Une visite aux Kim demandait certainement un peu plus de professionnalisme que j'en arborais habituellement. La plupart de mes clients étaient plus intéressés par les délits de leurs conjoints ou par les employés qui clamaient avoir des blessures invalidantes. Un jean ne suffirait pas, cette fois-ci.

Un treillis kaki ferait l'affaire. Mon dressing était limité. C'était soit des pantalons militaires, soit des pantalons en denim noirs. J'avais dû sauter la case « goûts vestimentaires » lorsque j'avais postulé aux gènes de l'homosexualité. Mike, lui, avait certainement l'impression que je ne savais pas me vêtir moi-même. Un polo crème était bien tout ce que je pouvais porter de plus risqué avec ce pantalon.

Je me trompais.

Je descendis les escaliers jusqu'au bureau et saluai chaudement Claudia.

Elle me dévisagea et leva son index en faisant des petits ronds dans l'air, signe que je devais remonter et réessayer, *et plus vite que ça*. Ses sourcils étaient froncés et elle affichait une expression peinée ou contrariée.

— Quoi? Ils vont bien ensemble!

Je jetai un regard sur mon pantalon et mon pull. Ils étaient tous les deux dans les teintes marronnées.

— Et on se demande pourquoi vous ne sortez jamais.

Elle s'empara de sa tasse pour avaler une gorgée et reprit ses mots croisés.

— Votre pantalon est verdâtre et votre haut est de la même couleur que mon café. Allez vous changer avant que vous n'aveugliez quelqu'un.

Je revins une fois que j'eus enfilé un jean noir, ma seule autre option de la journée. Je reçus un vague grognement d'approbation de la part de mon *manager*. J'attrapai une assiette en carton avec une part de tarte aux pommes et en dévorai une grosse bouchée pour m'envoler vers le paradis des fruits cuits à la cannelle. Tandis que je mangeais, Claudia prit la peine de se lever et de se traîner jusqu'à la machine à café pour remplir une gourde qu'elle me tendit en revenant à son bureau.

— Pas un mot. Si je le fais, c'est parce que vous me faites pitié. Il ne faut pas vous y habituer, m'interrompit-elle avant même que je ne puisse protester. Votre frère a appelé. Il a parlé à une nana qui s'appelle Kim. Il dit que vous pouvez passer la voir quand vous le souhaitez dans la journée. Voilà l'adresse. C'est pour un nouveau travail ? Faut-il que j'ouvre un dossier ?

— C'est une nouvelle affaire, oui, confirmai-je en lui confiant le chèque et le contenu de l'enveloppe.

J'avais photocopié la lettre de suicide avec l'imprimante multifonctions que j'avais récupérée dans un magasin de fourniture de bureau. La résolution était plutôt bonne, malgré le fait qu'elle soit de seconde génération. Je la lui passai également. Elle pinça les lèvres lorsqu'elle aperçut le montant sur le chèque et leva ses sourcils maquillés de surprise.

— Et « Kim » est son nom de famille. Pas son prénom.

— D'où ça peut bien venir, un nom pareil ?

Une pochette à élastique rouge apparu des profondeurs caverneuses de son large bureau, et elle colla une étiquette blanche sur le rabat avant, inscrivant soigneusement une série de chiffres sous le nom de la famille. Sa manière d'aborder la chose était rude, mais c'était surtout de la curiosité de sa part.

— C'est coréen.

Je savais bien qu'il n'y avait rien à dire de plus. J'adorais Claudia, mais il y avait des fois où elle avait une opinion parfaitement inaltérable sur certains sujets. Il n'y avait rien à faire.

21

— J'aime bien leur kimchi. C'est vraiment bon.

Elle hocha la tête énergiquement.

— Marcel s'est trouvé une petite Asiatique. On ne se pointe jamais chez eux avec les mains vides. C'est très mal vu, il paraît. N'oubliez pas de vous arrêter au supermarché pour leur prendre un petit quelque chose.

— Comme quoi par exemple ?

— Pourquoi pas des cookies, proposa-t-elle en frottant du doigt le coin de sa bouche pour faire disparaître une trace de rouge à lèvres rouge pétard. Quelque chose de bien. Des fleurs, peut-être ?

— Je vais voir ce que je peux trouver au coin de la rue. Si tu pouvais aller déposer ça, ça me sauverait la vie.

J'étais bien incapable de me souvenir des noms des autres membres de l'énorme famille de Claudia, à part Marcus, alors j'étais mal placé pour faire un commentaire sur la copine de Marcel ou sur ses origines.

— C'est l'un client de Mike. Au moins, je sais que le salaire en vaudra la peine, soupirai-je.

— Vous êtes sûr que tout va bien ?

Elle affichait son air de mère poule quand elle cherchait à me faire cracher quelque chose.

— Oui, je vais bien. Dure nuit, c'est tout, la rassurai-je.

En me baissant pour embrasser sa joue, je ne pus esquiver la tape douloureuse qu'elle infligea à mon derrière lorsque je me redressai.

— Si tu veux rentrer plus tôt, c'est comme tu veux. Nous sommes vendredi. Ça ne servirait à rien de rester ouvert après 13 h.

— J'appellerai Martin pour lui demander de passer, dans ce cas, approuva-t-elle d'un hochement de tête.

Le doute sur son visage n'avait pas disparu, et je ne pus que lui sourire pour apaiser ses inquiétudes.

— Mangez quelque chose, Cole. Et j'ai vu l'état dans lequel vous avez fichu votre pare-brise en arrivant. Il faudrait vraiment que nous parlions de ce qui s'est passé la nuit dernière.

— C'est vrai, merci de me l'avoir rappelé. Tant que j'y pense, il fallait d'ailleurs que je te confie la caméra pour que tu puisses extraire les photos. La femme de M. Brinkerhoff fait des cochonneries avec l'une de ses amies. Il faudra que je lui passe un coup de fil plus tard dans la journée pour lui apprendre la mauvaise nouvelle.

Je réfléchis un instant avant de hausser les épaules.

— Ou la bonne, à voir comment il le prendra.

— Vous gardez toujours les meilleurs moments pour vous.

Elle agita un stylo dans ma direction d'un air dédaigneux.

— Pendant que vous lambiniez, j'ai passé un appel pour que quelqu'un vienne s'occuper de ce pare-brise. Je me suis servie dans la caisse pour le payer. Il s'est même chargé de faire disparaître tous les bris de verre. Je lui ai donné un gros pourboire, au cas où il devrait revenir.

CE ROVER et moi n'étions pas fans de technologie, aussi dus-je prendre appui sur mes fidèles cartes pour localiser la résidence des Kim. J'aurais pu regarder l'itinéraire sur l'ordinateur avant de partir, mais je n'avais aucune envie de supporter les attentions de Claudia plus longtemps que nécessaire, et puis mon cauchemar me tournait encore en tête. Sourire et faire semblant n'étaient pas des options à long terme. En fin de compte, je finissais toujours par céder et déballer tout ce que je ressentais. Claudia n'aurait pas gâché une occasion pareille. Au contraire, elle en aurait profité pour faire pression jusqu'à ce que je sois vide de toute émotion.

Les embouteillages de Los Angeles étaient un vrai problème dans les bons moments et un chaos infernal dans les pires. Le seul moyen de les éviter était de prendre la 405 et de longer la côte. Sur une carte, cela paraissait être un grand détour, mais dans la vraie vie, c'était le seul moyen d'aller d'un point A à un point B en moins de cinq heures.

Je pris vers le sud, une fois passé chez le fleuriste, où j'avais choisi une orchidée sur l'un des présentoirs. Après avoir fourré le reçu dans la chemise en plastique que Claudia m'avait confiée pour que je puisse garder un œil sur mes dépenses, je roulai au travers des bouchons de ce milieu de journée.

La résidence des Kim était nichée dans la fente d'un canyon, entre un champ d'aizoacée et de hauts murs de pierre. Je garai la voiture derrière une Ford Explorer blanc tout explosée. Nos deux voitures faisaient tache au milieu des voitures de sport surbaissées et des étrangères qui encombraient l'allée. Je n'avais même pas envie de savoir quel genre de voiture était digne d'être rentrée dans le garage.

Le chemin jusqu'à la porte d'entrée n'était pas court, et je réalisai finalement, lorsque mes pieds eurent battu le pavé, que je n'avais pas la moindre idée de ce que je devais dire à une femme dont le fils s'était suicidé. Lorsque j'étais dans la Police, c'était moi qui m'occupais d'informer la famille de la mort d'un de leurs proches, mais seulement lorsqu'il s'agissait d'un meurtre. Et une fois que j'étais devenu officier, j'avais tout de suite postulé pour la Brigade des mœurs afin que toutes les morts que je pourrais rencontrer dans ma carrière aillent directement aux gars de la Criminelle.

Je convoquai les mots pathétiques et plein d'empathie que j'avais appris par cœur et je frappai à la porte, espérant de tout cœur pouvoir entrer, poser quelques questions et ressortir aussitôt.

Malheureusement pour moi, dès que la porte fut ouverte, je perdis tout contrôle de mes pensées.

Je n'avais jamais eu de penchant pour les Asiatiques, peut-être parce qu'ils me rappelaient Mike, mais le jeune homme qui ouvrit la porte était vraiment à tomber.

S'il y avait une preuve de l'existence du Tout-Puissant, elle se trouvait définitivement devant moi. Ça me paraissait tout à coup évident. Ses grands yeux en amande étaient fauves, d'un brun doré surmonté de longs cils noirs. Des cheveux noirs cascadaient sur sa peau pâle, tombant astucieusement sur son visage et sa nuque. Ses pommettes saillantes étaient légèrement rouges à cause de la chaleur extérieure. Mais ce fut sa bouche qui m'attira, pleine et teintée de rose, et la marque discrète d'une lèvre mordillée.

Cela me prit un moment avant de réaliser que nous faisions presque la même taille. Du haut de mon mètre quatre-vingt-huit, il devait faire à peine moins de cinq centimètres de moins que moi. Je jetai un regard hésitant sur son corps fin et musclé, profitant du spectacle qu'offraient les longues jambes enserrées dans un jean et le tee-shirt usé qui collait à son torse. Déglutissant, je peinai à trouver une remarque intelligente, mais ce fut finalement lui qui prit la parole le premier.

— Puis-je vous aider ?

Il y avait une sorte de fluidité dans son accent, marqué d'une nuance plus orientale.

— Euh, je crois bien.

Jouant avec l'orchidée, je sortis ma carte du porte-document en cuir que j'emportais avec moi lorsque j'allais enquêter. Je me servais du carnet à l'intérieur pour prendre mes notes.

— Je m'appelle Cole McGinnis. Mon frère, Mike, m'a dit qu'il vous avait prévenu de ma visite. Je suis là pour Kim Hyun-Shik. Était-ce l'un de vos proches ?

— Je suis… son cousin, balbutia-t-il.

De toute évidence, le décès de Hyun-Shik devait encore être trop frais pour qu'il se mette à employer le passé.

24

— Je vous en prie, entrez. Grace a discuté avec M. McGinnis ce matin, mais je ne sais pas si elle a prévenu ma tante de votre venue.

— Un présent pour votre famille. Toutes mes condoléances.

Pas sûr de savoir quoi faire de ma plante, je réglai mon problème en la confiant au cousin de Hyun-Shik. J'ouvris mon portfolio et cherchai la logique dans leur arbre généalogique. Au moins, cela me permettrait de savoir à qui je m'adressais.

— Et Grace est… ?

— La grande sœur de Henry.

Il déposa la tige aux fleurs violettes sur un buffet en bois dans le hall d'entrée et me fit signe d'entrer.

— Désolé. Hyun-Shik est le nom coréen de Henry. Il préférait qu'on utilise « Henry » à l'école et au travail.

Je passai le pas de la porte et le dépassai. Sérieusement… même son parfum était divin ; une odeur citronnée et masculine avec des effluves de thé.

— Est-ce que Grace a un nom coréen, elle aussi ?

— Nous en avons tous un.

Son sourire était pincé sur une note d'amertume ou de tristesse, mais je ne parvins pas à déterminer laquelle.

— Grace ne s'en sert jamais. Tout le monde l'appelle Grace Kim.

La maison était silencieuse, de ces silences solennels d'une famille pleurant un proche. Je le suivis le long d'un couloir jusqu'à un élégant salon en essayant de ne pas laisser tomber mon regard sur son arrière-train et le vissant dans son dos, à la place. Ça n'était pas très efficace, mais c'était mieux que de perdre le contrôle sur mes pensées.

Quatre Coréennes bien habillées étaient déjà présentes dans la pièce. L'une était assise sur un canapé, tandis qu'une femme plus jeune tapotait sa cuisse en murmurant quelque chose que je ne parvins pas à distinguer. Celle qui se trouvait au centre de leur attention releva les yeux vers le jeune homme en ma compagnie et son expression passa du chagrin à la colère, ses yeux rouges s'exorbitant sous ses hurlements.

Je ne parlais pas coréen, mais ce qui fut exprimé lui fit tendre la mâchoire et pincer les lèvres. De toute évidence, il se retenait de répondre aux horreurs qui lui étaient jetées en pleine figure. Il y avait quelque chose de désagréable dans chacun des mots qu'elle assénait ; elle s'en servait tels des couteaux, les plongeant encore et encore dans son cœur jusqu'à ce qu'il se vide de son sang à ses pieds.

La plus jeune se redressa en tentant d'attraper la main du cousin de Hyun-Shik, mais il l'esquiva d'un mouvement des talons avant de disparaître. Elle se tourna vers moi et jeta un regard vers la plus âgée qui avait cessé de crier et dont les autres s'étaient approchées pour tenter de l'apaiser.

— Je suis vraiment désolée, ce n'est pas facile pour ma mère en ce moment. Je ne l'avais pas informée de votre venue. Je pensais avoir un peu plus de temps que ça, et lorsque Jae-Min est arrivé, les choses se sont empirées.

— Il s'agit de Jae-Min ? Votre cousin ? La personne qui m'a laissé entrer ?

— « Cousin » est un bien grand mot. Nos grands-pères étaient de la même famille, répondit-elle.

La fatigue avait rendu son visage bouffi, mais il y avait une sorte de beauté de porcelaine dans ses traits, et je pouvais aisément deviner la ressemblance avec l'homme qui m'avait invité à entrer.

— *Eomma* a beaucoup de mal à accepter que Henry ne soit plus parmi nous. Voir Jae-Min ici au lieu de mon frère la met hors d'elle. Je suis désolée que vous vous soyez déplacé jusqu'ici pour rien, mais je ne crois pas que ma mère soit capable de s'entretenir avec vous pour le moment.

— Je comprends.

On me cachait de toute évidence quelque chose, et ma curiosité en fut piquée. Que Mme Kim en ait après le cousin de Hyun-Shik n'avait pas beaucoup de sens, mais après tout, que savais-je de la culture coréenne ?

— Peut-être devrais-je avoir une petite discussion avec votre cousin. Étaient-ils proches, Henry et lui ? Il pourrait me mettre sur une piste sans le savoir.

— Vous pouvez aller parler avec Jae, si vous voulez. Il est sûrement dans la cuisine.

Son sourire dissimulait le fantôme d'un rictus, tapi derrière son amabilité. Il me paraissait à présent évident que quelque chose d'autre se tramait.

— C'est à droite, au fond du couloir. Dites-lui que nous sommes bientôt à court de thé et qu'il serait agréable de sa part de nous en préparer à nouveau. Je viendrai le chercher dans quelques minutes.

La cuisine ne fut pas difficile à trouver. Elle était encore plus grande que mon bureau et brillait de ses longues surfaces en inox et en marbre. Trouver Jae-Min fut une autre paire de manches. Je l'aperçus finalement derrière une baie vitrée, fumant une kretek dans la véranda. Il me tournait le dos, ses omoplates ressortant sous son tee-shirt, appuyé comme il l'était contre la rambarde. Il exhala une fumée grise bleutée qui tourbillonna autour de lui. Cela ne me semblait pas être la première fois qu'il s'adonnait à un tel comportement.

Je remarquai une théière chromée sur la gazinière et la remplis à l'aide de la carafe d'eau filtrée près de l'évier. Je laisserai à Grace le soin de choisir le thé, si elle venait. J'en profitai pour allumer le gaz et augmenter la puissance jusqu'à ce que des flammes bleues viennent lécher les bords de la théière. Jae-Min jeta un œil derrière lui en entendant l'eau couler et me surprit à étudier ses épaules. Il avait une expression fermée, et un masque d'impassibilité s'était glissé sur son visage.

Le temps qu'il finisse sa cigarette au clou de girofle, l'eau avait commencé à bouillir au-dessus du feu. Je l'observai étouffer le mégot dans un pot de sable, récupérer le filtre et le jeter dans une poubelle à l'extérieur. La porte grinça lorsque Jae-Min la fit glisser pour rentrer dans la cuisine. Il y déambula avec aisance pour venir sortir un service à thé du buffet. Un sachet de feuilles de thé émergea d'un autre placard, et il prit la mesure à l'aide du filtre avant de le déposer sur le plateau en argent.

— Avez-vous besoin d'autre chose?

Sa voix était un murmure, nuancée par des tremblements peinés.

— Je souhaiterais simplement vous poser quelques questions à propos de Hyun-Shik, répondis-je en m'appuyant sur le comptoir, tandis qu'il ajoutait des morceaux de sucre sur le plateau. Étiez-vous proche de lui?

Il leva les yeux vers moi, me jaugeant longuement d'un regard. Une vive intelligence luisait dans ses yeux ambrés, tout comme quelque chose de plus sauvage. Avec cette expression sur le visage, je réalisai finalement à qui il me faisait penser.

Être le fils d'un Marine signifiait être un habitué des déménagements. Mon père avait pris sa retraite lorsque j'avais treize ans. Une fois, nous avions habité dans une petite ville à Hawaï dans laquelle une colonie de chats de gouttière s'était fait un nid près de la base. Les chats et le reste de la population semblaient avoir conclu un pacte : les chats se chargeaient de l'infestation de rats et, de temps à autre, on venait choisir un adorable chaton parmi le lot de minous qui ne manquaient jamais de se disperser à notre approche. J'avais passé un mois entier à amadouer l'un d'entre eux en espérant que mes parents me laisseraient le garder si je parvenais à le dresser. Il avait fini par accepter que je l'approche pour des gratouilles sur la tête et un peu de nourriture, mais dès que j'essayais de le caresser, il filait dans les hautes herbes.

Jae-Min me le rappelait un peu.

Il y avait quelque chose de farouche chez lui. On devait l'appâter à l'intérieur avec de la nourriture, mais il y avait toujours le risque qu'il s'enfuie ou qu'il montre les crocs si on le pressait trop. Bien qu'il semble en connaître chaque recoin et qu'il soit prêt à préparer du thé pour une femme qui semblait le détester, il me paraissait peu à sa place au milieu du luxe soigneux de cette résidence.

La vie avait toujours sa dose de surprises, et celle-ci avait définitivement piqué mon intérêt.

Il dut avoir décidé qu'il pouvait se confier à moi, car il acquiesça d'un air vague. Les morceaux de sucre devaient également être particulièrement fascinants, car il prit son temps pour les empiler avant de couper le feu pour que l'eau chaude cesse de bouillir.

— Mon oncle, le père de Hyun-Shik, s'est arrangé pour que j'aille au lycée dans la région.

Je restai silencieux, patient.

— Ma famille vit à Sacramento. Ma mère pensait qu'il vaudrait mieux que je déménage. Hyun-Shik avait… quatre ans de plus que moi.

— Il était comme un frère ?

Son expression changea à peine, mais son masque se fendilla, une légère ironie pointant le nez.

— Non, je n'ai jamais considéré *hyung* comme mon frère.

Combien de surnoms cet homme avait-il ? Je tentai de reprendre mes notes lorsque Grace débarqua au pas de course dans la cuisine, manquant de glisser sur le parquet lisse. Je baissai les yeux vers les chaussures qui étaient toujours bien lacées sur mes petons. Quel enfoiré.

— Ah, merci, c'est parfait.

Elle attrapa le bol de sucre et le plaça sur le plateau avec le reste.

— Nous devons avoir du citron dans le réfrigérateur. Jae, prépare-en quelques tranches et mets-les dans des assiettes. *Eomma* attend des invités. Comptes-tu rester pour le repas ?

— Si c'est nécessaire, répondit-il.

Sa froideur avait fait son grand retour, aussi placide qu'un glacier explorant les eaux calmes.

— Ça l'est.

Grace cessa d'arranger les délicates tasses de thé sur le plateau et lui arracha l'assiette de citron des mains.

— Reste en dehors de ça. C'est moi qui viendrai à toi quand nous aurons besoin de quelque chose. Avons-nous de quoi nourrir nos invités ? Ce serait pour une table de neuf environ.

— Je vais voir ce que je peux faire.

Jae-Min se leva, tandis qu'elle s'affairait autour de lui. Elle quitta la cuisine dans un tourbillon de jupons et de babillages au parfum du thé fumant. Il remarqua la tête que je faisais, et ses lèvres se relevèrent.

— Qu'est-ce qu'il y a ?

— Les remarques que vous a adressées Mme Kim ne devaient pas être très plaisantes à entendre, et pourtant, vous lui préparez tout de même son thé et ses petits sandwiches. Pourquoi vous en donner la peine ?

— Cela fait-il partie de votre enquête ?

— Cela pourrait me donner une petite idée de l'ambiance familiale générale. Disons juste qu'il y a certains points qui me semblent bancals dans cette histoire. On me paie grassement pour faire mon fouineur, alors je vais fouiner.

— Ma famille doit beaucoup à mon oncle. Si je suis là, c'est parce que...

Il se mordit la lèvre, de toute évidence par habitude lors de ses réflexions. D'après moi, c'était toujours mieux que celle qu'avait mon frère de sans cesse se passer la main dans les cheveux.

— C'est mon devoir de l'être. Ce serait... lâche de filer en douce lorsque ma famille surmonte une telle épreuve.

— Une histoire de famille, conclus-je, me rapprochant pour lui prendre les légumes des mains, tandis qu'il s'affairait à vider le réfrigérateur.

— C'est ça, une histoire de famille. C'est un truc de Coréens.

Il risqua un nouveau regard vers moi, de ceux qui lui donnèrent encore plus l'air de ce chat de gouttière que j'essayais désespérément de ramener chez moi.

— Vous n'êtes pas obligé de m'aider. Je peux m'en charger.

— De toute manière, je ne peux pas faire plus qu'utiliser la planche à découper et faire bouillir de l'eau. Après, ce sera sans moi. Et je peux sûrement ouvrir une conserve ou deux. Ça me donnera de quoi m'occuper les mains pendant que nous parlons.

— Il n'y a pas grand-chose à dire. Hyun-*ah* vivait avec sa femme. Je ne le voyais pas souvent, sauf pendant les vacances et les obsèques.

— Sa femme, Victoria, c'est bien ça ?

Je dus jeter un œil à mes papiers pour retrouver son nom.

— Quelle est sa relation avec le reste de la famille ?

— Il s'agit de sa femme, dit-il, comme si cela expliquait tout le reste.

Il haussa légèrement les épaules en se retournant, sans expliciter davantage.

— Avait-il son soutien ? Ou des problèmes de couple, peut-être ?

J'essayais d'attaquer la question par un autre angle pour pouvoir mieux creuser mes questions.

— Son mariage le rendait-il malheureux ? La trompait-il avec quelqu'un d'autre ?

— Hyun-*ah* ne voyait personne d'autre.

— Vous semblez bien le connaître pour quelqu'un qui ne le voyait pas souvent.

— Il nous arrivait de discuter.

Il m'apparut qu'il faisait un pas vers moi, juste ce qu'il fallait pour que je puisse mener la conversation dans la direction de mon choix. Jae déposa une grosse marmite dans l'évier, la remplissant à moitié avant de la porter jusqu'à la gazinière. Le feu prit immédiatement sous celle-ci, et il entreprit de découper des légumes verts et fibreux que je ne pourrais pas reconnaître même si ma vie en dépendait.

— Pour lui, il n'y avait que Victoria et leur fils, Will.

— Will ?

Son nom semblait inapproprié étant donné la tradition que respectait le reste de la famille, à l'exception, peut-être, de Grace, qui refusait tout simplement d'utiliser son prénom d'origine.

— Je vois.

— Son deuxième prénom est coréen. C'est « Chang-Shik ».

Il dut me frôler pour accéder à une armoire, et ce contact chaud et désinvolte me fit frissonner. Si je restais près de lui trop longtemps, j'aurais à endurer une sacrée douche froide une fois rentré à la maison. Ou à espérer qu'une tempête éclate dès que j'aurais mis un pied dehors. Mon carnet de notes était ouvert à proximité, et il prit le temps de s'arrêter pour observer mes gribouillis. S'emparant du crayon que j'avais en main, il raya quelque chose et la corrigea juste en dessous.

— C'est Jae-Min Kim, ou juste Jae. Avec un E. Pas un Y.

— Promis, j'aurais vérifié ça avant d'écrire mon rapport.

— Vous allez écrire un rapport ?

Il fronça les sourcils et se remit à se mordiller la lèvre.

— Pour qui, exactement ? Pour Vicki ?

— Non, pour M. Kim. Officiellement, je travaille pour le compte de mon frère, Mike, mais la requête provient de votre oncle. J'écris un rapport pour toutes mes enquêtes. Parfois même deux ou trois, en fonction de l'envergure de l'affaire en cours.

— Cela ne devrait pas vous en prendre plus d'un, alors ?

Les légumes ne profitèrent pas tout de suite de son attention, car il ajouta d'abord quelques flocons bruns à l'eau, et une odeur étrange se mit à embaumer la cuisine. Ce n'était pas si déplaisant, un bouquet marin et carné parfumant l'air au-dessus de la gazinière.

— Y a-t-il quelque chose d'autre qui devrait retenir mon attention, à votre avis ?

— Comment puis-je le savoir ?

Appuyant mes coudes contre le comptoir, je scrutai son visage, tandis qu'il mélangeait sa préparation. Je me demandais bien pourquoi son expression était si maussade et renfermée.

— Que vous a dit Mme Kim, tout à l'heure ?

Cette question était sacrément culottée, et j'en avais parfaitement conscience.

— Qu'a-t-elle bien pu vous dire pour que vous en souffriez autant ?

— Elle m'a dit que j'aurais dû mourir à sa place. Que Hyun-Shik devrait être là, et pas moi.

Son ton resta neutre. Comme si nous parlions de quelque chose qui le touchait à peine, comme lorsqu'on traverse la rue quand le feu est rouge ou lorsqu'on trouve une bestiole morte sur son pare-brise.

— Ma tante pense que je mérite davantage de mourir de cette manière que son fils.

— Pourquoi ?

Je fus pris d'une forte envie de poser une main sur ses épaules tendues. Ce ne serait pas la première fois que je me ferais griffer, et par des choses bien plus sauvages qu'un jeune Coréen au joli minois.

— Après tout, même si c'est dur à accepter, Hyun-Shik a fait son choix. Et vous n'avez rien à voir là-dedans. Je me trompe ?

— Non, rien du tout.

Ses mèches noires brillaient sous la lumière tamisée de la cuisine. Il pivota pour s'emparer d'une poignée de feuilles hachées et les ajouta doucement à la préparation qui mijotait.

— Je ne suis pas responsable de la mort de Hyun-Shik.

— Pourquoi vous accuse-t-on d'une telle chose, dans ce cas? Est-ce un autre de vos trucs de Coréens?

— Non, elle s'excusera plus tard ou elle fera comme si rien de tout ça n'était arrivé. C'est notre manière à nous de gérer les situations désagréables.

Quelques légumes furent sortis d'un sac en papier et un oignon se prépara à être exécuté sous le tranchant du couteau.

— Si elle dit ça, c'est parce que Hyun-Shik ne devrait pas avoir été retrouvé mort dans un club notoirement destiné aux personnes homosexuelles. C'est une chose de se suicider, mais il a fait honte à notre famille.

— Mais que vous y mouriez, vous, ne lui pose pas de problèmes?

Alors que Jae hachait une gousse d'ail sur la planche à découper, de mon côté, l'estime que je portais à Mme Kim ne faisait que chuter.

— Non. Dans sa tête, ma famille n'a presque rien à y perdre.

Les morceaux d'ail vinrent rejoindre les légumes dans la marmite.

— Elle est l'une des seules dans ma famille à connaître ma préférence pour les hommes. Si l'un d'entre nous devait disparaître, il aurait été préférable que ce soit moi, pas Hyun-Shik.

III

Je n'avais jamais été très à l'aise pour parler avec d'autres hommes. Cette fois ne fit pas exception. Je ne savais pas quoi dire et, finalement, mon cerveau eut *cette* brillante idée.

— Ouah. Euh, d'accord.

Pas terrible, il fallait bien l'admettre, mais l'ambiance morose qui planait dans la maison me rendait sans voix.

— Allez-vous écrire ça dans votre rapport?

Jae cessa de traficoter la soupe et se tourna vers moi. Il y avait une once de méfiance dans son regard. Avec son menton levé, il affichait un air de défiance évident. Je devais bien faire une vingtaine de kilos de plus que lui, mais il paraissait prêt à se battre s'il le fallait.

Et je ne pus que me demander : si ce n'était pas moi, qui donc pouvait bien être l'objet de son courroux?

— Non, répondis-je.

La tension marqua de nouveau le coin de ses yeux. De la fumée s'éleva de la marmite, tout comme une odeur légère et agréable qui fit gronder mon ventre. La part de tarte de Claudia commençait à remonter, et mon corps me le faisait bien savoir. Mais même si la soupe semblait divine, je n'étais pas certain de vouloir avaler quoi que ce soit en provenance de cette cuisine. Les Kim semblaient être de ces familles à régulièrement empoisonner les plats des uns et des autres juste pour l'attrait du jeu.

— Elle me blâme pour ce qui est arrivé à Hyun-Shik, répéta Jae en fronçant discrètement les sourcils.

— Pour quelle raison?

J'attrapai un morceau de légume sur la planche et fus sur le point de le mettre dans ma bouche lorsque les doigts de Jae se refermèrent sur mon poignet.

— Quoi? Je ne peux même pas les manger crus?

— C'est du melon amer. Vous n'aimerez pas.

Il se rendit jusqu'au frigo pour en sortir quelque chose qui m'apparut familier.

— Tenez, ce sont nos derniers baos.

33

— Cette chose avec de la farce de porc ? J'aime beaucoup. Je pensais que c'était chinois.

— Ça l'est. Nous mangeons aussi des hamburgers et des spaghettis.

— Je plaisantais, bien sûr. Adorable.

Je souris en mordant dans la brioche blanche. La cuisine froide et moi-même avions toujours été en très bons termes.

— Donc, avant que vous ne me distrayiez avec de la nourriture, je vous demandais pourquoi votre tante vous blâme pour la mort de Hyun-Shik.

— Elle pense que j'ai eu une mauvaise influence sur lui.

De la culpabilité remonta à la surface, et je butai de nouveau sur le changement de temps.

— Hyun-Shik était un adulte responsable, capable d'assumer les conséquences de ses propres décisions. Il n'avait pas besoin de mon influence pour ça.

Je pris le temps d'assimiler ses mots. L'image que je me faisais de Hyun-Shik était encore trouble. D'une part, il avait avalé une poignée de cachets et avait passé l'arme à gauche dans un club gay ; c'était loin de donner l'impression qu'il avait une bonne image de lui-même. Jae-Min le voyait différemment, et le profil qu'il me dépeignait allait à l'encontre de l'idée que je m'étais faite de lui. Il était vrai que les gens ne montraient pas souvent leur véritable nature au reste du monde, mais les Kim étaient une sorte de masse opaque. Et en fin de compte, je ne savais toujours pas lequel de ces « Hyun-Shik » était le vrai.

Je ne savais pas comment Jae pouvait m'aider. Mais avec tout ce qu'il m'avait déjà dévoilé, je pouvais au moins lui accorder le bénéfice du doute. Avec les échos de sa colère qui remontaient sans cesse, il n'était pas si facile à lire. Je sortis une photocopie de la lettre de suicide et la plaçai en face de Jae sur le comptoir.

— Avez-vous eu connaissance de ce document ?

Je voulais voir sa réaction devant la note de son cousin. La surprise était souvent la meilleure arme d'un bon détective lorsqu'il enquête.

— Pouvez-vous m'expliquer de quoi il parle ?

Ses doigts tremblèrent en s'emparant de la feuille de papier. La gravité adoucit ses lèvres pincées dans une expression qui donna à mes pensées un horizon pervers dont je n'avais pas besoin à ce moment-ci.

— Non, je ne l'avais pas encore lu. Est-ce…

Jae interrompit sa question. Un autre secret sembla pointer le bout de son nez. Je ne pouvais qu'en conclure qu'il y avait plus dans leur relation qu'il ne voulait bien l'admettre. Il était troublé, accablé, à la seule vue de l'écriture de son cousin sur une simple photocopie.

— Pouvez-vous me la traduire? demandai-je pour le distraire de sa peine. Une traduction a déjà été effectuée pour le dossier, mais je ne parle pas coréen et je voudrais que quelqu'un qui le connaissait bien puisse me dire ce qu'il en pense.

— J'aurais compris. Que vous ne parliez pas le coréen.

Traçant les caractères du bout des doigts, Jae se pinça les lèvres, un air confus traversant ses traits.

— Ça n'a aucun sens.

— Les suicides en sont souvent dénués.

Du moins, l'avais-je appris avec le temps. Et il y a quelques années, j'avais compris combien c'était vrai.

— Croyez-moi, cela nous laisse toujours plus de questions que de réponses.

Kim Jae-Min était plus perspicace que je ne l'aurais cru. Il me dévisagea, silencieux, de son regard ambré, mais ne riposta pas. Il reprit la feuille en main.

— Je parle de la note. Elle n'a aucun sens.

— D'après la traduction que nous en avons faite et ce que j'ai inscrit dans mon rapport, il s'excuse d'avoir fait ça… de s'être suicidé.

Je m'approchai et regardai par-dessus son épaule. Si j'avais à le faire, je peinerais certainement à justifier de m'être pressé contre lui. Et à vrai dire, je ne savais pas vraiment pourquoi je m'étais approché. Je ne pouvais même pas lire ce qu'il soulignait, après tout. Mais cela me semblait encore plus malpoli de bondir soudain vers l'arrière, et son odeur me monta au cerveau, masculine et corsée, pour venir adoucir le ton de la conversation.

— Hyun-Shik a écrit : *Mian, naneun igorseul haeya haeyo.*

Jae releva les yeux. Je fis volte-face pour lui laisser de l'espace. Son épaule effleura mon bras et il ne s'éloigna pas, gardant ce maigre contact entre nous. Il se mouvait avec une sensualité involontaire, à moins qu'il ne se soit entraîné jusqu'à ne plus avoir à réfléchir lorsqu'il agissait.

— Cela aurait beaucoup plus de sens s'il avait écrit : *Irokke hal su pakke obsor yukamida.*

— Et quelle est la différence?

Il m'apparaissait que je devrais me faire quelques notions de coréen avant la fin de cette enquête. Les subtilités de cette culture et de ce langage étaient en train de me rendre dingue.

— Ça veut dire la même chose, dans l'ensemble, mais sa manière de l'écrire sous-entend une obligation. Pas une souffrance qu'il regrette de devoir nous causer.

Jae mit quelques secondes pour trouver les mots qui sauraient exprimer ses pensées.

— Ma version ressemble plus à : «Je regrette d'avoir à faire ça.» *Hyung* a écrit : «Je suis désolé, mais je dois le faire.»

— Peut-être voulait-il protéger l'honneur bafoué de votre famille?

Je me rendis compte de mon erreur au moment même où j'eus terminé cette phrase, et pas seulement parce que Jae-Min leva les yeux au plafond.

— Nous sommes Coréens. Nous essayons simplement de ne pas nous embarrasser les uns les autres. Nous n'allons pas commencer à nous charcuter comme un poisson qu'on aurait éventré juste pour rétablir l'honneur familial.

— Je ne faisais que penser tout haut, protestai-je.

Le regard plein de reproches de Jae était presque aussi incendiaire que celui de Claudia.

— Et puis, ça ne doit pas être ça. Si c'était vraiment le cas, il ne se serait pas tué dans un...

— On appelle ça un club de strip-tease.

Jae s'affaira de nouveau à mélanger la soupe en prenant soin de vérifier la tendresse des légumes. Sa chaleur disparut avec lui.

— Je ne suis pas bête au point de ne pas savoir ce qu'est le Dorthi Ki Seu.

— Je vois, répondis-je. Mais alors, quel était ce devoir dont il parlait? Et pourquoi en finir à l'intérieur du club?

— N'est-ce pas là ce pour quoi mon oncle vous paie? Pour découvrir le fin mot de l'histoire?

Du bruit nous provint depuis le salon, le bruyant vacarme révélant les voix de plusieurs femmes, et il jeta un coup d'œil vers la porte, comme s'il s'attendait à voir débarquer Grace d'une minute à l'autre.

— La vérité, c'est qu'on me paie pour fouiner aux alentours quelques jours, et ça s'arrête là.

La diplomatie n'avait jamais été ma spécialité. J'étais plus du style à montrer les poings pour obtenir des informations et, apparemment, à fuir des lesbiennes septuagénaires armées d'un fusil, mais je n'allais certainement pas l'admettre devant lui. Notre relation n'avait pas atteint le point de non-retour où j'offrais un thé et un sourire en déballant mes exploits les plus humiliants.

— Mais il faut dire que je n'ai jamais vraiment aimé suivre les ordres.

— Quelqu'un vous a demandé de ne pas creuser le meurtre de *hyung*?

Il cessa son geste au-dessus de la soupe, les mains toujours pleines d'une poignée de champignons.

— Non, pas exactement. Je dois simplement m'assurer qu'il s'agit bien d'un suicide pour que l'affaire ne fasse pas trop de bruit.

Telles des oreilles recourbées dans un mélange brûlant, les champignons rencontrèrent leur destin.

— Est-ce vraiment ce que vous pensez? Que Hyun-Shik a mis fin à ces jours?

Jae reprit ses mordillements en attaquant sa lèvre inférieure. S'il continuait comme ça, il se ferait saigner sous peu.

— C'est ce à quoi ça ressemble, j'en conviens, mais je le connaissais mieux que ça. Il ne ferait pas ça de cette manière. Et surtout, il n'aurait pas fait ça à sa famille.

— C'est toujours ce qu'on dit. Votre oncle en est convaincu, lui aussi.

Appuyant mon coude contre le comptoir, je ramassai l'un des champignons qui étaient restés sur la planche et humai son odeur aromatique et carnée.

— La vraie question, c'est de se demander comment vous allez réagir si je découvre qu'il s'est bien suicidé. Que comptez-vous faire si c'est bien le cas?

Mon téléphone sonna avant qu'il ne puisse me répondre, et j'envisageai de laisser tomber mon interrogatoire. Jae-Min se retourna pour s'occuper de sa soupe sans me laisser d'autre choix que de parler à son dos. Jurant entre mes dents, je vérifiai le numéro et jurai de nouveau, plus fort, cette fois-ci, et avec plus de venin. Jae m'accorda une seconde de son attention avant de choisir de continuer à m'ignorer alors que je prenais l'appel.

— Oui, Claudia?

Je jetai un œil à l'horloge sur le mur, fronçant les sourcils en devinant l'heure.

— Qu'est-ce que tu fiches encore là-bas? Je pensais que tu allais rentrer chez toi.

— C'était prévu, mais les personnes qui vous ont engagé ont débarqué. Vous savez, cet homme avec sa femme.

Claudia était plutôt bonne lorsqu'il s'agissait de garder des secrets, aussi suspectai-je qu'elle ne devait pas être seul dans le bureau.

— Ils souhaitaient s'entretenir avec vous.

37

— Ils ?

— C'est ça, les deux à la fois. Le mari et sa femme.

Elle marqua une pause, et j'entendis un murmure hors de ma portée d'écoute lorsqu'elle engagea la conversation avec quelqu'un d'autre.

— Allez donc me chercher une boisson fraîche, en passant. Et prenez-vous quelque chose à manger.

— Sérieusement ?

Il y eut un silence qui me fit particulièrement grimacer.

— Désolé. Ils sont venus tous les deux ?

— Ne vous bilez pas. Je comprends que la journée a dû être longue pour vous, surtout après votre petite balade jusqu'au comté d'Orange, la nuit dernière.

Sa voix était légère, mais la tendresse de Claudia était chargée de sarcasme.

— Et ils sont venus à deux, en effet. Ils prennent l'air, dehors. Je ne sais pas si je dois me sentir insultée ou enchantée qu'ils ne patientent pas dans mon bureau.

Et ça venait d'une femme que je payais pour regarder la télévision sur ses heures de travail. Mais n'étant pas si stupide que ça, je la gardai bien fermée jusqu'à ce que l'envie de sortir quelque chose de stupide me soit passée. Lorsque je revins à la réalité et que j'eus tourné ma langue sept fois dans ma bouche, je repris :

— Il va me falloir au moins trois quarts d'heure pour revenir, et ça, c'est seulement si le dieu du trafic me fait une fleur. Sont-ils prêts à attendre aussi longtemps ?

— Je pense bien, répondit-elle d'une voix douce, comme si tout était pardonné. Ils sont arrivés comme une fleur et ont demandé à vous voir. De ce que je sais de l'épouse, ce n'est pas vraiment son style. Surtout pas avec cet accoutrement.

Je réprimai l'éclat de rire qui m'obstruait la gorge.

— Tu l'as reluquée ?

— Pour qui me prenez-vous ! se moqua Claudia. Je ne suis qu'une femme. J'ai ma propre curiosité. Et il y a quelque chose de très dérangeant dans ce mariage, c'est moi qui vous le dis.

— Dois-je te rappeler ton monologue sur la manière d'aimer de tout à chacun ? lui rappelai-je.

— Ce sera sans moi, répondit-elle. Comptez-vous revenir ou dois-je leur dire de repasser plus tard ?

— J'arrive. Laisse-moi le temps. Et demande-leur de patienter, je t'en serai reconnaissant, Claudia.

Je raccrochai et pressai mon front contre mon téléphone. Ma vie devenait, jour après jour, de plus en plus étrange, bien trop à mon goût. Il semblait que j'étais loin d'en avoir fini avec l'affaire Brinkerhoff, et pour être tout à fait franc, je ne savais pas par quel bout la prendre, à ce stade.

— Cette Claudia, c'est votre petite amie ?

Jae coupa le gaz et couvrit la marmite d'un couvercle en verre. De la buée s'y accumula presque immédiatement.

— Non, il s'agit plutôt de mon manager.

Je souris à l'idée de sortir avec Claudia. Au-delà de son appartenance au sexe opposé, sa tendance à la tyrannie rendrait certainement ma vie encore plus réglée comme une horloge qu'elle ne l'était déjà sous sa présente dictature.

— Elle fait en sorte que tout soit en ordre dans mes affaires.

— C'est votre femme, alors.

Il sourit et cette étincelle brûla toute tristesse persistant sur son visage. Il repoussa une épaisse mèche de cheveux derrière son oreille et il éclata de rire lorsque je fis la grimace.

— Ce n'est pas ma femme, mais elle me mène certainement à la baguette comme telle.

J'aurais dû lui dire que j'étais gay. S'ouvrir à lui pourrait me permettre de gagner sa confiance sur le long terme, et j'en aurais bien besoin si je devais continuer de creuser le meurtre de Hyun-Shik. Ma gorge se serra autour de ces mots si révélateurs. C'était comme si je me retrouvais de nouveau vulnérable devant mon père, la méfiance suintant par chacun de mes pores. Sauf que je n'avais rien à perdre cette fois. À part ce job, peut-être. Et il m'apparut que les Kim n'apprécieraient certainement pas particulièrement qu'un homo se charge de l'enquête.

— Vous avez ma carte, il me semble ?

— Oui.

Il tapota sa poche avant, son sourire se fanant quelque peu.

— Appelez-moi, demandai-je d'une voix modérée.

Le bout de ma carte dépassait de sa poche, son pouce pressant l'un des coins.

— Si vous vous souvenez de quelque chose ou si vous souhaitez simplement me parler de votre cousin.

— C'est entendu.

Le claquement de hauts talons dans le couloir nous alerta de la venue de Grace, et une tension nouvelle s'installa.

— Vous feriez bien de déguerpir avant qu'Almira Gulch ne vous trouve ici.

Ce ne fut que lorsque je fus à mi-chemin du bureau que je réalisai que j'avais davantage ri durant cette courte entrevue que durant ces deux dernières années. Mes côtes me tiraillèrent, et je frottai la cicatrice qui s'étendait tout du long de mon abdomen. Elle me faisait autant souffrir que celle qui barrait ma jambe ; et je pouvais remercier Mme Brinkerhoff pour ça. La douleur descendit jusque dans mon ventre, un écho traître me pinçant le cœur, alors que Rick me revenait en tête l'espace d'un instant. Avec un peu de chance, je n'entendrais plus jamais parler de Jae-Min. Ce serait dans notre intérêt à tous.

Il y avait un genre de séquoia planté devant le porche de mon bureau. Celle-là n'était pas faite de bois : il s'agissait seulement de l'une des nombreuses progénitures de Claudia. Depuis le temps que je les connaissais, elle et ses mioches, il n'avait jamais été mention d'un M. Claudia, et je ne m'étais jamais senti l'audace de le lui demander. Pour tout ce que j'en savais, l'homme était encore vie et se portait comme un charme, enchaîné quelque part chez elle avec une liste interminable de tâches à remplir. Un destin pire que la mort, selon moi.

En montant les escaliers, je remarquai que l'homme devait avoir presque la vingtaine et qu'il était plus costaud que ce que l'esprit pouvait assimiler. J'avais hérité d'une bonne taille moi-même, mais il avait toujours près de trente centimètres sur moi et un bon quinze centimètres d'épaules. Il remarqua ma curiosité et se redressa, distançant encore davantage sa tête de la mienne.

— Bien le bonjour, monsieur McGinnis.

Je luttai pour ne pas tressaillir tandis que je vieillissais d'une vingtaine d'années rien qu'à l'entendre.

— Bonjour.

Je le saluai du menton. Cela ne vaudrait pas grand-chose en points de *cool attitude,* mais ça me rendait au moins dix ans de ma jeunesse.

— Lequel es-tu ?

— Mo. Martin est mon père.

Jouant avec son trousseau de clés, il m'offrit un sourire complice.

— Il m'a dit que si j'allais récupérer Nana cet après-midi, je pourrais prendre la voiture ce soir pour sortir.

— C'est un bon compromis.

J'aperçus du mouvement dans mon bureau, des ombres se déplaçant derrière la moustiquaire noire.

— Je devrais aller à l'intérieur avant qu'elle ne me voie traîner et qu'elle vienne me chercher par la peau du cou.

— Ça ne serait pas beau à voir, grinça-t-il. Nana m'a dit d'attendre dehors. Il y a du monde à l'intérieur, qu'elle dit. Ça ne vous dérange pas, j'espère?

— Pas du tout. Fais comme chez toi.

Hochant la tête, je me préparai mentalement à saluer les Brinkerhoff.

— Je te l'envoie. Désolé que tu aies eu à m'attendre.

— Pas de problème.

Il eut un grand sourire qui lui monta presque jusqu'aux oreilles.

— Ce n'est plus à moi de tondre la pelouse, au moins. C'est Sissy qui s'en charge, maintenant.

Il n'y avait pas de discriminations genrées des tâches ménagères dans la tribu de Claudia, et à part la différence de carrure, qui ne leur permettrait pas de retenir un tsunami en formant une véritable digue, les filles de la famille devaient s'atteler aux mêmes besognes que les garçons, et vice versa. L'autosuffisance n'était pas en option dans leur capital génétique. Je me demandais parfois ce qu'ils faisaient à ceux qui osaient décevoir les attentes de leur matriarche.

Lorsqu'elle était pleinement vêtue, Mme Brinkerhoff ressemblait bien plus à la grand-mère typique que je m'étais imaginée lorsque j'avais pris le job cette nuit-là. Il n'y avait pas un centimètre de cuir noir et clouté en vue, et sa silhouette potelée était couverte d'une robe à motifs fleuris. Elle était assise dans une de ces bergères ultras confortables que j'avais retapissées avec un faux daim carmin, ses jambes fines croisées aux chevilles et ses pieds délicats enfermés dans une paire d'escarpins noirs. Si elle ne m'avait pas lancé un regard noir lorsque j'avais franchi la porte, je me serais presque attendu à ce qu'elle se lèche le doigt et qu'elle nettoie une tache sur mon visage avec sa bave de grand-mère.

À ce stade, je ne prévoyais pas de m'approcher d'elle à moins d'un mètre cinquante.

Tout se passa sans accroc. Ce fut son époux qui prit la parole, tandis que Claudia se tenait derrière moi, me procurant une touche de réconfort par sa simple présence. Je lui en étais reconnaissante. J'avais rapidement appris que je n'étais pas invincible, et le sac de Mme Brinkerhoff était certainement suffisamment gros pour contenir un fusil à pompe. Si les choses tournaient au vinaigre, je prévoyais d'attraper M. Brinkerhoff pour m'en servir de bouclier humain pendant que Claudia s'enfuyait par la porte de devant.

Le battant se referma derrière eux, et Claudia poussa un soupir de soulagement en s'éventant avec une pile de dossiers. La carrure massive de son petit-fils projetait une grande ombre contre la porte, et elle lui fit signe pour lui dire d'aller se réchauffer dans la voiture, qu'elle ne tarderait plus.

— Merci, chérie.

Je l'embrassai sur la joue et me retirai avant qu'elle ne puisse m'asséner une nouvelle frappe.

— C'est gentil d'être restée, même si j'aurais très bien pu m'en occuper moi-même, dis-je.

— Je voulais juste voir s'ils comptaient vous la faire à l'envers pour la facture.

Elle attrapa son sac et en fouilla les profondeurs jusqu'à sortir une énorme paire de lunettes de soleil. Elle les enfila, se recoiffa et prit la direction de la porte.

— Je les ai fait raquer pour le pare-brise et j'ai ajouté les intérêts pour les vêtements que vous avez déchirés sur cette clôture.

— Je n'ai rien…

Je m'interrompis, d'ores et déjà familier avec sa technique de facturation.

— Je vois. Une bonne soirée, alors.

— À vous aussi.

Elle passa le pas de la porte et marqua un arrêt pour me jeter un dernier regard critique.

— Vous avez un long week-end devant vous. N'oubliez pas de manger.

— Tu m'as bien vu ? Ai-je l'air d'être en train de me priver ?

Je tapotai mon ventre et le ballonnai pour me créer une petite bedaine.

— Je n'oublierai pas, c'est promis.

Laissant la porte claquer derrière elle, Claudia termina :

— Et avalez autre chose que de la viande rouge. Bon Dieu, Cole, un jour, je jure que vous allez vous transformer en vache.

JE PRÉVOYAIS de traîner à la maison jusque tard dans l'après-midi avant de prendre la voiture et de filer jusqu'au club où Hyun-Shik avait trouvé la mort, lorsque mon téléphone sonna. Je me retrouvai à accepter d'aller boire une bière avec un ancien flic avec lequel j'avais bossé. J'avais manqué de perdre la vie le matin même après tout. Je devais bien à Bobby la dérouillée qu'il allait m'infliger. C'était à peine si je pouvais compter le nombre de dettes que j'avais envers lui. Prendre le temps de passer du temps en sa compagnie me semblait être un bien maigre prix à payer pour me racheter.

À l'époque, Robert Dawson était un vétéran du département de Police de Los Angeles, âgé de vingt-cinq ans et monté comme un taureau. Il avait été sur le point de démissionner lorsque j'étais arrivé sur le terrain. Nous avions fait équipe sur plusieurs affaires et, après que je m'étais pris une balle, il avait toujours pris soin de passer de temps à autre pour voir comment je me portais. Notre amitié était solide, et la souffrance que j'avais dû endurer durant les années qui suivirent m'en avait rendu d'autant plus reconnaissant. Bobby avait toujours été présent avec ses blagues de mauvais goût et les hamburgers qu'il parvenait à faire entrer en douce à l'hôpital. Après deux semaines de soupe et de gelée, j'avais décrété qu'un véritable ami valait son pesant de malbouffe aussi rare qu'huileuse.

Il y avait toujours des rumeurs qui circulaient entre les départements, des potins qui n'intéressaient pas grand monde. Ceux-là m'avaient causé leur lot de problèmes. Je n'avais jamais caché mes préférences. Quand quelqu'un me demandait si j'avais une petite amie, je répondais toujours par la négative en faisant remarquer que ça mettrait sûrement mon copain en rogne. Au bout d'un moment, les gens avaient commencé à comprendre que je ne plaisantais pas.

Bobby faisait les choses différemment. Il se faisait discret, dissimulant chacune de ses relations, même à ses plus proches amis. Que je me sois fait tirer dessus l'avait probablement affecté autant que moi, et ça l'avait forcé à revoir sa méthode. Il avait démissionné et était sorti sans hésiter du placard dans lequel il s'était enfermé pendant des années. Il avait perdu un bon nombre d'amis après ça et, à ce jour, il n'avait toujours aucun regret, si ce n'était qu'il aurait dû le faire bien avant ça.

Un après-midi, l'homme musclé aux cheveux poivre et sel et au visage marqué par des sourires et des ridules au coin de ses yeux s'était assis près de mon lit à l'hôpital et m'avait demandé si je lui pardonnais de ne pas s'être ouvert plus tôt à moi.

Je lui avais répondu qu'il n'y avait rien à pardonner. Nous savions l'un comme l'autre qu'il n'y avait pas beaucoup de place pour l'homosexualité dans notre branche. Il avait fait ce qu'il pensait être le mieux pour lui, et j'avais fait mes propres choix. Encore aujourd'hui, je ne savais pas si ma décision avait été la bonne. Bobby m'avait avoué qu'après tout ce qui s'était passé, il se posait toujours la même question.

— C'est bon de te voir, l'ami.

Bobby tendit les bras au-dessus de sa tête et déposa ses chaussures sur le bord de la table basse qui se tenait entre nos deux fauteuils.

— Il était temps que tu prennes un peu le temps de te détendre.

— Tu rigoles ! Nous nous sommes vus il y a à peine quelques jours. C'est vrai, quoi ! Nous ne sommes pas mariés, à ce que je sache.

Je humai la bière non alcoolisée que le serveur venait de me ramener. Ça n'aurait pas été mon premier choix, mais je voulais avoir les idées claires lorsque j'irais en voiture jusqu'au Dorthi Ki Seu.

— Comment vas-tu ?

Nous avions notre propre routine, un petit entraînement de boxe par-ci, quelques bières dans un bar près de chez moi par-là. Parfois, plusieurs de nos amis venaient se joindre à nous, mais aujourd'hui, il n'y avait que Bobby et moi dans notre petit coin personnel.

— Je pensais au moins que tu passerais à la salle ce matin, déclara Bobby en observant un jeunot demander une nouvelle tournée au barman. Mais à te voir boiter comme ça, tu as dû te trouver quelqu'un la nuit dernière et y aller un peu trop fort.

— Oh, tu n'as pas tort. J'ai trouvé la perle rare et j'ai pris la fuite, plaisantai-je.

Je passai les minutes suivantes à lui décrire la petite affaire de Mme Brinkerhoff et son histoire de fusil, sans hésiter à passer par les détails croustillants de ma fuite désespérée à travers la cour.

Son rire tonitruant se répercuta contre les murs et me fit sourire. Au boulot, il avait toujours été si strict avec lui-même que j'en étais souvent venu à me demander s'il avait un pouls. Rompre des années de silence lui avait fait du bien, et j'appréciais de pouvoir le faire rire comme il me faisait rire. C'était un peu comme chercher à rattraper le temps perdu.

— Bordel, laisse-moi le temps de respirer, fiston.

Il se frotta le visage à l'aide d'une serviette pour se nettoyer la bouche et la moustache.

— Je vais finir par me pisser dessus.

— C'est ce qui arrive quand on devient vieux.

Je hochai la tête d'un air sage.

— Bientôt, on devra t'envelopper dans une couche et te faire avaler de la nourriture pour bébés.

— Continue comme ça et je vais m'assurer que tu n'aies plus assez de dents pour que les gars se traînent à tes pieds sur des kilomètres pour un seul rendez-vous.

Cela me valut un coup dans le bras qui allait très certainement laisser une marque que je découvrirais au lendemain. Levant son verre vide en guise de signe au serveur, il se commanda une nouvelle bière.

— Alors, dis-moi, sur quoi est-ce que tu bosses en ce moment ?

— Une affaire de suicide, répondis-je en déposant ma bouteille avant de suivre le regard de Bobby.

Le jeune homme se retourna et, lorsqu'il croisa le regard de mon ami, il lui sourit.

— Tu ne crois pas que tu as assez de numéros, à ce stade ?

— On n'en a jamais assez, rétorqua-t-il.

La mine de Bobby redevint sérieuse.

— Développe.

— Un jeune Coréen s'est donné la mort au Dorthi Ki Seu, un club de strip-tease. Mike m'a demandé de jeter un œil pour la famille.

Cela faisait du bien de savoir que je pouvais tout déballer sur les Kim et sur ce qui s'était passé avec lui. Avoir un partenaire avec lequel échanger ses idées me manquait, et Bobby était tout ce que j'avais, ces jours-ci. Il se pencha vers l'avant, m'écoutant attentivement et me laissant divaguer jusqu'à ce que j'en vienne à Jae-Min.

— Tu aurais dû voir ça, un sacré bout, celui-là. Pas du genre efféminé... plutôt sexy, en fait. Il a ce petit quelque chose. Il lui donne un air de type farouche.

Expirant, je passai un doigt sur le goulot et m'enchantai du sifflement de ma peau humide sur le verre.

— Et je sais que tu ne vas pas me croire, mais il était presque en train de ronronner chacune de ses paroles. Et son parfum ! Tu sais que c'est une chose qui m'attire particulièrement chez les hommes.

— Oui, je suis au courant.

Bobby affichait un air perplexe, et je haussai un sourcil dans sa direction.

— Quoi ?

— C'est juste que ça fait du bien de t'entendre parler d'un gars. Content de voir que tu es de nouveau parmi nous.

— Non... non, pas du tout.

Si j'avais secoué ma tête encore une seule petite fois, elle aurait bien pu tomber directement sur le sol.

— Je ne suis pas intéressé. Je ne prévois même pas de le revoir.

— Cole, il est séduisant et il te fait rire. Qu'est-ce que tu veux de plus ? Tu n'as pas à l'épouser. C'est juste l'histoire d'un burger, pour voir si ça colle entre vous.

Le brouhaha du bar se calma soudain, et Bobby se pencha plus près en prenant garde de baisser le ton.

— Tu mets le temps. Ça fait presque trois ans déjà. Ne crois-tu pas qu'il serait bon pour toi de te remettre à chercher ? D'essayer ?

— Je ne fais que ça, chercher.

Protester ne joua pas en ma faveur. Il se contenta de se redresser et d'acquiescer comme si j'étais l'un de ces gamins rebelles qu'il cherchait à aider.

— Je viens juste de mater ce gosse assis au bar.

— Tu l'as regardé comme si tu te demandais s'il s'apprêtait à commettre un hold-up.

Une lampée de bière agrémenta la moustache de Bobby d'un filet de mousse qu'il s'empressa de faire disparaître d'un coup de langue.

— Cole, tu étais du genre à ne jamais t'excuser pour qui tu étais, emais après l'incident avec Rick, tu t'es complètement fermé au reste du monde.

— Je ne suis pas prêt. C'est encore trop tôt.

C'était tout ce que je pouvais lui dire. Et ce n'était pas grand-chose, mais je n'avais rien d'autre à offrir. Jae-Min était du genre beau garçon, et c'était dangereux, parce qu'il avait réveillé chez moi un petit quelque chose. Une flamme que je pensais s'être éteinte avec mon dernier amant, et je n'étais pas certain d'être prêt à accueillir de nouveau ce genre de désirs dans ma vie.

— Bobby, il est plutôt mignon, mais ça en reste là. C'est juste une anecdote à partager avec un ami autour d'une bière. C'est juste une histoire de plus.

— Tout ce que je dis, c'est que tu devrais penser à toi au lieu de t'occuper des problèmes des autres, pour une fois.

Il avala le reste de sa bière et fit claquer son verre avec plus de force que nécessaire.

— Sinon, bientôt, tout ce qu'il te restera, ce sera des histoires à raconter et une maison complètement vide. Ne fais pas les mêmes erreurs que moi. Vis ta vie, fiston, si possible avant que tu ne deviennes vieux et aigri.

IV

Le Dorthi Ki Seu n'avait rien à voir avec tous les autres bars gay que je connaissais. La première fois que j'y avais mis les pieds, la propreté de l'endroit et la civilité du personnel m'avaient épaté. À l'époque, malgré mon inexpérience, j'avais réussi à décrocher un poste dans une des unités spéciales. Cela m'avait beaucoup appris.

Y entrer fut facile. Il n'y avait pas de prix d'entrée, mais je me fis attentivement reluquer par le jeune homme qui s'occupait de la porte. Mais ce ne fut qu'une fois à l'intérieur que je compris la signification de ce regard. Même si mes cheveux châtain clair et ma taille ne me faisaient pas particulièrement sortir du lot, l'absence de costume cravate semblait me mettre un projecteur en pleine figure. Au Dorthi Ki Seu, on se prétendait décontracté en déposant sa veste de costume sur le dos de la chaise.

Avec son habillage mural de luxe et ses petits îlots de fauteuils en cuir, la décoration intérieure avait un petit air de club pour gentlemen de l'époque victorienne. Il y avait quelques notes orientales dans le mobilier, discrètes, raffinées et allant à l'encontre de tous les bars gay dans lesquels j'avais été. Je pouvais à peine entendre le murmure des conversations, et la lumière tamisée donnait à la pièce une aura d'intimité.

Des serveurs s'occupaient personnellement de chaque table. La population exclusivement masculine de l'endroit m'ignora, certainement plus par courtoisie culturelle que par manque d'intérêt. J'eus la chance de trouver une table, même si celle-ci se trouvait très loin de la scène. L'endroit était plein à craquer et rien ne laissait présager que cela changerait de sitôt.

Un serveur dans une chemise blanche me jaugea très rapidement du regard lorsqu'il vint prendre ma commande. Il était jeune, rasé de près et suffisamment canon pour que je le dévisage longuement. Après l'avoir observé un moment, je réalisai que je venais de le comparer à un certain autre coréen que je venais tout juste de rencontrer.

Tapotant son carnet de commandes avec son stylo, il pencha la tête.

— Avez-vous trouvé votre bonheur, *hyung*?

Encore ce «*hyung*» qui revenait. Du moins, cela avait-il la même sonorité qu'avec Jae-Min pour mes oreilles inexpérimentées.

47

— Je prendrais bien un whisky.

Le whisky me faisait de l'œil, surtout avec la sélection que j'avais aperçue derrière le bar, mais je m'étais fixé une règle de non-consommation d'alcool quelques heures plus tôt, aussi décidai-je de changer ma commande.

— Juste un Coca light, finalement.

— Un Pepsi light, ça vous conviendrait?

Son sourire était sensuel, et il y avait le fantôme d'une promesse charnelle dans le ton de sa voix.

— Je peux vous mettre une rondelle de citron, si vous voulez.

— Merci.

Je reluquai ses fesses qui s'éloignaient. La personne qui l'avait embauché savait parfaitement ce qu'elle faisait.

Une odeur de cigarette et d'alcool hors de prix planait dans l'air. Les salles de karaoké qui jouxtaient la salle étaient habituellement louées par des Coréens dans la cinquantaine complètement bourrés pour faire Dieu savait quoi à part chanter. Les salles les plus privées se trouvaient toutes à l'étage et tout portait à croire qu'elles étaient réservées aux membres exclusifs du club. Tout ce que je savais à leur propos, c'est qu'on m'avait dit qu'elles servaient d'escapades destinées au délassement des clients.

Les lits et les piles d'oreillers étaient très certainement placés là pour le confort des consommateurs.

Lorsque je venais de prendre mon poste, le Dorthi Ki Seu était un endroit particulièrement intéressant pour une inspection surprise. Il y avait d'autres boîtes plus fructueuses dans la ville, mais le Dorthi Ki Seu était le Saint Graal d'un des gars avec lesquels je bossais. Et c'était comme ça que j'avais rencontré Scarlet.

Mes collègues avaient fini par l'arrêter, elle et plusieurs autres personnes qui bossaient au rez-de-chaussée; une belle brochette de drag-queens qui divertissait avec leurs shows en dansant et en chantant. Elle avait toujours été très séduisante, et je ne m'attendais pas à ce que ça ait changé depuis lors. Lorsque j'avais enfilé les menottes à ses poignets, j'avais serré trop fort et je m'étais excusé. J'avais corrigé mon erreur et je lui avais demandé quel pronom elle préférait que j'emploie. Son sourire avait été charmant et avait rendu ses traits philippins encore plus attirants.

Après avoir passé son coup de téléphone, Scarlet avait passé moins d'une heure dans sa cellule. Je n'avais jamais réussi à savoir qui elle avait contacté, mais moins de vingt-quatre heures après son arrestation, toutes les charges contre le personnel du Dorthi Ki Seu avaient été abandonnées et l'inspecteur en chef de notre unité avait été transféré. Aux dernières nouvelles, il s'occupait du service de renseignements dans une sous-station sur les docks.

Nous avions vite compris que Scarlet avait des amis très puissants ; des amis qui étaient prêts à tout pour elle. Ou au moins à faire disparaître le moindre de ses problèmes. Mais je l'appréciais. Elle était gentille et drôle, sans même parler de son étrange sens de l'humour. Et j'admirais l'assurance qu'elle avait dans sa propre peau. Je la lui enviais. Je n'étais pas encore sûr de l'avoir moi-même trouvée.

Je lui avais donné ma carte au moment où elle avait été libérée en lui faisant promettre de m'appeler si elle avait besoin de quoi que ce soit. Elle me passait des coups de fil de temps à autre, surtout pour garder le contact et parler des potins qui animaient le département de Police. Scarlet était toujours prête pour une bonne rigolade. Cela faisait un petit bout de temps que je n'avais plus ressenti le besoin de rire.

La douce musique diffusée par les haut-parleurs du club se tut et les lumières éclairèrent la scène. Il était presque vingt et une heures ; c'était l'heure du premier show de Scarlet. Mon cœur s'arrêta une brève seconde lorsqu'une musique lascive se joua sous un air de piano et qu'elle apparut sous les projecteurs.

Elle avait toujours bien cet air de parfaite séductrice que je lui connaissais.

J'avais travaillé dans la Brigade suffisamment longtemps pour savoir repérer les personnes qui se travestissaient, mais Scarlet était d'un tout autre niveau. Alors qu'elle s'approchait du micro en forme de cube installé au coin de la scène, la lumière suivit son corps souple, et elle sourit à la foule. Même en sachant exactement quel âge elle avait, avec sa peau café au lait mise à nue et ses yeux noirs lumineux savamment cerclés d'un khôl foncé pour souligner leur forme en amande, Scarlet n'en restait pas moins une femme de rêve.

Des paillettes rouges étincelaient sous les lumières, sa robe moulante fendue d'un côté jusqu'à mi-cuisse et, de l'autre, jusqu'à son nombril. Ses cheveux noirs brillants étaient relevés, à la Audrey Hepburn, et étaient parsemés de gros diamants près de son oreille droite. Le luxe lui collait à la peau ; c'était le genre de femmes qu'aucun de nous ne pouvait se permettre. Même si je le voulais, je ne le pourrais certainement pas.

— *You look at me and smile.*

Son ton était caressant.

Il n'y avait rien à dire de plus que ça. Elle avait beau être un homme auquel on avait enfilé une robe, elle savait comment profiter de son attrait féminin. Jouant avec la chanson d'Etta James, elle occupait la scène, se penchant vers un groupe d'hommes en costume assis près de l'éclairage. Ils adoraient ça, souriaient comme des écoliers auxquels on aurait donné une étoile d'or.

— Mademoiselle Scarlet a reçu votre message. Elle demande à ce que vous la rejoigniez lorsqu'elle aura terminé.

Une large main s'abattit sur mon épaule, et je me retrouvai devant la version coréenne d'un des enfants gigantesques de Claudia. S'il arrivait qu'un jour j'adresse de nouveau la parole à mon père, je voudrais bien lui demander où était passé ce gabarit de géants dans notre famille.

— Merci.

Plusieurs autres titres passèrent, et j'écoutai d'une oreille distraite, plus intéressé par l'immense porte barrée par un épais cordon en velours rouge et protégée par des hommes à l'air mature bien plus imposants que celui qui m'avait transmis la réponse de Scarlet. Plusieurs hommes s'en approchèrent.

Un homme plus âgé, de toute évidence Coréen, habillé de manière stricte et immaculée, approcha celui gardant le cordon. On lui ouvrit le passage sur un hochement de tête respectueux, et il passa la porte pour monter les escaliers. Quelques minutes plus tard, deux hommes suivirent, conversant l'un avec l'autre comme s'ils étaient sur le point d'aller dîner.

Un tonnerre d'applaudissements me ramena au présent, attirant mon attention sur la scène, et je me mis à applaudir bruyamment. Scarlet nous salua une fois, puis deux, faisant un geste large de la main pour inclure le pianiste dans son ovation. La masse de muscles n'était pas très loin et m'observait finir mon soda.

— Vous avez terminé ?

Je fis tourner les glaçons dans mon verre avant de laisser cinq dollars sur la table pour le serveur.

— Je vais vous montrer le chemin.

Il n'attrapa pas exactement mon coude, mais sa grande paluche effleura le dos de mon bras, comme s'il était habitué à diriger les gens.

Une troupe de danseurs monta sur scène, et je laissai derrière moi l'atmosphère posée du club derrière moi, tout comme les hommes vêtus de robes colorées ressemblant presque à des kimonos. L'un d'entre eux me fit un sourire, penchant légèrement la tête dans ma direction en prenant soin de ne pas faire basculer sa perruque.

Comme dans la plupart des boîtes de ce genre, les coulisses étaient un chaos sans nom. Les habits et les luminaires se battaient en duel pour savoir qui prenaient le plus de place, et il y avait des hommes plus ou moins dénudés installés un peu partout. Plusieurs d'entre eux étaient assis devant de longs miroirs, s'occupant de leur maquillage, tandis que d'autres s'envoyaient des coups de coude dans les flancs pour enfiler leurs costumes. Le couloir s'étirait au-delà de la pièce principale, et je longeai le mur lorsqu'un homme plus vieux que moi, vêtu d'une robe moulante à frange noire sortit de l'une des cabines. Des sifflements envieux le suivirent jusqu'à la scène.

Le tas de muscles me conduisit jusqu'à une pièce située au bout du couloir. Une étoile dorée brillant de mille feux était accrochée à la porte et plusieurs caractères coréens étaient inscrits de façon manuscrite juste en dessous. Je ne pouvais pas les lire, mais j'en déduis qu'il s'agissait du nom de Scarlet. Je frappai et tournai la poignée lorsque Scarlet m'invita à entrer.

Sa loge était un havre de tissus et de couleurs. Aveuglé par la surabondance de paillettes, de plumes et de volants, je manquai presque Scarlet, qui était en train de retirer des couches de maquillage de son visage. Les lumières vives sur le miroir de sa coiffeuse rendaient sa peau presque livide.

— Salut, Scarlet.

Même de près, elle semblait n'avoir aucun défaut. Je connaissais un bon nombre de femmes qui tuerait pour être aussi belle que Scarlet à son âge. Malheureusement, pour nous autres, c'était un rêve sans avenir.

— Toujours aussi merveilleuse, à ce que je vois.

— Trésor, tu es un amour. Ça fait un moment qu'on ne s'est pas vus.

Elle se leva, resserrant le nœud de la ceinture de sa robe de satin orange autour de sa taille fine. Se penchant pour embrasser ma joue, elle tapota mon torse avant de se rasseoir. La chanteuse suave avait presque entièrement disparu. Tout ce qu'il en restait était les diamants arrangés dans ses cheveux.

— Quoi de neuf?

— Rien de bien intéressant.

Je m'installai dans un fauteuil, observant Scarlet anéantir le reste de son maquillage avant de réappliquer un fond de teint plus discret d'un coup de doigts délicats.

— Je présume que tu n'es pas seulement venu pour me voir, dis?

Ses yeux sombres rencontrèrent les miens dans le miroir.

— J'ai vu la carte que tu as donnée au vigile. Tu es détective privé, maintenant, c'est bien ça ? Marre d'être flic ?

— Ce sont eux qui en avaient marre de moi, dis-je.

C'était la seule défaite que je voulais bien concéder au passé. Il y avait des choses plus urgentes auxquelles penser au temps présent.

— Si je suis là, c'est pour le suicide de Hyun-Shik Kim. Je pensais que tu pourrais m'en apprendre plus sur lui.

— Hyun-Shik ?

Ses doigts s'immobilisèrent et le fantôme de sa pomme d'Adam tressaillit.

— Oh, tu n'as pas envie de fouiner chez les Kim, trésor. Leurs avocats mordent.

— C'est Papa Kim en personne qui m'a engagé. Mon frère, Mike, bosse pour lui.

— Mikio McGinnis est ton frère ? J'aurais dû m'en douter.

Elle pivota, ses yeux affichant une note de perplexité.

— Tu es plus mignon que lui. Ça ne doit pas être facile d'être ton frère.

— Tu le connais ?

— Il bossait avec mon partenaire, de temps à autre. C'était un homme bien. Je l'ai rencontré à plusieurs reprises. Il arrive à *hyung* de mettre ses hommes à ma disposition quand personne ne peut me conduire où que ce soit.

Elle repoussa le banc de sa coiffeuse et disparut derrière le paravent. Une robe fut jetée sur son rebord, contrastant de son orange mandarine sur le bois sombre.

— Est-ce que toi aussi tu as un nom japonais ? Ou est-ce juste le privilège de Mikio ?

— C'est Kenjiro, mais je ne l'utilise jamais, dis-je. Et son premier prénom n'est pas Mike, mais Colin. Il le déteste.

— Colin, c'est un joli prénom.

Elle réapparut, vêtue d'un legging noir et d'une chemise blanche masculine. Elle laissa les pans tomber au niveau des flancs et bouffa le tissu. Satisfaite du retombé de son haut sur son fessier, elle s'installa de nouveau devant sa coiffeuse pour s'attaquer à ses cheveux.

— Je l'appelais Coline, dans le temps.

J'en avais de bons souvenirs. Rien n'énervait plus mon frère que lorsqu'on portait un grand coup à sa masculinité.

— C'est sûrement pour ça qu'il le détestait.

— Mais tu es là pour Hyun-Shik, pas pour papoter, non ?

Une par une, Scarlet enleva ses barrettes-diamant et les rangea dans un étui en velours.

— On ne me dit pas vraiment ce qui se passe en haut, mon chou. Vraiment pas.

— Scarlet, je sais comment ce genre d'endroit fonctionne. Tu dois bien savoir quelque chose.

Elle me jeta un regard à travers le miroir, rencontrant brièvement mon regard avant qu'elle ne se mette à déterrer les épingles enfouies dans son balayage. Je m'approchai d'elle et me penchai jusqu'à ce que nous soyons si proches que nous puissions presque nous toucher.

— Je cherche juste à récolter des informations. Il y a quelque chose dans cette affaire qui n'est pas nette et je veux comprendre quoi.

— Les gars comme toi n'apportent que des ennuis, *dongsaeng*, déclara-t-elle. Tu mets ton nez là où il n'a rien à y faire. As-tu pensé à ce qu'il se passera lorsque ça te reviendra en pleine face ?

— Dois-je m'inquiéter ?

Je tentai de la rassurer d'un sourire, mais c'était certainement peine perdue.

— Hyun-Shik s'est suicidé ou quelqu'un l'a aidé à le faire. Dans un cas comme dans l'autre, on m'a engagé pour que je donne des réponses. Que peux-tu me dire ?

Scarlet détacha ses cheveux, les laissant cascader dans son dos. Massant ses tempes, elle s'occupa des derniers nœuds et ramassa une brosse en prenant bien soin de séparer chaque mèche. L'espace d'une minute, je crus qu'elle n'allait pas me répondre, mais après un soupir, elle finit par reprendre la parole.

— Hyun-Shik a commencé à venir lorsqu'il était encore à l'université. C'est son père qui lui a payé la carte de membre, raconta-t-elle en faisant des gestes de brosse à mon reflet pour me faire taire.

— Papa Kim lui a payé l'adhésion ? Le même homme qui refuse d'accepter que son fils soit gay ?

— Ce que je te dis ici n'en sortira pas, bien compris ? Tu gardes ça pour toi. Je t'aime bien, trésor, mais je ne compte pas me mêler des affaires des Kim. *Hyung* a encore besoin du père pour ses affaires.

Bougeant son doigt sous mon nez, elle manqua de me frapper à coup de brosse.

— Je ne dirais rien à personne, répondis-je en passant une main sur mes lèvres pour souligner mon vœu de silence.

— M. Kim savait très bien que son fils était *iban*. Ça ne l'a pas beaucoup surpris, à vrai dire. La mère, je ne sais pas, mais lui, il était au courant, je peux te l'assurer.

Les émotions firent briller ses yeux sombres. Qu'importait ce à quoi elle pouvait bien penser, j'étais sûr d'une chose : ce n'était pas à Hyun-Shik.

— Il y a beaucoup de pères qui essaient d'aider leur fils. M. Kim a dû penser que lui offrir la carte serait une bonne idée.

— Et ce pass permet de monter à l'étage ?

— Au Dorthi Ki Seu, ça t'emmène là-haut, mais c'est tout. Tu dois encore payer pour tout le reste.

Elle resta concentrée sur sa coiffure et les nœuds qu'elle démêlait.

— On peut se procurer pas mal de choses, là-haut. De l'alcool, de la drogue, des escortes. La plupart de ceux qui montent sont là pour eux.

— Le père de Hyun-Shik acceptait que son fils dépense son argent dans ce genre d'affaires ?

— Peut-être qu'il pensait que si Hyun-Shik avait un endroit où... s'envoyer en l'air...

Elle marqua une pause pour chercher une meilleure formulation.

— Non, s'envoyer en l'air, c'est exactement ça. S'il le faisait ici, alors il n'irait pas draguer la gent masculine ouvertement comme certains de son âge. Personne ne sait exactement ce qui se passe là-bas. Personne ne fait de commentaires. On conserve la dignité du groupe et tout le monde est content.

— Hyun-Shik ne devait pas l'être tant que ça, rétorquai-je. Il s'est quand même flingué à l'étage.

— La plupart des hommes qui viennent vers nous le font, parce qu'ils se sentent déboussolés et, pendant quelque temps, ils peuvent croire qu'aimer un homme est dans la norme. Ici, ça l'est.

La brosse cessa son mouvement, coincée dans une mèche de cheveux.

— J'ai de la chance, tu sais, trésor ? Mon homme, il m'aime, même si nous ne pouvons pas nous aimer en plein jour. Pas publiquement. Ici, la plupart des hommes n'ont même pas cette liberté. Même dans l'ombre, ils ne sont pas autorisés à aimer. Hyun-Shik était l'un d'entre eux.

— Mais quand il était ici, il se sentait normal, conclus-je.

Ces murs étaient les gardiens de trop de secrets, toutes ces choses cachées qui crépitaient sur ma peau. Pour moi, c'était facile : je serais celui que j'avais besoin d'être pour survivre dans ce monde. Mais dissimuler mes préférences n'était pas une option. Ça ne me rendait pas la vie facile, mais c'était toujours mieux que de vivre dans le mensonge.

— Mais aller jusqu'à se marier, alors qu'il…

Le rire aigu de Scarlet me coupa dans ma phrase.

— Ah, c'est si facile pour toi, trésor. Tu vois tout en blanc et noir.

Elle s'attaqua aux mèches sur sa nuque.

— Les Asiatiques se marient. C'est ce qu'ils font. Tu viens au monde, tu vas à l'école et ensuite, tu te maries. Après ça, tu as des enfants et tu prends soin de tes parents en forçant tes propres gosses à aller à leur tour à l'école. Et une fois que c'est fait, c'est de toi qu'on prend soin. Tout n'est qu'un cycle.

— Alors, il se marie et ensuite, il continue de venir pour en tirer une ? Pour relâcher la pression ?

— Ça n'a rien d'étonnant. En général, ça se fait beaucoup après le premier né, parfois le second. Ça dépend de chacun.

L'élégance de son haussement d'épaules me parut travaillée.

— Certains ne reviennent jamais. Le devoir familial prend le pas et la culpabilité tend à empêcher quelqu'un d'avoir ce qu'il désire vraiment au fond de lui.

— Rencontrait-il quelqu'un en particulier ? Quelqu'un qu'il voyait très souvent ?

— Il venait pour Jin-Sang Yi.

Elle me l'épela pour que je puisse l'écrire dans mon carnet.

— Après son mariage, Hyun-Shik ne venait plus beaucoup, mais lorsqu'il le faisait, il demandait souvent à ce qu'on lui envoie Jin-Sang.

— Y avait-il des personnes qui voyaient ça d'un mauvais œil ?

— Non, les choses se font de manière très… pragmatique, là-haut.

Scarlet enchaîna avec une autre section.

— Du moins, en général. Je pense que Jin-Sang serait tout de même contrarié si Hyun-Shik ne le demandait pas, lui, mais ça a probablement plus à voir avec son porte-monnaie qu'autre chose. Les gars du haut se font un paquet de fric, mon chou.

— Un paquet qui s'élèverait à combien, exactement ?

— Les plus populaires gagnent environ cinq mille la nuit, mais tout dépend de ce qu'on leur demande de faire.

— Cinq mille ?

Je m'étais vraiment trompé de carrière. Mais rien qu'à voir ma tête dans le miroir, il y avait peu à parier que je puisse m'en faire autant.

— Jin-Sang fait partie de ceux-là?

— Il est plutôt populaire, de ce que j'entends.

Elle haussa les épaules.

— Parfois, un petit nouveau se pointe et l'un des favoris disparaît. C'est comme ça que ça marche. Comme je te l'ai déjà dit, *dongsaeng*, je ne prête pas trop d'attention à ce qui se passe là-bas. J'anime les soirées. Je ne fais pas ce genre de choses.

— S'est-il suicidé avant ou après avoir vu Jin-Sang?

— Ça doit s'être déroulé après. Il me semble que le patron a refusé le paiement de M. Kim, par respect pour lui, murmura Scarlet. Ç'aurait été mal vu de prendre l'argent de sa séance.

— Donc Hyun-Shik serait monté, se serait bien amusé et ensuite, il aurait mis fin à ses jours, comme ça?

Je m'assis dans mon fauteuil. J'avais eu affaire à des cas plus étranges que celui-ci. Certaines victimes se suicidaient après un bon repas. D'autres étaient incapables de faire quoi que ce soit d'autre avant l'acte. Les gens faisaient vraiment des choses dingues, parfois, mais l'idée qu'on puisse payer pour du sexe et s'enfiler des cachets ensuite me semblait particulièrement excentrique.

— Tu as mentionné qu'il y a de la drogue qui passe là-haut. Est-ce comme ça que Hyun-Shik s'est procuré les cachets?

— Oh non, trésor.

Elle fit un mouvement de cheveux pour les repousser vers l'arrière.

— On ne touche pas aux médocs, ici. Il y a surtout de l'herbe et parfois même du nga nga. Les médicaments prennent trop de temps et ils ne se mélangent pas bien avec le whisky. Ça poserait trop de problèmes.

— Il devait déjà les avoir sur lui, alors.

Ça n'arrangeait pas mes affaires.

— Mais c'est ce «pourquoi» que je n'arrive pas à comprendre. Et pourquoi ici?

— Ça, je ne peux pas le deviner, trésor, répondit Scarlet sur un haussement d'épaules. Que disait la lettre? Exprimait-il de la honte? À l'idée d'être attiré par son propre sexe? Mais dans ce cas, qu'il se soit tué ici ne fait aucun sens. Tes questions me font tourner la tête.

— C'est le but.

Son téléphone portable se mit à sonner sur un air que je ne reconnus pas. Les vibrations secouèrent les petites barrettes en métal disposées sur la coiffeuse.

— Tu préfères que je sorte ?

— Non, reste, ordonna-t-elle en tapant mon torse de ses ongles pointus.

Elle répondit et soupira au son de voix à l'autre bout du combiné.

— *Hyung* ! Oui, j'ai terminé. Je n'avais qu'un seul show ce soir.

Le reste de la conversation se déroula en coréen dans un flot vif de mots. Je n'avais pas besoin de comprendre pour savoir ce qui se disait. Les roucoulements étaient universels et le rire aguicheur de Scarlet me fit sourire. Cela faisait longtemps maintenant que je n'avais plus pris le temps de séduire quiconque au téléphone, pas depuis que Rick et moi étions ensemble.

Je me relevai pour me dégourdir les jambes. Grâce aux allers-retours le long de la côte, les tissus cicatriciels avaient correctement réaccordé les nerfs aux muscles de mon abdomen. Il m'arrivait encore d'avoir des crampes, et marcher pouvait faire des merveilles sur ma chair meurtrie.

En me retournant, quelque chose attira mon attention ; un visage familier me souriait dans un cadre argenté. Je jetai un coup d'œil vers Scarlet, pour m'assurer qu'elle était toujours bien prise par sa conversation, avant de m'approcher d'une grande commode coincée dans un coin de la pièce. La majeure partie des photos représentaient Scarlet, quelques-unes avaient été prises lors de vacances avec un Coréen plus âgé au visage sérieux et d'autres dessinaient plusieurs jeunes hommes qui faisaient de toute évidence le même travail qu'elle. Néanmoins, celle qui me frappa était plus grande que les autres et placée sur le côté, avec les plus petits cadres.

Je reconnus ce regard ambre vissé sur moi, et apercevoir ce visage me fit l'effet d'une gifle. Jae-Min avait perdu quelques années sur la photo. Ses cheveux étaient plus longs et encadraient son visage pour rendre ses traits encore plus enfantins, mais le trait sensuel de ses lèvres gonflées était identique, un sourire discret révélant des fossettes.

La sortir de son cadre à la recherche d'une date serait une très mauvaise idée. À l'entendre, Scarlet n'était plus très loin de raccrocher. Un dernier gazouillement suivi d'un soupir de ténor rauque lui échappa et dans cet éclat de passion, je vis l'homme que Scarlet dissimulait tout au fond d'elle : un homme fier d'en aimer un autre.

57

Scarlet s'approcha de moi et posa son menton contre mon biceps pour voir ce que je regardais. Elle murmura quelque chose, d'une voix douce et tendre, cette fois.

— Ah, voilà mon *musang* [1].

Elle effleura le visage de Jae-Min du bout des doigts.

— C'est aussi le cousin de Hyun-Shik. Est-ce qu'il est sur ta liste de personnes à interroger?

— Nous avons déjà discuté.

Je tentai de reposer le cadre. J'en tremblais presque. Pour une raison qui m'échappait, relâcher ce moment capturé dans le temps m'était douloureux.

— Je l'ai rencontré chez les Kim ce matin.

— *Aish* [2]! Je n'arrive pas à croire qu'il y soit encore. Cette femme le traite d'une manière pire que le bétail.

Son mépris était palpable, tout comme l'était son dégoût.

— Si c'était moi, je n'y serais jamais retournée.

— Tu parais bien le connaître.

— C'est notre Jae, après tout.

Scarlet sourit en me prenant la photo des mains pour la reposer sur la commode.

— C'est l'une de mes favorites. As-tu vu ses photos? J'en ai quelques-unes à la maison. Tu devrais les voir. Elles sont vraiment magnifiques, si naturelles. Il est vraiment doué.

— Comment l'as-tu rencontré? Est-ce que Hyun-Shik l'a amené ici lors d'une soirée?

Je ressentis le picotement de la jalousie gonfler dans ma poitrine. La pensée même que Jae-Min puisse être venu au Dorthi Ki Seu pour baiser et s'amuser pendant que son cousin regardait me dérangeait, et tout ça n'avait aucun sens.

— Pour une soirée?

Scarlet tourna les talons et se pencha pour récupérer une paire d'escarpins rouges brillants en dessous de la chaise sur laquelle elle s'était assise.

---

1 «Musang» est un mot tiré du filipino signifiant «fauve», ici utilisé en guise de surnom affectueux.

2 «Aish» est une façon d'exprimer de la frustration ou une légère colère envers quelqu'un ou vis-à-vis d'une situation en coréen.

— Ce n'est pas Hyun-Shik qui invitait Jae-Min. C'est Jae-Min qui le ramenait sur son lieu de travail.

— Comment ça ? Jae-Min travaille en tant que serveur ? Il ne m'en a pas parlé. Depuis combien de temps ?

— En tant que serveur ?

Sa silhouette longue et gracieuse s'étira tandis qu'elle se chaussait, un escarpin après l'autre.

— Oh non, trésor. Jae-Min n'est pas serveur, ici.

Mon ventre se noua et une impression d'engourdissement remonta jusqu'à ma mâchoire. Je ne voulais pas en entendre plus sur le sujet. Le sang qui battait dans mes oreilles m'assourdissait un peu plus à chaque pulsation. Mais je devais l'entendre s'expliquer. Et la réponse ne me plairait pas.

— Que fait-il, dans ce cas ?

— Jae est bien trop mignon pour être serveur. Non, trésor, c'est Hyun-Shik qui nous l'a présenté. C'est comme ça que j'ai rencontré mon *musang*, répondit-elle avant de jeter un dernier regard au miroir pour s'assurer que tout était comme il le fallait.

Elle tapota le coin de ses lèvres charnues.

— Et c'est aussi comme ça que Jae-Min est devenu l'un de nos gars de l'étage.

V

— CET ENFOIRÉ s'est fichu de moi! Il travaille là-bas depuis le début et il n'en a pas fait mention une seule fois.

J'avais aménagé un salon qui s'étendait sur près de la moitié de l'appartement, pourtant, cette fois-ci, sa grande taille ne suffit pas pour faire exploser ma rage. Je ne faisais que me heurter aux fauteuils et je parvins même à me cogner le mollet contre la table basse. Il était minuit passé et l'heure n'était plus au réaménagement de la pièce afin de faire de la place pour mes longues jambes. Et pousser le canapé contre le mur compromettrait le perchoir de mon frère.

— Cole, j'ai eu une longue journée, il ne me reste presque plus de bière et je n'ai pas la moindre idée de ce dont tu parles.

Mike lâcha un bâillement, pour les apparences. Il avait l'habitude d'aller se coucher vers deux heures du matin, donc qu'il se déplace jusqu'ici pour me parler de l'affaire des Kim appartenait pratiquement à sa journée de travail. Se moquant de mon grognement de frustration, il récupéra les restes de son burrito au bœuf rôti et planta sa fourchette dans les morceaux de viande.

— M. Kim s'est joué de toi?

— Non.

Cette impression de dégoût m'empêchait de correctement m'y retrouver. Mais ce dont j'étais sûr et certain, c'était que ce Jae était au cœur de ma colère.

— Pas M. Kim. Je te parle de son neveu, Jae-Min.

— C'est ce gars qui est resté chez eux pendant toute une année, c'est ça? C'est leur cousin au deuxième ou troisième degré, il me semble.

Mike se cura les dents avec le bout de sa fourchette.

— Quel est le rapport avec Henry?

— Henry, tu dis? Je vais rester sur Hyun-Shik. Mais continue de l'appeler comme tu le souhaites.

Je m'immobilisais devant mon frère.

— Laisse-moi te raconter une petite histoire à propos du fiston de ton M. Kim.

Je passai les minutes suivantes à lui exposer le lien qu'avait la victime avec le club dans lequel il était mort, sans oublier de mentionner comment il avait amené son propre cousin à se prostituer. Mike absorba les informations sans faire de commentaires et me laissa déblatérer.

— Si j'ai bien compris, soit tu es dans cet état, parce que le fils de M. Kim s'avère être gay, finit par demander Mike. Soit c'est parce qu'il a fait de son cousin une catin.

— Ce n'est pas ça, rétorquai-je en m'affalant sur le canapé à côté de lui, poussant sa jambe de mon pied nu. D'accord, peut-être un peu. Pourquoi les Kim ne te l'ont-ils pas dit dès le début? Ils ne doivent pas savoir pour Jae-Min, mais pour tout le reste... son père en savait plus qu'il ne nous l'a laissé penser.

— Parce que, dans une famille coréenne aussi conservatrice, être gay n'est pas acceptable, répondit-il. Reste discret sur le sujet.

— Et à qui crois-tu que je vais en parler?

J'exhalai profondément, laissant la colère glisser sur moi.

— Et il y a quand même la veuve. Il va falloir que je lui dise. Est-ce qu'elle est au courant?

— Je doute qu'elle l'ait su auparavant, mais compte tenu de l'endroit où il a été retrouvé, elle doit le savoir, maintenant.

J'attrapai une photocopie de la lettre de suicide dans le tas des pièces du dossier et examinai les gribouillis. Peut-être que si je les fixais suffisamment longtemps, j'arriverais à deviner ce qui était passé par la tête de Hyun-Shik lorsqu'il avait mis fin à ses jours.

— Scarlet dit qu'ils ne font pas dans les pilules, là-bas. Que dit le rapport de l'autopsie? Est-ce qu'on a les résultats du labo?

Mike haussa les épaules et poussa l'assiette en carton dans laquelle le reste de son dîner demeurait.

— Pas encore.

— Ils ont pris des échantillons de peau et de sang, mais le corps a été incinéré immédiatement après.

— Si tu dirigeais un bordel, ne ferais-tu pas attention à ce qui se trame dans toutes les pièces?

J'inclinai la tête.

— Après tout, c'est ton profit qui est en jeu. Combien de temps cela leur a-t-il pris pour comprendre qu'il n'est jamais sorti de la sienne? Et qui était avec lui, ce jour-là? Peut-être ce Jin-Sang ou bien quelqu'un d'autre? Est-ce que tu sais quelque chose?

— Non, personne n'a rien dit. Je n'ai pas pu tirer grand-chose du père, mais il faut dire que j'ai essayé d'y aller doucement. Son fils vient de mourir.

Un autre haussement d'épaules, cette fois, plus tendu. Mike détestait le genre de mystère que, moi, j'adorais creuser jusqu'à trouver toutes les réponses. Pour mon frère, la vie idéale n'incluait aucune grande surprise.

— Tout ce que je peux faire, c'est lui reposer la question, mais je ne te garantis pas qu'il me réponde. Ils ne sont pas très bavards sur tout ce qui est de l'ordre du privé.

— Pourtant, Jae-Min m'a dit qu'il était gay.

Attrapant un coussin, je le fourrai derrière ma tête et m'appuyai contre le bras du canapé.

— Peut-être qu'il nous ment pour faire croire que Hyun-Shik était là-bas à cause de lui? Ou peut-être que c'est pour justifier ce qu'il fait au club?

Il me sourit.

— Peut-être qu'il t'aime bien et qu'il aimerait t'emmener dîner.

— Je vais vraiment t'en foutre une, grognai-je entre mes dents. Je suis en colère contre lui. Il était devant moi et n'a pas pipé un seul mot à propos de Hyun-Shik. Il m'a dit qu'il connaissait le club, pas qu'il y travaillait.

— Cole, si tu étais une traînée, tu penses vraiment que tu dirais à un enquêteur dans quel quartier tu ramasses ? Il ne pouvait pas savoir que tu connaissais Scarlet, donc il a dû se dire que la direction ne te donnerait que le minimum et que ça s'arrêterait là.

Mike releva la tête pour visser ses yeux aux miens.

— Pourquoi est-ce que ça te dérange à ce point? Y a-t-il quelque chose que je devrais savoir ou es-tu juste contrarié à l'idée que ce gars ait préféré se suicider plutôt que de sortir du placard?

Je m'apprêtai à répondre, mais les mots restèrent coincés. Pourquoi me mettais-je dans un tel état? La mort de Hyun-Shik était aberrante, mais le tissu de mensonges qui entourait ce suicide l'était encore plus. Si Scarlet ne m'avait pas menti, alors il y avait un bon paquet de personnes qui voulaient sa mort, à commencer par son cousin, Jae-Min. Et ce stupide décès commençait de plus en plus à ressembler à un meurtre.

— Mike, reste un peu.

Je pris une inspiration et revins au présent.

— Hyun-Shik était un homo refoulé. Il se marie avec une femme et engendre un fils. Selon ses valeurs familiales, il a accompli son devoir, non? Il est possible qu'il ait repris son ancien style de vie, mais sa mort au Dorthi Ki Seu cache peut-être autre chose.

— D'accord, supposons qu'il ait été assassiné, continua Mike. Qui est le responsable? Et comment l'aurait-il fait?

— Il y a plusieurs suspects.

J'inspectai les restes de l'assiette de Mike et plantai ma fourchette dans les plus grosses pièces de viande pour venir les fourrer dans ma bouche. Mâchant, je refusai la serviette qu'il me tendit en secouant la tête.

— Ce Jin-Sang aurait pu apprendre qu'il avait vu quelqu'un d'autre.

— Et il aurait drogué son verre?

En pleine réflexion, Mike se pinça les lèvres.

— Peut-être que le tuer n'était pas dans son intention. Ç'aurait pu être un moyen pour lui de lui faire peur ou de le rendre malade?

— C'est quelque chose qui se prévoit, n'empêche.

Je retournai l'idée dans ma tête.

— Sauf si Jin-Sang est un toxico et qu'il a sa petite réserve au club.

— Il l'aurait fait par jalousie? Parce qu'il ne voulait pas partager? proposa Mike. Mais ce serait admettre que Jin-Sang et Hyun-Shik avaient des intérêts qui allaient au-delà de l'argent.

— Mais à entendre Scarlet, Hyun-Shik Kim et son petit jouet sexuel avaient un accord.

— Peut-on vraiment lui faire confiance?

— Suffisamment pour qu'elle soit la seule personne à part toi en qui je crois, dans toute cette histoire.

Je repris mon dépiautage du cadavre de burrito restant, en commençant par la tortilla.

— C'est vraiment dingue, non? Je dépends de la véracité d'une personne qui ment sur sa propre apparence.

— Et son cousin, alors? Tu dis que c'est à cause de Hyun-Shik qu'il a commencé à bosser là-bas, c'est ça?

Mike poussa le pied que j'avais installé sur sa jambe.

— Peut-être qu'il en a eu assez et qu'il a cherché à se venger.

— Peut-être, dis-je. Mais ça me semble peu plausible.

— C'est vrai : pourquoi attendrait-il si longtemps pour le faire? À moins qu'on lui ait fait du chantage.

Les luminaires projetaient des ombres sur le visage de mon frère, ses cheveux brillant à leur lueur.

— Il y a une limite à ce qu'on ferait pour quelques billets.

— Minute, tu as bien dit que Jae-Min n'est chez eux que depuis peu de temps ?

Je repensai à ce qu'il m'avait raconté dans la cuisine des Kim.

— Il est là depuis ses années lycée. Quel âge pouvait-il avoir quand il a commencé à travailler au Dorthi Ki Seu ?

— Je n'en sais rien. Je viens d'apprendre que c'était une traînée.

Mike avala le reste de sa bière.

— Ne l'appelle pas comme ça.

L'aigreur de mon ton me surprit.

— S'il te plaît.

— Si tu veux tomber sous le charme de quelqu'un après ce qui est arrivé avec Rick, je t'en prie, reste loin des gigolos coréens dans son genre, Cole.

Sa voix était plate, presque aussi plate que le serait son nez une fois que j'en aurais terminé avec lui.

— Ne commence pas, Mike. Pas avec Rick et pas pour le reste non plus, le prévins-je. Jae-Min…

— C'est toi qui as parlé de prostitution le premier, fit-il remarquer. Il faut savoir : soit tu lui craches dessus, soit tu le défends. Fais ton choix.

— Je ne sais pas, Mike.

Je terminai ma bière et rassemblai la vaisselle du dîner. Une fois que les assiettes en carton eurent été jetées à la poubelle, je revins dans le salon. Mon frère scruta mon entrée, son visage parfaitement impassible. N'ayant aucun talent pour lire dans ses pensées, je m'affalai sur les coussins mous du canapé.

— Qu'est-ce que tu veux que je te dise ?

— Ce Jae-Min obscurcit ton jugement.

Il enfonça son doigt dans mon ventre. J'y trouverais probablement un bleu demain matin.

— Et alors quoi ? Tu penses qu'il suffirait que je le baise pour qu'il ne soit plus dans mes pensées ?

— Savoir que tu couches avec des mecs est déjà assez pénible, je n'ai pas envie d'en savoir plus. Je n'ai vraiment pas besoin de ça.

Mike fit une grimace.

— Et je n'ai certainement pas besoin des détails.

Ça faisait mal à entendre. Particulièrement de la part de Mike. L'appui de mon frère en ce qui concernait mes choix de vie avait ses limites. Même si je n'avais en aucun cas prévu de sauter dans un lit avec Jae-Min ou qui que ce soit d'autre de sitôt, pouvoir parler de tout et de rien avec mon frère me manquait. À bien y réfléchir, je ne m'étais jamais senti en confiance avec le reste de ma famille. Je n'aurais pas mis autant de temps à accepter qui j'étais si ça avait été le cas.

Je fis donc ce que je faisais toujours : je l'ignorai.

— Écoute, Maddy voudrait certainement que je rentre aujourd'hui. Il faut vraiment que j'y aille.

Il se leva et tira sur les plis de son jean. Il fit de même avec son haut, en vain, et fourra sa cravate dans sa poche avant d'attraper les clés qui étaient posées sur la table.

— Il est déjà trop tard pour ça.

Je le raccompagnai jusqu'à la porte et la lui ouvris.

Il marqua une pause et se retourna de moitié. Seul un profil obscurci me fit face.

— Cole...

— C'est bon, Mike.

L'entendre déblatérer comme mon père était bien la dernière chose dont j'avais envie. J'avais trop besoin de lui dans ma vie. Il était le seul avec qui la fierté ne me ferait pas rompre les ponts.

— Non, ce n'est pas bon.

Nous ne parlions pas de nos relations. Nous avions grandi dans un environnement trop catholique et trop irlandais pour ça. J'avais dévié légèrement en cherchant ma place. Mike n'avait jamais eu ce problème, et même les excentricités de son petit frère étaient parfois trop pour lui.

— C'est moi qui n'arrête pas de te dire de te reprendre, mais je me ferme dès que tu commences à en parler. Je suis désolé de ne pas pouvoir être avec toi pour ça, Cole.

Je l'observai en me demandant où tout ce charabia allait bien nous mener.

— Tu es mon frère et je t'aime, dit-il tendrement. Mais il y a une part de moi qui déteste ce que tu es. Je ne peux rien y faire, mais ça ne m'empêche pas de t'aimer. Très fort.

Je mourais d'envie de lui dire que je l'aimais, moi aussi, mais les mots restèrent bloqués dans ma gorge jusqu'à ce que la douleur descende jusque dans ma poitrine. Une fois qu'il fut descendu du porche latéral, il s'évapora, plongeant dans la nuit noire, avant de réapparaître sous la lumière d'un réverbère. Il monta dans sa voiture sans manquer de me faire un signe de la main, comme si cela pouvait faire disparaître tout ce qui n'allait pas entre nous.

65

— Je t'aime, Mike, murmurai-je, trop tard pour qu'il puisse l'entendre, mais suffisamment tôt pour que ma peine soit quelque peu apaisée.

Je refermai la porte et la verrouillai derrière moi.

L'APRÈS-MIDI PASSA, et mes recherches sur Jin-Sang Yi se conclurent sur un mal de crâne. Claudia ne tiendrait pas plus d'une heure supplémentaire, mais j'avais au moins le privilège de son attention – motivée par la curiosité – pour le temps qu'il nous restait. Cette interruption de mes recherches s'est faite sur un sandwich au levain et au pastrami lâché sur mon bureau et un regard noir. Je m'apprêtai à protester contre la laitue qu'il contenait, mais un seul sourcil haussé suffit à me faire me raviser, et je refermai ma bouche sur une bouchée de sandwich.

— Vous comptez aller le voir?

Tapant lentement sur le clavier, elle se pencha vers l'avant pour examiner son écran.

— Pour lui demander quoi?

— Eh bien, je vais commencer par éviter de demander s'il a tué son ancien amant, répondis-je. Mais j'ai le choix : je peux aller questionner Yi ou bien la femme de Hyun-Shik.

— Il y a toujours une troisième option.

Claudia appuya sur « imprimer » et fit tourner sa chaise pour attendre que la feuille soit éjectée.

— Vous pouvez toujours retourner voir la personne que vous avez rencontrée hier.

— Scarlet? Je pense que je l'ai suffisamment dérangée pour un mois, au moins.

— Non, pas celui-là.

Roulant les yeux, elle rassembla les pièces du rapport.

— Cet autre Kim. Celui de la cuisine.

Je ne le lui avais mentionné qu'une seule fois et je commençai à douter de mon bluff. Jouant le jeu, je demandai :

— Pourquoi irais-je lui parler?

— Peut-être parce qu'il a l'air d'en savoir plus qu'il n'y paraît?

Pour une amatrice, Claudia avait un don pour repérer les menteurs. Probablement parce qu'elle avait élevé huit fils elle-même.

— Je ne suis pas du style à me mêler des affaires des autres, mais s'il s'agissait de l'un de mes fils, j'irais frapper à toutes les portes pour obtenir des réponses.

Claudia partit quelques minutes avant que je ne sois prêt à y aller, sans manquer de convaincre avec entrain son plus jeune fils de s'arrêter au magasin avant qu'ils ne rentrent. Il me fit signe à travers la porte ouverte, puis descendit les escaliers sur ses talons en disant amen à toutes ses demandes avant de lui ouvrir la portière.

La voie rapide de Los Angeles en direction de la côte me donna beaucoup de fil à retordre, me flanquant aveuglément les grondements des embouteillages là où je n'en avais pas besoin. Le soleil joua à cache-cache avec moi tout au long du chemin, apparaissant aléatoirement entre les immeubles pour venir me brûler la rétine. Baissant la fenêtre, je laissai la brise de la rocade me frapper de son parfum unique de gomme et de béton trop cuit. Des panneaux d'affichage me tinrent compagnie jusqu'à ce que je bifurque vers la côte en prenant la bretelle de sortie à une vitesse respectable qui alerta à peine le marqueur de vitesse. Le moteur du Rover hoqueta légèrement lorsque je dépassai le marquage blanc et que le jaune pâle passa au rouge.

Jin-Sang Yi vivait dans l'un des nombreux complexes de condos en forme de boîte qui avaient surgi dans tout le sud de la Californie dans les années 90. Je dus faire le tour du pâté de maisons pour trouver un parking privé. La seule place pour les invités était déjà prise par une camionnette de jardinage. En sortant, je manquai de trébucher sur un souffleur à feuilles et de m'étaler dans un buisson misérable qui servait à l'aménagement du paysage.

Étant donné ce que Jin-Sang gagnait probablement à la semaine, il ne devait pratiquement rien dépenser dans son logement. Les faux murs en pisé étaient peints d'une teinte caca d'oie dans une tentative foireuse de leur donner un style californien.

Des enfants se hurlaient des obscénités en pleine figure en jouant autour de la piscine du complexe. Quelques femmes étaient assises non loin, dans l'ombre d'un arbre mal taillé. Personne ne fit attention à moi. Je ne m'attendais pas à plus de leur part. Vivre les uns sur les autres devait rendre facile d'ignorer ceux qui passaient dans ce qui s'apparentait à leur jardin.

Quelque part, dans un appartement, un petit chien aboyait continuellement, le son faisant écho dans le labyrinthe de bâtiments. Pas loin, un homme cria en espagnol à quelqu'un de se taire. Je me demandai s'il parlait au chien ou à une autre personne que je ne pouvais pas voir.

Jin-Sang vivait à l'étage, dans un appartement situé aussi loin de la piscine et de l'endroit où je m'étais garé que possible, le tout, dans un seul et même complexe. La transpiration collait ma chemise à mon dos. La nuit n'était plus très loin de tomber, mais la chaleur oppressive de la journée refusait de relâcher son emprise sur la ville. Le gémissement de l'air conditionné de l'appartement juste en dessous de celui de Jin-Sang faisait un boucan sans nom, son vrombissement sonnant une charge furieuse contre le soleil de l'après-midi.

JE M'ARRÊTAI net en apercevant une voiture garée sur la place de Jin-Sang. Il s'agissait d'un vieux Ford Explorer, celui-là même que j'avais vu devant la résidence des Kim. L'intérieur du SUV était propre, à l'exception de quelques feuilles de papier traînant sur le siège passager, rien ne pouvant me confirmer l'identité de son propriétaire.

Quand bien même, j'avais une bonne idée de qui cela pouvait être.

Je fis mon possible pour être silencieux en montant les escaliers de béton jusqu'à l'appartement. Avec un peu de chance, j'entendrais peut-être quelque chose à travers la porte. Ce genre d'endroits n'investissaient pas dans des portes très isolantes. Les locataires étaient même chanceux s'il y avait un judas au travers duquel regarder.

Il y avait un cordon de pénombre contre la jointure de la porte. Celle-ci était légèrement ouverte, juste assez pour passer quelques doigts. L'espace n'était pas suffisamment grand pour que l'air puisse passer, et je pouvais entendre le climatiseur accroché au mur qui peinait à refroidir la pièce. En arrivant sur le palier entre les deux appartements du dernier étage, je jetai un coup d'œil dans les escaliers pour voir si quelqu'un m'observait, puis j'ouvris lentement la porte.

Je sentis l'odeur du sang avant de le voir. Rien n'égalait le parfum de sang humain bien cuit par le soleil de l'après-midi. Prenant une grande inspiration, je mis un pied dans l'appartement, l'estomac complètement noué.

Des éclaboussures peignaient le mur en face de la porte d'entrée, barrant la peinture blanc cassé de longues traînées rouges. Plusieurs impacts de balles avaient perforé le plâtre, exposant l'ossature du mur. Je révisai mon opinion sur l'état de cet appartement. Ce dont le tireur s'était servi pour tuer sa cible avait laissé un véritable carnage, mais au moins, les dommages n'avaient pas complètement transpercé la surface. Si ç'avait été le cas, je l'aurais remarqué à même les escaliers.

Dans mon esprit, la cloison devint un mur de briques blanchies par des années d'exposition au soleil. La nuit tomba tout à coup, au sentiment d'une soirée agréable, d'un ventre plein et du fantôme du goût des lèvres de Rick sur les miennes. Le souvenir disparut tout aussi vite, arraché à mes pensées par une giclée de sang et d'os.

Repousser le souvenir n'aidait pas. Cela ne faisait que m'en rappeler d'autres ; le goût de sa cervelle sur ma langue, sur mes lèvres, et une douleur lancinante et soudaine alors que les coups continuaient de pleuvoir autour de moi. J'étais tombé alors que je l'avais dans mes bras… pleurant pour lui tandis que le monde se refermait autour de moi.

Cette nuit faisait écho, dissimulé derrière le sang et la clarté de l'après-midi.

Deux corps étaient couchés sur le sol, étalés par terre par un coup de feu. Je ne reconnus pas celui allongé sur le dos, les restes de son visage éclaté par une balle en pleine tête. L'arme qui avait été utilisée lui avait arraché toute la partie droite du crâne, un lambeau de peau appartenant à ce qui me parut être une oreille traînant sur le tapis près du corps. Je pris soin de le contourner. Des bouts d'os étaient éparpillés un peu partout sur le carrelage du hall d'entrée ; j'avais étalé des morceaux de cervelles coincés sous le battant lorsque je l'avais poussé.

Je jetai un œil à celui près de la porte. Sous son corps, le tapis était imbibé de sang. Quoi qu'il ait pu s'être passé, c'était récent. Les fluides corporels étaient encore visqueux et les reflux acides d'un corps sans vie commençaient tout juste à parfumer l'endroit. Ravalant ma salive, je me tournai vers l'autre homme.

La peur me figea sur place lorsque je reconnus la personne allongée, face contre le sol, sur le tapis. Il se trouvait à côté du coin cuisine, presque caché derrière une table à pieds épais. Son visage n'était pas visible, mais une mare de sang s'était créée et se répandait sous une plaie que je ne pouvais pas voir, salissant le tapis dans le même temps. Je n'avais aucun désir de toucher au corps, mais mon esprit me hurlait de vérifier si c'était bien Jae-Min qui se tenait là, immobile et sans vie.

Les mèches noires dans lesquelles j'avais eu envie de passer mes mains la veille collaient à présent à sa nuque, imbibées de sang. Il donnait l'impression d'être une poupée cassée, avec ses jambes de travers, comme s'il était en plein demi-tour lorsqu'une divinité avait décidé qu'elle se lassait de son jouet et qu'elle lui avait coupé les ficelles. M'agenouillant, je forçai mon cœur à continuer de battre, la main tendue pour dégager les mèches qui étaient tombées sur son visage.

Je retins mes larmes en découvrant la beauté qu'était Jae-Min derrière le rideau sombre que je venais de soulever.

Mes mains étaient moites, couvertes de son sang séché entre les plis. Il y en avait tellement, coulant d'une plaie qui m'était invisible. Je craignais de le retourner, de le toucher, de peur qu'il tombe en cendres au moment où je le prendrais dans mes bras. Je ne pouvais pas le laisser mourir tout seul, pas comme ça.

Il était encore chaud au toucher, peut-être un peu trop, me semblait-il, même en prenant en compte la chaleur cuisante de l'appartement. Une rougeur colorait sa peau pâle, un fard rosé montant sur ses pommettes saillantes. Je sursautai lorsque sa bouche se mut. Jae-Min gémit légèrement et son souffle effleura le bout de mes doigts. Mon cœur palpita de nouveau lorsque mon sang se remit à pulser dans mes veines.

— Ne bouge pas, dis-je en cherchant mon téléphone. Tiens bon, Jae. J'appelle une ambulance.

Il ne dut pas m'entendre ou être trop têtu pour faire preuve de bon sens, car la première chose que Jae fit fut de gigoter pour essayer de se relever. Il poussa sur ses mains, clignant ses yeux vitreux qui ne voyaient ni moi ni les alentours. Il eut un haut-le-cœur sur la bile qui coulait de sa bouche.

— Cole ?

Le plaisir qu'il me conféra en se rappelant qui j'étais était déplacé, mais j'en étais avide. Il poursuivit avec quelques mots en coréen que je ne compris pas, mais ça importait peu. Rien de tout ça n'était rationnel. Je venais à peine de le rencontrer, mais l'entendre croasser mon nom, peut-être même m'insulter, était un soulagement.

— Qu'est-ce que tu ne comprends pas dans « ne bouge pas » ?

Lorsqu'il tendit de nouveau la main vers moi, je passai mon bras dans son dos et le tint tout contre moi. Posant sa tête sur mon jean, il resta suffisamment immobile pour que je puisse examiner sa blessure.

Du sang avait coagulé sur une plaie au niveau du crâne, là où une balle devait l'avoir manqué de peu. Sous ses mèches, une large bosse s'était formée au niveau de sa tempe, probablement due à sa rencontre avec l'épaisse table en bois ou bien avec le comptoir de la cuisine. Que ce soit l'un ou l'autre, cela l'avait bien amoché, et il souffrait certainement d'une commotion cérébrale.

On me répondit enfin, et je déblatérai les informations de manière complètement machinale. Jae frissonna, le choc prenant finalement le dessus. S'ils tardaient trop, il faudrait que je lui trouve quelque chose dans lequel l'enrouler. Je ne voulais pas risquer qu'il tombe dans les pommes.

— Sucre d'orge, arrête de bouger.

Je me figeai en entendant ces mots sortir de ma propre bouche. Qu'importait ce que mon cerveau tentait de manigancer, il fallait que cela cesse immédiatement. Jae-Min Kim était bien la dernière personne avec laquelle je devrais m'acoquiner.

— Il faut que tu restes bien immobile jusqu'à ce que les secours arrivent.

Ma détermination était sans faille… jusqu'à ce que ces cils battent et qu'un regard ambré me trouve. Il ne souriait pas, du moins pas vraiment, mais le fantôme d'un « quelque chose » titillait le coin de ses lèvres charnues. Il se détendit contre moi et me laissa enfin le soutenir.

— Cole, Jin-Sang… est-ce qu'il va bien ?

Jae-Min gigota de nouveau, tentant cette fois de se retourner. Il faisait dos au corps de Jin-Sang, et j'avais bien l'intention que cela reste ainsi. J'aurais dû dégager de cet appartement au moment même où je les avais vus étalés sur le sol, mais je m'étais abstenu. Il y allait avoir un paquet d'emmerdes à gérer après ça, mais j'étais prêt à y faire face. La chaleur émanant de mon genou suffisait à me conforter dans ma décision.

— Ne regarde pas, Jae. Tu n'es pas obligé de regarder.

S'il comptait me parler, alors je devais attirer son attention sur ce qui s'était passé tant que c'était encore frais dans sa tête.

— Est-ce que tu as vu qui a fait ça ?

— Quelqu'un est arrivé par la chambre. Je ne savais pas qu'il était là.

Il tressaillit et ses mains agrippèrent mes cuisses. Un cri de douleur lui échappa, dévoilant une autre couche d'émotions habituellement si bien contrôlées. Il était effrayé, il avait mal, et il se mordait les lèvres pour se retenir de hurler. C'était le visage d'un homme qui n'avait personne pour le consoler et qui se retenait d'exprimer tout signe de faiblesse. Je connaissais bien ce visage. Je l'avais porté à plus d'occasions que je ne pouvais les compter.

— D'accord, trésor.

Dans mon étreinte, ses omoplates me rentraient dans le bras.

— Essaie de rester éveillé.

— Il est mort, c'est ça ?

— N'y pense pas pour le moment, Jae, répondis-je.

Quelque chose me frappa. Baissant les yeux vers lui, je cherchai le signe d'un tressaillement dans ses traits alors que je demandais :

— Est-ce que tu l'aimes ?

Si la réponse était « oui », ça allait me détruire. Son éventuel amant était éparpillé un peu partout sur les murs et le sol de l'appartement, et je savais exactement ce que ça faisait. Sa vie ne serait que culpabilité et questionnements sur des conjectures stupides.

Et s'il disait « non », alors je n'étais pas bien certain de savoir quelle serait ma réaction, mais cela soulagerait au moins le nœud d'amertume dans ma gorge.

— Non.

Sa voix n'était qu'un murmure rauque.

— Pas Jin-Sang. Jamais. Je suis venu lui demander d'aller vous parler.

— Me parler ?

C'était presque encore plus choquant que d'être témoin du cadavre de Jin-Sang.

— Je voulais qu'il vous parle de Hyun-Shik.

Le crissement des sirènes résonna à l'extérieur au travers de la porte ouverte.

— Il y a des choses dont nous devons discuter.

— Vous croyez ?

Le sentiment de plaisir qui m'envahit en l'entendant dire ce mot était certainement déplacé, surtout alors que nous baignions dans une mare de sang et que nous nous tenions près du cadavre de Jin-Sang. Des voix résonnèrent dans la cage d'escalier, et je guidai les ambulanciers de la mienne jusqu'à l'appartement.

— Oui.

Il m'effleura, glissant ses doigts le long de ma cuisse. L'un des ambulanciers vint immédiatement s'occuper de Jae, et je lui fis de la place, après l'avoir déposé sur le brancard qu'ils avaient amené. Il attrapa ma main, serrant fermement mes doigts des siens.

— Ne t'en va pas, Cole.

— Je ne vais nulle part, répondis-je.

Même le regard désapprobateur de l'ambulancier ne réussirait pas à me faire bouger.

— Je reste avec toi. C'est promis.

— Cole?

— Oui?

— «Sucre d'orge» me convient. C'est mignon.

Il glapit et tressauta lorsque l'ambulancier lui enfonça une aiguille. Un éclair de douleur descendit jusqu'à mon poignet sous ses doigts labourant mon avant-bras.

— Ne m'appelle pas «trésor». C'est le nom du chien de ma mère.

VI

— JE VOIS. Comment épelez-vous ça, déjà ?

C'était la deuxième fois que le policier me redemandait mon nom. Je commençais à me demander s'il était particulièrement stupide ou s'il se plaisait à me donner du fil à retordre. Épelant une nouvelle fois, j'énonçais chaque lettre jusqu'à ce qu'il ait tout bien noté. Le soleil s'était couché, mais les lumières du parking étaient suffisamment éblouissantes pour que leur lueur sur son front éclaire le mien.

Le corps de Jin-Sang reposait toujours à l'étage, entouré d'inconnus qui rôdaient dans son appartement pour tenter de décortiquer son train de vie. Ils avaient cherché des résidus de poudre sur nos mains et nos vêtements avant d'emmener Jae dans l'ambulance qui l'attendait en bas. D'après ce que je pouvais entendre du marmonnement de l'équipe médicale, son état était inquiétant. Je le plaindrais presque. Les choses ne paraissaient jamais bien se passer lorsqu'il était impliqué.

— McGinnis Cole.

Il cessa d'écrire et releva les yeux vers moi, une étincelle s'éclairant dans son regard.

— Vous êtes l'ancien flic qui s'est pris une balle. Vous travaillez dans le coin, c'est bien ça ?

— Mon travail est ici, pour le moment, répondis-je.

Mon attention se reporta sur les ambulanciers occupés à soigner Jae. Ils nous avaient forcés à quitter l'immeuble pour pouvoir verrouiller l'appartement avant l'arrivée de la Criminelle et du reste de la joyeuse équipe qui s'amuserait à passer le corps refroidissant de Jin-Sang au peigne fin.

— Je suis détective privé.

— On ne vous a pas suffisamment payé pour que vous puissiez vous la couler douce ?

Son partenaire, Branson, nous avait rejoints. Je le connaissais du boulot. Nos chemins s'étaient malheureusement croisés à plusieurs reprises. Il faisait partie de ces Messieurs Muscles qui se pavanaient dans les vestiaires, la peau d'ébène huilée pour mettre en valeur le gonflement de ses biceps et de ses cuisses.

— Il a sûrement trop mal au cul pour rester assis à ne rien faire.

Maintenant que son troll de partenaire était là, le policier retrouva miraculeusement son assurance et renifla moqueusement, un sifflement lui échappant dans une inspiration à travers sa moustache jusqu'à son nez.

— Excellent. Je suis ravi de savoir que les flics prennent toujours autant au sérieux les sessions de sensibilisation.

J'étais fatigué de répondre à leurs questions et je n'avais pas la force de m'engager dans leur petit jeu. Jae-Min était trop loin pour que je puisse l'entendre, mais je pouvais voir à l'expression contrariée sur le visage de l'ambulancier qu'il souffrait d'avaler le ramassis de conneries que lui déballait Jae.

— On a fini?

— Ton petit copain peut bien attendre, McGinnis.

L'officier Branson remarqua mon manque d'attention, et son expression s'assombrit, des rides marquant son crâne rasé.

— J'ai quelques questions à vous poser, moi aussi.

Cela faisait quelques années que je n'avais plus revu Branson, mais il n'avait pas beaucoup changé. Il avait certainement pris un peu de ventre, et le duvet de cheveux dont il prenait tant soin découvrait à présent la ligne sombre d'un haut front. Avec le voile de haine qu'il portait toujours en ma présence, il n'était pas étonnant qu'il n'ait jamais fait preuve de beaucoup d'amabilité lors de nos interactions. Néanmoins, aujourd'hui, Branson semblait avoir perdu tout sens de la mesure.

— Tu es dur d'oreille? Je te cause, McGinnis.

Je reportai mon regard sur lui, détournant mon attention de ce qui se passait au niveau de l'ambulance.

— Oui, eh bien quoi?

J'avais déjà fait le tour des événements avec Thurman, mais je connaissais bien la procédure.

— Qu'est-ce qu'il y a?

— C'est toi qui l'as fait, dis?

Oh, il y avait du niveau. Il était loin d'être l'homme le plus rusé que je connaisse, et je comptais bien le laisser ramer pour toutes les informations qui étaient coincées dans ma gorge. De toute manière, je n'avais rien vu de plus que Jae, étalé sur le sol.

— C'est moi qui ai fait quoi?

— Qui a tiré sur la victime. Explique ce qu'il s'est passé, tarlouse.

Si Branson continuait comme ça, sa colère allait finir par le faire ressembler à un Shar-Pei.

— Ils étaient en train de baiser quand tu es arrivé, alors tu as ouvert le feu ? Ça vous a tellement mis mal que ton amant et toi, vous faites passer ça pour une effraction, c'est ça, hein ?

— Une effraction depuis l'intérieur de sa chambre au deuxième étage ? remarquai-je sur un ton sardonique.

Je n'avais pas plus d'intérêt que lui à jouer les bons samaritains. J'avais enduré suffisamment de ces bêtises lorsque je faisais encore partie de la police.

— Ou peut-être qu'ils m'ont laissé utiliser leur salle de bains pour que je me refasse une beauté avant de les tuer ? Je te l'ai déjà dit. Je n'ai jamais rencontré Yi Jin-Sang en personne avant aujourd'hui. J'étais venu lui poser quelques questions sur l'affaire sur laquelle je travaille.

— Monsieur McGinnis, nous cherchons simplement à clarifier les choses, intervint Thurman.

Il avait adopté le fameux ton conciliant dont Bobby se servait lorsqu'il voulait extorquer quelque chose à quelqu'un. Bon ou mauvais flic, c'était de rigueur lorsqu'on cherchait des réponses auprès d'un suspect.

— En général, la personne qui nous contacte à propos d'un meurtre comme celui-ci est connectée d'une manière ou d'une autre au crime. Nous voulons juste nous assurer que vous n'avez rien à voir avec sa mort.

— Quelles questions comptais-tu lui poser ? m'interrompit Branson. Quel était ton intérêt pour cet homme ?

— J'enquête sur un suicide, répondis-je. Il connaissait bien le défunt.

— C'était sa petite copine ou juste quelqu'un qu'il se tapait ?

Le plus large mâchait son chewing-gum, la bouche grande ouverte. Chaque mastication dégoulinante émettait un bruit de claquement sur sa langue jusqu'à ce que la gomme soit suffisamment malléable pour la broyer entre ses dents.

— Je n'ai pas eu le temps de le lui demander, dis-je en souriant. Il est mort avant que je n'arrive.

— Et qu'est-ce que ta gonzesse faisait là, au juste ?

— Encore une fois, ce n'est pas mon petit ami. Et lorsque je suis arrivé, il était occupé à se vider de son sang.

La voix de Jae-Min s'éleva dans un coréen qui ne comportait pas une seule voyelle d'anglais. Il devait en avoir assez de se faire examiner dans tous les sens. Je compatissais. Je ressentais la même chose à cause de Branson et de son clébard.

Une ecchymose commençait déjà à apparaître sur sa joue sous la forme d'une tache violette se formant sous sa peau pâle. Il repoussa l'ambulancier, tremblant sur ses jambes vacillantes. L'homme poussa un juron, une flopée d'espagnol pour accompagner la multilinguistique à l'ouvrage. Ils reprirent de plus belle, l'homme insistant sur quelque chose à laquelle Jae ne voulait pas accéder. L'homme jeta ses mains en l'air et se mit à ranger son équipement, sans manquer de jeter à Jae-Min un papier en pleine figure.

— Vous avez mes coordonnées. Si vous avez besoin de quoi que soit, vous pouvez m'appeler. Allez, on remballe.

Il ne s'agissait pas d'une question, cette fois-ci ; et de mon côté, j'en avais également plus que terminé avec eux. Je comptais bien aller secourir l'ambulancier, et même l'injure que Branson me lança ne me détournerait pas de mon objectif.

Avec un peu de recul, je pourrais déterminer avec précision à quel moment ma vie avait pris un mauvais tournant. Et c'était lorsque j'avais dit à Jae-Min :

— Attends ici. Je vais te ramener chez toi.

QU'EST-CE QUI m'avait pris de vouloir ramener Jae-Min chez lui en pleine heure de pointe ? Cet imbécile refusait catégoriquement d'aller à l'hôpital. En représailles, l'ambulancier m'avait lancé des horreurs, alors même que j'avais promis que je ne le laisserais pas prendre le volant. Ce n'était pas comme s'il pouvait, de toute façon. Considérant qu'elle faisait partie de la scène de crime, la police avait réquisitionné sa voiture. À tous les coups, les ambulanciers auraient cherché à suivre Jae jusqu'à ce qu'il s'évanouisse afin de pouvoir traîner son corps inconscient jusqu'à l'hôpital.

D'après le poids qu'il appuya sur mon épaule lorsque je le poussai à sortir de l'ambulance, je devais bien avouer que le plan ne manquait pas d'imagination.

Il expirait un parfum de sang et de citron. D'ennuis à l'horizon, si j'étais très honnête avec moi-même. Jae-Min Kim dégageait cet attrait pour les problèmes, et sa malchance commençait déjà à me coller à la peau.

Me repoussant pour échapper à ma prise, Jae parvint finalement à se dégager de l'étreinte de ma main et manqua de près de s'étaler sur le trottoir bétonné. Nous n'étions pas dans l'un des coins les plus agréables de la ville, et bien qu'il apparaissait en mesure d'ignorer une commotion cérébrale, s'ouvrir le crâne sur une chaussée boueuse pourrait bien vraiment le mettre six pieds sous terre, cette fois-ci. Je l'attrapai avant qu'il ne puisse entrer en collision avec le sol.

— Même lorsque c'est dépourvu de sens, tu laisses ton obstination te porter préjudice. Suis-moi, dis-je dans un murmure.

Des silhouettes se mouvaient dans la pénombre des allées alentour, des formes humanoïdes inquiétantes qui rôdaient loin des rayons de lumières qu'émettaient les lampadaires en état de marche.

— Où habites-tu?

— Juste ici.

Le bâtiment avait certainement connu de meilleurs jours. J'avais peine à imaginer ce à quoi il avait bien pu ressembler autrefois. Peut-être avait-ce été un long centre commercial ou bien même un entrepôt, acheté et reconverti en une poignée d'appartements. Quoi qu'il en était, l'endroit arborait maintenant l'apparence d'un grand bloc de briques blanchies avec des persiennes en lame de verre courant sous les auvents. On avait essayé de rendre l'extérieur plus attrayant en ajoutant une enceinte décorative en parpaings autour de chaque porte. Des brins de lierre séchés s'accrochaient à une partie de la pierre festonnée. Cela ne faisait pas grand-chose pour assurer la moindre intimité. Les plantes mortes ne rendaient l'endroit que plus misérable qu'il ne l'était déjà.

— On dirait une prison.

Et je retenais mes mots. On aurait pu croire qu'il s'agissait de la fiente d'un oiseau sur un pare-brise.

— C'est abordable.

Il lutta pour sortir ses clés de sa poche. J'effleurai ses doigts des miens et fus surpris par leur froideur.

— C'est celui du fond.

— Nous ferions mieux de rentrer rapidement.

Jae frissonna tout contre moi et m'observa sous ses cils. Mon corps gronda en guise de réponse, soumis au besoin primaire de prendre ce que je désirais. Couvert de son propre sang et refroidi par ce qui devait être un choc, il n'avait pas perdu une once d'attrait à mes yeux. Mon bon sens avait beau me hurler que j'agissais comme un idiot, au fond, je savais qu'on l'était tous un peu.

— Dis-moi que tu as l'eau chaude. Tu aurais bien besoin d'une douche.

— Bien sûr.

Toute once de couleur avait quitté son visage, donnant à sa peau déjà pâle un effet de porcelaine.

— Crois-le ou non, j'ai même des toilettes, là-haut.

— C'est bon à entendre. Tu auras au moins un endroit pour vomir tranquillement, si l'envie te prend.

J'ouvris la lourde porte en métal et raffermis ma prise sur sa taille avant qu'il ne glisse jusqu'au sol.

— Tu souffres d'une commotion cérébrale. Tu devrais être à l'hôpital.

De la lumière traversait les piles de fenêtres alignées sur le mur du fond, illuminant l'ensemble de l'espace. Si je ne m'inquiétais pas tant de le soutenir le long du hall, j'aurais pu le laisser s'écraser à la vue des énormes photographies en noir et blanc collées au mur. Il se dégagea et trébucha jusqu'à une porte latérale en m'ignorant. Je ne le lui proposais pas par grandeur d'âme. Rien ne me différenciait du reste des hommes : nous étions tous de vraies bêtes. L'idée même de pouvoir le voir sous le jet d'eau chaude, nu, pourrait bien valoir que j'oublie la colère que je nourrissais toujours à son encontre.

Il disparut derrière une porte qu'il clôt derrière lui au même moment où je trouvais enfin l'interrupteur. L'endroit était plus spacieux que ce dont il avait l'air de l'extérieur, plus propre, également. Le mobilier était spartiate : deux canapés autour d'une commode à ras le sol, marquée de cercles d'eau ayant séché sur la surface en bois. Sur un énorme lit complètement défait et poussé contre un mur reposait un nid d'oreillers sur lesquels était imprimée la longue silhouette d'un corps mince.

L'espace au sol était fauché par des tables dépareillées, plusieurs grognant sous le poids d'un équipement électronique et de caméras numériques. De longs objectifs montaient la garde sur des étagères à bas prix, accompagnés du reste de son matériel, dont l'utilité me passait complètement au-dessus.

Les photos capturèrent à nouveau mon attention. Sur l'une d'entre elles, je vis le visage de Scarlet, dépourvu de maquillage et de faux-semblants. C'était là, l'homme sous ce fard et ces sourires, dans toute sa grandeur. Une sorte de tristesse voilait ses yeux sombres. C'était le visage d'une transgenre qui aimait si intensément et qui voulait partager cet amour avec le reste du monde. Elle était toujours aussi belle, même sans son masque ; il y avait chez cette personne une beauté que je ne pouvais nier.

Cette photo était suivie par une poignée d'autres, toutes aussi magnifiques et tragiques. L'une après l'autre, j'entrai peu à peu dans son monde, découvrant une intimité capturée par ses mains comme des papillons destinés à une vie si courte. Quelque chose se fractura à l'intérieur de moi. Je ne parvenais pas à me résoudre à comprendre ce rire frénétique cristallisé dans l'une des remises du Dorthi Ki Seu ; le portrait en noir et blanc d'hommes prenant doucement la forme du fantasme d'autres personnes.

Il y avait, dans sa collection, d'autres types de photos, comme des illustrations de la vie urbaine empoignée dans toute sa rudesse. Jae-Min avait emprisonné sa vie au travers d'images tout aplaties. C'était à se demander s'il y avait un but à tout cela ou s'il souhaitait simplement montrer au reste du monde ce que *lui* voyait. Dans un cas comme dans l'autre, décortiquer ses clichés me donna un sentiment de pincement coupable ; un tel acte était pour moi pareil à la lecture de son propre journal intime.

Un démon de fourrure explosa dans un accès de crachats au-dessus de moi. Je reculai dans un mouvement brusque, manquant presque de faire basculer plusieurs caméras sur la table derrière moi. Je les rattrapai juste avant qu'elles ne puissent rencontrer le sol et les replaçai là où elles étaient, tandis que la chatte continuait à exprimer son mécontentement.

Elle bondit sur le sol, marquant son saut d'un mouvement de la queue, comme pour déterminer m'avoir jaugé une menace de peu d'importance. À peine plus grande qu'un petit paquet de chips, elle sauta sur le bord de la table dans toute sa gloire soyeuse, bordée de crocs et griffes.

— Je te présente Neko.

Je n'avais pas remarqué que la douche avait arrêté de couler. Jae se tenait debout, les mains pressées contre le dos d'un des canapés. À se balancer d'avant en arrière ainsi, il paraissait réellement peiner à rester à la verticale. Des cernes noirs commençaient déjà à apparaître sous ses yeux.

— Neko ?

— Ça veut dire « chat » en japonais. Elle s'appelle Koneko-chan, mais je préfère l'appeler Neko.

— Tu as appelé ton chat « Chat » ?

— C'était déjà son nom avant que je ne l'adopte, répondit-il en haussant les épaules.

Il nageait dans le tee-shirt blanc qu'il avait enfilé ; il était bien trop large pour son torse mince, et le jogging lâche et fin qu'il avait remonté sur ses hanches n'était pas bien mieux ajusté. C'était à se demander s'il s'agissait d'habits qu'un ancien amant lui aurait laissés. Je m'approchai de lui à grandes enjambées et l'attrapai avant qu'il ne puisse tomber.

— Je ne m'attendais pas vraiment à ce qu'elle montre le bout de son museau.

— Tu saignes encore, soupirai-je en le poussant doucement à rejoindre le lit.

Il résista brièvement, juste le temps que je puisse le pousser contre les oreillers.

— Arrête ça. Pour une fois dans ta vie, fais ce qu'on te dit.

— Je ne fais que ça.

L'amertume dans son bref ricanement était vive. Tranchante.

— Est-ce que tu as des bandages ? Une trousse de secours ?

Le chat sauta sur le lit et me jeta un regard furibond, comme si j'étais responsable de la tempe éclatée de Jae. Son opinion n'avait que peu d'importance, mais je devinais facilement qu'elle me plaçait à présent dans sa liste noire des personnes à écorcher dès qu'elle aurait acquis des pouces opposables.

— Dans la salle de bains.

Il attrapa le démon de fourrure et berça son petit corps tout contre son torse. Un léger ronronnement s'éleva de sa poitrine, mais dans ses yeux, il n'y avait toujours rien qu'une envie de meurtre à mon égard. Son regard fauve ne faisait pas grand cas de ma personne, mais j'avais toujours des questions à poser et je ne comptais pas repartir avoir d'avoir obtenu mes réponses.

Revenant avec de la gaze et du ruban adhésif, je m'assis sur le bord du lit, restant à une griffe de distance au cas où son chat de garde aurait décidé de me neutraliser. Après lui avoir retiré le bandage dont les ambulanciers avaient recouvert sa blessure, je grimaçai en voyant les taches de sang qui avait traversé le tissu.

— Tu aurais dû aller à l'hôpital.

J'ouvris l'un des paquets de compresses stérilisées, en pliai une et la portai contre son crâne.

— Tiens ça le temps que je te fasse un bandage. Il n'est pas encore trop tard pour y aller, tu sais ?

— Et qui va payer pour ça ? demanda-t-il, alors que je m'affairais à l'enrouler dans son bandage.

81

Il devrait tenir suffisamment longtemps pour que la peau brûlée par le coup de feu guérisse et cicatrise correctement. De lui à moi, ça en ferait un de nous deux qui aurait une jolie cicatrice, au moins.

J'avis espéré qu'en m'approchant, je trouverais des défauts chez lui, peut-être quelques marques creusant sa peau, mais Dieu était sans pitié. Il n'en avait aucune pour moi, du moins. Il me devenait de plus en plus difficile de rester fâché contre Jae, surtout avec l'air vulnérable et brisé qu'il affichait. Que son souffle chaud effleure mon cou à chacun de ses mots n'aidait pas non plus.

— J'aurais payé la visite, s'il avait fallu. Tu tiens à peine debout. Et je pensais que tu étais mort, il y a peine quelques heures !

— Je ne le suis pas. Pas besoin d'aller à l'hôpital.

Calme, douce, sa voix avait pourtant un certain tranchant tout particulier. Il était de toute évidence inutile d'en débattre avec lui. Et ce fut la raison exacte pour laquelle je m'y tentai.

— Et je ne demande pas la charité.

— Pourquoi pas ? D'après ce que j'en sais, ce ne serait pas la première fois.

Je me mordis la joue dès que ces mots eurent passé la barrière de mes lèvres. J'aurais voulu pouvoir les ravaler, ou au moins adoucir leur venin, mais le mal était fait. Sa bouche se pinça et son masque de glace reprit place sur son visage.

— Dégage d'ici.

Les mains de Jae atterrirent sur mon torse pour me repousser. J'étais plus massif qu'il ne l'était, plus large d'épaules et plus musclé, mais il avait une rage que je ne pouvais me permettre d'ignorer. Une étincelle sauvage, qui me devenait familière, réapparut dans son regard, et je sus à ce moment-là que si je restais à ses côtés, il me promettait par son silence que je le paierais très cher.

Mais pour ne pas changer, les hommes étaient des êtres d'une idiotie connue. Aussi, décidai-je de rester.

— Non.

Je repris la main d'une poussée qui l'envoya valser sur les oreillers. Le chat disparut aussitôt, verbalisant son déplaisir à l'idée d'être délogé de sa place d'un miaulement grave. Jae paraissait fragile sous mon poids ; sa minceur était un champ étranger sous mes doigts. Mais cela parvint pourtant à me convaincre qu'il y avait chez lui la moindre faiblesse. Ses muscles roulaient sous ses vêtements mal ajustés et à force de remuer, il parvint presque à m'éjecter.

— Arrête un peu. Écoute, je suis désolé, d'accord ? C'était vraiment stupide de ma part de dire des conneries pareilles. Je m'excuse.

Il m'étudia d'un regard méfiant et peu disposé à m'offrir la moindre ouverture. Mais à ce stade, même son léger hochement de sa tête et le relâchement de ses épaules contre le matelas avaient un goût de victoire pour moi. Je manquai presque d'entendre son murmure avec le chaos du trafic à l'extérieur.

— Qu'est-ce que tu veux de moi ?

Si j'étais honnête avec moi-même, ma réponse pourrait bien lui donner l'image de sa propre personne allongée sur le ventre et tirant de ses doigts les draps de son lit, mais il venait tout juste de se prendre une balle. J'optai pour la galanterie, cette fois-ci.

— Était-ce un mensonge lorsque tu m'as dit pourquoi tu étais allé voir Jin-Sang ?

— Je ne lui ai pas rendu visite pour le tuer, si c'est ce que tu veux savoir, répondit Jae d'une voix calme. Je voulais lui parler. J'ai entendu un coup de feu et ensuite, tout ce dont je me souviens, c'est de ton visage lorsque tu m'as aidé à me redresser. Je ne sais pas ce qui s'est passé. Je me fiche de savoir si tu me crois ou non, mais c'est tout ce que j'ai à dire sur cette histoire.

— Je te crois.

Le plus étrange, c'était que je ne mentais pas en l'admettant. Je pourrais bien faire passer ça sous le coup du désir qui m'animait en sa présence, mais même dans mes moments d'idiotie, mon instinct me mentait rarement.

— Pourquoi ne m'as-tu pas dit que tu travaillais au Dorthi Ki Seu ?

— Tu le dirais à qui que ce soit, toi ?

Il arqua un sourcil dans un trait de sarcasme, qui se perdit dans les contours rasés de sa coupe de cheveux.

— Je vois, dis-je en acquiesçant.

Je retirai mes mains, car je savais ne pas pouvoir me faire moi-même confiance lorsqu'il s'agissait de ne pas profiter de sa peau captivante.

— Je pensais bien que tu allais te rendre sur place, mais j'ignorais qu'on allait te parler de moi. Tout le monde là-bas est Coréen ou Philippin. Nous ne parlons pas à ceux que nous ne connaissons pas, en général. En fait, nous ne balançons rien, même à ceux que nous connaissons bien.

Il haussa les épaules et émit immédiatement une grimace au geste.

— Qui t'a parlé de moi ?

— J'ai vu une photo dans la loge de Scarlet. Il m'arrive d'être un peu lent, mais je suis encore capable de tirer de bonnes conclusions.

Je lui souris.

— Tu connais *nuna* [3] ? Ça alors !

Il me fixa un moment. La balle était maintenant dans son camp, et c'était à son tour de se demander si je lui mentais.

— Comment connais-tu Scarlet ?

— Il est possible que je l'aie arrêtée une ou deux fois, lorsque j'étais encore dans la police. Chaque fois, elle sortait avant même qu'on ne puisse remplir la paperasse, mais j'ai gardé le contact avec elle et je pensais qu'elle pourrait me donner des informations, étant donné que Hyun-Shik est mort sur son lieu de travail.

Le félin était revenu pour pétrir le genou de Jae en me regardant d'un air suspicieux.

— Ce n'est pas elle qui m'a parlé de toi. C'est moi qui t'ai mentionné. J'ai vu votre photo, et elle m'a dit que vous étiez proches. Ne lui en veux pas pour ça.

— *Nuna* devait croire que tu étais déjà au courant, rétorqua-t-il dans un soupir épuisé. Je ne pourrais jamais lui en vouloir pour quoi que ce soit. Tu rigoles ? Je suis plus proche d'elle que je ne le suis de ma propre famille.

— C'est bien ce que je me disais, remarquai-je. Il faut que tu sois franc avec moi, Jae.

Il souleva son chat et le porta à sa poitrine. Elle s'allongea en se recroquevillant sur elle-même, yeux clos et ronronnant aussi fort que possible avec son petit corps. Ses longs doigts caressèrent sa minuscule tête. Et chaque fois qu'il les faisait glisser le long de son cou, des pensées infernales me retournaient l'esprit. Des pensées pour lui. Pas pour son chat, bien sûr.

Je changeai de position sur son lit pour m'écarter légèrement. J'avais des questions compliquées à lui poser, et au vu de son état mental, il y avait fort à parier que j'aurais plus à faire pour le consoler que je n'obtiendrais de réelles réponses.

---

3 « Nuna » signifie « grande sœur ». Ce terme est utilisé par les garçons pour désigner ou s'adresser à une amie plus ou moins proche plus âgée qu'eux.

— Je sais que c'est Hyun-Shik qui t'a poussé à aller bosser là-bas. Pourquoi avoir accepté son offre ?

— J'avais besoin d'argent.

Il me lança un regard curieux, comme s'il se demandait si j'avais perdu la tête pour lui poser une question si évidente.

— Tu vivais chez les Kim, pourtant. Ne subvenaient-ils pas à tes besoins ?

— Non.

Jae se redressa pour venir reposer plus confortablement sur les oreillers, assez lentement pour que le chat ne glisse pas.

— Ma tante m'a mis à la porte lorsque je suis entré au lycée. Elle disait que j'avais une mauvaise influence sur Hyun-Shik. Je n'avais pas les moyens de revenir à NoCal [4]. J'avais besoin de cet argent pour finir mes études.

— Tu n'étais qu'un gosse. Je ne vois pas bien comment tu aurais pu avoir une si mauvaise influence sur lui.

Un juron me démangea entre mes dents serrées.

— Tu étais encore mineur. Est-ce qu'ils acceptent encore les enfants là-bas ? Bordel, on aurait vraiment dû faire fermer ce club lorsque nous en avons eu l'occasion.

— C'est bon de rêver, s'esclaffa-t-il. L'amant de Scarlet ne te laisserait certainement pas faire. Elle aime y travailler. Ça la rend heureuse. Et *hyung-nim* est prêt à tout pour qu'elle le reste.

— Qu'est-ce que ça veut dire ?

Il était plus que temps que je l'apprenne. C'était l'occasion. À l'instar de son chat, il paraissait calme, prêt à être caressé dans le sens du poil.

— *Hyung*. Je n'arrête pas de vous entendre dire ce mot. C'est un peu comme… « monsieur » ?

Il pencha la tête, l'air pensif.

— Pas vraiment, mais presque. C'est ce qu'on utilise pour s'adresser à un homme plus âgé que nous.

— Tu t'en sers aussi pour Hyun-Shik. Il n'était pas beaucoup plus vieux que toi, pourtant. Il devait avoir cinq ans de plus que toi, à peine ?

— À peu près, confirma Jae. Mais le nombre d'années n'a pas d'importance. Si tu es plus âgé, tu es plus âgé.

— Je vois.

---

4 Forme abrégée de « Californie du Nord »

Je ne comptais pas creuser davantage, de toute manière. Pour moi, le respect devait aller dans les deux sens, mais Jae-Min pensait la chose différemment, de toute évidence.

— Depuis combien de temps travailles-tu au Dorthi Ki Seu ? Est-ce que tu connaissais bien Jin-Sang ?

— Je bosse à l'étage depuis…

Sa vision se troubla dans sa réflexion.

— Quelques années. Quatre ans, peut-être ? Jin-Sang nous a rejoints depuis trois ans. Et de ce que j'en sais, il n'avait pas l'intention de démissionner de sitôt.

Avec la Brigade, j'avais appris à connaître les habitudes des prostitués du quartier. À le voir allongé là, l'air complètement détaché, alors qu'il me racontait la vie qu'il avait menée dans toute son absence de réaction, je ne pouvais qu'en vouloir à ce Hyun-Shik pour l'avoir poussé, lui, un tout jeune homme à peine, dans la cage des lions pour le bon plaisir d'autres hommes.

— Tu m'as assuré que ton cousin ne trompait pas sa femme.

— Il ne la trompait pas, répondit Jae. Après s'être marié, il a arrêté de voir Jin-Sang. Hyun-Shik ne voyait personne d'autre. Il ne venait même pas au club pour coucher. Il prenait un verre avec un ami de temps en temps, mais il ne montait plus. Du moins, je ne l'ai plus jamais vu le faire.

— Et avec toi, c'était comme ça aussi ? insistai-je.

— Tu veux savoir s'il couchait avec moi ? Non, ce n'était pas comme ça entre nous.

Il ricana.

— Je n'étais pas vraiment le genre de *hyung*. Après avoir commencé à danser au Dorthi Ki Seu, nous nous sommes éloignés.

— À danser ?

— C'est ça, à danser. Jouer d'un instrument, se balader en sous-vêtements pour qu'on puisse me glisser des pourboires.

S'appuyant sur un de ses coudes pour se redresser, Jae me lança un regard plein de curiosité. La compréhension le frappa alors, et je la vis traverser son visage dans une torsion qui m'indiquait qu'il hésitait entre éclater de rire ou de rage.

— Que pensais-tu que je faisais à l'étage ? Sérieusement ? Tu croyais vraiment que je baisais ? Tu pensais que j'étais l'un des escorts ?

L'embarras me poussa à lui répondre sans réfléchir, sans peser mes mots.

— Pourquoi sinon serais-tu gêné à l'idée de travailler là-bas ?

— Parce que la plupart des gens réagissent comme toi en l'apprenant.

L'amertume dégoulinait à nouveau à chacun de ses mots.

— Tu n'es pas bien différent des autres. C'est pour ça que je n'ai rien dit. Qui es-tu pour me juger ?

— Et que pensais-tu que j'allais bien pouvoir en déduire ? fis-je remarquer d'un ton insistant.

Il était en colère. Je le comprenais. J'avais ma propre rage à tenir en laisse.

— Je suis censé reconstituer le puzzle avec les petits bouts d'informations que tu me laisses entrevoir, tu sais ? J'étais furieux lorsque Scarlet m'a dit que tu travaillais là-bas. J'ai pensé que Hyun-Shik t'avait vendu comme un morceau de viande à quiconque paierait le plus cher.

— Hyun-Shik m'y a emmené pour voir s'ils me laisseraient danser pour la clientèle de l'étage.

Il marqua chaque mot comme si j'étais stupide, ce qui, après réflexion, ne semblait pas être très loin de la vérité.

— Ils nous paient pour avoir de l'animation durant les karaokés. Parfois, ils veulent tirer leur coup, mais de manière générale, ils sont surtout complètement saouls et abrutis. Jin-Sang le faisait. Pas moi.

— Ça ne t'est jamais arrivé ?

— Ce n'est pas comme si c'était tes affaires, mais si tu veux vraiment savoir, alors non, jamais, gronda-t-il en se redressant complètement pour s'asseoir.

Il me donna un coup d'épaule en passant.

— On ne se connaît que depuis hier. Qu'est-ce que ça t'apporte de le savoir ?

C'était aussi ce que je me demandais. Et je n'avais pas de réponse à lui fournir.

— Tu n'étais qu'un gosse.

— *Hyung*, je n'ai jamais eu cette chance. Je savais très bien ce que je faisais. Hyun-Shik ne m'a pas forcé à faire quoi que ce soit.

Ses raisons, plus que tout autre chose, me paraissaient aussi fades que l'était cet immeuble. Car il y croyait dur comme fer. Il n'essayait pas d'excuser Hyun-Shik. C'était comme ça, un point c'est tout. Et ça donnait à cette histoire un goût d'autant plus amer.

— Il me fallait de l'argent. Et l'université n'était pas gratuite non plus. J'ai arrêté dès que j'ai commencé à pouvoir vivre de mes photos. Ça ne paie pas aussi bien, mais au moins, je ne suis pas obligé de supporter autant de bêtises.

87

— Pourquoi être allé rendre visite à Jin-Sang, dans ce cas ?

— Je pensais qu'en allant le voir moi-même, je pourrais le convaincre de t'aider, continua-t-il, ses doigts se refermant de manière frénétique sur les draps.

Je ne savais pas s'il m'avait pardonné ou s'il était tout simplement trop habitué à ce qu'on le traite comme un moins que rien. Lorsque je touchai son bras, Jae ne se dégagea pas immédiatement. Il finit tout de même par se retirer de quelques centimètres après quelques secondes.

— Je savais qu'il ne te dirait rien, à moins que quelqu'un d'autre ne le pousse à le faire. Et peut-être qu'il n'aurait rien dit, en fin de compte. Après tout, il n'y avait pas d'argent en jeu. Il ne faisait rien sans se faire payer d'abord.

— Que croyais-tu qu'il puisse savoir sur la mort de Hyun-Shik ?

— Sa lettre m'est restée en tête toute la journée.

Jae-Min pointa la caisse dont il se servait comme table basse. Sur celle-ci reposait un tas de paperasse ainsi qu'une copie de la lettre que je lui avais fait lire.

— Je me disais bien que ça me disait quelque chose.

— C'est la fameuse lettre ? Je pensais que c'était Hyun-Shik qui l'avait écrite.

— Non, c'est bien lui qui a écrit ça, répondit Jae en secouant la tête, pressant la paume de sa main contre son front.

Je tendis la main vers lui, mais le regard qu'il me lança me fit me rétracter.

— Hyun-Shik a écrit quelque chose de similaire lorsqu'il a arrêté de voir Jin-Sang pour épouser Victoria. Je me disais bien qu'il s'agissait de la même lettre, ou du moins en partie. Après ça, Hyun-Shik ne répondait même plus au téléphone, mais un soir, Jin-Sang est revenu chez lui après avoir passé la soirée au club et en sortant ses clés, il a trouvé une lettre dans sa poche, murmura Jae, frottant ses mains sur la couette pour les réchauffer. Il était saoul, en colère, et il s'est mis en tête que j'avais quelque chose à voir avec ça. Je ne me souviens pas des détails, mais il me semble que celle que tu m'as donnée fait mot pour mot référence à la fin de cette première lettre.

— Cette façon de tourner ses phrases que tu as mentionnée, repris-je en repensant à ce que Jae-Min m'avait dit dans la cuisine. Ça ne parlait pas du regret qu'il avait de se donner la mort. C'était à propos de Jin-Sang et de leur rupture, alors.

— Jin-Sang était la putain avec laquelle mon cousin couchait. Hyun-Shik l'appréciait, mais ce n'était pas la première fois qu'il jouait avec les sentiments des autres. C'était bien son genre. Ce n'était pas que Jin-Sang qu'il abandonnait. C'était tout un style de vie.

Jae afficha un rictus.

— Il a dû se calmer après son mariage. Victoria l'aurait écorché si elle l'avait pris sur le fait. Es-tu déjà allé l'interroger ?

— Pas encore, répondis-je. Pour moi, ce n'était qu'un suicide jusque-là. Mais je n'en suis plus certain, à présent.

— Alors, tu penses que quelqu'un l'a tué ? Vraiment ?

— Oui, et mon petit doigt me dit que la mort de Jin-Sang n'est pas une coïncidence non plus, avouai-je en hochant la tête. Je verrais bien ce que cette Victoria a à me dire sur son époux.

— C'est une vraie garce. Ne laisse pas ses bonnes manières te tromper.

Son visage devint cireux, et il tourna la tête, peinant à ravaler sa nausée.

— Je ne me sens pas très bien.

— C'est sûrement la commotion. Je vais te préparer de la soupe, tu as besoin de manger.

Lorsque je me redressai, il attrapa ma main.

— Qu'est-ce qu'il y a ?

— Je devrais peut-être appeler Scarlet. Elle peut venir pour s'occuper de moi. Elle ne travaille pas ce soir.

— Ça ne me dérange pas de le faire à sa place.

Il avait mauvaise mine. Pas terrible en soi – quelqu'un d'aussi bel homme ne pourrait jamais avoir l'air affreux –, mais il était clair pour moi qu'il avait bien besoin de manger et de dormir.

— Je peux prendre le canapé. Tu ne devrais pas rester seul, c'est toi-même qui l'as dit.

— Je sais, confirma-t-il sur une pointe de regrets. Mais tu ne peux pas rester, tu *ne* peux *pas*.

Un battement passa. Mike disait souvent que j'avais parfois du mal à suivre, et ce faisant, mon succès en tant que détective privé ne cessait toujours pas de l'étonner.

— Tu ne veux pas de moi ici ? Je vois. Ce n'est pas un problème.

— Si, c'en est un. Parce que je voudrais que tu restes. Et je ne devrais pas.

Il lâcha ma main et se recroquevilla contre les oreillers. L'amertume incurvait sa bouche, et à ce moment-ci, rien ne m'aurait davantage plu que de pouvoir lui rendre son obstination par un seul baiser.

— Même dans ta colère, tu insistes pour rester à mes côtés, et il faut dire que tu n'es pas mal dans ton genre. Ça me plaît un peu trop à mon goût. Alors, oui. Je vais téléphoner à Scarlet et, toi, tu vas rentrer chez toi. Sans tarder.

VII

— Et il t'a fichu à la porte ?

Je n'avais aucune envie de donner à Bobby la satisfaction d'une réponse à ses taquineries, mais après les quelques bières que j'avais enchaînées, ma langue semblait avoir développé une volonté propre.

— Parce que tu lui plaisais ?

— Oui, c'est tout à fait ça.

Je comptai mes soldats, les bouteilles alignées le long du bar, en me demandant quand le barman comptait m'arrêter. J'eus très vite ma réponse lorsque je lui fis signe de m'en resservir une et qu'il la décapsula sans hésiter. Il s'éleva tout de suite au statut d'archange à mes yeux. Il faudrait que je me rappelle de lui donner un bon pourboire.

— Est-ce que tu lui as dit que tu étais gay ?

Le sourire de Bobby contre son verre était évident.

— Parce que, à ce stade, je suis presque sûr qu'il est déjà au courant.

— Non, j'étais trop…

Les mots appropriés m'échappaient ; sur le bout de ma langue et, pourtant, si insaisissables.

— Tu l'as dit. Je ne pense pas qu'il soit nécessaire pour moi de lui écrire noir sur blanc.

— Tu ne te dégonflerais pas un peu, dis ? demanda Bobby.

Bobby m'était si précieux, parfois.

— Non, rétorquai-je d'un ton catégorique.

Je haussai les épaules.

— Peut-être. Je ne le connais que depuis hier. Ce n'est pas comme s'il y avait quoi que ce soit entre nous.

— Cole, tu es un homme, oui ou non ? Chercher des réponses, c'est après avoir couché. C'est comme ça que ça marche.

Il engloutit le reste de son whisky avant de commander une eau gazeuse auprès d'un des hommes derrière le bar.

— C'est ce qu'il y a de bien à être gay. Nous n'avons pas à supporter toutes les conneries que peuvent nous balancer les femmes. On baise et on voit si ça fonctionne. Comme ça, si c'était moins bien que prévu, nous ne sommes pas attachés à quelqu'un qui ne nous intéresse pas.

— C'est bien ce que j'aime chez toi, Bobby. Tu es du genre romantique.

Penchant dangereusement ma bière, je pris de longues gorgées, et sans que je ne puisse le contrôler, ma bouche se mit à bouger sans mon consentement. J'essuyai la mousse qui mouillait mes lèvres et marmonnai :

— Fiche-toi encore une fois de moi et tu vas te prendre un coup de genou là où tu sais.

— Pas sûr que tu saches où diriger ton genou, même si je baissais mon froc et que mes bijoux de famille te disaient «bonjour».

Il attrapa mon bras d'une main et me tira de ma chaise.

— Allez, viens. Je te raccompagne jusque chez toi, princesse.

— J'aimerais te voir oser me parler comme ça quand je suis sobre.

À bien y réfléchir, je me souvenais l'avoir entendu m'appeler ainsi lors de nos entraînements de boxe, surtout quand il s'amusait à me mettre une raclée.

— Laisse tomber. Oublie ce que j'ai dit.

— Tu oublieras avant moi.

Bobby paya pour mes verres et me poussa vers la porte. Je résistai à son emprise, bien décidé à ne pas quitter ce bar avant d'avoir donné au barman un divin pourboire.

— Je lui ai déjà donné sa part. Direction la maison.

La brise glaciale me frappa en plein visage, et j'inspirai une goulée d'air gelé. Sans un nuage à l'horizon, la chaleur à l'intérieur de notre cuvette avait rejoint les étoiles, et la nuit était tombée sur la ville au claquement de sa morsure. Après le soleil brûlant de la journée, le désert refroidissait considérablement et, vers 1 h du matin, l'herbe commencerait à geler avant de se transformer en rosée à l'aube. Rien d'étonnant à ce que les plantes sur mon parterre meurent sans cesse avec un temps pareil.

Mais comparé aux hivers de Chicago que j'avais endurés tout au long de mon adolescence, je choisirais toujours les nuits glacées de Los Angeles pour mes turbulentes sorties au bar du coin. Je ressentais fréquemment cette envie de me mettre à chanter ; cela me venait très certainement du sang irlandais de mon père.

— Je devrais apprendre les paroles de *Danny Boy*, marmonnai-je.

— Pour l'amour de Dieu, épargne-nous, supplia Bobby en me faisant contourner un poteau. Je t'ai assez entendu lors du karaoké. Si tu prononces une seule parole, je te laisse tremper dans ton propre vomi.

— Je ne vomis pas.

Je peinais à réfléchir à cause de l'alcool que j'avais ingurgité.

— D'accord, ça m'est peut-être arrivé une ou deux fois, mais ça remonte sacrément. J'étais plus maigre à l'époque.

— C'est vrai que tu es une montagne de muscles maintenant.

Il renifla, amusé, en me guidant dans une allée. Mes jambes me semblaient plus solides qu'elles ne l'avaient été lorsque j'étais descendu de mon tabouret, mais je n'avais pas encore recouvré toutes mes capacités.

— Laisse-toi le temps de décuver. Et rêve donc de ton petit gars au visage d'ange.

— Ce n'est pas *mon petit gars*.

Une partie retorse de mon esprit conduisit mes pensées sur le corps pâle de Jae, allongé sur un lit moelleux, un genou replié et cette satanée bouche juste assez entrouverte pour que je puisse y glisser mes doigts. Déglutissant, je repoussai l'image. Je n'aimais pas la direction qu'elle prenait. Car, au fond de moi, je le voulais, sous moi, sa peau lisse brillant sous une pellicule de sueur. C'était une réaction naturelle, il me plaisait. Et pour une raison qui m'échappait, il y avait quelque chose dans sa manière d'être, indomptable, et dans son caractère qui me faisait réagir.

— Crois-moi. Tu aimerais bien.

— C'est ce qui me fait peur.

Bobby me guida d'une main jusqu'à ce que nous arrivions sur le perron. Je savais d'ores et déjà qu'il ne partirait pas tant que je n'aurais pas ouvert cette fichue porte et qu'il ne m'aurait pas vu entrer, sain et sauf.

— Repose-toi. Ne viens pas à l'entraînement demain. Je t'offre une journée sans te faire casser la figure.

— Oui, maître, grommelai-je, et il éclata de rire.

Il me donna une claque sur les fesses avant de s'apprêter à reprendre son chemin.

— Si seulement, princesse.

M'embrassant sur le crâne, Bobby me poussa à l'intérieur.

— N'oublie pas de verrouiller ta porte. On se voit bientôt.

Je tâtonnai pour tourner le verrou après avoir refermé la porte, une petite voix m'assurant que, depuis la dernière fois, quelqu'un avait dû profiter de mon absence pour le déplacer de quelques centimètres vers la gauche.

— Ou ça pourrait être les six bières que tu t'es enfilées, crétin, marmonnai-je en jetant les clés sur la table sur laquelle je les avais trouvées ce matin après maintes recherches.

L'idée d'une douche me paraissait à la fois divine et détestable. Je voulais me débarrasser de cette odeur d'alcool qui me collait à la peau, mais je craignais que cela me dessaoule complètement. Je me contentai d'un compromis en me passant de l'eau froide et un gant sur le visage avant de trébucher jusqu'à mon lit.

Bien entendu, le sommeil ne vint pas immédiatement. Mon cerveau était trop occupé à retracer les lèvres de Jae et les contours de son corps sur les draps froissés. L'horloge se raillait de moi avec ses chiffres lumineux, et celle affichée sur mon téléphone, que j'avais mis en silencieux, n'était guère plus aimable.

— Eh merde, quoi.

J'avais son numéro. Je l'avais rentré dans mes contacts un peu plus tôt. Il me suffit de presser quelques boutons pour qu'une sonnerie ronronnante retentisse et qu'une voix suave à l'autre bout de la ligne me réponde.

— Jae ?

— Non, trésor. C'est Scarlet.

Si j'avais bien appris quelque chose, c'était que le ton lascif qui accentuait sa voix n'avait rien à voir avec moi. C'était simplement sa manière de parler, et je la voyais bien s'exercer dans sa salle de bain jusqu'à atteindre le ton parfait pour faire tomber raide un homme d'une seule parole. En ce qui me concernait, ça ne m'atteignait pas particulièrement, mais je devais bien le lui accorder : ce ronronnement à la fois râpeux et soyeux était à tomber.

— Est-ce que tout va bien ?

— J'appelais pour… prendre des nouvelles de Jae.

J'aurais pu mentir. J'étais un menteur professionnel, dans mon genre. Mais le gloussement désapprobateur de Scarlet me donna l'impression que j'avais de nouveau trois ans et que je venais de me faire surprendre sur un fait de vol de cookies. *Feinte*, me hurla cette petite voix. *Esquive !*

— Est-ce qu'il dort déjà ?

— Oui. Je vais sortir pour ne pas le déranger.

J'entendis du mouvement à l'autre bout du fil, puis le murmure de la circulation routière lorsque Scarlet quitta la forteresse de pierre de Jae.

— Attends une seconde. *Aish*, quel crétin.

Une autre voix, plus profonde, masculine, engagea une discussion avec Scarlet, ou plutôt un échange particulièrement houleux. Elle semblait chercher à le repousser, d'abord en anglais, puis dans un éclat furieux de mots coréens. J'imaginais déjà le pire lorsqu'un autre grondement de voix explosa devant la porte de Jae.

— Tout va bien ?

Je n'étais pas un grand fan du quartier dans lequel Jae habitait. Et je l'aimais de moins en moins à la minute.

— J'arrive. Retourne à l'intérieur. Je vais appeler la police.

— Détends-toi, mon chou, murmura-t-elle dans le téléphone, un rire dans la voix. C'était l'un des hommes de *hyung*. Crois-moi, la dernière chose qu'ils veulent, c'est que je lui revienne blessée. Les Coréens sont parfois aussi un peu durs d'oreille. Je lui avais dit d'aller m'attendre dans la voiture avec l'autre, pas de rester debout devant la porte.

Il y eut le claquement distinct d'un briquet, et j'entendis Scarlet prendre une bouffée. Je pouvais presque la voir, debout près de la porte de Jae dans cet enclos de parpaings, la hanche appuyée contre le mur et le téléphone coincé contre son épaule, exhalant sa fumée avant de reprendre sa conversation avec le parasite à moitié saoul de l'autre côté du fil.

— Trésor, pourquoi est-ce que tu téléphones aussi tard ?

L'anglais raffiné et agréablement accentué qu'elle avait utilisé lorsque nous avions discuté au club se ternissait avec l'heure. Son ascendance pinoy était plus évidente à présent et donnait à sa voix un ton plus sombre et concret. Lorsque je ne lui répondis pas immédiatement, elle brisa le silence d'un murmure.

— Ah, je crois comprendre ce qui se passe.

— Qu'est-ce qui se passe ?

Même avec le brouillard de l'alcool qui coulait encore dans mes veines, j'avais la ferme impression qu'elle ne parlait pas seulement du désir que Jae faisait naître en moi. Flatter l'ego des hommes et titiller le nerf qui nous enflammait faisaient partie intégrante de son quotidien, après tout. Je ne pouvais rien lui cacher.

— Je pensais bien que tu aimais les hommes. Je m'en doutais, mais je n'en avais jamais eu la preuve jusqu'ici, dit-elle. La plupart des personnes comme toi jettent au moins un œil à la marchandise, mais pas toi, non. Avant Jae, je pensais qu'il y avait quelque chose chez toi qui ne rentrait pas dans les cases. Que tu n'étais attiré ni par les hommes ni par les femmes.

— Ah, ça va, j'ai compris !

L'entendre me dépourvoir de ma sexualité n'était pas plaisant, même si ce n'était qu'une hypothèse.

— Il m'attire, d'accord?

— Trésor, rien ne cloche chez toi, je te le promets, dit-elle.

Ses mots résonnaient comme un écho d'une conversation qu'elle avait déjà eue des millions de fois. C'était probablement le cas.

— Tu es gay, et alors? Qui ne l'est pas un peu, aujourd'hui?

— En as-tu parlé avec Jae? demandai-je à travers la boule qui obstruait ma gorge.

C'était déjà désagréable d'être nargué sur le fait d'être attiré par les hommes, mais se voir accusé d'être asexuel était trop insultant à mon goût.

— À propos de moi…

— Il doit déjà s'en douter. Il n'est pas idiot.

Elle tira sur sa cigarette, et une sorte de grésillement parvint jusqu'à mon oreille.

— Je le vois bien, tu sais. Il te plaît. Tu lui tournes autour, tu prends de ses nouvelles, comme si c'était quelqu'un que tu t'interdisais d'avoir, mais dont tu espères pouvoir obtenir quelque chose bientôt, malgré tes doutes. Je connais bien la nature des hommes. Je sais ce qui se passe dans leur tête.

— Scarlet, je voulais juste prendre des nouvelles, pas lui demander de sortir avec moi. Il s'est pris un bon coup sur la tête, aujourd'hui.

— Et comme je te l'ai déjà dit, il dort pour le moment, soupira Scarlet. Je dirais à *musang* que tu as appelé pour savoir comment il allait. Va te recoucher et continue de prétendre que c'est la seule raison pour laquelle tu as appelé.

Je tentai de protester. De ma bouche sortirent des gargouillis insensés à l'idée qu'elle puisse m'écarter aussi facilement de la situation, mais son claquement de langue perça mon tympan, et je dus éloigner mon téléphone de mon oreille quelques secondes.

— Le désirer n'est pas une mauvaise chose. Mon Jae-Min est bel homme, et peut-être qu'ensemble, vous pourriez chacun guérir.

Le bruit du trafic s'estompa, suivi du claquement sec d'une lourde porte métallique.

— Retourne au lit, trésor, et fais de beaux rêves pour moi.

L'AUBE SE leva bien trop tôt à mon goût. L'ironie du trille mélodieux des oiseaux qui me parvenait par la fenêtre de ma chambre, tout comme un soleil qui m'aveuglait déjà, ne m'échappa pas. Cligner des yeux pour faire disparaître toute trace de la nuit dernière suffit à me faire absorber encore plus douloureusement cette lueur pénétrante. Grommelant, je tentai d'échapper à cette matinée à coup d'oreillers sur ma tête, mais le chant des oiseaux fut rapidement remplacé par celui de la sonnerie de mon téléphone.

— Déjà levé, mon grand ?

Je serrai la mâchoire au ricanement à l'autre bout du fil et débattis l'idée de lui raccrocher au nez, au risque d'endommager notre relation. Dans ses meilleurs jours, Claudia avait toujours une sorte de tranchant dans sa voix, un ton autoritaire de matriarche. Et dans l'état dans lequel j'étais, je reculai devant son mordant.

— Oui, je suis levé.

Peinant à retrouver mon réveille-matin, je le rattrapai finalement avant qu'il ne glisse de la table de chevet et réévaluai ma matinée comme étant une après-midi.

— Voulais-tu quelque chose en particulier ?

— Je m'en vais, annonça-t-elle. J'ai pensé qu'il serait correct de vérifier si vous étiez encore vivant avant que je ne parte.

— C'est trop gentil, marmonnai-je en expirant mon haleine du matin.

Quelque part dans la nuit, ma langue avait dû trouver le dos d'une basket ; l'arrière-goût sur mon palais y ressemblait sans aucun doute.

— Ne sommes-nous pas samedi ? Tu n'es pas censée travailler, aujourd'hui.

— J'avais vraiment besoin de mon salaire. Je vous ai appelé, mais vous ne m'avez pas répondu, donc me voilà. Travailler pour un macchabée ne m'intéresse pas. Ils ne me rémunéreront pas, eux, déclara Claudia. Je me suis fait moi-même le chèque, et votre frère a téléphoné. Il a dit que vous pouviez appeler cette femme du nom de Kim. Il lui en a parlé, et elle a accepté de recevoir votre appel. Il lui a laissé votre numéro, mais vous ne l'avez pas rappelé, alors c'est moi qu'il a contacté.

— Merci, répondis-je en hochant la tête, chose que je regrettai dans la seconde.

J'espérais sincèrement que Mike avait discuté avec Victoria Kim et non avec la mère de Hyun-Shik. Mais bien sûr, je ne connaissais aucun des Kim, à part Jae, alors de ce que j'en savais, cela pourrait bien être n'importe qui.

— Passe un bon après-midi.

— Sortez de ce lit, mon grand, et prenez donc une bonne douche. Vous devez sentir la mort à des kilomètres, m'ordonna-t-elle avant de raccrocher.

Je titubai jusqu'à la douche pour me laver de la sueur de la nuit dernière et du goût que j'avais en bouche. En enroulant une serviette autour de mes hanches, j'effleurai le nœud de tissu cicatriciel sur mon côté. Les cicatrices étaient plus importantes ici ; la balle avait arraché plus de chairs et de muscles que partout ailleurs.

De toutes mes blessures, c'était celle-ci qui me donnait le plus de mal. Cet enchevêtrement nerveux qui avait reformé la peau avait tendance à se retourner contre moi et à se crisper. Le plissement rosé qu'avait causé la balle formait toujours un certain renflement, des déchirures remontant depuis l'épicentre pour former un motif en étoile le long de mes côtes. Les médecins avaient travaillé dur pour faire repartir mon cœur, pour recoudre les veines et artères déchirées par ce morceau de métal qui avait heurté mes côtes. Lorsque j'étais enfin sorti du brouillard du sédatif, le monde avait déjà continué de tourner sans moi.

J'avais quitté le restaurant au bras de Rick, et les choses se passaient à merveille. Nous partagions une maison et une vie de couple et nous avions même la garde d'un chien de taille minuscule qui commençait à m'apprécier. On venait de m'assigner la conduite d'une enquête pour la toute première fois, et ce dîner avait pour but de célébrer l'événement ; il fallait dire qu'il n'était pas commun de fêter la prise en charge d'une affaire de drogue, mais nous faisions de notre mieux. Je l'avais embrassé avant de partir, mes mains contre ses joues et son goût sur ma langue, puis j'avais pris le chemin de ma voiture, là où je pensais que mon coéquipier, Ben, m'attendait.

— Il ne faisait que ça, attendre, marmonnai-je, la bouche pleine de dentifrice.

Je recrachai la mousse mentholée dans le lavabo.

Un goût amer me revint en bouche, mais il n'avait rien à voir, cette fois, avec la bière ou tout ce que j'aurais pu ingurgiter. Observant mon reflet dans le miroir, je me mis à parler.

— T'est-il arrivé la même chose, Hyun-Shik ? T'es-tu rendu au Dorthi Ki Seu en pensant que tout irait pour le mieux et que les personnes en qui tu avais le plus confiance couvriraient toujours tes arrières ? Est-ce pour cela que tu t'es autorisé à t'y rendre ? Est-ce quelqu'un qui t'a poussé à y aller ou cherchais-tu une personne en particulier là-bas ?

Mes habits étaient simples. Un jean, un tee-shirt noir et une paire de bottes en cuir que j'avais portées suffisamment longtemps pour les rendre agréablement souples. Attrapant mon téléphone et mon portefeuille sur la table de chevet, je marquai une pause devant une armoire que j'avais dégotée dans une friperie à San Diego. J'étais tombé sous le charme de son bois de chêne maillé dès que je l'avais aperçu au milieu du reste des meubles. J'avais rendu à Rick la tâche difficile lorsqu'il avait prévu de faire ses petites emplettes lors de nos vacances. C'était bien trop cliché, et je ne m'estimais pas du genre à aller chiner. Après avoir payé quelqu'un pour qu'on nous la livre à Los Angeles, il ne m'avait plus jamais lâché la grappe sur le sujet.

L'armoire n'était pas une simple pièce d'art. Elle dissimulait également un tiroir en son sommet où je pouvais ranger mon arme de poing. Après ce qui était arrivé à Jae et à Jin-Sang, je ne comptais certainement plus me déplacer sans un moyen de me défendre, si besoin était. Bobby avait tiré quelques ficelles pour m'obtenir un permis de port d'arme, mais je n'avais encore jamais eu besoin de la sortir de sa boîte avant la veille. La glisser dans un harnais d'épaule me semblait plus que nécessaire, à présent.

Certains flics étaient dingues de leurs revolvers. Pour ma part, ils ne me dérangeaient pas plus que ça, mais je ne ressentais pas le besoin d'en porter un à chaque minute qui passait. Mon père nous avait appris, à Mike et à moi, comment s'en servir lorsque nous étions jeunes. Mike en était plus fana que moi, mais je tirais mieux que lui. Ça l'avait toujours contrarié. Dans son dos, je blâmais sa mauvaise posture et ses mains tremblantes. Car j'avais beau le dépasser de quelques bons centimètres, mon frère était parfaitement capable de me mettre à terre s'il le voulait.

Ça m'avait pris quelques mois pour ne plus sursauter au son des coups de feu et aujourd'hui encore, je ressentais toujours cette envie de déguerpir au glissement de la gâchette, chaque fois que je m'en servais. Bobby m'avait aidé à surmonter ça au champ de tir. Il n'y avait rien de mieux qu'un bon entraînement pour m'aider à contrôler ma rage, du moins, c'était ce qu'il m'avait affirmé.

Il avait eu tort, mais je ne l'avais pas contredit. Ça avait au moins servi à me débarrasser de la crainte des armes que j'avais développée.

Je me préparai, sans manquer de m'équiper du Glock que Mike m'avait offert pour Noël. Pour ma part, je lui avais offert un poisson-chanteur, trois jeux vidéo et quelques cravates. Après plusieurs tournées d'un mélange de country et de western, on nous avait forcés à sortir le poisson de la maison pour aller le noyer. Sa femme n'avait pas vraiment le sens de l'humour, mais c'en avait fait une cible parfaite pour m'exercer avec mon Glock. Passer mon réveillon à tirer sur un poisson robotisé faisait partie de mes meilleurs souvenirs.

Je décidai finalement de composer le numéro de Victoria Kim. Une voix nasale me répondit et m'informa que Mme Kim pourrait m'accorder un entretien entre 15 h 30 et 16 h, cet après-midi. L'adresse qu'elle me confia n'était pas très loin de l'ancestrale résidence des Kim, et sa proximité avec *Maman* et *Papa* me força à me demander si Hyun-Shik n'avait jamais réussi à couper le cordon avec ses parents.

— Une demi-heure, ce n'est pas grand-chose à accorder à ton défunt mari, Victoria.

Le moment choisi pour cet entretien me faisait franchement tiquer.

Avec son architecture parfaitement carrée, le voisinage était presque identique à celui dans lequel les parents de Hyun-Shik vivaient. Des pelouses parfaites, toutes tondues à un identique cinq centimètres de hauteur, étaient parsemées de parterres de fleurs et d'occasionnelles statues de bon goût, ainsi qu'une ou deux fontaines pour rompre la monotonie des plantes vertes et des fleurs. Les résidences du coin se comptaient par millions et étaient strictement réglementées.

Ce fut la même femme au ton nasal qui m'ouvrit la porte. Tout comme sa voix, son visage était fin et pincé, ses yeux plissés m'inspectant de haut en bas. Je lui souris et lui offris une rapide et plaisante introduction de ma personne. Son reniflement de dérision m'informa rapidement qu'elle n'en croyait pas un mot.

— Je vais informer Victoria de votre arrivée.

Elle renifla de nouveau et disparut sur des talons gigantesques.

— Veuillez attendre dans le salon.

Si la féminité avait un côté aseptique, alors Victoria s'en était pleinement imprégnée. Chaque mur était peint d'une couleur subtile, un lavis de blanc qui devenait mat à la lumière. J'inspectai du regard les meubles, des choses chétives et tapissées qui ne supporteraient certainement pas mon poids. L'un des canapés à l'air un peu plus solide me paraissait plutôt prometteur. Je gardai l'information en tête tandis que je poursuivais mon observation.

Il n'y avait rien de chaleureux dans les quelques peintures de paysages immobiles, rien de personnel, sauf une unique photographie sur laquelle on trouvait un petit garçon au visage potelé vêtu d'une robe rouge pétard. J'avais vu la même photo dans la galerie des Kim, aux côtés d'une bonne douzaine d'autres. Il était curieux que la mère de l'enfant elle-même n'ait en sa possession qu'une seule photo de son propre enfant.

— Bonjour, monsieur McGinnis.

Elle était plus grande que ce à quoi je m'étais attendu. Elle atteignait aisément mon menton et elle avait une peau rosée lisse et des cheveux ondulés blonds typiques des beautés californiennes. Revêtue d'une jupe crayon noire taille haute et d'une chemise blanche boutonnée, elle entra, l'air de savoir exactement qu'elle était la plus jolie chose de la pièce. Avec sa poitrine ferme et sa taille fine, couplées avec ses jambes bronzées interminables, elle me paraissait davantage être à l'image d'un des fantasmes coquins et secrets de Mike plutôt qu'à celle d'une veuve en deuil.

Si les femmes m'avaient attiré, je serais certainement déjà à ses pieds. Heureusement pour moi, ce n'était pas le cas.

— Je vous en prie, appelez-moi Cole.

Je commentai la beauté de sa maison, et elle m'offrit un sourire fin, comme si, même dans mon honnêteté, je la dérangeais plus qu'autre chose. J'ajoutai cette observation à la liste des choses qui rendaient mon attirance pour les hommes plus séduisante.

— Je vous remercie d'avoir accepté cet entretien. Je comprends que les temps sont durs pour vous.

— Nous faisons de notre mieux pour surmonter ça. Je m'excuse de ne pas pouvoir vous offrir grand-chose en termes de rafraîchissements. Nous ne prenons que le strict minimum pour nourrir mon fils depuis l'incident.

La comédie qu'elle jouait avec ses yeux larmoyants était presque parfaite, si l'on exceptait le tic qu'elle avait à se mordre la joue. J'étais sorti avec un gars qui était capable de pleurer sur commande et son expression était identique à la sienne lorsqu'il essayait de me berner.

— Je vous en prie, asseyez-vous.

— Je ne vais pas vous déranger très longtemps. J'aurais juste quelques questions à vous poser.

Ma déduction sur le sofa se vérifia, mais j'avais toujours de trop longues jambes et je finis par me retrouver presque accroupi, comme si j'étais assis au bureau d'un gamin de maternelle.

— Je ne sais pas quoi vous dire.

Victoria s'assit dans une chaise en face de moi, croisa les jambes et se pencha vers l'avant pour mettre en valeur sa poitrine. Je jouai le jeu en baissant mes yeux quelques secondes.

— Je ne sais quoi vous dire à propos de la mort de Henry. C'est encore un terrible choc pour moi.

Les larmes avaient disparu et avaient été remplacées par un léger écarquillement de ses yeux et une moue à peine visible sur sa lèvre inférieure. Jae était captivant lorsqu'il affichait cette même expression. Chez lui, c'était presque la forme naturelle de sa bouche charnue. Chez Victoria, ce n'était qu'une arme de plus dans son arsenal, en plus de ses larmes et de sa poitrine.

Je commençai tout juste à me demander si je n'étais pas un peu dur en ne lui laissant pas le bénéfice du doute, lorsqu'un homme de type asiatique sortit du hall d'entrée et se dirigea directement vers le salon. Il avait la carrure du videur d'une boîte de nuit chic, son torse musclé habillé d'une chemise qui était boutonnée jusqu'au col. Ses traits étaient grossiers, comme si Dieu avait oublié d'achever sa création avant de l'envoyer naître. D'épais cheveux noirs en brosse couvraient son crâne à la forme terriblement carrée. Sa coupe me rappela tant celle de Mike et de Hyun-Shik que je manquai presque de lui demander s'il existait un nom pour celle-ci, mais la gravité de son expression m'en dissuada.

Si j'étais du genre à faire des paris, je dirais qu'il n'était pas très heureux de me voir ici. Lorsqu'il contracta la mâchoire, j'eus l'impression de gagner le gros lot.

— Qui est-ce ?

Il resta debout, les jambes écartées et le regard furibond.

— Cole McGinnis. J'enquête sur la mort de Hyun-Shik Kim.

Je fis ce que mon instinct de mâle me dit de faire en cas d'agression. Je me levai et lui offris ma main, pour pouvoir le regarder du haut des quelques centimètres que j'avais sur lui, un rictus aux lèvres.

— Et vous êtes ?

Il ne me serra pas la main et préféra se tourner vers la veuve éplorée pour venir placer une main sur son épaule. Victoria pivota légèrement pour lui faire face, et je vis leurs regards se perdre l'un dans l'autre durant quelques instants avant qu'elle n'incline la tête dans ma direction en rejetant ses cheveux derrière son épaule d'un mouvement élégant de la main.

— Monsieur McGinnis, reprit-elle, ignorant ouvertement l'autorisation que je lui avais donnée concernant l'usage de mon prénom.

La chaleur de son langage corporel se refroidit considérablement à mon égard lorsqu'elle jeta son dévolu sur lui.

— Laissez-moi vous présenter Brian Park. C'est... c'était... l'un des collègues de Henry.

— Son collègue ?

Je pris plaisir à placer mon interrogation.

— C'est gentil de votre part d'être venu pour aider.

— Je suis plus un ami de la famille, en fait.

Il lui jeta un regard, ses doigts pressant contre son épaule, tel un chat se plaisant à pétrir les genoux de quelqu'un.

— J'ai rencontré Henry au travail, mais nous sommes rapidement devenus proches. Il m'est aujourd'hui impossible de laisser Victoria traverser seule cette épreuve.

— Hm.

Je sortis mon carnet pour y écrire des balivernes. Elle sembla se ragaillardir un peu, reprenant l'allure de l'archétype féminin que je lui connaissais depuis que nous nous étions rencontrés.

— Park, c'est un nom coréen, si je ne me trompe ? Et vous travaillez pour M. Kim, le père de Hyun-Shik, donc ?

— Oui, je travaille pour son entreprise. Hyun-Shik était mon supérieur, mais nous étions amis, répondit-il.

Il se mut pour venir s'appuyer sur le dos de la chaise, plaçant ainsi Victoria entre nous.

— Je ne vois pas en quoi mes origines peuvent vous dire quoi que ce soit.

— Je me demandais simplement si vous aviez lu la lettre qu'il a laissée et si vous pourriez me la lire.

Je sortis l'une des photocopies que j'avais rangées dans mon carnet et la lui tendis. Il secoua la tête et refusa de la prendre.

— Non, vous ne l'avez pas lue, ou non, vous ne pouvez pas la lire ?

— Je ne l'ai pas lue, car il s'agit d'une affaire d'ordre privé. Un bon nombre de nos clients sont Coréens.

Il pinça ses lèvres.

— Comprendre le hangeul est une qualification requise.

— L'un de vous savait-il que Hyun-Shik comptait descendre au Dorthi Ki Seu, cette nuit-là ? demandai-je sans les quitter des yeux.

— Non, répondit Brian avec fermeté.

Victoria resta silencieuse, les mains serrées sur ses genoux.

— Il gardait cette partie de sa vie pour lui. Aucun d'entre nous ne suspectait qu'il... aimait les hommes. Il ne m'en a jamais parlé. Peut-être l'avait-il dit à un membre de sa famille, mais en ce qui me concerne, je n'en savais rien.

— Si je l'avais su, je ne l'aurais pas épousé, s'exclama soudain Victoria.

Elle s'éclaircit la gorge, les larmes de nouveaux prêtes à couler.

— Savoir qu'il m'a fait vivre un mensonge me détruit à petit feu.

Je trouvai intéressante sa manière de rabattre tout ça au passé, alors même que Jae-Min avait eu du mal à avaler la mort de son propre cousin. Brian contourna la chaise pour s'asseoir à côté d'elle. Il prit ses mains dans les siennes. Ils dépeignaient l'image parfaite du deuil, son visage dur s'adoucissant tandis que son inquiétude montait en flèche. J'y aurais presque cru, si je n'avais pas aperçu ses doigts glisser sur sa cuisse lorsqu'il ramena ses mains sur ses genoux.

— Personne ne peut t'en blâmer. Il devait se sentir coupable de te faire subir ça, lui aussi, déclara Park en tapotant son bras. C'est pour ça qu'il a mis fin à ses jours. Il t'aimait, Victoria. Il vous aimait, Will et toi.

— En fait, c'est exactement pour cette raison que j'ai souhaité vous rencontrer.

Je me rassis, ignorant mes genoux, qui me donnèrent presque un coquard. Le canapé grogna son déplaisir sous mon poids.

— Je ne crois pas qu'il se soit suicidé par amour.

— C'est ce que vous avez dit.

Victoria corsa son jeu en tapotant le coin de ses yeux.

— Que vous vouliez parler de son suicide.

— Effectivement.

Je reportai mon attention sur mon porte-document pour y replacer la lettre de Hyun-Shik.

— En quelque sorte.

— En quelque sorte ?

Park fronça les sourcils jusqu'à ce qu'ils se rejoignent dans une chenille noire.

— Il a commis son suicide dans un sex-club. Il a même laissé une lettre. Qu'y a-t-il de plus à en déduire ?

— Brian ! siffla Victoria. Will est à l'étage ! Baisse d'un ton.

— Désolé, s'excusa-t-il.

Ses excuses ne me parurent pas très honnêtes. Mais il était aisé d'en douter en voyant son pouce caresser l'intérieur du poignet de Victoria. La chaleur de son toucher souleva une nuée de son parfum, une odeur musquée et florale flottant entre eux. J'étais loin d'être convaincu qu'il se sente attristé par la mort de Hyun-Shik ou l'endroit dans lequel il avait expiré.

Peut-être que je me trompais, mais il me semblait que ce Brian Park était plus intéressé par la veuve Kim qu'il n'aurait dû l'être. Elle s'éloigna de lui, entrelaçant à nouveau ses doigts. Sa bouche se pinça en une fine ligne, fronçant son gloss rosé.

— Monsieur McGinnis, la vérité est que mon époux, Henry, s'est suicidé dans un endroit abject dans lequel il rampait pour coucher avec d'autres hommes.

La façade de Victoria se craquela, révélant la froideur qu'elle dissimulait en dessous.

— J'ai aimé Henry, ce même Henry que je pensais connaître. L'homme qui est mort est un étranger à mes yeux, et je n'ai pas honte d'admettre que je le déteste un peu pour ça.

— Mais voyez-vous, madame Kim, c'est bien là qu'est le problème. Je ne pense pas que votre mari se soit suicidé, dis-je d'une voix douce. Je crois qu'il s'agit d'un meurtre.

VIII

Je devais le lui concéder. Victoria avait plus de trempe que Brian. Elle n'exprima même pas un tressaillement lorsque je lui annonçai que je croyais que son mari avait été assassiné. Brian Park, pour sa part, prit la couleur d'une côtelette de porc bien cuite.

— Qu'est-ce que vous dites ?

Tout à coup, l'ami de la famille n'avait plus une pensée pour le réconfort de la veuve ; toutes les siennes s'étaient tournées vers mon meurtre prochain. Une veine pulsa joyeusement sur son front lorsqu'il se releva.

— Pensez-vous qu'il s'agit d'une plaisanterie ?

— Non, au contraire, je suis très sérieux.

J'observai le visage de Victoria se transformer ; de son chagrin placide vers une expression de profonde inquiétude. Elle leva les yeux vers les escaliers et son visage se lissa lorsqu'elle n'y vit personne.

— Je pense que Hyun-Shik… Henry… a délibérément été assassiné. La lettre qu'il a laissée n'était pas une lettre d'excuse pour son suicide. C'était l'extrait d'une autre lettre qu'il avait adressée à quelqu'un qui a été tué hier.

— Qui donc ? Ça ne peut pas être cette putain qui lui sert de cousin, Jae-Min, cracha Victoria. Si c'était le cas, j'aurais déjà entendu les cris de joie de Mme Kim.

— Non, il ne s'agit pas de son cousin.

J'étais loin de posséder la force morale de Victoria, aussi grimaçai-je en l'entendant parler de Jae ainsi. Il avait eu raison. Il n'y avait aucune appréciation de sa personne, que ce soit dans l'une des résidences des Kim ou l'autre.

— La lettre était adressée à l'un des employés du club. Un homme du nom de Jin-Sang Yi. C'était… un ami de votre époux.

— Je me passerais de connaître le nom des tapins de mon mari, monsieur McGinnis.

Victoria avait fini de jouer la comédie. Elle m'observait d'un œil méfiant, cherchant chez moi le détail qui lui échappait. D'après le froissement de ses traits, je doutais recevoir de sitôt une invitation au prochain goûter qu'elle organiserait.

— Je crois qu'il est temps pour vous de nous quitter, McGinnis.

Park fit des aller-retour, les poings rangés dans ses poches. L'éclat de sa rage rendait son visage écarlate et mouchetait les rides de son haut front.

— Tirez-vous d'ici et ne cherchez plus jamais à la recontacter.

— Victoria, ne souhaitez-vous pas découvrir ce qui s'est vraiment passé ?

Je gardai un œil sur lui, bien décidé à ne pas quitter ma place sur le canapé. Il n'approcha pas davantage, mais la menace de son éventuel accès de violence subsistait.

— Ne voudriez-vous pas le savoir, si Hyun-Shik s'est effectivement fait assassiner ?

— Pour autant que je sache, reprit-elle calmement, Henry s'est suicidé le jour où il a mis les pieds dans cet endroit dégoûtant. Même s'il ne m'aimait pas, Will aurait dû lui suffire. Cette vie aurait dû le satisfaire suffisamment pour qu'il n'ait pas à chercher la compagnie d'un homme pour le sucer.

Sa beauté s'était estompée derrière son tempérament disgracieux. Avec ses lèvres retroussées, elle avait l'air de défendre l'os qu'elle avait trouvé dans son jardin. Je pouvais presque savourer la haine croupissant dans son cœur. Hyun-Shik Kim n'obtiendrait pas une miette de compassion de la part de sa femme, même s'il parvenait à la revoir dans l'au-delà. Tout ce qu'il pouvait espérer se résumait au tranchant de son talon à la base de son crâne, et c'était seulement si elle se sentait d'humeur généreuse.

— Vous pouvez partir, maintenant, monsieur McGinnis, déclara Victoria en lissant sa jupe lorsqu'elle se releva. Vous pourrez informer les Kim qu'ils peuvent bien courir après des fantômes s'ils le veulent, mais pour ma part, je compte bien tourner la page. J'ai épousé un homme qui s'est servi de moi. Henry me disait qu'il m'aimait avant d'aller me tromper avec d'autres hommes derrière mon dos. Une femme, j'aurais pu l'endurer. Mais des hommes ?

— Nous ne pouvons pas en être certains, nota Park.

Ses doigts s'enroulèrent doucement autour de son poignet pour la tirer vers lui.

— Nous ne pouvons pas savoir s'il t'a vraiment été infidèle, Vicki. Ne te fais pas tant de mal.

— Comment ai-je pu l'ignorer ?

107

Sa voix monta dans les aigus alors qu'elle se tournait vers lui.

— Toutes ces nuits où il prétendait travailler tard ? Que suis-je censée croire, maintenant ?

— Tu ne peux pas penser qu'il cherchait à vous mettre en danger, Will et toi, insista-t-il. Cet enfant était toute sa vie.

Victoria se releva et tira ses épaules vers l'arrière.

— Savez-vous ce qui est le plus odieux dans toute cette histoire, monsieur McGinnis ?

La tentatrice avait définitivement disparu et une femme inébranlable et forte avait pris sa place.

— J'ai dû aller consulter mon médecin pour lui demander de me faire passer des tests, au cas où Henry m'aurait contaminé avec toutes ses sauteries. J'ai dû supporter les regards des infirmières, tout ça parce que mon époux était incapable de se retenir d'aller fourrer son pénis dans le cul d'un autre homme. Je prie pour qu'il n'ait pas infecté Will.

— Vicki, ne dis pas ça.

Park, à l'image du bon ami, l'enveloppa dans une étreinte.

— Will va bien. Et toi aussi.

— La seule raison qui l'explique, c'est que Henry et moi ne nous sommes pas touchés depuis un an, au moins.

Elle s'esclaffa, l'amertume colorant sa voix.

— Je pensais que c'était dû au poids que j'avais pris après l'accouchement. Que c'était de ma faute s'il ne me trouvait plus attirante. Mais maintenant, je comprends que je n'ai jamais eu le bon appareil. Alors, dites-moi, monsieur McGinnis, pourquoi devrais-je me préoccuper d'un homme qui m'a menti en disant m'aimer ?

— Je ne sais pas, répondis-je avec sincérité.

— S'il a été tué, c'est certainement parce qu'il a contrarié quelqu'un, murmura Victoria.

Elle peinait à contenir sa colère et sa froideur revint au galop.

— Je ne compte certainement pas me rendre malade à cause de lui. Je ne peux pas me le permettre. Maintenant, si vous voulez bien m'excuser, je vais aller m'occuper de la seule véritable chose que Henry m'ait jamais volontairement donnée. Brian, si tu veux bien le raccompagner jusqu'à la porte ?

Nous l'observâmes tous deux prendre la direction des escaliers, ses talons claquant sur le sol lorsqu'elle atteignit le hall d'entrée. Les rayons du soleil pénétrant les hautes fenêtres donnaient à ses cheveux un ton caramel.

Elle marqua une pause pour profiter, l'espace de quelques secondes, de la lumière avant de relever le menton et de se tourner vers moi.

— Je ne veux plus jamais vous revoir, monsieur McGinnis, déclara Victoria en s'agrippant fermement à la rampe. Si je vous aperçois de nouveau dans les parages, j'informerai moi-même les Kim qu'ils ne reverront plus jamais leur petit-fils. Et tout compte fait, étant donné la manière dont Henry a tourné, je commence à me demander si leur absence ne lui serait pas plus bénéfique.

JE RESTAI assis dans ma voiture pendant quelques minutes, le front posé contre le volant. Les rideaux d'une fenêtre au premier étage de la résidence des Kim se murent et je pus en déduire qu'on m'observait, probablement dans l'attente que mes soupçons et moi-même disparaissions sur la route. Je ne pouvais que la croire lorsqu'elle disait se ficher de savoir comment son mari était mort. J'avais humé le parfum de sa haine et noté le tremblement de peur qu'elle avait ravalé lorsqu'elle avait parlé d'une infection qui aurait pu avoir affecté son fils.

— Je prie les dieux pour que tu aies utilisé une capote, Hyun-Shik, dis-je en tournant la clé pour démarrer. Parce que si elle choppe quelque chose, elle va pisser sur tes cendres et en servir la soupe à tes parents.

J'avais un mal de crâne, une pulsion légère servant à me rappeler que j'avais lésiné sur le sommeil réparateur, mais aussi que la bière que j'avais bue persistait quelque part dans mon corps, sa mousse divine souillant mes veines.

— Tu n'es plus tout jeune, McGinnis, soupirai-je, poussant sur mon clignotant et patientant le temps que le feu change de couleur. Tu étais capable de te saouler toute la nuit et de dormir quelques heures à peine pour te réveiller frais et prêt à bosser. Regarde-toi, maintenant. Quelques bières et une nuit passée à baver sur un jeune Coréen. Tu devrais être plus avisé que ça.

Je passai un coup de fil à Mike en manœuvrant mon Rover au travers des gorges basses de L.A. L'écho de la sonnerie résonnant à travers mon oreillette, j'observais silencieusement les versants du paysage désespérés devant l'envahissement de l'armoise. Il ferait particulièrement sec cette année, des conditions parfaites pour des incendies de forêt. Après la dernière vague qui avait ravagé la région, les canyons se préparaient déjà à en subir une nouvelle fois les conséquences.

— Allô, oui ? répondit mon frère, la bouche de toute évidence pleine. Comment vas-tu, Cole ?

— Je viens de quitter la veuve.

Une camionnette ralentit devant moi, et je freinai pour garder de l'espace entre nos deux véhicules.

— Je lui ai donné la bonne nouvelle concernant le meurtre éventuel de son époux.

— Et laisse-moi deviner : elle n'a pas été ravie de l'entendre ?

Mike avala sa bouchée et le son de sa déglutition me parvint directement à l'oreille.

— Encore l'un de tes coups de chance, ou est-ce qu'elle t'en a elle-même fait part ?

— Elle m'a appelé, s'esclaffa Mike. Tu l'as mise dans un sacré état. Elle a menacé de me poursuivre en justice si je ne mettais pas immédiatement un terme à cette histoire.

— Elle n'a pas perdu de temps.

Je n'étais pas surpris. Victoria Kim semblait être le genre de femmes à pouvoir aligner ses boîtes de conserve et à chacune les exploser à coup de revolver.

— Madame Kim a du mal à accepter la sexualité de Hyun-Shik. Je crois que, pour elle, sa mort est une aubaine, l'informai-je.

— Tu penses qu'elle a quelque chose à voir avec ça ? demanda-t-il.

Je l'entendis fouiller dans un tas de paperasse, et le vacarme manqua presque de noyer sa voix. Je patientai quelques secondes jusqu'à ce qu'il ait terminé.

— Tu es toujours là ?

— Oui, j'attendais juste que tu finisses tes origamis, dis-je, avant de lui parler de la lettre que Hyun-Shik avait originellement écrite à Jin-Sang et de mon arrivée sur la scène de crime.

Le sifflement de Mike suffit à faire disparaître toute trace de doutes.

— Je m'inquiète pour Jae-Min. Nous devrions garder un œil sur lui, au cas où quelqu'un décide d'en faire sa prochaine cible.

— Il n'y a qu'à le prendre chez toi. Il pourrait être ton homme au foyer.

Personne ne savait taquiner les gens comme mon frère savait le faire. C'était une horrible qualité qu'il tenait directement de notre père. J'avais espéré que cela puisse sauter une génération, mais certains de mes ex m'avaient assuré que ce n'était pas le cas ; j'étais un McGinnis jusqu'à la moelle.

Je m'apprêtais à répondre lorsque je sentis mon pare-chocs arrière être embouti. Je n'en fus pas surpris, surtout avec le flux variable du trafic sur la rocade. Ça arrivait fréquemment aux nouveaux conducteurs qui n'avaient pas encore la main. Mon Rover pouvait encaisser quelques coups sans trop de problèmes, je ne m'inquiétais pas outre mesure. Et puis, j'avais moi-même cabossé la carrosserie à suffisamment de reprises lorsque je roulais dans les hauteurs lors des week-ends de camping.

J'hésitai à me rabattre pour voir s'il y avait des dégâts lorsqu'un autre coup, plus violent cette fois-ci, m'ébranla. Je levai les yeux vers le rétroviseur central.

Lorsqu'une telle chose arrivait une fois, il s'agissait certainement d'une coïncidence, mais avec deux coïncidences qui s'enchaînaient, on passait directement à l'agression directe. Les lignes dures d'une Ford Econoline, ses fenêtres bien trop sombres pour être dans la légalité, m'apparurent. En termes de masse, il n'y avait pas à dire : mon Rover ne pouvait pas rivaliser. Le soleil qui se reflétait sur sa carrosserie de chrome m'aveuglait. Je clignai des yeux et ma vision se brouilla, avant de se rétablir au moment où le véhicule refit des siennes, percutant une nouvelle fois le pare-chocs du Rover.

Le coup m'envoya valser vers l'avant, mon cou prenant une courbure douloureuse. Je perdis une boucle d'oreille au coup suivant. Mes pneus crissèrent lorsque je traversai la chaussée. La voix de Mike qui hurlait mon nom était noyée par les impacts du fourgon qui continuait d'attaquer mon Rover sans discontinuer. J'entendis la custode éclater au contrecoup, et lorsque mon front vint rencontrer le volant, ma vision se troubla de nouveau.

Mon arrière-train m'envoya valser vers la droite, poussé par l'impulsion du choc. Je tentai de reprendre le contrôle et de prendre en main le véhicule qui s'était mis à tourner sur lui-même. J'appuyai sur l'accélérateur pour prendre le demi-tour. Un autre coup envoya ma tête frapper la portière. Des points noirs revinrent teinter ma vision, et je sentis du sang sur ma langue.

— Espèce d'enfoiré.

Je déglutis, manquant d'avoir un haut-le-cœur au goût de fer dans ma bouche.

Les cris de Mike avaient monté d'un cran et la panique dans sa voix était palpable. Je haussai la voix en espérant qu'il puisse m'entendre.

— Tais-toi ! Tu ne m'aides pas !

Mon frère avait toujours été un maître dans l'art des jurons et il se montra une fois encore digne de son titre. Les mots qui sortaient de l'oreillette étaient nets, comme s'il se tenait là, assis à côté de moi. En plus de son don pour roter l'alphabet, c'était l'un de ses plus grands talents.

— Ça suffit comme ça.

L'autre conducteur effleura le Rover, et je freinai soudainement pour le laisser me dépasser.

— Voyons si ça te plaît.

Je gardai le fourgon sur ma droite et percutai le pare-chocs, autrefois sans une égratignure, de mon Rover contre le sien. Accélérant, je le poussai vers l'avant. Nous filions à toute allure à travers les crevasses violettes et grises, avec une pointe de jaune. Un parfum de caoutchouc et d'acide se mit à embaumer l'intérieur du Rover, et je toussai sur davantage que mon propre sang, cette fois-ci.

Aveuglé, je maintenais tout de même mon pied sur la pédale, espérant pouvoir frapper le fourgon suffisamment fort pour l'envoyer valser dans le terre-plein central. Le pare-chocs avant céda et s'accrocha au véhicule. L'autre conducteur freina brutalement, les feux arrière du fourgon s'allumant, puis la pièce de plastique à l'arrière de la Ford se brisa. Je me savais incapable de réagir à temps pour éviter de l'emboutir, aussi décidai-je de sauver le Rover d'un mouvement du volant pour que le flanc prenne le gros des dommages.

Ma vision s'inclina légèrement avant de revenir à la normale. Des étincelles de lumière jaillirent à la périphérie de ma vision, et je m'étouffai, sentant le sang obstruer mes fosses nasales. Quelque chose céda au bruit d'une pièce de métal qui se déchire, puis un bourdonnement assourdissant résonna. Je réalisai peu à peu que ce vacarme provenait du moteur en marche, rythmé par le bruit des voitures qui passaient. Quelques-unes d'entre elles ralentirent pour éviter les débris que nous avions laissés sur notre chemin.

Les hurlements de Mike n'étaient plus qu'un grésillement incompréhensible dans mon oreille, et je tâtonnai désespérément le tapis de sol pour trouver l'oreillette qui était tombée. Lorsque je toussai, éjectant des glaires de mucus et de sang, mon visage prit feu. Déglutissant pour éclaircir ma gorge de tous liquides visqueux, je ramenai d'une main tremblante l'oreillette à mon oreille.

— Mike, tu veux bien la fermer? Je vais bien, dis-je, clignant des yeux pour dissiper le brouillard.

Je secouai la main afin de balayer l'odeur âcre de la fumée qui s'élevait du système de freinage ayant pris feu.

Une main passa par ma fenêtre ouverte, et je bondis vers l'arrière, pensant qu'il s'agissait du conducteur du fourgon bien décidé à finir son job.

— Tout va bien là-dedans ?

Je doutai que le conducteur de l'Ecolonoline puisse avoir été une femme avec des dreadlocks. Je ne risquai certainement rien. Elle pencha la tête vers moi, examinant les dégâts d'un regard écarquillé.

— Voulez-vous que j'appelle une ambulance ?

— Non, ça va aller.

Je dus la convaincre, car elle repartit vers sa voiture et démarra. Mon visage m'élançait là où il avait rencontré le volant et mon épaule avait pris un sacré coup lorsque j'avais tenté de reprendre le contrôle du Range Rover. La Ford avait disparu depuis un bon moment, laissant derrière elle une traînée de pièces de plastiques et de bris de verre.

— Cole, ne bouge pas. J'envoie quelqu'un te chercher, me hurla pratiquement Mike dans l'oreille.

Sa voix suffit à faire reprendre de plus belle le sifflement qui pulsait dans ma tête.

— Non, ne t'embête pas. Je vais bien.

Je passai le bout de ma langue sur mes dents.

— La voiture a pris quelques dommages, mais je pense qu'elle fonctionne encore.

Le profond soupir qu'expira mon frère me rappela notre père. En l'espace d'une vie, j'avais eu ma dose de ses soupirs. Mike savait le copier comme personne.

— Que s'est-il passé, bordel ? Tu as fait un tonneau ?

— Non, je pense avoir sacrément contrarié quelqu'un, répondis-je en crachant de nouveau sur la broussaille asséchée du bord de route.

Il y avait moins de sang, cette fois-ci. Le Rover fit le chemin sans problème, et j'accélérais sur la bretelle pour réintégrer le flux de la circulation. Les complaintes de Mike quant à ma prétendue obstination bourdonnaient dans mon appareil.

— Va voir un doc, me réprimanda-t-il. Ou mieux : amène-toi et je t'emmène moi-même en voir un.

— Non, refusai-je, le Rover grondant légèrement lorsque je changeai de voies.

Le pare-chocs avant craqua légèrement, mais je n'étais pas trop inquiet.

— Quelqu'un m'en veut, et je compte bien découvrir qui. Je dois m'assurer que Jae va bien. Si quelqu'un s'est mis à supprimer l'entourage de Hyun-Shik, alors son tour viendra tôt ou tard.

JE M'ARRÊTAI devant l'immeuble en briques de Jae. À la lueur du crépuscule, l'endroit paraissait encore plus triste à voir. Je me garai et détachai ma ceinture. Un élancement me frappa l'estomac et je hoquetai, jurant en sentant la tension nouant le tissu cicatriciel sous mon tee-shirt. Pressant ma main contre ma peau, je sifflai entre mes dents contre la douleur qui remontait le long de mon flanc.

Autour de moi, la vie continuait, du bourdonnement retentissant des télévisions aux hurlements des enfants qui refusaient de finir leurs assiettes. Il était encore suffisamment tôt pour que les nouvelles de l'après-midi me parviennent au travers de cette cacophonie ; le bilan régulier du prix de l'existence humaine. Ce quartier n'était pas différent des autres : celui d'une population appauvrie, désespérée.

Avant que je ne quitte mon poste, j'avais travaillé à établir le contact avec des communautés comme celle-ci, où l'on trouvait trop souvent quatre murs regroupant des familles trop larges pour les mètres carrés alloués. Leur vie était dure, et malgré les quelques histoires de brillants succès qui ressortaient de temps à autre dans le journal, la plupart du temps, elle était rythmée par la violence qu'on inculquait aux enfants quand ils buvaient encore leur lait. La mort était un ami de longue date pour eux.

J'avais côtoyé un quartier plus hispanique que celui-ci, mais si l'on exceptait le langage inscrit sur les panneaux, il n'y avait pas beaucoup de différence. Les caractères linéaires et arrondis sur les devantures barricadées m'étaient étrangers, mais ils devaient sans doute annoncer les mêmes types de spécialités, qui avaient pour objectif d'attirer les plus cupides d'entre nous à dépenser sans compter. L'air avait un goût légèrement différent, moins huileux que dans d'autres quartiers que j'avais pu parcourir, mais plus épicé, un courant d'anis persistant qui se perdit bientôt sous une vague de puanteur cuivrée à chaque inspiration.

Du sang coula de mon nez et j'en tâtai l'arête en grimaçant. La peau était tendre, mais il n'avait pas l'air d'avoir été cassé. Je jetai un coup d'œil au reste de mon visage et grimaçai davantage. Ma joue était légèrement gonflée, là où je m'étais éclaté contre la paroi, mais le coquard qui commençait à apparaître au niveau de mon œil et le bleu sur mon nez m'immobilisèrent une seconde. Ils promettaient de tourner au noir ou au violet si je ne faisais rien.

Si Jae-Min parvenait à me trouver de la glace, je pourrais bien lui vouer un amour éternel.

Lorsque je perdis l'équilibre sur le bord du trottoir, j'oubliai immédiatement la glace et priai pour un verre d'alcool bien serré.

L'absence d'un formidable heurtoir sur la porte me frustra, et je me rabattis sur la sonnette, la chaleur de la lueur sous sa surface en caoutchouc me réchauffant le bout des doigts. La porte s'entrouvrit, et un Jae-Min particulièrement confus apparut, ses cheveux noirs ébouriffés, comme s'il avait passé plusieurs minutes à passer une main dans sa crinière. Mon instinct le plus primal prit le dessus et je sentis mon entrejambe s'échauffer dans mon boxer à sa vue. Il était magnifique, mince et sensuel, dans le simple jogging en coton marquant ses hanches et le tee-shirt blanc si fin qu'il en était presque transparent sous la lueur de la lampe placée au niveau de sa porte. Sa bouche était humide, des gouttes d'eau tremblant sur sa lèvre inférieure, et mes dents se remirent à me lancer, cette fois-ci, moins à cause du choc d'avoir été heurté par une camionnette et plus par mon désir de me perdre dans ses lèvres charnues.

— *Hyung*!

La chaleur de son bras autour de ma taille dissipa la douleur qui pulsait dans mon flanc. Cela faisait du bien d'être touché ainsi ; je ne l'avais pas réalisé avant, mais être touché par d'autres personnes que des membres de ma famille me manquait. Vacillant vers l'avant, je le laissai me rattraper, ses mains glissant sur mes hanches, et refermer la porte derrière nous. Il était plus petit que moi, plus léger aussi, mais certainement suffisamment fort pour me traîner de part et d'autre de son appartement.

— Suis-je si vieux que ça pour que tu l'utilises avec moi aussi ? marmonnai-je, la douleur au niveau de mon nez commençant à s'étendre au reste de mon visage, particulièrement sur mes pommettes. Ce n'est pas comme si j'avais vingt ans de plus que toi, si ? Comment va ta tête ?

— Elle va bien, et toi, tu as mauvaise mine. Que s'est-il passé ?

Son parfum était agréable, un mélange de citron et d'indécence. Je devais imaginer ce dernier, mais celles du thé vert et du raisin ne m'échappèrent pas. Même sous ce brouillard sanglant dans lequel j'essayais désespérément de respirer, son odeur me parvenait. Me faire emboutir avait le don de m'exciter, de toute évidence.

— Qui as-tu braqué, cette fois-ci?

— Tu me connais depuis quoi? Trois jours? Et tu penses vraiment que c'est dans mes habitudes?

Je tentai de paraître choqué, mais cela suffit à lui faire rouler des yeux avant qu'il ne me laisse m'étaler sur le sofa. Mon coude en accrocha le coin, et la douleur pulsa jusqu'à mon épaule.

— Aïe. Saleté.

— Ne bouge pas, m'ordonna Jae et il disparut dans la salle de bains. Je vais trouver de quoi te nettoyer le visage.

Sa chatte sauta du comptoir sur la table basse. Elle recroquevilla ses pattes sous son corps souple et m'étudia de ses yeux jaune orangé. Un croc dépassait de sa gueule, telle une promesse au cas où je m'aventurerais à faire un faux mouvement. Je me débarrassais de ma veste, espérant silencieusement qu'en voyant mon étui, elle lâcherait l'affaire, mais le croc s'allongea. Soupirant ma défaite, je tentai la technique inverse en l'approchant calmement.

— Neko, c'est bien ça? appelai-je l'homme qui faisait tout un vacarme derrière moi. Ta chatte. Elle s'appelle Neko, si je me rappelle bien?

— Quoi?

Jae revint dans la pièce, déposa les gazes et les bandelettes avant de s'asseoir à côté du félin.

Lorsqu'elle miaula, je m'étonnai de la douceur du son en question, compte tenu du démon que je lui connaissais. Il inspecta mon épaule et se pencha vers l'arrière sur son perchoir.

— Tu as un revolver? Qu'est-ce qu'il fait chez moi?

— Je pensais que ce serait une bonne idée d'en porter un, étant donné qu'on a tenté de te tuer pas plus tard qu'hier.

Je sortis le Glock de son étui et fis glisser le chargeur pour contrôler son état. Une fois satisfait de l'avoir correctement déchargé, je rangeai les munitions dans la poche de ma veste.

— Voilà, c'est mieux comme ça?

— Oui. Merci.

Il caressa les oreilles de Neko avant de me tendre quelques cachets d'aspirine. Je m'apprêtai à les avaler comme ça, mais il me retint en me donnant une bouteille d'eau déjà ouverte.

— Ne fais pas ça. Ils vont te rester coincés dans la gorge.

— Merci.

Je glissai le rebord de la bouteille jusqu'à mes lèvres en l'observant ouvrir un paquet de lingettes antiseptiques. La saveur qu'avait l'eau ne me surprit pas plus que ça : un mélange de sucre et d'épices et un arrière-goût de cire ; sans compter la fadeur que donnait le recyclage de ce genre de produits à l'eau courante à Los Angeles.

— Qu'est-ce que tu as fichu ?

Ses pressions se firent prudentes alors qu'il faisait peu à peu disparaître le sang séché autour de la plaie près de mon œil. Il m'avait suffi de voir le résultat de ma balade dans le rétroviseur du Rover pour savoir que Jae ne serait pas très impressionné par mon allure toute cabossée. La voiture elle-même était en meilleur état que moi ; sa solide carrosserie avait absorbé le gros de l'assaut.

— Ne bouge pas. Ça a déjà coagulé. Ça risque de faire mal.

— Je suis allé voir Victoria. Tu avais raison. C'est une vraie garce.

Je ravalai le piaillement qui manqua de peu de m'échapper. La brûlure causée par la crème se glissa peu à peu sous ma peau, et je me mordis la langue pour que Jae ne soit pas témoin des gémissements que je préférais pousser au lit en bonne compagnie.

— Ça fait un mal de chien, si tu veux tout savoir.

Ses doigts étaient comme des points de chaleur sur mon visage et ses paumes effleuraient délicatement mes lèvres. Je sortis ma langue, avant même d'avoir pu penser aux conséquences qu'engendrerait une telle action, et la passai sur sa peau dans une caresse. Il cessa de tamponner mon visage et recula légèrement. Je lui souris ; la douleur devait me rendre plus audacieux que je ne l'étais, ou peut-être étais-je fatigué de me battre contre mon désir pour lui.

— Elle t'a mis une raclée, c'est ça ? De quoi avez-vous parlé ?

Il se rapprocha, montant presque sur mes genoux dans la foulée.

— De Hyun-Shik ?

— Je dois ça à quelqu'un qui me collait au train, susurrai-je entre mes dents serrées.

J'espérais sincèrement qu'on m'arrachait la peau à coups de frottements pour une bonne cause.

— Nous avons abordé le sujet, et elle s'en est tenue à sa comédie de pauvre petite malchanceuse jusqu'à ce que je mentionne le Dorthi Ki Seu. D'après ce que j'ai compris, elle a une véritable dent contre toi.

— Je ne l'apprécie pas davantage, donc ça me passe au-dessus.

117

Jae haussa les épaules. Je jouai avec l'ourlet de son tee-shirt, mes doigts effleurant le plat de son ventre. Il s'immobilisa l'espace d'une seconde avant de reprendre, le souffle court.

— Tu me distrais.

— J'aime te distraire, murmurai-je, le long de sa paume. Tu trembles chaque fois que je fais ça.

Bobby avait eu raison sur un bon nombre de choses. Sous le brouillard de l'alcool, j'avais décidé, la nuit dernière, d'arrêter de lutter contre ce que je ressentais en sa présence. J'avais envie de lui, et le célibat n'était pas quelque chose auquel j'étais tant habitué que ça, même si je n'avais vu personne depuis Rick. Je me lassais de me satisfaire de ma main, et sa bouche et son corps fin me paraissaient idéaux pour dissiper ce besoin immédiat.

— Ne joue pas avec moi.

Sa voix avait perdu un ton et s'était transformée en un grondement éraillé et frémissant, qui me prit directement à l'entrejambe.

— Je ne suis pas ta chose. Arrête de bouger, je n'ai pas terminé. Raconte-moi ce que t'a dit Victoria.

— Presque rien. Et je ne joue pas. Je suis très sérieux.

Je me tenais là, sous son emprise, grimaçant chaque fois qu'il écorchait mon visage. Jae poussa un soupir et cessa de pointer du doigt mes désastreuses tentatives de flirt.

— Je lui ai expliqué que je pense que Hyun-Shik a été assassiné, et elle m'a mis à la porte. Elle m'a carrément lancé qu'elle était contente qu'il soit mort.

— Je pense qu'elle l'est vraiment, confirma-t-il en acquiesçant.

Imbibant une nouvelle gaze d'alcool, il retourna à sa tâche abrasive.

— Sans Hyun-Shik, elle n'est pas tenue d'aller rendre visite à mon oncle ou à ma tante avec Will. Elle a ce pouvoir sur eux. Ils craignent qu'il ne s'imprègne pas suffisamment de ses racines coréennes.

— Pas suffisamment ?

Je penchai la tête vers l'arrière pour lui jeter un regard curieux.

— Qu'est-ce que ça veut dire ? Comment pourrait-il être moins Coréen comme il est ?

— Ta situation n'est pas si différente, pointa Jae, absolument sans merci dans sa tâche de purification de mon visage entier. Tu es Japonais, mais au fond, tu ne l'es pas vraiment. Tu ne sais pas ce qu'être d'origine

118

asiatique signifie. Tu n'as aucune connexion avec la famille de ta mère ou avec les tiens, pas vrai? Ils sont morts pour toi.

— Attends une minute, protestai-je, attrapant ses poignets pour écarter ses mains de mon visage. Ce n'est pas parce que je n'ai pas été élevé par ma mère que le reste de sa famille est morte à mes yeux. Ils vivent toujours au Japon et sont aussi Japonais qu'on puisse l'être.

— Mais c'est tout comme.

Il haussa les épaules, son tee-shirt se soulevant avec le mouvement. Ses mamelons pointaient au travers du tissu, et je manquai presque ses prochaines paroles.

— Ce n'est pas une mauvaise chose, pour toi. Mais la famille de Will habite ici. Dans les familles coréennes, nous vivons pour nos enfants et nos petits-enfants. C'est ainsi que la lignée perdure. Pouvoir tenir Will dans ses bras était la seule chose qui comblait Hyun-Shik dans ce mariage; il n'aimait pas Victoria. Il se contentait de subvenir aux besoins de sa famille.

— Alors, tu es en train de me dire qu'il a soudain décidé qu'il n'était plus gay, tout ça parce qu'il voulait un mioche?

— Sa sexualité n'était pas près de changer, mais il ne pouvait plus se permettre d'être cette personne.

Jae ne chercha pas à se détacher de ma prise sur lui. Au contraire, il prit plaisir à encadrer mes jambes de ses genoux.

— Il était temps pour Hyun-Shik d'agir comme un adulte et d'avoir une famille. S'il avait été plus intelligent, il aurait épousé une Coréenne, mais avec Vicky, c'était un bon arrangement pour les affaires de son père. À elle seule, elle avait un sacré réseau.

— Et tu n'aurais pas pu me dire ça avant que je ne débarque chez elle?

Je lâchai l'un de ses bras, tenant toujours l'autre d'une prise légère. Il déposa les gazes ensanglantées sur l'emballage déchiré et secoua la tête.

— Hyun-Shik avait laissé tout ça derrière lui, murmura-t-il en baissant les yeux. Il ne voulait pas que son fils découvre qui il était vraiment. C'était mieux comme ça.

Je ne pouvais être certain de la véracité de sa timidité, mais le regard contrit qu'il me lançait par-dessous ses cils m'empoigna complètement. Victoria était une petite débutante en matière de séduction comparée à Jae-Min. S'il jouait la comédie, alors il devait avoir eu de longues heures d'entraînements.

Mes mains glissèrent dans ses cheveux avant même que je ne puisse penser à quel point je désirais le toucher, encore et encore. Je dégageai une mèche noire et marquai une pause en dévoilant le pansement sur sa tempe. Ses yeux s'écarquillèrent et il hoqueta, incertain quant à ma réaction. Je devais bien l'admettre, au beau milieu de cette enquête, j'avais commencé à mettre de côté mes sentiments pour Rick et étais petit à petit tombé sous le charme d'un Coréen soigné au mensonge facile. La culpabilité me dévora, des murs entiers s'érigeant dans mes pensées lorsque, de mes pouces, je me pris à caresser ses pommettes, lui ravissant une rougeur à la surface de sa peau pâle.

— Pas ça, m'implora-t-il.

Sa voix était dénuée de toute conviction. Elle sonnait à mon oreille davantage comme un « encore » plutôt qu'un « arrête ».

— Pas ça ou pas avec moi ?

D'autres avaient attiré mon attention au cours du temps, mais jamais je n'avais ressenti une soif comme celle-ci. Pas comme ça. Je ne voulais qu'une chose : le pousser sur une surface plane et le faire crier mon nom. Plus que tout, je désirais sentir ses mains remonter dans mon dos et sa présence auprès de moi.

— Personne ne m'a plus fait ressentir un tel besoin depuis Rick.

— Rien de bon n'en sortira. Pas pour moi, rétorqua-t-il en secouant la tête.

Il tremblait sous mes doigts, et les secousses se propagèrent de sa peau à la mienne.

— Regarde un peu ce qui est arrivé à Hyun-Shik.

— C'est ça qui te dérange ? Tu penses que tu vas finir comme ton cousin ?

Je pressai délicatement sur son crâne, levant le menton pour l'observer. Bien qu'il ne résistât pas, Jae semblait furibond de croiser mon regard. Une pensée fit surface au travers du néant que je pouvais distinguer. Elle m'échappa avant que je ne puisse rien y faire, expulsée dans le monde réel comme une terrible accusation.

— Penses-tu que ton oncle ait été capable de tuer Hyun-Shik, parce qu'il était gay ?

— Absolument pas !

Ses mains poussèrent contre mon torse, ses paumes aplaties contre mon tee-shirt, et Jae se dégagea de mon étreinte

— Il ne ferait jamais ça à son propre fils. Il l'aimait.

— Il arrive que les gens s'en prennent leurs proches.

120

Je laissai mes mains retomber, d'abord sur ses épaules, puis vers le creux de son dos, le tirant jusqu'à moi pour qu'il se retrouve à califourchon sur mes genoux.

— Crois-moi, Jae. J'ai déjà vu ça. Rien n'est pire qu'une personne qui tue pour l'erreur d'un être aimé.

— Pourquoi es-tu venu ?

Jae-Min leva le menton, un air de défi pulsant sous sa peau. Une légère cicatrice s'étendait sous son œil gauche, et je souris devant cette imperfection.

— Je suis là, parce que quelqu'un a essayé de me faire quitter la route aujourd'hui et pourtant, tout ce à quoi je pouvais penser, c'est à l'éventualité où il t'attraperait, toi aussi, déclarai-je. Tu n'apportes que des problèmes, et je devrais me donner une bonne claque pour autant avoir envie de toi, mais me voilà, néanmoins, à boire de l'eau tout en écoutant ce démon qui te sert de chat me cracher à la figure et à te laisser me soigner à coups d'écorchures.

Je ne le laissai pas réfléchir. Je pris son visage en coupe et me penchai vers lui pour goûter ses lèvres, lui arrachant un gémissement lorsque sa langue toucha la mienne. Ce fut un baiser trop chaste ; j'en voulais plus.

Je le poussai à quitter complètement la table pour l'allonger contre le bras du canapé et recouvrir son corps du mien, mes doigts explorant doucement son visage. Une pression de mon pouce à la base de sa mâchoire lui fit entrouvrir les lèvres, et je m'écrasai sur lui, me noyant dans sa saveur jusqu'à ne plus avoir d'air dans mes poumons. Lorsque je me retirai, sa respiration était aussi haletante que la mienne, et il tremblait de tout son corps sous mon poids. Effleurant sa joue de mes lèvres, je survolai le duvet râpeux à la recherche du lobe de son oreille que je m'empressai de sucer.

La pupille avala l'iris ambré, et son souffle se coupa lorsque je me reculai pour l'observer. Après avoir laissé un baiser sur le bout de son nez, je repris la parole :

— Voilà pourquoi je suis venu.

— Tu m'excites, murmura-t-il en écartant les doigts sur mon torse. Et ça me rend fou de rage.

— Je suis d'accord, je suis carrément du genre à faire tourner mon monde en bourrique, confirmai-je en léchant ses lèvres. Mais c'est toi que je veux. Et sache-le, toi aussi, tu me mets dans tous mes états.

IX

— Lève les bras, demanda-t-il d'un ton bas en tirant sur mon haut. Je veux pouvoir te voir.

J'hésitai, juste l'espace d'un instant. Je savais à quoi ressemblait mon torse. Les trous éclatés dont j'étais percé n'étaient pas beaux à voir. Je savais être doté de muscles durs et toniques, grâce aux heures que je passais à boxer un sac de frappes et à courir, mais les heures à en baver sur le ring avec Bobby ne pouvaient rien faire pour dissiper l'étendue grotesque de mes cicatrices ou ma peau capitonnée. Je le laissai néanmoins soulever mon tee-shirt pour me le retirer.

Il ne réagit pas à la vue des dommages que j'arborais, et je l'observai sous mes cils, tandis qu'il retraçait chaque boursouflure, ses doigts laissant derrière eux une traînée de frissons à même ma peau. Il se pencha vers moi pour mieux déposer un baiser près de mon cœur et lécha la ruine des sillons irréguliers qui remontaient le long de mes côtes.

— Que t'est-il arrivé ?

Il vissa son regard au mien, et je tressautai, incapable de faire face à l'honnêteté brutale que j'y voyais s'y refléter. Il ne m'avait pas demandé de quoi il s'agissait. Sa voix me disait qu'il savait déjà. Il voulait savoir ce qui s'était passé et qui m'avait tant écorché.

— On m'a tiré dessus.

Cela me paraissait si insuffisant. Je n'avais pas les mots pour expliquer l'effondrement d'une vie ou la mort de mon amant.

— Ça remonte à quelques années. Mon partenaire de l'époque, Rick, et moi nous sommes retrouvés au milieu d'une fusillade. Il n'y a pas survécu.

Alors qu'il m'étudiait du regard, de mon côté, j'étais incapable de deviner ses pensées. Une petite part quelque peu capricieuse de mon cerveau me pria de ne jamais faire de poker avec Jae, à moins que je souhaite être humilié par l'impassibilité de son masque. Il fit tomber ce dernier l'instant d'après pour révéler une once de tristesse qui toucha ses yeux, et je dus détourner le regard. Être témoin de la fonte de sa glace me chagrinait à l'intérieur ; cette part de moi trop fragile, qui menaçait de se briser si je laissais mon regard s'attarder trop longtemps.

Lorsque sa bouche toucha la mienne, j'eus l'impression d'étouffer.

Il explora lentement, déposant de tendres baisers qui apaisèrent la crainte dans ma poitrine. Il avait ce goût fauve qui lui collait à la peau, au parfum d'une puissante épice érotique que je savais brûler au fond de moi à la moindre morsure.

Je n'avais jamais eu envie de mordre l'appât autant qu'en sa présence.

— Suis-je le premier?

Il pencha la tête, remontant sa main sur ma joue pour croiser nos regards. Il y avait une force certaine dans ces mains, dans ces doigts longs qui caressaient mes tempes et dans ces pouces qui titillaient ma lèvre inférieure.

— Depuis ton dernier partenaire?

— Oui, dis-je, tremblant sous son toucher. Et ça me tue de te vouloir autant, d'avoir besoin de toi à ce point.

— Ressentir du désir pour moi n'invalide pas ton amour pour lui, rétorqua Jae, un sourire asymétrique remontant les coins de ses lèvres pleines.

— Je crois que c'est plus que du simple désir, dis-je, l'étreignant fermement pour le retenir avant qu'il ne s'éloigne, mais il n'en fit rien.

Il m'observa d'une expression pensive.

— Ma tête me dit de déguerpir, parce qu'au fond, je sais que tu m'attireras des ennuis, mais mon instinct me murmure quelque chose d'autre.

— Qu'est-ce qu'il te dit?

— Que ce sera pire que ça, marmonnai-je, et il éclata de rire, un son si joyeux qu'il parvint à me faire pouffer tout bas.

— Je vois, s'exclama Jae, se mouvant contre mes cuisses. Peut-être qu'il est temps pour toi de décider si j'en vaux la peine, tu ne crois pas?

À califourchon sur mes jambes, il m'observa, méfiant, mais parfaitement calme, me laissant le temps dont j'avais besoin pour prendre ma décision. C'était toujours l'ange déchu qui attendait que l'homme ouvre la porte de l'Enfer, et si je méritais d'être damné pour avoir mis de côté l'histoire que j'avais vécue avec Rick, alors autant le faire en savourant son goût sur ma langue durant ma chute.

— Tu en vaux la peine.

Il me quitta un moment, et je restai allongé là, vibrant de tout mon être, jusqu'à ce qu'il revienne avec un flacon de lubrifiant et des préservatifs qu'il avait dénichés dans une table de chevet. L'attrapant par la taille, je le tirai jusque sur mes genoux. Il encadra mes cuisses des siennes et se pencha en avant pour m'embrasser.

Le plat de ma langue retraça la courbure de sa lèvre supérieure. D'un mouvement, je dessinais cet arc tendre et rosé et ralentis, le temps d'embrasser les coins de sa bouche, glissant ma langue dans l'antre de la sienne. Jae poussa un grognement, me laissant mener la danse, faisant rouler sa langue contre la mienne dans un ballet de séduction.

Le grésillement d'excitation dans mon ventre pulsa lorsque Jae s'enhardit. Penchant ma tête pour pouvoir l'embrasser, je le sentis rouler des hanches contre ma longueur qui durcissait à vue d'œil. Je glissai mes mains vers le bas pour le rapprocher de moi et le sentis tressauter au travers du fin tissu de son jogging lorsque je l'encourageai en malaxant ses fesses. Puis j'enfonçai mes doigts dans la chair de ses hanches pour frotter mon érection contre lui.

— C'est ça, sucre d'orge. Continue comme ça, murmurai-je, rompant notre baiser pour lécher le plat de sa gorge lorsqu'il pencha sa tête vers l'arrière.

L'air qui flottait entre nous s'était réchauffé, goûtant notre excitation.

— C'est si bon, soupira Jae, frottant son propre sexe de la paume de sa main.

Je la repoussai et plongeai directement dans son sous-vêtement. Mes doigts étaient bien plus froids que ne l'était son membre dur, et il tressaillit à mon contact. J'utilisai mon pouce pour étaler les perles blanchâtres qui perlaient à son bout. Son membre soyeux grossit sous mes doigts et se remit délicieusement à suinter.

— Tu ne peux pas savoir à quel point j'avais envie de faire ça, confiai-je, récupérant l'une des perles pour venir sucer mon pouce enduit.

Jae gémit, son bassin ondulant de désir. Il poussa un grondement sourd lorsque je m'écartai, ses yeux brun miel s'assombrissant. Souriant à l'homme séduisant qui était perché sur mes genoux, je replongeai ma main dans son jogging.

— Lève-toi juste un peu, sucre d'orge, que je puisse atteindre ce qui se trouve là-dessous.

Jae se redressa et poussa un geignement lorsque mes doigts effleurèrent ses bourses. Je les fis rouler entre mes doigts et continuai à me servir de mon pouce pour lui faire prendre de plus en plus de hauteur. Ses cils papillonnèrent lorsque je m'approchai de son antre. Il s'éloigna légèrement, se mouvant jusqu'à ce que ses jambes soient de chaque côté de mes hanches. Les monts musclés de son arrière-train s'écartèrent, et je sentis la chaleur de son entrejambe me parvenir.

— Pousse en moi.

Jae se pencha, effleurant ma gorge d'une morsure. Il captura mon pouls entre ses dents, et je sentis le bout de sa langue savourer ma peau.

— Encore une seconde, sucre d'orge. Laisse-moi faire, dis-je.

La tension m'avait déjà enflammé et les subtiles ondulations de Jae contre mon sexe n'aidaient pas à l'apaiser. Bien au contraire.

Je rapportai le flacon entre nos deux corps, dévissai le bouchon et l'envoyai valser. J'embrassai la bouche tremblante de Jae et levai le flacon pour venir enduire mes doigts d'huile. J'avalai chacun de ses gémissements dans une danse qui nous était propre, au contact de nos langues.

— Je n'ai plus envie d'attendre, rétorqua Jae, sa voix rauque.

— Moi non plus, chuchotai-je, avant de descendre ma main jusqu'à l'antre qui se trouvait entre ses fesses écartées.

Mes doigts l'effleurèrent, poussant contre l'anneau de chair rosâtre, le titillant. Je laissai mon doigt glisser sur l'ourlet pour arracher à ses lèvres pantelantes un énième geignement.

— Pourquoi est-ce que tu t'arrêtes ? grogna-t-il d'une voix menaçante lorsque je retirai mes doigts.

— Je vais avoir besoin de plus de lubrifiant que ça. Mais le flacon est par terre.

Je me mis à rire en le voyant tâtonner le sol au niveau de ses genoux, à la recherche du flacon.

— De l'autre côté, sucre d'orge.

Je m'affalai et levai mon autre main pour laisser Jae l'enduire, mais il secoua la tête.

— Non, marmonna-t-il. J'en ai assez de tes jeux. Utilise plutôt cette main pour te dévêtir. Je veux que tu puisses le sentir lorsque je fais ça.

Je fronçai les sourcils en me demandant ce qu'il voulait dire lorsqu'il fit rouler son bassin vers l'avant, et je frissonnai au glissement de ses doigts lubrifiés contre les miens. Je glissai une main à la base de son pantalon, et Jae cambra le dos pour venir frotter son membre emprisonné contre le plat de mon ventre, tout en continuant à jouer du doigt contre son antre. Englué de lubrifiant, je le pénétrai. Il haleta, ses lèvres s'entrouvrant.

Geignant au vif contraste entre la chaleur et l'humidité froide qui m'assiégeaient, je poussai vers l'avant, plaquant ses testicules contre le creux de sa cuisse, et plongeai plus profondément en lui. La tension ralentit ma progression, jusqu'à ce que le passage se détende tout à coup et qu'il m'avale d'un seul mouvement. Après quelques va-et-vient, mon poignet se mit à pulser contre l'angle délicat, mais je tins bon. Sa bouche s'ouvrant inconsciemment dans l'acte et ses yeux vitreux roulant dans leur orbite en valaient largement la peine.

Je tirai sur son pantalon, libérant son érection d'une seule traction sur sa ceinture desserrée. J'accrochai mes doigts au pli et fis glisser son boxer sur ses cuisses d'un mouvement jusqu'à ce qu'il soit complètement exposé devant moi. Arrachant l'emballage avec mes dents, je recrachai le bout de plastique et sortis le préservatif de son enveloppe. Mon membre continua à tressauter tandis que je me démenais pour l'enfiler d'une seule main.

— Donne-moi une seconde, sucre d'orge.

J'étais incapable de continuer à le préparer et m'assurer au même moment que je le sois pour lui. À contrecœur, je me détachai de lui, une étincelle crépitant dans mon ventre lorsqu'il gémit à regret. Plaçant la capote sur ma longueur, je la déroulai et poussai un soupir contre son cou. Je croquai la chair tendre.

— Sucre d'orge. J'ai envie de toi.

Tremblotant, Jae retira ses doigts et agrippa mes épaules. Une flamme en moi se mit à flamber de plus en plus haut à mesure que ses gémissements s'intensifiaient. J'attrapai ses hanches et le guidai jusqu'à ce que l'angle soit parfait pour effleurer son antre serré. Je marquai une pause.

Une fine couche de sueur brillait le long de ses omoplates, collant son tee-shirt dans son dos, et il poussa un grognement en essayant de me pousser à terminer ce que j'avais commencé. Lorsque je le pénétrai de mes doigts de nouveau, il haleta, mais parvint tout de même à garder l'équilibre, ses mains se perdant entre mes mèches. Il mut son bassin, des supplications se déversant de sa gorge.

— Doucement, s'il te plaît. Tu n'es pas du genre modeste, dit-il.

Jae poussa un soupir en me mordillant l'oreille. Il resserra ses jambes autour des miennes, orientant ses hanches jusqu'à ce qu'il repose sur mon gland.

— Fais-le. Maintenant. Je t'en supplie.

D'un mouvement du bassin, je le pénétrai de quelques centimètres, m'arrêtant seulement pour laisser à son corps la possibilité d'assimiler l'intrusion. Se forçant à se détendre, Jae cambra le dos lorsque mes doigts remontèrent sous son tee-shirt pour trouver les boutons de peau, pour venir les titiller. Un hoquet lui échappa, et il descendit sur ma longueur d'une seule poussée, le plaisir oblitérant la légère douleur que cela lui causa. Je pris sa suite, prudemment, jusqu'à ce que mon cœur manque d'exploser.

Jae s'impatienta.

Prenant appui sur mes épaules, Jae prit une inspiration et força mon membre à remonter encore plus profondément, m'engouffrant complètement de sa chaleur. Le contact de ma base contre la peau ferme de ses fesses et la pression qu'il exerçait sur moi, c'était exactement ce qu'il voulait. Un picotement me traversa de bas en haut à la seule friction interne de mon sexe, et j'attrapai son bassin pour corriger l'angle vers ce que je cherchais.

— Tu es tellement étroit... tellement sexy... geignis-je en m'immobilisant.

Jae continuait à mettre tout son poids sur mes genoux pour que je m'insère toujours plus profondément. Un nouveau glissement suffit à me tourmenter l'esprit, et je mordis ma lèvre, manquant de faire couler le sang dans ma chute. Je gardai mes mains bien plantées sur ses hanches et pris une profonde inspiration, qui refroidit la sueur qui perlait sur sa nuque.

Jae remonta son tee-shirt jusqu'au niveau de ses épaules, exposant son torse à mes lèvres. J'acceptai volontiers l'invitation et me penchai vers lui, m'enfonçant d'autant plus dans son antre serré. D'un petit coup de langue, je goûtai un mamelon doré. Jae poussa un gémissement de plaisir, et je réitérai, glissant ma langue le long de son torse. La caresse de mes dents contre l'aréole encouragea son bassin dans un lent mouvement de va-et-vient sur mon sexe.

Je suçai, humidifiant le bouton de chair avant de le croquer pour me délecter du frisson qui secoua sa chaleur autour de moi. De mes doigts, je m'attaquai à l'autre, pinçant doucement et le malmenant à l'aide de mes ongles. Il pressa ses mains contre mes épaules et me chevaucha doucement, ondulant d'une levée de ses hanches qui retombaient inévitablement contre moi. Je le laissai volontiers me bloquer de tout son poids, le maintenant en place quelques secondes avant de le laisser reprendre le mouvement, m'assurant ainsi qu'il m'avalait jusqu'au bout avant de poursuivre avec une remontée.

— Continue comme ça, sucre d'orge, dis-je, mordillant une traînée depuis son menton jusqu'à son épaule.

La sensation d'avoir tout son être m'encerclant me brûla les ailes. J'ondulai avec lui lorsqu'il redescendit pour me rencontrer dans son mouvement. J'étendis la longueur de mes doigts contre la peau douce de son flanc et glissai jusqu'à la raideur de son érection.

— Je vais te rendre dingue.

— J'attends de voir ça.

Il haleta dans le creux de mon cou, ses dents accrochant ma peau. Mordillant la partie tendre de ma clavicule, il se mit à sucer un point précis si fort que les larmes me montèrent aux yeux. Il lécha son objectif et glissa une main sur ma nuque, se servant de la seconde pour s'assurer l'équilibre sur la surface du canapé. Étendu devant moi, il brillait dans une longue plaine de muscles et de chair dont je ne me lassais pas.

La chaleur de nos deux corps avait rendu le lubrifiant plus liquide que gélatineux sur ma longueur. Je trempai mes doigts dans sa traînée et pressai mes doigts dans son dos pour enfoncer un doigt, puis deux, dans son antre plein et brûlant.

Surpris, Jae tomba vers l'avant, pantelant difficilement devant l'assaut. Sans le vouloir, il frémit, abandonnant rapidement tout contrôle lorsque le mouvement de mes doigts me permit d'atteindre une tendre boule de nerf à l'intérieur. Pompant avec vigueur, je continuai à guider son bassin, tamponnant ses fesses et le pénétrant de toute ma longueur. Accélérant le rythme, je poussai en lui, frappant son point nerveux encore et encore jusqu'à ce qu'il ne soit plus qu'un amas de cris qui s'intensifiaient avec chaque contact.

— Tu aimes ça? haletai-je.

Je maintins mon allure, le transperçant jusqu'à ce que Jae ne puisse plus rien faire qu'accepter de me prendre, enserrer ma hampe de ses muscles.

Notre étreinte se poursuivit à la fréquence en hausse du plaisir qui nous rongeait. Au contact de ma peau sur son gland trop sensible, il tressaillit et renonça à tout contrôle. Il jouit, un filet de sperme fusant sur mon torse et mon ventre, se mêlant à la légère volute de poils au niveau du nombril.

Tendu comme un arc, je le suivis rapidement, secoué par mon propre orgasme. Sa chaleur de velours me dévora, m'aspira. Culminant dans mon plaisir, je continuai à onduler du bassin, le pénétrant aussi profondément que possible alors que je me déversai en lui.

Ses spasmes s'apaisèrent de plus en plus et il fut pris d'un tressaillement. Lorsque son membre sensible effleura la peau de mon ventre, il geignit. Son antre enserrait mon érection, qui dégonflait déjà. Son bassin roula lentement, et j'observai la flamme s'éteindre dans son regard, une langueur prenant sa place dans ses orbes sombres.

— En valais-je le coup?

La tête posée sur mon épaule, Jae expira, respirant le parfum musqué de notre étreinte et l'odeur de transpiration qui imprégnait chaque pore de ma peau. Il cligna des yeux, et je pris conscience d'une chaleur humide sur ma peau.

— La peine, je veux dire.

— Plus que tout, répondis-je d'une voix chuchotante, et je réalisai à cet instant que je le pensais.

La culpabilité me noua la gorge lorsque je me rappelai qu'il était blessé. Le sentir autour de moi avait été tellement bon.

— Tu vaux bien toutes les peines du monde.

X

— Il était temps. Je commençais à me demander si tu comptais te transformer en moine.

Bobby me tendit une bouteille d'un breuvage pétillant dans lequel il avait planté un quartier de citron vert. Mon salon était suffisamment large pour permettre à dix personnes de s'asseoir et pourtant, il parvint tout de même à se retrouver recroquevillé sur le canapé à côté de moi. Il s'était choisi une bière, parmi les stouts que j'avais dégotées dans la brasserie du coin.

— Et tu t'es tiré après ça ?

— Pas immédiatement. Ce n'est pas qu'un coup d'un soir, je t'ai dit !

Je sirotai ma boisson et grimaçai en avalant plusieurs morceaux de pulpe à la suite.

— Il devait se lever tôt pour un truc de photographie. Si j'étais resté, il m'aurait réveillé.

— Tu aurais au moins pu rester pour dîner.

Bobby éclata de rire lorsque je lui fis un doigt.

— On t'a perdu avec celui-là.

— Celui-là ?

Je feuilletai la paperasse qui était étalée sur la table.

— Il a un nom, tu sais ?

— Jae-Min Kim. Ne te méprends pas, princesse. Je suis heureux de voir que tu es de retour parmi nous.

Il s'empara d'une copie de la lettre de suicide et la retourna dans tous les sens.

— Tu auras mis le temps.

— Et alors ?

Je fronçai les sourcils.

La seconde gorgée fut plus savoureuse que la première ; il avait simplement fallu que j'arrache le quartier de citron du rebord pour le plonger dans mon breuvage.

— Avant ça, je ne me sentais pas encore prêt. Je ne suis même pas sûr de l'être aujourd'hui, mais je ne peux pas nier mon attirance pour lui. Je voudrais simplement ne pas le ressentir comme une tromperie.

— Rick, c'était il y a des années, tout comme Ben, rétorqua-t-il d'un ton plus délicat. Quand est-ce que tu comptes te le pardonner ? Je t'ai déjà vu à trop de reprises flirter et te renfermer dès qu'on te tendait une perche.

— C'est de ma faute si Rick est mort.

— S'il est mort, c'est à cause de Ben, m'interrompit Bobby. Pas à cause de toi. Pas non plus parce qu'il t'aimait et que vous partagiez votre vie. Ben l'a tué. Ça ne veut pas dire que tu n'as pas le droit de reconstruire ta vie.

— Je pensais que tu ne faisais pas dans de telles profondeurs d'esprit, le taquinai-je.

— Et ce n'est toujours pas le cas, mais qui d'autre va t'écouter geindre à part moi ?

Il m'arracha les papiers des mains.

— Pas les voix dans ma tête, ça, c'est certain.

— Tu le prends, Cole. Tu le prends et tu te régales.

Bobby allait toujours droit à l'essentiel.

— Je ne dis pas que ton amour pour Rick n'était pas réel. Tu sais bien que je ne le connaissais pas, et pourtant, Dieu seul sait que tu pouvais l'aimer, même moi, j'en ai conscience. Mais tu dois continuer d'avancer.

— J'essaie, Bobby, admis-je.

Mon visage se fit grave et je frottais mes tempes.

— On s'est embrassé, on l'a fait et c'était *vraiment* bon. Mais ce sentiment de culpabilité tourne dans ma tête. C'est vraiment stupide, pourtant.

— Lui aussi, il t'a embrassé, non ? demanda-t-il. Avant que vous ne baisiez ?

Je dus y réfléchir et j'en pris un coup. Avoir ses lèvres sur les miennes, c'était comme basculer dans un océan de désir et y repenser n'était pas près de me rendre la vie plus simple. Le bout de sa langue avait caressé mes dents, ma lèvre inférieure, et sa bouche s'était ouverte à moi pour me permettre de le savourer tout entier. Il avait cet arrière-goût des kreteks qu'il fumait, et chaque baiser m'apparaissait comme une promesse. Je brûlais sur chaque centimètre de peau où il avait posé ses mains, sur mes côtes, sur mes flancs, ses gémissements aigus s'envolant vers moi. J'étais surpris qu'il se soit passé tant de choses en si peu de temps, j'étais horrifié par l'air froid qui nous avait séparés lorsque je m'étais dégagé de son étreinte.

— Oui, il m'a embrassé, confirmai-je derrière la barrière de mes mains. Après ça, j'étais… Enfin, en fin de compte, j'ai fini par partir.

131

— Tu dois bien être le gars le plus tordu que je connaisse.

Bobby avala une gorgée de bière.

— Et pourtant, je ne suis pas très loin derrière. Qu'est-ce que tu avais dans la tête ? Tu aurais dû rester, qu'importe le boulot.

— C'est *son* boulot, Bobby. Et il avait besoin d'espace, répondis-je. Nous ne sommes pas faits l'un pour l'autre. Il a cette idée de ce que le respect doit être, et moi, je ne fais que me mêler de ses affaires de famille et remuer le couteau dans la plaie. Ce n'est pas vraiment idéal pour un début de relation. Oh ! Mais attends, j'oubliais. On ne peut vraiment pas être ensemble, parce qu'il va bientôt grandir et aller se caser. Il faut bien : il est Coréen.

— D'accord, tu m'as perdu, admit Bobby. Qu'est-ce que tu marmonnes encore ?

— Non, je te promets ! C'est vraiment comme ça que ça fonctionne. Être gay, ce n'est pas un problème, tant qu'on rentre dans le droit chemin pour perpétuer la lignée, expliquai-je en faisant tourner la bouteille dans mes mains. C'est ce que Hyun-Shik a fait, et Jae-Min prévoit probablement de suivre son exemple. C'est ce qu'ils font tous. Un gosse, ça compte pour la famille.

— Et ça nous mène aux genres d'embrouilles qu'on obtient avec le genre de garces que son cousin a épousé, c'est bien ça ? songea-t-il. Le gars a vraiment décidé de faire valser son caleçon arc-en-ciel pour se prendre un bon bain d'hétérosexualité ?

— Très poétique. Tu devrais l'écrire quelque part.

— Je le ferai lorsque je taperai mes mémoires.

Fouillant mes notes, Bobby pointa la lettre qui m'était, à ce jour, devenue si familière.

— Alors ? Qui est-ce qui t'a poussé hors de la route, au final ? La veuve éplorée ?

— Elle était loin d'être éplorée, dis-je en me rappelant du chagrin de Victoria, qui s'était aussitôt transformé en colère. Et même lorsqu'elle sanglotait, ses pleurs étaient aussi faux que l'était sa poitrine.

— Tu as remarqué ça ?

Il secoua la tête, avalant une gorgée de bière.

— Des fois, je me fais vraiment du souci pour toi, princesse.

— Concentre-toi moins sur sa poitrine et plus sur les raisons qui auraient pu la pousser à vouloir la mort de Hyun-Shik.

— Mais nous n'en sommes pas certains, fit remarquer Bobby.

— Non, nous ne pouvons pas l'être, confirmai-je. Mais c'est un début.

— Rien à dire sur l'assurance-vie. Toute sa fortune revient à son fils. C'est un sacré pactole, mais elle ne pourra pas y toucher.

Il continua à tourner les pages et à les jeter sur la table basse.

— La maison et la gestion du reste des finances reviennent à notre chère veuve aux seins refaits. Elle était déjà sacrément riche avant le mariage, donc ça ne devait pas être un grand bond pour elle en termes économiques. Notre petite Vicki a touché le gros lot lorsque ses parents sont décédés l'année dernière.

— J'ai déjà jeté un œil à l'affaire. Ils sont morts dans un accident de voiture en Italie. Je ne crois pas qu'elle y soit pour quelque chose.

Je relus les notes que m'avait confiées Mike.

— Hyun-Shik avait tout à gagner, dans ce mariage. Son père à elle avait de nombreux contacts, et le cabinet juridique des Kim en a bien profité.

— Tu m'avais aussi parlé de ce gars. Tu sais, l'ami de la famille.

Bobby se rassit, laissant sa bouteille de bière sur la table.

— Il aurait très bien pu se débarrasser de Hyun-Shik, s'il voulait mieux apprendre à connaître sa femme.

— Apprendre à la connaître ? Qui dit ça, aujourd'hui ? fis-je remarquer.

— Je suis de la vieille. Lâche-moi un peu la grappe.

Il tendit la main pour venir me tapoter le torse de son index.

— Nous avons donc l'ami qui rôde dans les parages. Peut-être qu'il a chassé la compétition avec l'aide de Jin-Sang, avant de se retourner contre lui ?

— Tu penses que c'était lui, le fourgon ?

Les coussins du sofa laissèrent échapper une expiration lorsque je m'y affalai de tout mon poids. Il y avait des moments comme celui-ci où j'aurais bien aimé avoir un chien. Juste à cet instant, pouvoir gratouiller la longue tête d'un labrador aurait pu aider ma réflexion. Reportant mon attention sur Bobby, je devinai qu'il avait tiré un trait sur ce genre d'attention.

— Ç'aurait été quand même plus simple si tu avais vu son visage.

— Toutes mes excuses, j'étais occupé à rester sur la route, et n'oublions pas que je me suis appliqué à lui rendre la pareille, rétorquai-je. C'est déjà assez humiliant de m'être fait secourir par une hippie dans une voiture de sport.

— Elle ou une autre, nous sommes en Californie ! me rappela Bobby. Quel était le nom de l'ami en question, déjà ?

— Juste une seconde, dis-je avant de feuilleter mes notes bâclées. Brian Park. Il travaille pour le père dans le même cabinet. Hyun-Shik était son supérieur, mais il m'a assuré qu'ils étaient de très bons amis.

— Suffisamment amis pour se peloter dans le placard ?

Les sourcils de Bobby se hissèrent haut sur son front et il les remua de manière obscène.

— Je n'en sais rien. Ça m'étonnerait.

Park n'avait pas l'air d'être du genre à s'enticher de feu son patron, mais je pouvais encore me tromper.

— Il avait l'air plus intéressé à peloter Victoria qu'à pleurer la mort de Hyun-Shik. Il a été choqué d'apprendre que son patron n'était pas hétéro, apparemment.

— Donc pas si proche pour qu'il sache où il trempait son biscuit, songea Bobby à voix haute. Et qu'en est-il du cousin ? Celui pour lequel tu as le béguin ? Sommes-nous sûrs que Hyun-Shik ne se le faisait pas ?

— Jae ne faisait pas ce genre de choses avec son cousin.

Si je ne me connaissais pas mieux que ça, je dirais presque que j'en devenais possessif. D'après l'expression qu'affichait Bobby, c'était certainement ce qu'il croyait.

— Désolé, j'ai eu une dure journée.

— Ouais, c'est souvent ce qui arrive quand on se fait emboutir juste avant de monter au septième ciel.

— Et voilà qu'on en revient encore à ça, dis-je lentement.

J'étais fatigué d'être entouré de gens qui me rappelaient sans cesse à quel point je piétinais la tombe de Rick.

— Écoute, j'essaie d'aller de l'avant, au jour le jour, et je n'apprécie vraiment pas que mes proches se mêlent de ce qui me regarde.

— Effectivement, on en revient toujours au même point.

Sur un hochement de tête, Bobby tira les épaules vers l'arrière, se préparant pour un combat que je savais d'ores et déjà avoir perdu d'avance. Il y allait sacrément doucement pour arracher mon pansement émotionnel, mais ça n'en était pas moins douloureux.

— Rick ne reviendra pas, Cole. Je te l'ai déjà dit, tu n'as pas à passer la bague au doigt de ce Jae, mais bon sang, tu te rends compte de l'avancée ? Je ne pense pas que Rick aurait souhaité que tu passes le reste de tes jours en solitaire.

— Tout dépend s'il était d'humeur généreuse ou pas.

Je poussai un ricanement, surtout pour percer la boule de souffrance qui était restée coincée dans ma gorge. Même si je l'avais aimé plus que tout, Rick n'avait jamais été quelqu'un de facile à vivre, mais j'avais été capable de le faire ronronner de bonheur lorsque je le brossais dans le sens du poil, exactement comme Jae lorsque je l'avais étreint et que je l'avais embrassé sur ce canapé.

— En as-tu déjà parlé à quelqu'un ? Je veux dire, depuis la fusillade ? risqua Bobby, l'air décidé à y aller doucement.

— Si j'ai vu un psy, tu veux dire ?

Mon rire, cette fois, se fit plus amer.

— Oui, le département m'en a envoyé un dès que j'ai repris connaissance. Il voulait s'assurer que je ne comptais pas perdre les pédales et m'en prendre à d'autres membres de la Brigade.

— Non, je te demande si tu as déjà parlé de Rick à quelqu'un.

La flèche vint se planter directement au cœur de la cible, aussi douloureux que pourraient l'être des doigts curieux sur une cicatrice à peine guérie.

— À ton frère, peut-être ?

— Tu as conscience que Mike aime m'entendre disserter sur ma vie sexuelle autant que tu aimes entendre parler de la sienne ? m'exclamai-je.

Une brûlure piquait le bord de mes yeux et je pinçai les lèvres en mordant ma joue. Nous nous rapprochions un peu trop des sujets que je préférais esquiver, et malgré l'affection que je portais à Bobby, je n'avais aucune envie de m'effondrer devant lui.

— Je n'ai pas envie d'en parler. Rick n'est plus là, il est dans la tombe que sa famille garde comme s'il s'agissait du Saint Graal. Je ne peux même pas aller lui rendre visite, tu m'entends ? Ils m'ont même pris le satané chien.

— D'accord, d'accord, concéda-t-il. Et Ben, alors ?

— Putain de bordel de merde, Bobby !

J'avais traversé la pièce avant de m'en être aperçu. La table avait basculé sur le côté et les piles de papiers que nous avions commencé à trier étaient disséminées sur le sol, victimes de ma colère. Je ne m'étais pas attendu à ce que Bobby esquive, mais en vérité, je n'y étais jamais vraiment préparé. Balbutiant, je luttai pour reprendre le contrôle de mes émotions, en vain.

— Pourquoi voudrais-je parler de Ben ?

— Tu t'étales beaucoup sur combien Rick te manque, mais tu n'abordes jamais le sujet de Ben, expliqua-t-il, m'attrapant par le tee-shirt alors que je passais à côté de lui.

Je résistai à sa prise, mais il serra le tissu dans son poing et tira d'un coup, m'envoyant valser sur le canapé. Me regardant de haut, comme j'étais affalé à ses côtés, Bobby tapota mon torse, trouvant immédiatement les cicatrices noueuses sous mes vêtements.

— Tu as perdu deux personnes qui t'étaient proches, cette nuit-là. Il est possible que tu n'aies pas autant besoin de mentionner Rick que tu ne devrais parler de Ben.

— Je ne peux pas.

Il m'était difficile d'admettre ma douleur, même à quelqu'un comme Bobby. Alors que j'étais occupé à me battre pour rester en vie, la vie de Ben se déversait sur le siège passager de la voiture dans laquelle nous avions si souvent plaisanté ensemble. Son corps avait été enterré, et les restes de Rick avaient été nettoyés par les rares tombées de pluies de Los Angeles, ce, bien avant que je ne me réveille de mon coma.

— Bobby, je n'ai vraiment rien à dire. Je ne vois même pas par quoi je pourrais commencer.

— C'est normal qu'il te manque, tu sais ?

— Rick ?

Ma confusion était pleinement visible.

Sur mon dos, les yeux levés sur le plafond, j'avais cette même impression que celle du jour où je m'étais réveillé dans une chambre d'hôpital au milieu des machines qui bipaient, un tuyau en plastique enfoncé dans une paroi que Mike avait manqué de briser lorsque nous étions plus jeunes.

— Ben, pas Rick.

La main de Bobby atterrit sur mon ventre et effectua des petits cercles.

— C'est normal qu'il te manque. Tu le connaissais depuis plus longtemps que tu ne connaissais Rick. Et tu passais certainement bien plus de temps avec lui, aussi.

— Non, ce n'est pas normal, réfutai-je.

Des morceaux brisés de ma culpabilité remontèrent à la surface, tels des débris que j'aurais jetés dans la rivière de mon chagrin pour éviter d'avoir à les confronter.

— Comment puis-je m'y autoriser après ce qu'il m'a fait ? Après ce qu'il a fait à Rick ? Comment pourrais-je lui permettre de prendre une telle place ? Dis-moi, comment ?

Mon visage était douloureux, la peau de mes joues était tirée là où ma tête reposait contre Bobby. Je revoyais le visage de Ben, riant à une idiotie que j'avais balancée, alors que nous patrouillions dans les rues à la recherche d'ennuis. Mes souvenirs avec Rick étaient emmêlés à ceux que j'avais de Ben, son visage apparaissant aux barbecues dans le jardin ou aux matchs de foot, nos esprits embrumés par l'alcool et souriants comme les idiots que nous étions.

— Il ne m'a jamais dit pourquoi, toussai-je. Ce salaud ne m'a même pas laissé une petite lettre.

Bobby reprit sa thérapie, ignorant toute crainte devant les morceaux de glace fracturés de mon cœur.

— Que voudrais-tu qu'il te dise ?

— N'importe quoi.

Frustré, je me redressai, frottant mes larmes presque sèches sur mes joues.

— Putain, n'importe quoi, Bobby. Je ne sais pas, quelque chose qui donnerait du sens à toute cette merde.

Je n'entendis pas ses prochaines paroles sous la sonnerie de mon téléphone portable. Considérant que j'avais suffisamment parlé à Mike de la journée, je laissai passer l'appel, m'apprêtant à patienter le temps qu'il soit renvoyé sur la messagerie vocale. Bobby vit les choses autrement : il attrapa le stupide objet et me le tendit pour que je décroche.

— Ça pourrait être ton Coréen.

Il remua les sourcils.

— Tiens, réponds. Ce sera peut-être une bonne nouvelle, qui sait ?

À l'avenir, je risquai de vider une bouteille de crème dépilatoire dans son shampoing, et lorsque ses sourcils glisseraient dans les canalisations de la douche de notre salle de sport, je ne me retiendrai pas de rire jusqu'à n'en plus pouvoir.

— Allô, oui ?

Je ne reconnus pas le numéro, mais l'indicatif 714 n'était pas de ceux que je pouvais ignorer. Ça pouvait être n'importe qui : l'un des Kim ou un autre danseur du Dorthi Ki Seu m'appelant pour m'informer qu'ils avaient l'enfant illégitime de Hyun-Shik dans leur ventre. Peu plausible, mais ce n'était pas en dehors du domaine de l'étrange, qui semblait me poursuivre dernièrement.

Un gargouillis de filipino me parvint à l'oreille depuis l'autre bout du fil. Je n'avais pas besoin de comprendre ce dont la personne parlait pour comprendre qu'on m'insultait, peut-être plus violemment que je ne l'avais été de toute ma vie. Les bouts de mots que j'entendais commençaient peu à peu à faire du sens, avec ses bribes d'anglais se mêlant au reste des hurlements aigus. Je ne connaissais qu'une seule personne qui parlait filipino et qui avait ce ton guttural, loin de la soie lisse de sa voix habituelle.

— Scarlet?

— Ramène-toi et prends tes responsabilités, *buglit* [5]! C'est de ta faute s'il est comme ça! C'est à cause de toi qu'il est blessé!

Les injures continuèrent à fuser, puis une voix plus grave et accentuée remplaça celle de Scarlet; un homme calme au ton plus autoritaire, qui paraissait être du genre à n'accepter aucune négociation.

— Est-ce bien Cole McGinnis à l'appareil?

Je grondai à l'affirmative et frottai mon oreille endolorie, tentant de faire disparaître le sifflement qui résonnait dans mon tympan. Il parla brièvement en coréen à quelqu'un que je devinais être Scarlet par le ton conciliant de sa voix.

— Que se passe-t-il?

L'eau dans mon estomac remonta dans une effusion amère sur ma langue. J'étais déjà à vif après avoir parlé de Rick, ou avoir évité de parler de Rick. La mention d'un hôpital et la colère palpable dans la voix de Scarlet furent comme un coup de pied dans le ventre.

— Que s'est-il passé? C'est Jae?

— Le *musang* de Scarlet a été blessé. L'immeuble dans lequel il vit a été victime d'une fuite de gaz. Du moins, c'est ce que m'ont dit les officiers.

L'homme poursuivit, mais je n'entendis pas un seul mot après ça, pas sous la pulsion de mon sang dans mon crâne.

— Peut-être que la lumière du four était défectueuse. Ça aurait pu causer une étincelle.

— Merde, est-ce qu'il va bien? l'interrompis-je.

Pour tout ce que j'en savais, il aurait pu me dire que Jae était parti danser, mais d'après l'écho des jurons de Scarlet dans mon oreille, j'en doutais fortement.

---

5 « Buglit» est un mot appartenant aux langues parlées aux Philippines. Il s'agit d'une injure et fait référence aux selles dans leur état liquide.

— Il a été blessé, mais le docteur espère qu'il se rétablisse rapidement. *Sarang* [6], oui, je lui demande de venir.

Il retourna à notre conversation.

— Il est hospitalisé au Garden Grove. Si vous comptez venir, vous devriez savoir que Scarlet est hors d'elle. *Dongsaeng* [7] est comme un membre de la famille.

— J'arrive tout de suite.

J'appuyai sur le bouton pour éteindre mon téléphone et fouillai le désordre qui maculait le sol à la recherche de mes clés. Ne les trouvant pas, je poussai un grondement de frustration.

— Où est-ce que j'ai fichu mes clés de voiture?

— On va prendre la mienne.

Bobby m'attrapa le bras et me tira vers la porte d'entrée.

— Que s'est-il passé?

— C'est Jae…

Si je pouvais en croire l'amant de Scarlet, Jae ne risquait plus rien. À moins qu'il m'ait menti pour que je me pointe là-bas et que Scarlet puisse m'arracher les testicules à la petite cuillère. Dans un cas comme dans l'autre, je devais absolument me rendre à l'hôpital.

Je résumai la situation, tandis qu'il refermait la porte derrière nous et qu'il nous conduisait, en trottinant, jusqu'à sa voiture. Mes pensées allaient à toute vitesse pour rattraper la peur qui avait joyeusement ruiné le reste de toute once de lucidité en moi. J'entrai dans le véhicule, attendant que Bobby mette le contact en reprenant chaque élément, l'un après l'autre.

— Seigneur, quelqu'un en a vraiment après Jae.

Je laissai échapper une profonde expiration, la crainte me rongeant à présent jusqu'à l'estomac.

— Mais ce gars t'a dit qu'il s'agissait d'un accident.

Bobby contourna mon Rover tout amoché après la guerre, sifflant à la vue des dégâts infligés par le fourgon blanc.

— Les fuites de gaz, ça arrive, princesse.

— Peut-être, mais j'ai vu sa cuisine. Sa cuisinière tourne à l'électrique, tout comme son chauffage.

Bobby poussa un soupir.

---

6 « Sarang » signifie « chérie » / « amour » en coréen.

7 « Dongsaeng » est un titre en coréen qu'on adresse à quelqu'un que l'on considère comme une petite sœur ou un petit frère

— Donc, qui que ce soit, ils ne comptent pas s'arrêter à Jin-Sang.

— C'est aussi ce que je crains.

S'il y avait une bonne chose à être à moitié Irlandais, c'était d'avoir un tempérament qui avait beau fréquemment me causer des ennuis, il me donnait le coup de pied aux fesses dont j'avais besoin à de plus rares occasions. Ma colère montra la porte à cette peur pénétrante et prit les commandes du bateau, marquant son autorité en me montrant le chemin à emprunter.

— J'en ai plus qu'assez. Nous allons trouver ce salaud avant qu'il n'en finisse avec Jae.

— Ça fait longtemps que je ne t'avais plus entendu parler comme ça.

Le regard que me lança Bobby était intense, et peut-être un peu taquin, mais aucun sourcil ne remuait dans la pénombre de la voiture, cette fois-ci.

— Oh, ça va, Cole. Ça fait du bien de te voir t'attacher à quelqu'un. Admets-le : tu l'aimes bien, ce gars-là.

— Je l'aime bien.

Je m'égarai sur le reflet des lumières sur la fenêtre, leur lueur bordant la rocade dans une urgence mesurée. La bouche pulpeuse de Jae et ses yeux bruns impénétrables me revinrent à l'esprit, alimentant ma rage.

— Il y a des chances pour que je ne lui survive pas, mais c'est la vérité, Dieu m'en soit témoin, il me plaît beaucoup. Pire encore : j'ai besoin de lui.

XI

— SALUT, MURMURAI-JE dans l'oreille de Jae, caressant les mèches noires qui avaient échappé aux bandages qu'on avait enroulés autour de sa tête.

Ses yeux papillonnèrent, ses orbes vitreux couleur cannelle tentant de prendre connaissance de mon visage. Il reprit conscience de son environnement rapidement en me reconnaissant, un lent sourire craquelant ses lèvres sèches.

Son visage était amoché et une couche visqueuse maculait sa joue, mais il allait mieux que je n'aurais pu l'espérer. Le sourire qu'il m'offrit suffit à dénouer la tension qui me paralysait.

— Hé. Cole.

Sa voix était toute petite, mais à ce moment-ci, c'était bien la dernière chose qui m'aurait dérangé. Je n'avais d'intérêt que pour les mots qui, comme je l'espérais, continueraient à se déverser de sa bouche.

En voyant le visage anxieux de Scarlet, son maquillage coulant avec ses sanglots, je m'étais attendu à bien pire que ça. Le filipino et le coréen qu'elle m'avait hurlés à tue-tête s'étaient évanouis aussi vite que son fond de teint lorsqu'elle avait attrapé mon tee-shirt et que j'avais englouti sa fine silhouette dans une étreinte. Scarlet était plutôt sensible sous la personnalité qui lui servait d'armure. Marmonnant quelque chose à propos de Jae, elle s'était brisée dans mes bras, sanglotant contre mon torse.

La terreur avait un goût proche de celui du sang. Elle restait sur la langue jusqu'à ce qu'on ne puisse plus sentir que les relents du fer. Parfois, une froideur venait s'imprimer sur le visage, mais en général, la peur faisait bon ménage avec le reste des sens, rompant toute sorte de stabilité avec le monde réel. Ma bouche pleine de copeaux de métal et mes mains tremblantes n'avaient rien à voir avec la basse température. Je m'étais inquiété pour Jae tout au long de notre trajet jusqu'à l'hôpital, et à le voir couché là, contre les draps trop blancs qui peinaient à se distinguer de sa forme pâle, mon appréhension revint à la charge en remontant peu à peu le long de ma colonne vertébrale.

— Tu es venu, murmura-t-il. C'est Scarlet qui t'a appelé ?

— Son appel s'est résumé en grande partie à des hurlements, jusqu'à ce que quelqu'un ait le bon sens de lui prendre le téléphone des mains pour m'indiquer où tu te trouvais. J'ai pris la route immédiatement.

Des taches de sang mouchetaient toujours son visage et une légère coupure au niveau de sa joue était protégée par un simple pansement aux motifs papillon. Les traînées avaient déjà séché et pelaient chaque fois qu'il bougeait. Je ne souhaitais qu'une chose : l'embrasser jusqu'à lui rendre vie ; les craquelures sur ses lèvres me semblaient douloureuses. Je cédai à la joie de pouvoir le voir et pris les devants, me délectant du zeste d'orange qui persistait dans sa bouche et de sa langue taquine contre la mienne. Expirant dans notre baiser, je plongeai la tête la première jusqu'à sentir les traces humides des larmes glisser sur mon visage ; je ne m'étais jamais senti aussi proche de Jae.

— *Hyung*, ne pleure pas.

Les doigts de Jae étaient froids contre ma nuque, et un glaçon solitaire vint glisser sur ma peau lorsqu'il essuya mes larmes.

— Je vais bien. J'ai juste pris un coup sur la tête.

— C'est pour aller avec celui que tu avais déjà ?

Je ne supportais pas l'idée de le lâcher. Une vague de chaleur me traversa des pieds à la tête lorsque je sentis sa bouche se mouvoir pour embrasser le coin de la mienne.

— La plupart des gens ne passent pas leur vie à se prendre des coups. Ça laisse des marques, grogna-t-il.

— Tous ces cheveux font bien leur job pour dissimuler les cratères sur ton crâne, dans ce cas.

Son grommellement se transforma en quintes de toux qui le prit au niveau des poumons et fit trembler son corps entier. Les machines qui bipaient autour de lui ne manquèrent pas un seul battement. Les petites lueurs et bruitages se poursuivirent dans la mesure de sa respiration et de son rythme cardiaque, ignorants à sa détresse. Lorsque j'eus terminé d'ajuster l'apport en oxygène qui était enroulé autour de son cou, il reprit ses marmonnements d'une voix rauque, qui descendit immédiatement jusqu'à mon entrejambe.

Amusant de voir que j'étais encore capable d'avoir des pensées lubriques aux pires moments qui soient.

— Tu as mauvaise mine, Cole, nota Jae en clignant des yeux.

L'espace d'un instant, ses yeux redevinrent vitreux, et j'attrapai la télécommande pour appeler une infirmière, juste au cas où. Agitant la main, il écarta mon inquiétude d'un claquement de langue contre son palais.

— Ne me regarde pas comme ça. Je suis juste un peu fatigué.

— Tu n'as pas meilleure mine que moi, sucre d'orge.

Sa respiration avait repris un rythme normal, mais il y avait toujours une pellicule de particules visibles sur son visage, et les plus petites coupures barrant son torse et ses bras n'avaient pas été pansées. Il était évident qu'on avait essayé de nettoyer la suie de son visage, mais ils n'y avaient pas vraiment mis du leur, probablement parce qu'ils étaient trop occupés à s'assurer que ses poumons continuent de pomper de l'air.

Je trouvai un gant humide dans la salle de bains et rapprochai un tabouret à roulettes près du lit pour venir soigneusement laver toute trace de son visage et de son cou. Cela me prit plusieurs aller-retour pour rincer le gant et maints plissements du nez marquant les protestations de Jae, mais la suie collante finit par disparaître d'elle-même, laissant apparaître une rougeur sur sa peau pâle, là où je m'étais trop attardé.

— Neko !

Mon bras pulsa de douleur lorsqu'il me l'agrippa. Pour quelqu'un qui avait été à deux doigts de perdre la vie, sa motricité me semblait particulièrement bonne.

— Il faut que tu la retrouves.

— Jae, ne t'en fais pas pour cette chatte pour l'instant, d'accord ? Il faut que tu te reposes.

— Elle est tout ce que j'ai, Cole.

Il me brisait avec de telles paroles. Me touchait en plein cœur. Le ton plaintif de sa voix, craquelée par la fumée qu'il avait respirée, et la moue de sa bouche furent ma perte. Dieu avait vraiment fait preuve de partialité lorsqu'il avait distribué les outils de la manipulation humaine. Lorsqu'il s'agissait de Claudia, je pouvais à peine espérer une part de tarte supplémentaire avec mes yeux de chien battu. Jae, lui, pouvait abattre chacun de mes murs d'un battement de cils.

— S'il te plaît.

C'était un vrai coup bas. Le coup fatal. J'acquiesçai en guise de promesse, me demandant comment j'allais bien pouvoir revenir et lui présenter le cadavre de sa chatte. À en juger par la description qu'en avait faite Scarlet, l'endroit semblait avoir été ravagé. Bien entendu, Scarlet n'était pas vraiment la plus objective lorsqu'il s'agissait de Jae, mais cela se comprenait.

— Que s'est-il passé? Te souviens-tu de quoi que ce soit?

Ça avait beau être un peu tôt pour le presser sur le sujet, à chaque heure qui passait, Jae risquait de se souvenir des détails avec de moins en moins d'acuité. Je voulais des réponses tant que les événements étaient encore frais dans son esprit.

— Ils disent que c'était une fuite de gaz.

— Je ne me fournis pas en gaz. Tout fonctionne à l'électrique.

Le froncement de son front fit descendre les bandages sur ses sourcils, plaquant ses cheveux contre ses tempes.

— Et je ne sais pas ce qui s'est passé. J'étais juste en train de recadrer des photos et ensuite, je me suis réveillé aux Urgences. Je n'arrivais plus à respirer.

— As-tu entendu quelque chose? Une voiture à l'extérieur? Quoi que ce soit?

— L'immeuble est tout en brique, Cole. Je n'ai rien entendu.

Une autre quinte de toux le secoua, et je lui tendis une tasse de glace pilée. Il hocha la tête et toussa de nouveau, crachant dans un mouchoir. Le mucus était coulant et tacheté de points noirs.

— J'ai mal à la poitrine. Et à la gorge.

— Tiens, ouvre grand, dis-je en lui tendant un morceau de glace. Il faut que tu avales quelque chose. L'infirmière a dit que tu pouvais sucer ça.

Après sa bouche, sa langue semblait être la deuxième arme la plus mortelle de son arsenal. Il ne serait pas judicieux de la laisser glisser sur mes doigts pour sucer cette eau glacée à même ma main. Non pas que je ne veuille pas qu'il le fasse. Je pouvais penser à un nombre incalculable d'endroits où j'aimerais qu'il la glisse, et même en le voyant allongé dans ce lit d'hôpital, j'avais beaucoup de mal à ordonner à mon corps d'écouter les réprimandes de mon cerveau.

— Fatigué.

Appuyant sa tête contre mon bras, Jae ferma les yeux, murmurant quelque chose en coréen.

— En anglais, sucre d'orge, lui rappelai-je.

— Qui est-ce? Ton… petit-ami? Dis-moi que ce n'est pas ton petit-ami.

Ses yeux étaient de nouveau grands ouverts, fixés sur la porte ouverte où se trouvait Bobby.

Scarlet était entre de bonnes mains. Bobby était un maître dans l'art de consoler les gens. Mon meilleur ami n'avait jamais usé de ce fameux pouvoir sur moi, parce qu'il pensait la méthode forte plus efficace, dans mon cas précis. Lorsque ça ne fonctionnait pas, il s'en remettait aux tactiques de mon grand frère et me mettait une bonne raclée jusqu'à ce que je cède enfin.

— Oh, euh… non, niai-je.

Le moment présent me semblait aussi bien qu'un autre pour éclaircir ce point en particulier.

— Je te présente mon ami, Bobby. Il n'y a… personne d'autre que toi, tu m'entends ?

— Tu as eu peur ?

Ses mots étaient vagues. L'épuisement commençait à gagner du terrain, laissant derrière lui des cernes noirs sous chaque œil.

— Je suis désolé de t'avoir fait t'inquiéter pour moi.

— C'est vrai, j'ai eu peur. Les hôpitaux sont loin d'être mes meilleurs amis, à la longue.

Je le perdis au profit du sommeil et portai sa tête jusqu'à l'oreiller.

— Dors un peu, d'accord ? Je reste ici.

— Neko, tu te souviens ?

— Mince, tu as raison. Bon, j'y vais tout de suite pour voir ce que je peux trouver, marmonnai-je en frottant mes tempes.

C'était Bobby qui avait conduit, et je n'étais pas certain qu'il soit prêt à me reconduire jusqu'à un immeuble délabré au beau milieu de la nuit. Mais d'un autre côté, il m'en devait toujours une, et le moment était aussi bien qu'un autre pour collecter une dette.

— Je reviens vite.

— Non, il faut que je sorte d'ici.

Jae repoussa ses limites pour attraper la télécommande.

— Il faut que je trouve un endroit où dormir. Je ne peux pas rester chez *nuna*, elle vit avec… enfin, je ne peux pas. Peut-être que mon oncle accepterait de me reprendre.

— Jae, c'est hors de question.

Je mis la télécommande hors de sa portée.

— Tu restes ici jusqu'à ce que tu sois suffisamment rétabli. Fie-toi à leur jugement.

— Je ne peux pas me le permettre.

Peinant à rester éveillé comme il le faisait, ses mots étaient presque incompréhensibles.

— Ne t'en fais pas pour ça. Je me charge de tout.

Je passai une main sur sa nuque, son pouls battant fort sous mon pouce. Je la remontai jusqu'à sa mâchoire et sa bouche se pinça. J'étais momentanément reconnaissant qu'il soit trop amoché pour lutter. J'avais beau faire une vingtaine de kilos de plus que lui, je parierai bien qu'il puisse en faire voir de toutes les couleurs même à Bobby, s'il était suffisamment motivé.

— Je vais revenir. C'est promis.

— Appelle Scarlet lorsque tu auras trouvé Neko. Elle pourra m'en informer.

Jae clôt les paupières, les mains glissées sous son visage et la respiration brièvement bloquée.

— Prends soin d'elle. Promets-le-moi, Cole.

Je n'avais aucune envie de le quitter. À vrai dire, je ne souhaitais pas le quitter une seule seconde des yeux. J'aurais la tâche peu plaisante de l'informer qu'il resterait avec moi jusqu'à ce que nous puissions comprendre ce qui se passait ; ce n'était même pas négociable à ce stade, même si je devais utiliser Claudia comme intermédiaire pour l'en convaincre. Elle avait de bonnes chances de pouvoir l'emporter contre lui – peut-être même que Scarlet soutiendrait ma décision.

— Cole ?

Son murmure m'arrêta avant que je ne quitte la pièce.

— Qu'est-ce qu'il y a, Jae ?

— *Agi.*

— Quoi ?

Un mal de crâne pulsait déjà dans ma tête, probablement à cause du stress qui suintait par tous mes pores. Les mots n'avaient pas plus de sens après réflexion.

— Je ne comprends pas.

— Si tu insistes pour me donner un surnom, alors fais-le au moins en coréen, grogna-t-il. C'est *agi* pour toi. Et maintenant, va trouver ma chatte.

— TU M'EXPLIQUES pourquoi j'ai été assez stupide pour te laisser me convaincre de faire ça ?

Bobby ravala un bâillement, plus pour l'effet dramatique du geste que pour afficher un quelconque signe de fatigue. J'avais fait la tournée des bars

146

jusqu'à 6 h du matin avec lui suffisamment souvent pour savoir qu'il était capable de rester frais jusqu'au matin.

— Sa chatte est morte. Un immeuble entier lui est tombé dessus. La seule chose qu'il doit lui rester, c'est son chapeau de cow-boy.

— Et c'est censé être une blague queer ? le titillai-je, sirotant le café rance que nous avions acheté au supermarché. Parce que si c'est le cas : peut mieux faire.

— Je ne comprends vraiment pas pourquoi on doit fouiller la banlieue de Garden Grove à la recherche d'un chat mort.

— On le doit, parce que je le lui ai promis.

Pointer du doigt l'évidence avait tendance à fonctionner avec Bobby, aussi décidai-je de tenter ma chance.

— Et si je me rappelle bien, cette nuit, lorsque tu m'as appelé à 3 h du matin pour que je vienne te chercher en me faisant promettre de ne pas rire et de ne pas demander d'explications lorsque tu es sorti de cette boîte avec pour seuls vêtements des jambières en daim roses et un string noir, je n'ai pas refusé. Voilà pourquoi.

— Jamais plus je ne t'appellerai. Tu vas te retrouver à rester les yeux rivés sur ton téléphone, comme une sorte de petit chiot en manque d'amour, et à ce moment-là, nous verrons bien qui rira le dernier.

— Comme si. Je suis ton seul ami.

Le café n'était plus si déplaisant une fois le sucre ajouté à la mixture. J'en étais déjà à mon cinquième paquet et j'étais plus que prêt à en sacrifier cinq autres pour affiner la pellicule graisseuse qui s'était formée en haut du gobelet.

— Et je prendrai des photos de tes fesses toutes nues la prochaine fois que je te vois dans ces jambières.

— Tu n'es qu'une cruelle garce, princesse.

— J'ai eu un bon professeur, vieil homme.

Nous tournâmes au coin de la rue et mon cœur manqua un battement. Il apparaissait qu'il ne restait rien du côté de l'immeuble dans lequel Jae vivait. Trois des murs de soutien s'étaient effondrés, laissant derrière eux un porche à l'allure d'ores et déjà pathétique comme seule structure encore debout au milieu des débris. Un fourgon de la municipalité était garé au niveau du trottoir, les ouvriers essayant déjà de remettre le courant dans le bâtiment. La déflagration avait coupé l'électricité à bien cinq autres bâtiments, et d'après ce que je pouvais en voir, ce qu'il restait de l'immeuble n'avait pas été épargné non plus.

Trois voitures de police gardaient l'endroit; des hommes aux larges épaules appartenant aux patrouilles appuyés contre leurs capots nous adressèrent des regards suspicieux lorsque nous nous arrêtâmes. Un camion de pompier était garé en biais de l'autre côté de la route, bloquant l'entrée au périmètre à tout véhicule. Dans l'ensemble, ça avait davantage l'air d'une fête de quartier qui avait mal tourné et à laquelle on avait envoyé des renforts pour contenir la foule.

— Bon sang, on dirait qu'une bombe a explosé, nota Bobby avec un sifflement. Le gosse est chanceux d'être encore en vie.

Étant donné l'état du bâtiment, il n'avait pas vraiment tort. Je pensais que nous avions vu le gros des dommages depuis la route, mais lorsque je me décidai enfin à sortir du véhicule, la lumière instable des réverbères transforma l'endroit en quelque chose tout droit sorti des films post-apocalyptiques.

Les murs de la salle de bains en plâtre, trop fragiles face à une véritable fuite de gaz, avaient été soufflés contre ceux en briques. Une bonne partie du sol était noyé, probablement à cause des premiers camions qui étaient arrivés sur place. J'approchai à pas mesurés. Demain matin, il y aurait des enquêteurs dans tous les coins, et la dernière chose dont j'avais envie était bien de leur rendre la tâche plus difficile en déplaçant accidentellement quelque chose. Pour le moment, il n'y avait qu'un petit nombre de personnes présentes. Ils nous adressèrent de brefs regards avant de continuer à patrouiller le périmètre.

— Hé, responsable en chef à deux heures. Fais le tour, je vais aller papoter.

Bobby m'asséna un coup dans le ventre.

— Il veut sûrement nous dégager de là. Je vais faire ma meilleure impression d'ancien flic. Essaie de ne pas avoir l'air d'un pilleur.

— Dis-lui que je ne toucherai à rien.

Il n'y avait pas grand-chose n'étant pas détrempé ou brûlé à toucher, de toute manière. Les photos de Jae étaient tels des cadavres en deux dimensions, leurs bords complètement recourbés. Je me demandais si je pouvais les convaincre de me confier son équipement, mais j'ignorais où il pouvait bien se trouver. Les débris de plâtre étaient éparpillés dans tous les coins de ce qui restait de l'appartement. C'était un vrai miracle que Jae ait survécu. C'en serait un autre si le chat avait eu cette même chance.

— Hé.

Bobby me rejoignit, pressant une main sur mon épaule.

— Le boss dit que nous pouvons jeter un coup d'œil en restant à la limite du périmètre, mais que nous ne devons surtout rien toucher. Ils ne sont pas encore exactement sûrs de ce qui s'est passé, mais les choses sont plutôt agitées dans le coin. Le voisinage se plaint de ne plus avoir d'électricité. Un idiot s'est même pris un coup de jus au niveau des lignes haute tension.

— Ça promet.

J'étudiai du regard les murs écroulés.

— Bon, on jette un œil en espérant trouver quelque chose, alors.

— Minute, Cole.

Il me retint par le bras pour me tirer dans l'autre sens.

— Tu entends ça ?

— Ne recommence pas, Bobby, dis-je en me dégageant de sa prise. La nuit a été trop longue pour tes blagues stupides.

— Ferme-la. Je ne déconne pas.

Approchant d'une pile de fragments de plâtre, Bobby pencha la tête, écoutant avec attention.

— Je te le dis. J'ai entendu quelque chose.

— Je vais vraiment t'en mettre une si tu te fiches de moi.

Je ne le pensais pas. Même si je le voulais, j'étais bien trop exténué pour lui infliger le moindre dégât. Je manquai de m'étaler par terre lorsque je me pris le pied dans le sommier. Bobby me rattrapa avant que je ne puisse me ridiculiser, mais je pouvais déjà entendre les ricanements des officiers qui nous observaient.

— Bon, que suis-je censé entendre ?

— C'était un chat, je pourrais en mettre ma main à couper, dit-il, pointant un tas fumant près d'un des murs encore intacts. Par là.

Le miaulement misérable était à peine audible. Soulevant un pan de mur détrempé, je libérai un petit espace pour jeter un coup d'œil en dessous.

— Zut, on n'y voit rien là-dessous. Tu n'aurais pas une lampe dans la voiture ?

— Si, je vais la chercher.

Bobby manœuvra habilement à travers le champ de briques sur lequel j'avais trébuché à plusieurs reprises. Il revint avec une grosse lampe Maglite noire qu'il s'empressa d'allumer.

— Voilà. Je te couvre.

— Dis-moi, pourquoi est-ce que tu as ça à portée de main ?

La lampe de poche perçait le moindre recoin de pénombre, tandis que j'approchais du gros des dommages.

— Tu fais signe aux ovnis ?

— Je l'ai achetée pour pouvoir ouvrir le crâne d'enfoirés dans ton genre avec, me retourna-t-il. Trouve cette saleté de chat.

Une paire d'yeux orangés m'observait depuis le trou, ses grognements me paraissant aussi torturés que ceux de Jae. D'après le ton de sa voix, j'aurais pu parier qu'elle pleurait depuis plusieurs bonnes heures, probablement enragée à l'idée que son humain ne soit pas venu la chercher immédiatement. Redonnant la lampe à Bobby, je tendis le bras et l'attrapai au niveau du cou. Elle se laissa faire, clignant des yeux lorsqu'elle émergea dans le monde de la lumière.

— Sérieux, Cole, marmonna Bobby. Il y a intérêt à ce que tu tires ton coup pour ça.

— Ferme-la, tu veux ?

Je tins Neko fort contre moi, mettant à l'épreuve mon meilleur babillage pour tenter de la calmer.

— Ce n'est pas pour ça que je le fais.

— Dans ce cas, il n'y a qu'à dire que c'est moi qui l'aie trouvée, me taquina-t-il. Ce que j'ai vu dans ce lit me plaît carrément. Pour ma part, ça ne me dérange pas d'être récompensé pour avoir trouvé son chat.

Je décidai intérieurement que ma priorité, une fois que la chatte de Jae aurait été mise à l'abri, serait de coller un poing à Bobby. Peut-être qu'un nez cassé lui apprendrait les bonnes manières. Je l'informai de mes intentions, tandis que nous quittions les lieux.

— C'est beau de rêver, princesse, rétorqua Bobby en ouvrant la porte du fourgon.

Je me glissai à l'intérieur en serrant la chatte contre mon torse. La dernière chose dont j'avais envie était bien de la perdre de nouveau.

— Direction la maison, Robert, bâillai-je en évitant de porter un coup à sa petite tête avec ma mâchoire.

— Non, j'ai bien peur que notre nuit ne fasse que commencer.

Bobby appuya sur les boutons de son système de navigation pour faire apparaître les coordonnées recherchées sur l'écran. Je poussai un grognement en comprenant où il voulait se rendre.

— Oh, tu plaisantes, j'espère. Elle va bien. Elle a l'air en parfaite santé.

— Hé, dois-je te rappeler qu'il serait vraiment bête de sauver la chatte de ton copain si c'est pour qu'elle tombe malade à cause de toute la fumée qu'elle a respirée ? fit-il remarquer. Les animaux de compagnies qui rendent l'âme, ça ne te mène dans le lit de personne. Celui-ci est au coin de la rue. Il n'y a pas meilleure preuve que tu veuilles concrétiser qu'une bonne vieille facture du véto.

L'AUBE POINTAIT déjà lorsque nous arrivâmes à destination. J'évitai explicitement de jeter un œil à l'heure, de peur de voir qu'il ne me restait qu'une poignée de minutes avant que Claudia ne passe son fameux coup de fil matinal. Je poussai la cage de la chatte à l'intérieur, m'excusant auprès de Neko lorsqu'elle montra les crocs devant mon mauvais traitement de son humble personne. Derrière moi, Bobby portait l'attirail que le vétérinaire d'urgence m'avait fait acheter pour rendre la vie plus facile à Neko le temps de son séjour chez moi.

J'avais vu la mère de jumeaux moins chargée que nous ne l'étions pour un seul petit chat après notre passage chez le vétérinaire.

— Où est-ce que je te pose ça ? demanda Bobby, après avoir retiré l'étiquette de la litière. Dans la salle de bains du rez-de-chaussée ?

— Est-ce que tu crois qu'elle va la trouver là-bas ?

Je reportai mon attention vers la cage. Neko cracha de nouveau, demandant à être libérée, et j'étais presque certain de pouvoir entendre la menace sous-jacente dans son mécontentement. Ils lui avaient donné un bain pour la purger de la suie et des petits morceaux de plâtre qui s'étaient accrochés à sa fourrure, ce qui avait fait d'elle une petite boule noire bouffie et toute mignonne. Démoniaque et clairement possédée, mais adorable au possible.

— Le véto a dit qu'elle s'adaptera.

Il haussa les épaules et partit en direction de la salle de bain. Je le laissai s'occuper de la litière et pris mon courage à deux mains pour ouvrir la cage, souhaitant avoir à disposition un magazine que j'aurais pu rouler pour me défendre au cas où elle se mettrait en tête de me trancher la gorge, une fois libérée.

J'avais encore mal au niveau du torse, là où elle avait planté ses griffes durant son examen, et mon pouce pulsait sous l'épais pansement dont je pourrais me débarrasser d'ici une heure ou deux, d'après le vétérinaire. J'avais prévu de le garder pour m'en servir d'armure au cas où elle déciderait de nouveau de faire de moi son prochain snack. Je n'aurais pas cru qu'un chat puisse devenir si agressif sous le stress, et j'avais été plutôt insulté par les rires qui avaient fusé lorsque j'avais demandé à ce qu'on me donne l'équivalent de la fluoxétine pour chat.

Elle bondit de sa cage telle une joyeuse boule de fourrure aux griffes acérées prête à prendre sa revanche sur ma jugulaire. S'étirant, Neko prit son temps pour exiger justice, reniflant le canapé, puis prenant la direction du sac de croquettes que je n'avais pas encore ouvert. Je me pliai à ses exigences et lui versai un bol d'eau, l'observant avidement passer de l'un à l'autre des bols.

— Bon, je vais y aller.

Bobby s'arrêta dans l'encadrement de la porte menant au salon. Je finissais de rassembler les papiers que nous avions laissés sur le sol, les empilant aussi soigneusement qu'il m'était possible de le faire, étant donné ma vue qui ne me permettait plus de voir plus loin que quelques centimètres droit devant moi.

— Repose-toi un peu, Cole. On terminera ça demain.

— Tu ne veux pas dormir ici ? offris-je, mais il secoua la tête.

Lui souhaitant de passer une bonne nuit dans un grognement, je le reconduisis jusqu'à la porte et la verrouillai une fois qu'il fut parti. Tournant les talons, je retrouvai Neko en plein milieu du couloir, m'offrant une belle vue du dessous de sa patte tandis qu'elle se la lavait.

— Quelle classe, le chat. Je vais aller me coucher. Mais il faut encore que j'envoie un message à ton papa pour lui dire que j'ai sauvé tes petites fesses.

L'eau raviva la douleur de ses griffures. Je maudis tout bas la boule de poil et j'enjambai sa forme allongée en sortant de la salle de bain.

— Toi.

Je la poussai du bout du pied dans une légère tape qui la fit rouler pour me montrer son ventre.

— Tu es sur mon chemin, minou.

Les draps étaient froids contre ma peau, et je me délectai pendant quelques instants du confort de mon lit. Je sentis, pas plus d'une minute après, un poids contre mes jambes, qui remonta jusqu'à ma hanche. Ouvrant les yeux, je fus premier spectateur de son arrière-train. Timidement, je caressai son dos d'une main tandis que je composais, de l'autre, le numéro de Scarlet, espérant pouvoir lui laisser un message.

Je fus surpris d'entendre Jae décrocher, pantelant, de toute évidence mort d'inquiétude.

— Salut, qu'est-ce que tu fais encore debout?

C'était une question stupide. La raison même de son éveil s'amusait à enfoncer ses petites griffes dans ma hanche. Le drap ne semblait pas pouvoir l'arrêter. Je gigotai pour la distraire de son occupation actuelle, mais elle se contenta de miauler son contentement et continua à me trouver la peau.

— L'as-tu trouvée?

Sa voix que je savais déjà fatiguée était trop tendue à mon goût.

— Est-ce qu'elle...

— Elle va bien.

À son profond soupir de soulagement, je me félicitai d'avoir raqué chez le vétérinaire pour pouvoir lui dire qu'elle allait parfaitement bien et qu'elle pourrait continuer de terroriser les générations à venir.

— Elle est avec moi, pour le moment.

— Tu es sûr que c'est bien elle? Parce qu'elle... bredouilla-t-il. Elle porte bien un collier, dis?

— Absolument. Fais-moi confiance, sucre d'orge, lui répondis-je en portant mes caresses de sa colonne vertébrale jusqu'à son menton.

Elle se mit à ronronner doucement, gonflant son ventre moucheté de taches blanches en signe de son appréciation.

— C'est bien ta chatte. La maîtresse de Satan en personne se porte comme un charme.

— *Agi*, me rappela-t-il. Et ne l'appelle pas comme ça. C'est une gentille.

— Elle n'a pas arrêté de me griffer.

Je me sentais un peu coupable de lui mentir, mais si je pouvais jouer de mes éraflures, alors je comptais bien en profiter aussi longtemps que le mensonge tenait. En comparaison à une double commotion, à une balle et à l'immeuble s'effondrant sur sa tête, j'étais loin derrière sur la liste de la compassion.

— Tu devrais être en train de dormir, dis-je.

— Je n'y arrivais pas. J'étais trop inquiet.

— J'aurais dû t'appeler aussitôt que nous l'avons trouvée, m'excusai-je. Nous sommes allés chez le vétérinaire d'urgence pour nous assurer qu'elle allait bien. Elle a passé l'examen avec les honneurs. Elle a mangé, et je pense que je vais apprendre comment nettoyer sa litière dès demain matin.

Son murmure se fit si doux que je le manquai presque.

— J'étais inquiet pour toi.

— Hé, je vais parfaitement bien, sucre… *agi*.

C'était comme si j'avais de nouveau quinze ans et qu'un des joueurs de foot m'avait peloté les fesses en cours d'EPS. S'il ronronnait dans mon oreille encore une seule fois, je risquais d'être incapable de m'asseoir confortablement pendant une bonne semaine.

— Pourquoi as-tu le téléphone de Scarlet ? Tu es à l'hôpital.

— *Aish*, ton accent est vraiment horrible. Oublie ce que j'ai dit. Continue en anglais, me taquina-t-il, un doux rire se transformant en légère toux. *Nuna* dort dans la chaise, et personne ne sait que j'ai répondu. Elle l'avait mis en vibreur.

— Scarlet t'a-t-elle informé que nous avions décidé qu'il valait mieux pour toi de venir ici ? m'aventurai-je avec précaution.

Nous n'en avions pas fait tout un plat : après quelques secondes seulement, elle avait convenu que quelqu'un devait prendre soin de Jae. Elle m'avait même à moitié pardonné pour l'explosion. Pour ma part, je refusais de prendre la responsabilité pleine et entière sur le sujet.

— *Nuna* a dit que tu t'étais décidé tout seul et qu'elle n'avait rien à voir là-dedans.

Bien que je fus ravi de l'entendre en meilleure forme, je commençais à remettre en cause la sagesse de l'avoir chez moi, parfaitement conscient de ses paroles et de ses actes. Neko miaula son opinion, accrochant ses griffes aux draps une dernière fois avant de reposer son menton pour se rendormir.

— *Nuna* est une menteuse, ris-je, ce qui eut pour effet de réveiller la chatte.

Elle ouvrit les yeux, deux fentes dorées malfaisantes sur sa petite tête noire, puis elle les referma.

— Cache le téléphone avant que les infirmiers ne viennent et ne te prennent. Je viendrai te voir demain.

— Cole ?

Mon estomac se noua au tremblement de sa voix. Son flirt taquin avait disparu et, à sa place, se tenait l'homme amoché que j'avais aperçu dans son lit d'hôpital.

— Oui, Jae ?

154

J'aurais aimé que Scarlet se réveille ou posséder moi-même le don de me téléporter par voie de téléphone. Il souffrait. Je le ressentais clairement dans ses sanglots chuchotants et fragmentés.

— Je suis là, sucre d'orge.

— Je suis terrifié, confessa-t-il dans un murmure. Je ne comprends pas ce qui se passe.

— J'ai peur, moi aussi, sucre d'orge.

Ce pincement dans ma poitrine s'accentua. Au fond de moi, je suspectais que les problèmes qui avaient bouleversé sa vie étaient de mon fait. Les dernières vingt-quatre heures avaient ravagé les dernières traces de normalité de son existence.

— Je ne sais pas si ça t'aide, mais je suis mort de trouille.

— Tu n'as pas l'air, m'accusa Jae dans un reniflement.

— C'est mon air de dur à cuir qui ressort. Tu devrais me voir maintenant, le titillai-je, espérant pouvoir faire passer sa mélancolie. Je suis allongé dans mon lit avec un chat collé à ma hanche, et mes draps sont aux motifs de roses gigantesques. Très viril.

— Tu mens.

— À propos des draps, mais pas du chat, confirmai-je. C'est un vrai poids lourd. Comment quelque chose d'aussi petit peut-il être aussi lourd ?

— Elle a un grand appétit.

Il y avait un sourire derrière ces mots qui détendirent l'atmosphère. Elle s'obscurcit de nouveau, aussi rapidement que des nuages recouvrant les rayons du soleil.

— Tu comptes me protéger, *hyung* ?

— Je n'ai pas vraiment réussi à protéger mon dernier petit ami, sucre d'orge.

Rick refit surface dans mon esprit. Son rire lorsque je soufflais sur son ventre après le sexe ; les horribles omelettes qu'il cuisinait chaque dimanche matin ; le vide dans son regard lorsqu'il m'avait glissé des bras. J'écartai ces souvenirs pour me concentrer sur les yeux noisette et brillants de Jae.

— Mais je veux essayer. Plus que tout au monde, sucre d'orge. Je veux te protéger de tout ça.

Nous restâmes allongés, à écouter l'autre respirer. C'était glorieux, une inspiration suivie d'une expiration contre le téléphone. J'aurais souhaité que cela ne s'arrête jamais, mais la fatigue pesait son poids sur mes paupières, et je suspectais que Jae était dans le même état, surtout s'il avait tenu en attendant mon appel.

— Rendors-toi, Jae. Je serai à ton chevet demain matin.

Je fis taire ses protestations et l'écoutai grogner son assentiment.

— Je t'en fais la promesse.

Il écarta mes paroles dans une terrible explosion de sons.

— Très bien, je vais dormir. Mais, Cole ?

— Oui ?

C'était comme mettre un enfant de trois ans au lit. Il avait toujours une énième chose à réclamer ; une histoire ou un verre d'eau.

— Ça me plaît quand tu m'appelles sucre d'orge, gronda Jae à travers le combiné. Mais évite le coréen, dorénavant. Tu n'es vraiment pas bon.

XII

LA CHATTE pétrissait ma peau, transperçant tant les draps que le bas de pyjama que je portais. Je n'étais rien plus qu'un arbre à chat à l'horizontale, et elle miaula son mécontentement lorsque je finis par la chasser. Elle fut sur moi avant même que je ne puisse me retourner, attendrissant ma chair pour ce qui, j'en étais certain, s'apparentait à son snack matinal. Faire le mal dépensait beaucoup d'énergie, et une chose aussi minuscule devait garder la forme.

Il pleuvait dehors, mais le son de la pluie s'estompa rapidement sous le bourdonnement de ma sonnette. Le tintement fit écho dans la maison vide, profond et tonitruant. Il ne s'était pas encore dissipé quand la prochaine sonnerie vint l'interrompre, et la chatte se délogea d'elle-même en sautant du lit dans une démarche aussi provocante que frémissante.

— Ça va ! J'arrive !

Je manquai de trébucher sur la chatte de Jae et la contournai pour descendre au rez-de-chaussée au pas de l'oie en enfilant un tee-shirt. L'horloge du hall d'entrée sonna lorsque je passai devant, m'informant de l'heure matinale. En arrivant au niveau du palier, je jetai un œil par la fenêtre, et mon cœur manqua un battement. J'ouvris grand la porte.

Un homme qui m'était étranger pressait une main à l'allure d'énorme patte sur Jae, ses doigts épais enroulés autour de son biceps. L'homme était emmitouflé contre le froid de la saison, tandis que Jae tremblait dans ce qui semblait être les vêtements qu'il avait empruntés au géant. Sa mâchoire saillante paraissait me mettre sévèrement au défi d'agir sur sa prise ferme, un léger duvet assombrissant sa peau rougit par la brise.

Je sautai sur l'occasion. Ça n'avait rien de difficile. La pâleur de la peau de Jae m'inquiétait. Ses épaules tremblotantes me mettaient hors de moi.

— Lâchez-le.

J'attrapai Jae pour le soutenir.

L'homme tira de son côté pour le ramener à lui. Je n'avais pas dû être suffisamment menaçant, aussi assénai-je un coup sur l'épaule de l'étranger, qui le fit reculer d'une marche.

— Si vous ne retirez pas votre main dans l'instant, vous allez la perdre.

— Il me doit de l'argent pour la course.

Son fort accent slave rendait ses paroles difficiles à comprendre, et il avait les sourcils froncés dans une ligne unique au-dessus de son large nez, la méfiance marquant les plis de sa bouche.

— Si je le lâche, il va partir sans me payer.

— Je n'ai pas d'argent.

Le souffle de Jae était glacé contre ma nuque, et il frissonna lorsque la chaleur de la maison le frappa.

— Je suis désolé. Je ne voulais pas…

— Non, ne t'excuse pas, contrai-je, espérant le rassurer.

Me tournant vers le chauffeur de taxi, je lui dis d'attendre une minute le temps que j'aille chercher mon porte-monnaie posé sur le meuble du couloir. J'en sortis quelques billets de vingt et les lui fourrai dans la main avant de lui fermer la porte au nez. J'étreignis Jae avant qu'il ne puisse glisser le long du mur dans un pêle-mêle d'os et de chair meurtrie.

Il poussa un couinement en essayant de soutenir son propre poids du plat de ses mains contre ses genoux. Tombant à la renverse, il s'affaissa maladroitement entre mes bras, les genoux écartés. La respiration haletante, il présenta ses excuses à voix basse, essayant vainement de se redresser correctement. Quitter les tongs bien trop grandes pour lui l'envoya presque valser au sol, et je l'attrapai de nouveau, le serrant tout contre moi.

— As-tu informé Scarlet de ton départ? Sérieusement, Jae : à quoi pensais-tu?

Ses mains frappèrent la mienne en guise d'avertissement. Il semblait déterminer à parvenir à se tenir debout seul, et je l'étais tout autant à l'aider.

— *Nuna* sait très bien où je suis allé, grommela Jae en tentant d'esquiver mes mains. Et non, je ne lui ai pas dit.

— Arrête ça avant de te blesser davantage.

Lui marmonner en pleine face n'avait que peu d'effets. Je décidai de passer à la remontrance.

— Tu as autant de jugeote que ta chatte.

— Je ne te permets pas. J'en ai bien plus qu'elle, sache-le, répliqua-t-il, luttant pour se redresser.

Il vacilla et me repoussa férocement lorsque je m'approchai pour le soutenir.

— Où est-ce qu'elle se cache?

La chatte dont il était question poussa un miaulement strident depuis l'étage pour me faire comprendre son insatisfaction. Accrochant son bras au mien, je le tirai vers le haut pour qu'il repose son poids sur mes épaules.

— Allez, allons à l'étage.

— Je peux dormir sur le canapé, insista Jae en pointant le salon du doigt. Neek-neek, viens voir papa.

— Pourrais-tu me laisser te convaincre pour une fois? Fais-moi plaisir et monte ces escaliers.

Je me délectai de voir la chatte l'ignorer complètement, préférant rester assise pour mâchouiller le bout de ses pattes.

— Et comptes-tu m'expliquer pourquoi tu as quitté ce fichu hôpital? Quelle personne saine d'esprit a bien voulu te laisser sortir à six heures du matin?

— Je n'ai eu besoin de la permission de personne, répondit-il, me laissant le conduire jusqu'à l'étage.

La chatte continuait à crier pour exiger que nous lui prêtions attention. Soit elle jouait au phare, soit elle cherchait à nous indiquer la direction du lit. Quoi qu'il en était, elle avait certainement une forte opinion sur le sujet.

— Les hôpitaux coûtent trop cher, Cole.

L'ascension était infernale pour ses poumons malmenés. Je m'arrêtai au niveau du palier pour le laisser reprendre son souffle. Il sourit lorsque son démon ébène se jeta contre ses chevilles, les lèvres étirées dans un véritable sourire ravi qui fit vaciller mon cœur. Cela transformait complètement son visage, le lavant de toute froideur et faisant fleurir un bouton de chaleur sur sa bouche.

— Je t'ai dit que je paierais.

Je n'avais aucune envie de le relâcher, mais il m'échappa des mains lorsqu'il se baissa pour prendre Neko dans ses bras. Elle me jeta un regard furibond depuis son perchoir sur son épaule, frottant son museau contre sa mâchoire et montrant les crocs.

— Tu es complètement dingue. Tu me connais depuis trois jours, quatre au maximum. C'est déjà gros que je me retrouve ici.

Jae inspira bruyamment, reprenant finalement une respiration normale.

— Je ne peux pas me permettre de rester à l'hôpital. Je dois toujours envoyer de l'argent à ma mère pour mes sœurs, et il y a fort à parier que je ne reçoive pas un sou avant que je fasse marcher les assurances de mes caméras. Et ça, c'est seulement si ça fonctionne. La police m'a informé que cela pourrait paraître suspicieux.

— Des officiers sont passés te voir ?

Je passai une main autour de sa taille, le laissant s'appuyer contre moi.

— Quand ça ? Avant ou après mon passage ?

— Après.

Il déplaça la chatte pour la tenir dans le creux de son bras. Le chemin jusqu'à la chambre ne fut pas très long, seulement ponctué par les protestations de Neko lorsqu'elle fut déposée sur le matelas.

— Il s'agissait des mêmes personnes que nous avons vues chez Jin-Sang. Ils ont demandé où tu te trouvais. Je ne pense pas que ce soient des fans.

— Non, probablement pas, concédai-je.

Pour la plupart des membres du département, j'avais bien mérité ce qui m'était tombé dessus. La vérité était parfois passée sous silence chez les gens en uniformes.

— Qu'ont-ils dit ?

— Ils m'ont redemandé ce que je faisais chez Jin-Sang et si je pensais qu'on avait tenté de m'assassiner.

Il haussa les épaules, comme si se faire interroger par les policiers n'avait rien de plus banal.

— Ils ont aussi voulu savoir si nous couchions ensemble.

— Qu'as-tu répondu ? demandai-je, depuis la salle de bains.

J'étais sûr d'avoir quelques brosses à dents neuves stockées quelque part dans l'armoire à linge. Elles devaient être parties faire un safari, mais ma priorité restait d'en trouver une pour Jae.

— Je leur ai dit que nous n'en étions pas encore arrivés là, répondit-il, une intonation taquine dans la voix.

— Ça a dû les convaincre.

Je plaçai la boîte de la brosse à dents sur la table de chevet, ainsi qu'un rasoir jetable, même si j'étais bien incapable de voir la moindre ombre sur son visage.

— À propos de Jin-Sang, je veux dire.

— Que je savais que la lettre de suicide faisait partie d'un ensemble et qu'ils devraient plutôt en parler avec toi ?

Jae gratta le ventre de sa chatte, s'imposant comme un homme bien plus courageux que je l'avais été en esquivant à tout prix ces griffes délicates.

— Ils cherchaient à savoir si je connaissais l'identité du tireur, mais je leur ai dit que je ne savais pas de qui il s'agissait.

— Et c'est le cas?

— Quoi? Que je ne sache pas?

Il secoua la tête.

— Non. La personne est arrivée par derrière, et le tir est parti avant que je ne puisse me retourner. Je le leur avais déjà dit la dernière fois, mais je ne pense pas qu'ils me croient.

— Si le tireur était déjà présent dans l'appartement de Jin-Sang, alors il vous a certainement entendu parler de la lettre, fis-je remarquer calmement.

Si c'était le cas, ça n'annonçait rien de bon pour Jae. Quelqu'un savait qu'il avait connaissance du lien entre Jin-Sang et la mort de Hyun-Shik. Il cligna des yeux telle une chouette lorsque je lui fis part de mes craintes quant à sa sécurité.

— Je suis très sérieux, Jae. Je veux m'assurer que tu feras attention, dorénavant. C'est aussi pour cette raison que nous pensions qu'il serait mieux pour toi de rester là où je peux te voir.

— Je croyais que c'était parce que *nuna* vit chez *hyung* et qu'il ne peut pas se permettre un autre scandale, dit-il, les lèvres pincées.

Je ne savais pas s'il plaisantait ou s'il le pensait vraiment.

— Pour ce qui est de Scarlet-*ah*, je ne connais personne qui ne connaisse pas la vérité. Mais dans mon cas? Ça ne ferait pas bonne image si je restais avec eux. *Hyung* n'a pas besoin de ça en ce moment. Et *nuna* non plus.

— Ça a probablement joué, admis-je.

Il y avait certains points de peu d'importance que je n'arrivais vraiment pas à comprendre; je me retrouvais souvent démuni devant les enjeux de la culture coréenne.

— Tu ne sais pas qui est vraiment *hyung*, je me trompe?

Jae rit devant mon air stupéfait.

— C'est un ponte de l'ambassade coréenne. Sa femme vit en Corée, mais c'est Scarlet-*ah* qu'il emmène partout. Dans leur vie, c'est sa femme qui est sa maîtresse et *nuna* qu'il rejoint à la maison. Ils se satisfont de cet arrangement.

— C'était ce que Hyun-Shik prévoyait de faire? Faire de Victoria sa maîtresse à l'occasion?

— Qui sait ce que *hyung* avait en tête? Nous n'étions pas si proches. Il était trop occupé par son travail et par son fils pour prendre le temps de discuter avec moi.

161

Jae gratta le menton de sa chatte, ce qui suffit à ébranler son ronronnement.

— Elle se plaint du matelas.

— Ne l'écoute pas. Il a convenu à sa carcasse maigrichonne la nuit dernière.

Lui adressant un regard mauvais, je levai la couette pour laisser Jae se glisser en dessous. Il y avait encore de petits hématomes sur sa gorge provenant des débris qui avaient volé durant l'explosion.

— Couche-toi. Nous en reparlerons à une heure plus raisonnable. Je prends quelques draps et j'éteins pour que tu puisses te reposer.

— Où est-ce que tu comptes dormir ?

Je manquai presque de l'entendre depuis les profondeurs de l'armoire.

— Il y a un lit escamotable dans la chambre d'à côté.

Je tirai un oreiller d'une étagère haute et j'esquivai lorsqu'un déluge de draps me tomba dessus pour venir ensevelir mes pieds. Je laissai le désordre sur place, trop fatigué pour m'en préoccuper et trop préoccupé par la fatigue que j'avais devinée dans sa voix pour en faire cas.

Mon unique oreiller au bras, je revins vers le lit pour examiner son visage tiré. Malgré les cernes sous ses yeux, il me coupait toujours le souffle. Il avait échappé au stade « inquiétant » sur mon radar et avait plongé directement vers celui de l'infernale précarité.

— Ne pourrais-tu pas dormir ici ?

Entre ses dents, il mordit sa lèvre inférieure, ses grands yeux sombres brillant dans la pénombre.

— S'il te plaît ? Je veux que tu restes.

C'était une erreur, mais je ne pus m'empêcher d'accepter, glissant sous les draps et remontant la couverture le long de mes jambes.

— Pousse-toi un peu.

J'éteignis la lampe et m'étendis contre les oreillers en me demandant s'il pouvait entendre les battements de mon cœur. Ils me paraissaient particulièrement sonores et résonnaient dans mes tympans. Il s'étira à côté de moi, suffisamment collé pour que nos corps se touchent. C'était un lit king size, mais le matelas me semblait pourtant trop petit, et je ressentais chaque mouvement qu'il faisait en l'écoutant respirer.

— Parle-moi un peu de Rick. Comment était-il ? murmura Jae en passant une main sur mes côtes.

162

Je me tendis à son contact, incertain. Il traça la nervure de ma cicatrice sous mon tee-shirt. Le relevant, il effleura la boursouflure de ses doigts, portant sa main contre le cratère en étoile.

— Si tu t'en sens capable.

Je n'en avais pas envie, mais Jae méritait de connaître la vérité. Je tentai de me concentrer sur les faits, anesthésiant la peine rongeant mon cœur.

— Que veux-tu savoir?

— Tout ce que tu m'as dit, c'est qu'on lui a tiré dessus.

— Nous étions allés dîner, et je m'apprêtai à partir pour reprendre ma ronde. J'étais encore dans la Police à ce moment-là. Je travaillais pour la Brigade des mœurs, racontai-je, mes pensées se tournant sans mon consentement vers les souvenirs de cette nuit-là.

Le sourire de Rick était trouble derrière mes paupières closes. Je ne savais pas si c'était les larmes ou bien le temps qui me privait peu à peu de son visage.

— Je l'ai vu mourir avant de sentir la balle. On lui a tiré dessus en premier. Puis j'ai été touché et je suis tombé à la renverse.

— Ont-ils découvert qui était le coupable?

La question était si innocente que je ne sus pas comment lui répondre. Bien sûr qu'il voulait savoir si le coupable avait été arrêté, mais j'avais autant aimé cet homme que j'avais aimé Rick. Ben était mon meilleur ami, autant un frère pour moi que l'était Mike ou Bobby.

— C'était mon partenaire, Ben.

Je trébuchai sur chaque mot alors que je cherchais comment expliquer tout ce que j'avais perdu en une seule nuit.

— Il a tiré une balle dans la tête de Rick et s'en est pris à moi par la suite. Il a vidé son chargeur. Après ça, un collègue l'a retrouvé dans l'une de nos voitures banalisées. Il s'était suicidé, probablement juste après avoir tué Rick.

— Mais pourquoi? Pourquoi aurait-il fait ça?

Si j'avais une réponse à cette question, je ne passerais probablement pas toutes mes nuits à combattre les cauchemars et l'insomnie. Ben avait été mon partenaire bien avant que je ne rencontre Rick. Il avait été une constante dans ma vie, comme Mike. Le perdre, perdre Rick, m'avait presque achevé, et je n'avais toujours pas de réponse à cette question.

— Je n'en sais rien.

Sheila, sa femme, m'avait posé la même question avant de tourner les talons lorsqu'elle avait compris que je n'avais aucune réponse à lui donner.

163

Je ne savais pas où elle se trouvait ni ce qu'elle y faisait. J'étais le parrain de l'aînée de Ben. J'avais baby-sitté ses enfants lorsqu'ils avaient eu envie de prendre un peu de temps pour eux, et Sheila m'avait rayé de sa vie aussi aisément que Ben avait rayé Rick de la mienne.

— Est-ce qu'il t'aimait ?

Jae s'appuya sur mon coude, délogeant Neko de sa jambe.

— Est-ce qu'il était amoureux de toi ?

— Sucre d'orge, Ben ne nous a rien laissé. Pas de lettre. Rien du tout.

Admettre mon impuissance n'était pas facile. J'avais perdu trois ans à me poser cette même question : pourquoi ? Et je n'étais pas davantage près de trouver une réponse.

— Je n'étais plus dans mon état normal après ça. Je ne trouvais plus mes repères. Bobby m'a aidé. Retaper cet endroit m'a donné un objectif pendant que j'essayais de reprendre le contrôle.

— Et tu es devenu détective, après ça ?

— J'avais besoin d'un job et les opérations avec la Brigade me manquaient. Je pensais que j'aurais surtout affaire à des cas de divorce, admis-je. Retrouver des cadavres n'était pas vraiment au programme.

— Je n'avais pas prévu d'être l'un de ces cadavres, soupira Jae en replaçant mon tee-shirt correctement.

Sa chaleur me manqua un instant, puis il vint se coller à moi, glissant une cheville contre mon mollet. Son contact m'embrasa et son souffle dans mon cou me fit dégringoler un peu plus dans la folie.

— Jae, pourquoi veux-tu savoir comment Rick est mort ?

— Je ne le voulais pas. Je t'ai demandé comment il était. Je voulais savoir ce qui t'avait fait tant l'aimer, dit Jae en s'enfonçant dans les oreillers. La manière dont il a vécu importe plus que celle dont il a quitté ce monde. Peut-être devrais-tu revoir l'ordre de tes priorités, à l'occasion.

ÊTRE ALLONGÉ à côté de Jae était une vraie torture. J'arriverais mieux à dormir sous un rejet d'eau qui s'écoulait goutte après goutte qu'avec son corps près du mien. Chacun des hoquets dans sa respiration me sortait de ma transe, et je ne pouvais m'empêcher de vérifier son état à chaque reprise. Du haut de son perchoir au bout de lit, sa chatte me faisait les gros yeux. Je me redressai, décidant finalement de descendre.

— Ne fais pas cette tête. Je ne vais rien lui faire, l'informai-je en m'asseyant en bas des escaliers.

Je nouais ma deuxième basket lorsque le téléphone fixe sonna et je m'élançai dans sa direction, de peur que ça ne réveille Jae.

— Allô?

— Salut, princesse.

Bobby éclata de rire en notant mon souffle court.

— Qu'est-ce que tu pouvais bien être en train de faire? Des rêves cochons à ton âge?

— Du gland.

— Massif, sache-le, me taquina-t-il. À quelle heure pars-tu voir ton joli cœur à l'hôpital?

— Ce n'est plus au programme, répondis-je en faisant les cent pas dans le salon. Le joli cœur en question a quitté l'hôpital ce matin et s'est pointé chez moi. Je lui ai déjà fait des remontrances et j'ai perdu notre débat en beauté.

Je laissai de côté notre discussion à propos de Rick et de Ben. Ses mots me tournaient encore en tête, écaillant avec diligence les croûtes saignantes. Je n'arrivais pas à m'autoriser à admettre combien Ben me manquait. Seigneur, je n'arrivais même pas à admettre combien je désirais Jae, mais il m'arrivait parfois de me dépasser. Sous la contrainte.

— Pas mal, siffla Bobby. Et qu'est-ce que tu fais encore à me parler, dans ce cas?

— Je suis animé par ma grande sagesse, dis-je. Et je comptais aller me défouler.

— Tu veux que je t'accompagne? Je ne suis pas à côté, mais ce n'est pas un problème.

— Non, ça ira. Je vais juste faire le tour du pâté de maisons une ou deux fois pour me calmer. Pour démêler mes pensées aussi, peut-être.

La pluie s'abattait contre la fenêtre dans un doux clapotis qui n'avait plus rien à voir avec le déluge qui était tombé plus tôt dans la matinée. C'était l'opportunité pour un jogging, la fraîcheur me ferait du bien.

— Passe tout à l'heure, si tu veux. Promis, tu n'interrompras rien du tout.

— Je dois bien avouer que tu es l'enfoiré le plus stupide que je connaisse, persifla Bobby à travers le combiné.

— J'en doute sérieusement, ris-je. J'ai vu quel genre de gars tu ramènes chez toi, vieil homme. Je vais y aller, je te laisse.

Mon téléphone portable pesait son poids dans la poche de mon survêtement. Avec un peu de chance, je reviendrais avant que Jae ne se réveille. Je ne faisais pas confiance à sa chatte pour garder ses crocs loin de la note que j'avais laissée sur la table de chevet, dont elle risquait d'oblitérer la lisibilité. Refermant finalement la porte derrière moi, j'écartai la fatigue d'un simple geste.

À l'extérieur, l'air avait ce parfum de goudron et de vomi qui lui venait des bars de l'autre côté de la rue. Le macadam brillait d'humidité, des traces noires barrant sa surface là où la toiture de l'indien du coin avait manqué à le couvrir. Plantant mes pieds dans le perron, je m'étirai, laissant la brûlure de mes muscles me réveiller. J'informai mes jambes d'une sévère pensée que l'exercice était loin d'être terminé.

Quoi qu'il arrive, je ne comptais pas céder aux murmures que ronronnait mon entrejambe.

Le martèlement de mes talons sur le trottoir était particulièrement agréable. Reprenant un rythme régulier, je laissai mon esprit divaguer. Rien n'importait plus que la brise s'infiltrant dans mes poumons, caressant mon visage. La cicatrice remontant sur mon flanc commença à me tirer, à se gripper. Je continuai, une main pressée sur mon côté. Après un kilomètre et demi, les muscles sous ma paume se contractèrent dans une crampe, et je cédai enfin à la tentation en ralentissant avant de m'arrêter complètement, penché vers l'avant pour recouvrer le contrôle de ma respiration.

Je m'apprêtais à prendre le chemin du retour lorsque du gravier heurta le trottoir à côté de moi, soulevé par de larges pneus. Levant les yeux, je grimaçai à la vue du grand sourire de Bobby et de son salut nonchalant. Les flancs de sa voiture étaient maculés de boue, des morceaux ayant séché glissant dans le caniveau à mes pieds. Vêtu comme il l'était d'une chemise en flanelle et d'une casquette de baseball, il ne lui manquait plus qu'un coonhound dans son lit et un porte-fusils pour compléter le tableau. La vitre du côté passager descendit et son sourire s'accentua devant mon regard méfiant.

— Tu as l'air d'un vrai péquenaud, déclarai-je en reprenant mon souffle.

Je ne comptais pas lui donner la satisfaction de me voir panteler au manque d'air dans mes poumons.

— Rentre donc, princesse. Et je viens de la bonne souche des péquenauds, si tu veux tout savoir, répliqua-t-il, se penchant pour déverrouiller la portière pour moi. Je n'ai rien à cacher. Du minou et du gibier, voilà ce qui fait de l'Amérique notre fière et belle nation.

— Tu es resté dans le placard pendant trop longtemps.

Je me glissai avec soulagement sur le siège du véhicule, l'air conditionné rafraîchissant ma peau échauffée et poisseuse. J'attrapai la serviette qu'il m'offrit pour essuyer la sueur sur mon visage et sur mon cou et débouchai la bouteille d'eau qu'il avait rangée dans son porte-gobelet, la vidant de moitié d'une seule gorgée dans ma gorge desséchée.

— La prochaine étape, c'est d'écouter du country western.

— Les jeunots d'aujourd'hui se salissent plus facilement en dansant au son de la techno qu'à celui de la musique country, fit remarquer Bobby. Et les gars qui transpirent ont tendance à finir à moitié nus, ce qui est de toute beauté pour des hommes de notre trempe. Au cas où tu aurais oublié.

— Je n'ai rien oublié.

Comment le pourrais-je ? J'avais une beauté pareille à celles qu'il décrivait qui m'attendait dans le lit que j'avais fui.

— Mince, je suis vraiment un idiot.

— Content de voir que tu as enfin compris ce que nous savons déjà tous.

Bobby poussa un juron lorsqu'une Mini nous fit une queue de poisson.

— Abruti. Et qu'est-ce qui te fait enfin admettre ton idiotie ?

— Jae-Min, dans mon lit, et parce que je ne sais toujours pas qui a tué son cousin.

J'aurais souhaité pouvoir gommer la fatigue de ma silhouette, mais ce n'était rien qu'une bonne tasse de café ne pouvait régler.

— Je n'ai pas un seul suspect.

— As-tu parlé avec la police ?

Bobby me jeta un regard équivoque avant de s'arrêter au drive d'un café. Il commanda deux expressos avec du sucre et descendit complètement la fenêtre pour payer.

— Ils ont conclu au suicide, tu te rappelles ? Pour eux, c'est lui le seul responsable, répondis-je en prenant le gobelet en carton.

Les effluves qui s'en échappaient étaient délicieux, revigorants.

— Et puis, je ne peux pas prouver qu'il ne se soit pas suicidé. Ça fait beaucoup d'incertitudes.

— Mais il y a du potentiel.

La voiture s'enfonça dans le flux de la circulation et un dos d'âne délogea encore quelques fragments de boue.

— La lettre de suicide était à l'origine une lettre de rupture qu'il avait adressée à un homme qui s'est ensuite fait assassiner juste après que tu aies parlé à la famille du défunt. Pour moi, le pronostic ne ment pas, princesse.

— Mais n'oublions pas son très cher cousin, lui rappelai-je.

— Oh, crois-moi, je ne l'ai pas oublié.

Bobby avala une gorgée de son café, soufflant sur le breuvage brûlant avant de le siroter doucement.

— Un tir à la tête et ensuite, on essaie de le faire sauter. Et maintenant, il est dans ton lit, attendant patiemment que tu le réveilles d'un doux baiser.

— Je vais vraiment t'en mettre une, grommelai-je en m'affaissant sur mon siège. Dès que tu m'auras reconduit chez moi.

— Je te crois.

Il arrivait que Bobby se moque de moi. Ce n'était jamais très méchant, mais cela restait tout de même de la moquerie. Il se gara derrière ma voiture et siffla, fasciné par son état.

— Merde alors.

La carrosserie qui penchait selon l'inclinaison de la route vers le trottoir était supportée par des pneus complètement crevés. Un liquide rouge avait été aspergé sur le toit et le capot de la voiture, dégoulinant en longues traînées qui caressaient chaque enfoncement du métal. Je sortis et fis le tour du véhicule, secouant la tête en apercevant les feux explosés et le pare-chocs avant cabossé.

Un démonte-pneu gisait sur l'herbe, son extrémité émoussée empreint de la peinture du Rover. Je doutais qu'on trouve la moindre empreinte, sa surface en carbone brossé ne retiendrait pas la poussière, et les policiers n'auraient ni l'envie ni le temps de glisser le cas sur le bureau de la Scientifique. Ils concluraient à l'attaque homophobe, et ça s'arrêterait là. Peut-être même qu'ils en riraient un bon coup, selon leur humeur.

— C'est un sacré coup de rancœur, juste là, s'exclama Bobby, finissant son café d'une bruyante gorgée. Je pense qu'on essaie de te faire passer un message.

La panique me frappa de plein fouet et mon souffle se coupa.

— Merde, Jae. Il faut que je trouve Jae.

Je m'élançai vers la maison. La porte était déverrouillée, la poignée tourna dans ma main avant que je ne puisse enfoncer mes clés dans la serrure. Avais-je oublié de la refermer ? Je ne m'arrêtai pas pour examiner le montant de la porte et grimpai tant bien que mal les escaliers en appelant Jae de vive voix. Bobby était derrière moi, ses pas plus lourds, tel un orage martelant le parquet du sol.

— Jae !

168

Je ne le trouvai pas. Le lit était vide, les draps portant toujours son odeur. Appelant depuis le palier, je me dirigeai vers la bibliothèque, priant pour que l'ennui l'ait poussé à chercher quelque chose à lire.

— Bobby ! Il n'est pas en haut !

— Cole, il est là ! cria Bobby au rez-de-chaussée. Il va bien.

Le soulagement assécha ma bouche, et je trébuchai jusqu'au rez-de-chaussée sans une fois m'étaler par terre. Jae se tenait dans la cuisine, l'air interrogateur et une tasse de thé en main. Il jouait avec l'étiquette blanche accrochée à la ficelle qui se balançait depuis le bord de la tasse, recourbant son contour en me fixant.

— Que se passe-t-il ?

Jae remua le thé à l'aide d'une cuillère. Une frange de cheveux noirs hirsutes lui tombait devant les yeux et leurs pointes humides mouillaient le tee-shirt qu'il avait trouvé dans un de mes tiroirs. Sa blancheur crue semblait briller contre sa peau et ravivait le pourpre des ecchymoses qui marquaient son cou et sa clavicule. Surpris, ses yeux s'agrandirent.

— Que s'est-il passé ?

Je n'avais pas de réponse à lui donner, pas tant que la panique nouait ma gorge. La tasse valsa directement vers le sol lorsque je l'agrippai et le tirai contre moi. Je me fichais bien que le breuvage salisse le sol ou si Bobby allait rire de moi. J'avais besoin de l'embrasser pour m'assurer qu'il était réel, entier.

Il avait un goût de luxure et de perfection. Ses lèvres s'entrouvrirent sous les miennes. Ma main trouva ses cheveux, berçant sa tête contre ma paume lorsqu'il la pencha en arrière, cambrant son corps contre moi. Avec ses mains aplaties dans mon dos, il se colla tout près, son bassin ondulant pour emboîter nos silhouettes l'une à l'autre. Le baiser fit disparaître la saveur du café sur ma langue, laissant sa propre marque en échange.

— Je vais bien, Cole.

Jae rompit notre étreinte le premier, se décollant légèrement pour prendre mon visage en coupe.

Je le tins à la taille, inspirant notre baiser jusque dans mes entrailles, là où des étincelles fusaient.

— Je suis là.

— Vous êtes vraiment trop mignons, tous les deux, commenta Bobby en contournant les morceaux de céramique sur le sol. Il y a toujours une chambre à l'étage. Je m'occupe de nettoyer tout ça.

L'énorme explosion qui secoua le bâtiment m'épargna d'avoir à établir ma contre-offensive. Le fracas fit trembler les fenêtres de la cuisine. La vaisselle que j'avais laissée sur l'égouttoir bascula, et j'entendis du verre se briser sur la façade de l'immeuble, des cliquetis suivirent l'éclat de vitres se brisant en mille morceaux. Dans la rue, les alarmes des voitures se mirent à hurler à cause de la déflagration.

— Tout va bien, sucre d'orge ?

Je l'inspectai de haut en bas en passant mes mains tremblantes sur ses épaules et le long de ses bras.

— Reste là, d'accord ?

— Je ne suis pas en porcelaine, répliqua Jae en fronçant les sourcils. Je peux venir avec toi.

— Non.

Je passai mon pouce sur la moue de sa bouche, emportant avec moi son goût sur mes doigts.

— Je vais appeler la police. Reste à l'intérieur. Je ne veux pas risquer qu'il t'arrive quelque chose.

— Et s'il t'arrivait quelque chose à toi ? fit remarquer Jae en tournant sa moue vers Bobby. Tu prendras soin de lui ?

Mon prétendu meilleur ami fondit devant sa bouche entrouverte, sensuelle, et ses yeux d'ambre. Il se tourna vers moi, me suppliant presque de l'aider. Il était tout seul, sur ce coup-là. Après toutes les taquineries que j'avais dû endurer à propos de Jae, je le laissai volontiers mijoter devant cette bouche érotique et ce joli minois. On allait bien voir si ça lui plaisait. Quoiqu'à bien y regarder, ça semblait lui plaire un peu trop à mon goût.

Je lui envoyai mon coude dans le flanc pour le remettre en mouvement.

— Jae, va chercher Neko. Si nous devons partir à la hâte, je préférerais ne pas avoir à la pourchasser.

— La police d'abord et la chatte ensuite, confirma Jae. Vas-y.

Dehors, les sirènes d'un camion de pompiers se répercutaient contre les pans des bâtiments. Le Ranger Rover n'était plus qu'un tas fumant de fragments de métal et de verre. Les résidents s'étaient réunis, restant prudemment à quelques pas du carnage, au cas où quelque chose d'autre exploserait. La voiture de Bobby faisait partie des dégâts collatéraux ; une large pièce du porte-skis du Rover émergeait de son toit tel un doigt d'honneur presque phallique érigé au reste du monde. Le souffle avait eu pour avantage de faire disparaître une bonne partie de la boue restante, mais les vitres avaient explosé dans un amas d'éclats brillants sur le trottoir, sur la route et sur les sièges du véhicule.

— Merde.

Parfois, sa clairvoyance et sa manière d'aller droit au but parvenaient encore à me surprendre. Dans un écho de vulgarité, je répétai après lui, les yeux vissés sur les restes des vitres écrasés sur le grès brun. Il remonta sur le trottoir, libérant la place pour le camion de pompiers qui s'arrêta devant ma voiture fumante.

— Cole, je crois que quelqu'un t'en veut particulièrement.

Le second explosif se déclencha avant que les pompiers ne puissent suffisamment s'écarter de la voiture. Une mèche s'enflamma des décombres du Rover, soufflant l'essieu arrière et crachant une flamme dans l'air. Le réservoir éclata et m'envoya valser.

J'atterris dans les buissons, déchirant le branchage et heurtant le goudron juste devant ma porte. Le goût du sang dans ma bouche, j'essayai de me relever, mais mes jambes se dérobèrent sous mon poids. L'air ambiant s'était comme immobilisé, une légère brise emportant les panaches de fumée noire qui s'échappaient des ossements de ma voiture. Autour de moi, on parlait, on criait, d'après les expressions que je pouvais deviner sur les visages, mais je n'en entendais rien. Les voix étaient perdues sous le bourdonnement qui pulsait dans mes oreilles.

Clignant des yeux, je fis une nouvelle tentative pour me relever, cherchant Bobby des yeux. Il m'attrapa et m'arracha presque le bras en m'aidant à me redresser. Hurlant sourdement, il tâtonna furieusement mes membres, et une douleur vive me traversa l'épaule lorsqu'il éteignit les flammes qui avaient pris sur mon tee-shirt.

— Je ne t'entends pas, criai-je en retour en me demandant s'il était aussi assourdi que je l'étais.

Exceptés la faiblesse dans mon genou et les bleus qui commençaient à éclore sur mes cuisses et dans mon dos, j'étais en un seul morceau.

On ne pouvait pas en dire autant du Rover, et le fourgon de Bobby avait malheureusement subi le même sort.

Des lumières clignotantes traversèrent la fumée et une ambulance se gara brusquement. Sa sirène pouvait être à plein volume pour tout ce que j'en savais, mais rien ne parvenait jusqu'à mes oreilles bourdonnantes. Les branches du seringa que j'avais heurté avaient marbré mon dos d'égratignures et le sang imbibait déjà mon tee-shirt. J'essayai à nouveau de bouger, mais je fus mis à terre par une douleur lancinante dans mon genou gauche.

Jae apparut devant moi, repoussant Bobby comme s'il n'avait rien à envier à sa masse impressionnante. Prenant mon visage en coupe, il me parla, l'inquiétude et l'épuisement sourds me parvenant dans le silence. Il jeta un regard venimeux à Bobby, et je me mis à chercher à expliquer qu'il n'y était pour rien, qu'il ne pouvait pas avoir su qu'un second dispositif avait été placé sous le Rover, mais Jae ne voulut rien entendre. Je savais ce qu'il me disait, sa bouche s'arrondissant autour d'un mot que j'aurais dû connaître. J'imitai le mouvement de ses lèvres, et un large sourire fleuri sur mes lèvres. C'était incontrôlable, les coins de ma bouche se relevant si haut qu'ils auraient pu toucher mes sourcils. Si j'en avais encore.

— *Agi*? répétai-je, et je capturai l'attention de mon entourage.

Ma voix devait probablement être trop forte, mais je n'arrivais pas à m'entendre moi-même.

— Jae, je rêve ou tu viens juste de m'appeler « bébé » ?

XIII

— QU'EST-CE QUE tu fiches hors de ta chambre d'hôpital ?

Jae me rejoignit sur le perron, tenant la porte pour nous laisser, Mike et moi, entrer. Il avait l'air aussi fatigué et pâle que je pouvais l'être, mais il avait l'avantage de l'indépendance. Marcher avait ravivé la douleur dans ma jambe et mon ouïe ne cessait de s'enflammer dans un rodéo de cymbales.

— Dois-je te rappeler que je t'ai posé exactement la même question la dernière fois ? Je vais bien. J'ai juste les oreilles qui sifflent.

Chaque pas était soigneusement calculé. Mes côtes me faisaient souffrir et mes cicatrices me tiraillaient à chaque nouvelle avancée.

— Ils l'ont fichu dehors.

Mike me largua sur le canapé, tapotant mon mollet du pied avant de reculer.

— Saleté.

C'était bon d'être de retour. Les odeurs m'étaient familières et n'avaient rien à voir avec le parfum âpre et maladif de l'agonie.

— Prends-moi un Coca light en passant, s'il te plaît, indiquai-je au dos de Mike, qui se dirigeait vers la cuisine.

— Ils t'ont mis à la porte ?

Jae s'installa à côté de moi et étendit ses jambes devant lui.

— Il doit vraiment te manquer une case.

La boule de chaleur qui réchauffait mon ventre se glissa plus bas lorsqu'il toucha mes pieds nus des siens, et je me sentis durcir contre ma cuisse. Bobby devait avoir raison. Si j'avais le béguin pour Jae, c'était probablement parce que je n'avais pas tiré mon coup depuis un moment. Un regard de biais sur son visage mit à genou cet argument. Sa langue humecta sa lèvre inférieure, et je détournai les yeux avant que Mike n'en apprenne plus sur le sexe homosexuel qu'il ne le désirait.

— C'est bien ce que je me disais. Tu es mal placé pour parler. Tu es carrément sorti par toi-même, dis-je.

Je m'éclaircis la gorge.

La température me paraissait étrangement suffocante et piquait mon épiderme.

— Je vais bien, je vous dis.

— C'est normal qu'on ne veuille pas de lui. Mon frère est un bel enfoiré.

Mike me passa une bouteille d'eau froide en plastique.

— Jae, Bobby n'est plus là?

— Madame Claudia est restée un moment, expliqua Jae. Bobby est parti il y a déjà plusieurs heures, mais il a promis qu'il reviendrait. *Nuna* me dit de te dire qu'elle passera nous voir avant son show.

— Tant mieux, murmurai-je, grimaçant lorsque mon frère toucha un endroit particulièrement douloureux. Hé, je suis encore blessé, je te rappelle.

— Ça va aller, ici?

Je murmurai mon assentiment, et Mike hocha la tête d'un air méfiant.

— Reste à la maison. Tu es interdit de balades.

— Oui, Papa, répondis-je avec un sourire faux.

Jae nous observa interagir silencieusement. Quelques minutes plus tard, le moteur de la voiture de mon frère ronronna lorsqu'il quitta l'allée. La respiration de Jae était plus fluide qu'elle ne l'avait été ce matin, bien qu'elle soit toujours voilée par un faible sifflement lorsqu'il inspirait. J'avais envie de l'embrasser. J'avais envie de bien plus. Débouchant la bouteille, j'avalai une gorgée rafraîchissante de bulles.

— Je suis désolé pour ta voiture.

Son contact était doux.

— Veux-tu que je t'aide à monter les escaliers? Tu pourrais dormir un peu.

— Non, pas tout de suite.

Je lui tendis mon soda et cherchai mon téléphone.

— Il faut que j'appelle Bobby pour voir s'il peut m'aider à enquêter sur Jin-Sang. Et après, on pourra reprendre là où on s'est arrêté lorsque tu m'as appelé «bébé».

— Je t'ai appelé «idiot», se moqua Jae en reculant. Si Bobby est de la partie, il pourra au moins te rattraper avant que tu ne tombes raide, la tête la première. Je vais préparer à manger, comme ça, il y aura de quoi te sustenter si tu reviens en vie. Sinon, ça en fera plus pour moi demain.

— Tu es certain qu'il s'agit du numéro de son cousin? demandai-je, assis dans le confort climatisé de la voiture qu'avait louée Bobby. Joshua Yi?

— Appelle, qu'on en finisse.

Il était grincheux, parce que je l'avais sorti du lit. Quel ingrat faisais-je !

— Je commence à être à court de faveurs sur lesquelles jouer avec cette affaire, tu sais ?

Bobby avait tiré quelques ficelles pendant que j'étais occupé à me faire piquer par les médecins. Puisque, contrairement à moi, il avait quitté le département dans les bonnes grâces de la hiérarchie, il y avait toujours des gens sur place qui étaient disposés à lui rendre des services ; de petites choses, comme jeter un coup d'œil dans le dossier d'une affaire en cours pour en voir l'avancée. L'affaire sur le meurtre de Jin-Sang piétinait déjà. Branson et son partenaire, Thurman, ne donnaient pas exactement leur maximum. Il n'y avait pas grand-chose à tirer des informations qu'avait récoltées Bobby, mais ça nous donnait au moins une piste.

L'appartement de la scène de crime avait déjà été rendu aux propriétaires. L'argent prenait souvent le pas sur les affaires de la police, après tout. Une fois que toutes les informations vitales avaient été collectées, les locations avaient tendance à être rapidement restituées. Pour Branson, l'affaire devait être close ; quelques photos avaient été prises et des morceaux du tapis avaient été recueillis. Les effets personnels du défunt avaient, pour la grosse majorité, été rendus à un de ses proches. Pour quelques centaines de dollars, nous avions trouvé le nom du cousin en question sur le rapport d'enquête.

Le cousin de Yi répondit à la troisième sonnerie, d'une voix sèche et empressée. Il accepta de nous rencontrer chez lui et me donna les instructions pour nous y rendre à un rythme effréné. Je lui répétai l'adresse que j'avais notée pour m'assurer que je n'avais rien manqué. La sonnerie du téléphone se joignit au sifflement déjà bien présent dans mes oreilles.

— J'ai une carte à l'arrière, m'informa Bobby.

Je me mis en mouvement dans la seconde, et ma tête commença à tourner, le bulgogi dans mon estomac menaçant de venir se répandre à l'intérieur de la voiture. Bobby me jeta un regard en biais et poussa un grognement désapprobateur.

— Tu devrais être au lit, pas te promener dans Garden Grove. Mike va te tuer lorsqu'il apprendra ce que tu es en train de faire.

— Je ne vois pas bien comment ça pourrait être pire, déclarai-je.

Les problèmes semblaient me coller à la peau, mais franchement, je blâmais Hyun-Shik pour ça. Une fois que j'aurais découvert l'identité de son meurtrier, le reste suivrait.

— Et puis, j'ai un meurtre à résoudre.

175

— Un meurtre que tu devrais laisser aux vrais policiers, me rappela-t-il. Tu as bossé aux Mœurs, pas à la Criminelle. Et tu n'as jamais bossé comme ça... merde quoi, Cole. Ton boulot, c'était de débarrasser les rues des prostituées et réprimander les gamins qui fument de l'herbe. Je ne sais même pas si tu as déjà vu un corps sur le terrain.

— Pas sur le terrain, non, répondis-je, mes démons refaisant surface ; juste celui de Rick. Mais merci pour le soutien, Bobby. Je me sens apprécié.

— J'ai toujours de l'amour à te donner. Mais j'ai un peu plus de mal à croire que tu ne vas te faire tuer en continuant comme ça, princesse.

Secouant la tête, il sortit de l'autoroute et reprit les petits chemins.

N'ayant rien à lui répondre, je continuai à lui donner les instructions en pointant le prochain croisement. Je devais lui concéder certaines choses. Le meurtre était loin de ma zone de confort. Si ça n'avait pas été pour Jae, j'aurais déjà abandonné l'affaire, surtout en sachant que j'étais le seul à penser que son cousin ne s'était pas suicidé. Mais mon instinct me disait que c'était la route à prendre. Quelqu'un devait rendre justice à Hyun-Shik.

Josh Yi ne ressemblait pas du tout à son cousin. Il était vivant, pour commencer. D'autre part, il semblait avoir pris la culture banlieusarde de la Californie du Sud un peu trop au sérieux. Il portait des tongs, au-dessus de chaussettes blanches, et un long bermuda qui lui descendait jusqu'au genou. Il était presque entièrement rasé, et un gribouillis d'encre bleue que je ne pouvais pas lire était tatoué sur sa nuque.

— Monsieur Yi ?

J'approchai, la main tendue et le sourire pincé.

— Nous avons discuté au téléphone.

— Ouais, vous êtes le gars que le club a engagé ?

C'était mot pour mot le mensonge que Bobby lui avait fait avaler plus tôt. Crachant sur le macadam, il salua Bobby d'un mouvement du menton.

— Vous pouvez avoir le reste de ce bric-à-brac pour quelques dizaines de billets. Les vêtements et la vaisselle sont déjà partis.

— Ses parents n'en voulaient pas ? demandai-je, tandis que Bobby lui remettait l'argent.

— Non, ça fait un paquet de temps qu'il était mort pour eux. Ils ne veulent rien de tout son bazar. Je comptais tout jeter, de toute façon. Autant que vous les preniez.

Son haussement d'épaules à lui seul évoquait son rejet complet de l'existence de Jin-Sang. Nous portâmes les boîtes jusqu'au fourgon. Les cartons avaient une odeur de pommes. M. Yi se tint là, à nous regarder faire sans chercher à nous aider. En l'espace de quelques minutes, ce qui restait de la vie de son cousin prit la route en direction de chez moi.

— C'est triste, quand on y pense, s'exclama Bobby.

Son visage marqué était adouci par une expression solennelle qu'il affichait rarement.

— Le gosse est mort depuis à peine quelques jours et il s'est déjà évaporé de ce monde.

— Pas pour moi, répliquai-je. Celui qui a tué Hyun-Shik est probablement à l'origine du meurtre de Jin-Sang. Il doit y avoir une connexion.

— Eh bien, c'est comme j'ai dit, grogna-t-il. Ne te fais pas tuer en découvrant la vérité.

— Où est Jae?

Bobby sortit le dernier carton de la voiture. À cause de mon état de santé délicat, il m'avait interdit de faire le moindre effort. Ajoutant à la pile sur le sol, il s'affala sur le canapé et accepta gracieusement la bière fraîche que je lui avais laissée. Si j'étais franc avec moi-même, j'étais déjà prêt à en rester là pour la journée. Mon corps était tout endolori et une sorte de crépitement hantait mon ouïe avec une férocité que je n'aurais pas cru possible. Sortir n'avait pas été l'une de mes plus brillantes idées et mes membres meurtris me le faisaient savoir.

Lorsque nous étions revenus, le dîner que Jae nous avait promis nous attendait bien sagement, et j'avais été à deux doigts de le taquiner sur son côté domestique. Je laissais néanmoins les moqueries pour la fin du repas. Je n'étais pas bien sûr de savoir ce que nous mangeâmes, mais ce fut assez goûteux, il y avait de la viande à l'intérieur, et ça me suffisait. Bobby vanta les mérites du niveau d'épices, et je passai une bonne partie du repas à conspirer contre lui pour le sourire chaleureux qu'il avait arraché à Jae.

— Il est monté pour s'allonger, dis-je en grimaçant.

L'alcool n'était plus au menu pour quelques jours au moins, j'acceptai donc à regret de siroter mon verre d'eau. De toute manière, une bière m'aurait mis à terre, et nous avions encore des cartons à fouiller.

— Il m'a dit qu'il était fatigué, mais je crois qu'il n'a pas envie de se mêler de tout ça. Compte tenu de l'état dans lequel il a vu Jin-Sang pour la dernière fois, je ne peux pas l'en blâmer.

— Mince, on aurait dû faire ça ailleurs, s'exclama Bobby. Tu es sûr que ça ne le dérange pas ?

— C'est ce qu'il m'a dit. Je n'en sais trop rien.

J'ouvris un carton, espérant au fond de moi que Jae m'avait dit la vérité.

— Voyons voir ce qu'il y a là-dedans.

— Sais-tu ce que tu vas en faire lorsque nous aurons terminé ?

Bobby passa un ciseau dans la fente pour découper le scotch qui refermait les plis du carton.

— J'espére qu'il a quelques amis au Dorthi Ki Seu. Peut-être qu'on trouvera un intéressé. Je demanderai à Scarlet.

Je sortis une liasse de papiers. Leur contenu était dans un désordre sans nom, comme si quelqu'un avait vidé le tiroir du bureau dans la boîte avant de la sceller.

— Bonne idée. Ce serait bien qu'il ait eu quelqu'un là-bas, au moins.

Nous nous plongeâmes dans ses papiers et ses livres. Je mis de côté quelques lettres écrites en coréen, espérant pouvoir les faire traduire par Jae-Min lorsqu'il serait en état. D'après nos trouvailles, Jin-Sang prenait grand soin de son corps. Il tenait des registres méticuleux des rendez-vous au spa, notant chaque dollar qu'il dépensait pour sa propre personne. Les tickets de ses passages chez le coiffeur me firent grimacer.

— Soit il était vaniteux, soit il était d'humeur changeante.

Je revins à la réalité en trouvant un dépliant pour une restructuration de la peau.

— Je ne pense pas connaître une seule femme qui dépense autant pour elle-même.

— Tu connais des femmes, toi ? se moqua Bobby.

— Je le dirai à Claudia, rétorquai-je.

— Claudia n'est pas une femme. C'est une déesse, et tu peux le lui dire, répondit-il. Il était peut-être vaniteux, mais il faut voir les choses de son point de vue. Il avait presque la trentaine et il dansait toujours…

— Entre autres.

Je tirai une poignée de préservatifs.

— La vie n'est vraiment pas facile pour eux, nota Bobby. C'est un vrai champ de bataille. Il y a toujours quelqu'un de plus jeune, de plus attirant. Il devait passer au niveau supérieur chaque fois qu'il s'y rendait.

Une photo en particulier m'arrêta dans ma fouille, et mon chagrin s'intensifia. Des lueurs rougeâtres servaient de seules lumières sur le cliché, rosissant le coin de leur bouche, mais le flash avait lavé leur visage dans un éclat étincelant. C'était l'homme qui se tenait à côté de lui qui m'avait fait marquer une pause.

Les photographies de Hyun-Shik que j'avais aperçues chez les Kim étaient toujours des mises en scène artistique de sa famille. Ses traits prononcés étaient différents lorsqu'il souriait, et la nature de la photo racontait une tout autre histoire que celle du bon fils et de l'époux dévoué.

Ce Hyun-Shik-là avait les joues rougies par l'alcool ou peut-être par l'effort et exhibait sa dominance. Jae-Min était assis à côté de lui, penché pour être dans le cadre de la photo, mais suffisamment loin de son cousin pour qu'on ne pense rien de leur relation. À la différence de l'ouverture que transpirait Hyun-Shik, ce Jae-Min-ci était mystérieux, distant dans cette cage de glace, qui ne laissait à personne la chance de l'approcher. Les différences entre la passion que Jae dissimulait et celle qui redonnait vie à Hyun-Shik méritaient bien une étude approfondie de la nature humaine.

— Tu vois cet homme ?

Je montrai la photo à Bobby, pointant le quatrième homme assis autour de la table.

— C'est l'avocat dont je t'ai parlé, Brian Park.

— Vraiment ?

Il me l'arracha des mains et la retourna.

— Ne disait-il pas qu'il ne savait pas que Hyun-Shik était gay ?

— Exactement.

Je hochai la tête.

— Je pense qu'il est écrit « Dorthi Ki Seu » derrière. Je commençai à l'avoir suffisamment vu, mais je vais quand même vérifier avec Jae.

— Encore un mensonge, de Park cette fois-ci. Il *savait* que Hyun-Shik était gay.

Bobby sourit.

— Regarde bien Jin-Sang. Il est presque sur leurs genoux. Et mate un peu où se trouve sa main droite. Park a l'air enchanté d'avoir de la compagnie.

Un bruit provenant de l'escalier me fit tourner la tête. Jae se trouvait dans l'embrasure de la porte. Je tendis une main vers lui pour qu'il nous rejoigne.

— Hé. Est-ce qu'on t'a réveillé ?

— Non, je n'arrivais pas à dormir. J'ai trop de choses en tête.

179

Lorsqu'il se cala sur le canapé à côté de moi, je réprimai un sourire, en vain. Son corps était imbriqué au mien, telle une corde solide. Bobby baissa les yeux et il nous observa sournoisement sous une rangée de cils.

J'avais envie d'embrasser Jae, mais je me contentai de sa main, qui glissa sur mes épaules, et lui confiai la photo.

— Fais-moi une faveur et dis-moi qu'elle a été prise au club.

Il l'examina sans rien dire. Hochant la tête, il se tourna légèrement pour esquiver le cliché et se pressa davantage contre moi. Neko bondit sur ses genoux, qu'elle s'empressa de pétrir avec vigueur, les yeux plissés dans ma direction.

— Oui, c'était à l'étage. Je rendais visite à Scarlet et à *hyung* cette nuit-là. Je me suis arrêté pour les saluer avant de repartir.

— Connais-tu bien l'autre gars? demanda Bobby en caressant la tête du chat.

Elle ronronna sous son toucher; quelle traîtrise, après tout ce que j'avais fait pour elle.

— Brian? Il travaille… travaillait… pour *hyung*, répondit Jae.

Bobby répéta le mot coréen silencieusement, et je secouai la tête, peu amène à me lancer dans une discussion sur les différents titres honorifiques.

— Il fréquentait déjà le Dorthi Ki Seu avant le mariage de Hyun-Shik-*ah*. Je n'y travaillais déjà plus, mais je pense qu'il avait une carte d'adhérent. Il faudrait vérifier.

— Combien coûte cette carte, au juste? Quelques milliers? demandai-je, avant de m'étrangler lorsque Jae indiqua un montant qui aurait aussi bien pu servir à s'acheter une voiture de sport. Et à quels genres de services cela donne accès, exactement?

Le regard équivoque qu'il me lança fut ponctué par les ricanements de Bobby.

— Tu as le droit à de la compagnie, répondit Jae en choisissant ses mots avec soin. Mais tout dépend du pourboire en fin de compte.

— Je n'aurais jamais dû devenir flic, marmonna Bobby. Je suis complètement du mauvais côté de la loi.

— Je ne vois pas pourquoi les gens devraient payer pour qu'on leur fasse une lap dance ou quoi que ce soit d'autre, rétorquai-je.

L'expression de Jae se durcit et il se mit en mouvement, la chatte toujours pressée contre lui, mais je l'attrapai par la taille pour l'attirer contre moi.

— Ce n'est pas personnel, Jae. Je disais ça de manière générale.

180

— Je n'ai pas… couché pour de l'argent, cracha-t-il, me laissant tout de même le manœuvrer dans notre position précédente. Tous ceux qui bossent à l'étage n'ont pas à le faire. J'avais besoin d'argent, mais je n'étais pas aussi désespéré que ça. Regarde ce que ça a donné avec Jin-Sang. Les choses ne se sont jamais arrangées pour lui. C'est trop dur de vivre comme ça.

— Mais je croyais que Park avait le béguin pour la veuve ? Victoria ? nous interrompit Bobby.

Il se frotta les tempes et un rictus fleurit sur ses lèvres.

— Ça va, je sais. Tout le monde n'aime pas être limité à une seule saveur.

— C'est une belle façon de le dire, notai-je. Je pense qu'il faut que je retourne voir ce Brian Park.

— Tu pourras y aller plus tard.

Ébouriffant mes cheveux, Bobby se releva et risqua mon courroux en déposant un baiser sur la joue de Jae. Il évita astucieusement le coup que je lui assénai à la cheville.

— Essaie de récupérer un peu, Cole.

Je fis un brin de toilette, rangeai tout ce que nous avions sorti, en m'assurant de mettre les photos hors de portée des crocs du chat. Jae me regarda m'affairer du bout du canapé et tira sur un passant de mon jean pour m'obliger à m'asseoir.

— Stop, arrête-toi là. Tu es épuisé.

Il caressa brièvement mes flancs des mains qu'il finit par laisser retomber sur ses genoux.

— Et tu m'épuises aussi. Va dormir.

— Nous pouvons aller tous les deux au lit comme un vieux couple.

Il n'était pas encore 21 h, mais mes blessures semblaient mettre à l'épreuve ma persévérance.

— Bon sang, qu'est-ce que ça peut faire mal !

— Tu aurais dû rester à la maison au lieu d'aller gambader dans la nature pour trouver les affaires de Jin-Sang, me réprimanda-t-il.

Ses doigts élégants cessèrent de caresser Neko et retournèrent sur mon avant-bras.

— Tu es vraiment un idiot.

Flirter n'avait jamais été mon point fort, aussi ne fus-je pas surpris d'entendre les mots qui suivirent sortir de ma bouche.

— Mais je peux être ton idiot à toi.

181

Personnellement, j'attribuais mon horrible flirt à un manque de pratique au lycée, une période clé du développement social où les garçons apprennent à parler à leurs béguins. Étant donné que j'avais passé une bonne partie du lycée à baver sur les joueurs de football et les membres de l'équipe de natation lorsqu'ils prenaient leur douche, je n'avais pas eu beaucoup de temps à consacrer au développement de ces compétences clés de l'expression orale. Lorsque d'autres garçons apprenaient à courtiser le sexe opposé, je maîtrisais peu à peu la capacité à jeter des coups d'œil furtif sur des corps masculins nus sans qu'on me voie faire.

— Arrête.

Il ne se décolla pas, mais le masque de glace que je lui avais reconnu sur le cliché retomba sur son visage. Je le détestais ; je détestais qu'il se sente obligé de cacher une partie de sa personne en ma présence.

— Jae…

— Tu ne me rends pas la tâche facile, *hyung*, m'interrompit-il. Parfois, je me dis que je n'aurais jamais dû venir ici.

— Pourquoi ça ?

Ignorant les protestations générales de Jae et du félin, je l'attirai contre moi pour le déposer sur mes genoux. Je soutins son dos en le ceignant dans une étreinte, refusant de le laisser m'échapper.

— J'aime te voir ici.

— Rester avec toi, c'est prendre un risque. Celui de ne plus vouloir repartir. Je ne peux pas me le permettre, murmura Jae en penchant la tête vers l'arrière. Ton style de vie t'autorise certaines choses qui font de toi qui tu es, Cole. Je suis différent. Je ne peux pas me tenir à tes côtés et ne pas te vouloir.

— Hé, on ne parle pas de mariage, à ce que je sache. Nous pouvons poursuivre et voir où ça nous mène.

Même à mes oreilles, ses protestations paraissaient sans conviction réelle. Je voulais qu'il reste, et plus que pour une durée de quelques jours à peine. Je pouvais déjà le voir s'inscrire dans le décor. Me réveiller à ses côtés, le voir revenir d'un shooting où des hommes d'affaires ne portaient qu'une paire de chaussons à tête de lapins, le retrouver dans mon… notre lit. C'était des fantasmes que je pouvais conjurer sans mal dans mon esprit. Ça allait au-delà du sexe : je le voulais réellement dans ma vie.

Bien plus que je n'avais voulu Rick lorsque nous nous étions rencontrés. L'admettre était particulièrement douloureux.

— Et vers quoi tout ça... ce «nous»... pourrait nous mener, à ton avis, *agi*? fit Jae.

Il frotta sa joue contre ma tempe, comme le faisait sa chatte lorsqu'elle avait une demande à proférer.

— Je dois m'occuper de ma mère et de mes sœurs. Mon frère ne fiche rien. Il aime entendre les autres le féliciter pour les bons soins qu'il procure à notre mère, mais la vérité, c'est qu'il ne l'aide pas financièrement. Je ne peux pas abandonner le reste de ma famille, Cole. Je ne peux pas.

— Personne ne te le demande, dis-je, confus. L'argent n'est pas un problème.

— Si, ça l'est. L'argent et la famille posent toujours problème à un moment ou un autre. Je sais bien que ma mère n'est pas capable d'accepter mes préférences. Et sans moi, que lui arrivera-t-il?

— C'est des conneries, Jae. Si tu veux que j'arrête de te faire des avances, alors tu n'as qu'un mot à dire. Tu n'as pas à prétendre que je t'intéresse pour pouvoir rester ici. Je ne suis pas comme ça.

Je me figeai lorsque ses mains prirent mon visage en coupe et que sa bouche trouva la mienne.

— Je n'ai rien à prétendre, chuchota-t-il.

Nos langues dansèrent. J'avais envie de l'avaler tout entier, de l'avoir en moi. J'inspirai sa présence dans mes poumons, l'air me semblant tout à fait superflu. Son dos se cambra lorsque je glissai mes mains sous son tee-shirt, le pressant contre moi. La moiteur de sa bouche me donna presque envie de pleurer, et je remerciai qui voulait bien m'entendre de ne pas avoir bu. Son goût était déjà bien assez enivrant pour me faire chavirer.

Il se détacha pour reprendre son souffle le premier, prenant ses distances pour quelques brèves secondes qu'il passa à me contempler. Je retombai immédiatement dans ses bras lorsqu'il revint à la charge et le poussai contre le canapé en appuyant tout mon poids sur lui. Je le délestai de son tee-shirt et refermai mes dents sur une petite ecchymose sur son cou, le marquant d'une morsure acérée avant de poursuivre mon chemin jusqu'à sa clavicule.

Sifflant, Jae écarta les jambes pour m'accueillir au creux de ses cuisses. Je m'appliquai à lui arracher toutes ses réserves et à faire fondre chaque couche de glace qu'il avait levée entre nous. Je voulais voir la personne que Scarlet connaissait et qu'elle aimait, la petite chose farouche qui sommeillait en lui. Mes doigts effleurèrent ses tétons et je ne perdis pas de temps avant de pincer l'un d'entre eux, les yeux plantés sur l'expression d'extase qu'il afficha à mon toucher.

La pression de son membre était évidente sous ses vêtements. Je me frottai doucement contre lui, créant une friction traînante entre nous. Lorsque ses lèvres s'ouvrirent de nouveau aux miennes, la chaleur de sa bouche m'embrasa et je poussai un grognement. Je déplaçai légèrement mes hanches en espérant qu'un contact moindre entre nous apaiserait cette flamme avant que je ne perde tout contrôle.

Cela s'avéra être une erreur de ma part. Il y avait à présent suffisamment d'espace entre nos corps pour qu'il glisse sa main jusqu'à mon ventre, traçant une traînée de poils autour de mon nombril. Grattant le bouton de mon jean de ses ongles, Jae se mordit la lèvre, jouant un jeu dangereux avec ma maîtrise de moi-même lorsqu'il effleura l'épi de poils sous l'élastique de mon boxer.

— Ouvre la bouche pour moi, sucre d'orge, l'exhortai-je, avant de lui voler un autre baiser.

Je voulais plus que ce qu'il me donnait déjà, et ça m'effrayait. Face à son ardeur et à sa bouche qui m'enflammait, j'étais prêt à prendre tout ce qu'il avait à m'offrir.

— Laisse-moi te faire l'amour.

Il fondit contre moi, entre mes bras. Gémissant lorsque je mordis sa lèvre tendre, il me poussa dans un énième baiser. Je voulais l'entendre soupirer, lui arracher chaque gémissement en suçant sa langue. Nos dents se rencontrèrent, et il s'esclaffa dans un rire rauque qui descendit directement dans mon ventre.

— J'ai envie de toi, murmura-t-il, ses mains pressant le dos de mes cuisses, la présence de mon jean le rendant impatient.

De légers baisers papillon contre ma gorge, puis une morsure qu'il asséna sur le pouls qui pulsait sauvagement sous ma peau.

— Attends, *hyung*, c'est une mauvaise idée. Tu es blessé…

— Je préfère, *agi*, grognai-je.

Je me redressai légèrement, mon corps toujours imbriqué au sien, pour reprendre mon souffle.

— Regarde-moi dans les yeux. Dis-moi que tu veux arrêter, et je le ferai.

Il manqua de détourner les yeux.

— Nous devrions, balbutia-t-il.

— Non, refusai-je, attrapant ses poignets pour les porter au-dessus de sa tête. Tu me rends fou, tu me mets hors de moi, et j'ai quand même envie de toi. Tu vas me dire que ce n'est pas ton cas ? Que tu ne veux pas de ça ?

— Cole.

La chaleur qui irradiait de son corps me brûlait tout entier. Il humecta le coin de sa lèvre.

— Lorsque je suis avec toi... Être avec toi... rend tout le reste superficiel. Je ne devrais pas ressentir ça pour toi, mais je ne peux pas m'en empêcher. Il n'y a rien qui va chez toi. Ton esprit est tourmenté, et tu vis chaque jour avec une épée de Damoclès au-dessus de la tête. Faire un pas dans ta direction ne m'est pas permis. Je dois continuer de prendre soin des miens. Je ne peux m'occuper de toi en plus de ça. Je n'en ai pas la force.

— D'accord, je ne vais pas bien, mais on ne peut pas dire que tu sois dans un meilleur état, sucre d'orge, dis-je en l'aidant à se redresser pour qu'il s'appuie contre le bras du canapé.

Je me pressai contre lui, les genoux pressant ses cuisses. Sa conviction commença à flancher. Je pouvais le voir dans ses yeux ambrés. Je ne quittais plus cette étincelle vacillante des yeux.

— D'abord, tu t'enfuis et ensuite, tu me laisses t'attraper. Tu veux ça autant que moi. Admets-le.

M'arrachant à mon perchoir, il se décolla de moi et se releva. C'était blessant de le voir se tenir là, dos à moi, tremblant sous l'émotion. Non, je ne comprenais pas ce par quoi il passait. J'avais fait mes choix il y a des années de ça et j'avais laissé mes parents se détourner de moi, mais je n'étais pas doté de ce besoin d'amour familial qui lui tenait tant à cœur. Je n'étais pas motivé par ce poids culturel qui demandait à ce que je vive d'une certaine façon. Seulement la culpabilité et le désir de voir mon père me revenir, mais j'avais pris une décision.

— Je ne te demande pas de tourner le dos au reste de ta famille, Jae. Tout ce que je demande, c'est un simple signe de ta part, murmurai-je. Nous pouvons y arriver, sucre d'orge. Ensemble.

Bobby pensait qu'il valait toujours mieux coucher avant de parler, mais je n'étais pas d'accord. Je ne le voulais pas dans mon lit autant que je le voulais tout court. Même après tous les obstacles que j'avais dû surmonter depuis notre rencontre, je le voulais à mes côtés. Le sexe était toujours un plus, je ne le niais pas ; j'étais loin d'être idiot et encore moins idiot dans mon célibat. Dieu avait fait de Jae un être plein de sensualité, magnifique et compliqué à la fois, mais je voulais plus que ce qui m'était présenté à la surface.

185

Je me penchai pour venir l'embrasser au niveau du creux des reins. Je sentis l'effet qu'eut l'effleurement de ma bouche se propager dans l'ensemble de son corps.

— Emmène-moi dans ta chambre, *agi*, murmura-t-il.

Il se retourna pour prendre ma main sans croiser mon regard.

— S'il te plaît.

IL AVAIT un goût de menthe et d'allégresse. L'embrasser s'apparentait à aspirer une part de son âme. Je plongeai la tête la première et l'embrassai férocement jusqu'à lui arracher le souffle à même la bouche. Il dessina une traînée humide de baisers sur mon épaule et gémit lorsque je capturai à nouveau ses lèvres dans un baiser enflammé. Je me débattis avec son tee-shirt lorsque la manche se bloqua au niveau du coude.

— Deux secondes, s'esclaffa-t-il en me repoussant. Laisse-moi faire avant que tu ne me casses le bras. Et occupe-toi de tes propres vêtements.

Je ne me lassais pas de le voir dans toute sa gloire. Avec des mouvements fluides, Jae se débarrassa lentement de ses habits, révélant un torse musclé et de longs membres. Une fine ligne pourpre menaçait de laisser une cicatrice sur sa clavicule ; un petit souvenir de l'explosion. Je jetai mes vêtements sur le sol et l'attirai à moi.

— Bon sang, qu'est-ce que tu peux être magnifique !

Je m'appliquai à humidifier la cicatrice en devenir. Traçant des colonnes le long de sa gorge du bout de ma langue, je remontai la ligne de sa mâchoire et mordis, lui arrachant un soupir et une cambrure de son dos. Mes doigts trouvèrent un bouton de chair et je le malmenai jusqu'à le faire durcir.

— Besoin de toi, geignit Jae, laissant sa tête retomber vers l'arrière lorsque j'entrepris d'embrasser son cou.

Ses mains creusèrent mes épaules et son gland laissa un sillon humide contre ma cuisse nue. Je tâtai la table de chevet pour trouver l'un des paquets dont j'arrachai l'emballage à coups de dents.

L'excitation me faisait tourner la tête, et je m'empressai de dérouler le préservatif sur ma longueur avant que je perde complètement l'esprit et que je ne m'enfonce en lui sans délai. Le battement qui pulsait au creux de mon entrejambe s'intensifia, au rythme de celui qui résonnait dans mes oreilles. Je voulais prendre mon temps. Un jour ou l'autre, Jae disparaîtrait de ma vie, et je m'en voudrais de ne pas avoir profité de chaque instant en sa présence. Repoussant la mélancolie, je le fis basculer sur le lit et le couvris de mon corps nu. Il ne cessa pas pour autant de remuer.

Arrachant mes yeux de sa bouche, je me laissai glisser, sortant ma langue au niveau d'un mamelon. Je jouai de mes doigts sur l'autre, pinçant à ma guise et souriant lorsqu'un geignement lui échappa et qu'il souleva les hanches. Incapable de se retenir plus longtemps, Jae chercha à l'aveugle le petit flacon de lubrifiant que j'avais jeté sur le lit. Il me semblait désespéré à l'idée de me sentir en lui.

Il ouvrit le bouchon et leva la bouteille à ma hauteur pour que je puisse enduire mes doigts. Je poussai un rire et m'attaquai à son nombril, suivant de ma langue la chair de poule sur sa hanche.

— Écarte les jambes, sucre d'orge.

Me délectant de ses gémissements, je poussai sa jambe de mon épaule.

— Laisse-moi te voir tout entier.

— Cole...

Jae tourna la tête, ses yeux sombres et vitreux.

— J'ai...

— Tu es à moi, non ?

Je resserrai mes dents sur son gland, cajolant la fente humide et salée.

— Laisse-moi contempler ce qui me revient.

J'enfouis ma tête entre ses cuisses. Un arôme masculin et frais se nichait au creux de ses jambes. Je ne pourrais jamais m'en lasser. Je jouai de ma langue sur le point sensible du bout de son membre jusqu'à ce qu'il se mette à crier. Incapable d'échapper à mon assaut, il releva les jambes dans une tentative pour arrêter cette torture.

— C'est mieux comme ça, sucre d'orge, ris-je, avant de baisser les doigts vers mon objectif, le lubrifiant réchauffé par ma chaleur dégoulinant sur la peau de son fessier. J'étalai l'huile aromatisée quelque temps avant de passer sur son antre plissé.

— *Agi.*

Jae remonta légèrement sur le lit pour poser ses épaules contre les oreillers moelleux. Dans cette position, il avait l'air vulnérable, et je pouvais deviner une sorte de timidité se glisser dans son regard. Les yeux vissés sur son superbe visage, j'avalai sa raideur d'une seule bouchée. Ses yeux se refermèrent sous un surplus de sensations et il poussa un profond soupir, la respiration haletante, en caressant mes épaules.

Son antre était brûlant, il n'y avait pas d'autre mot pour le décrire. Ce désir diabolique et vicieux qu'il me faisait ressentir me poussa à me libérer de son membre pour venir déposer ma langue au niveau de l'entrée. Ainsi complètement exposé, Jae laissa tout contrôle lui échapper et se laissa aller au rythme de mes lèvres sur lui. Je commençai par jouer avec ses testicules, en pris un en bouche, puis l'autre, avant de le laisser m'échapper dans une succion. Je revins à sa hampe, dévorant sa peau moite et brillante de haut en bas en suivant les veines au niveau du gland.

Avec chaque baiser que je laissais derrière moi, je le sentais pulser. Mon attention sur le bout de son sexe m'offrit le plaisir de son humidité salée sur la langue, et je sentis le désir le secouer de part en part. Reprenant son souffle, il fut pris complètement au dépourvu par la poussée d'un doigt dans ses profondeurs. Je continuai à le dévorer et plongeai profondément à l'intérieur pour venir masser la chaleur tendre de son passage jusqu'à trouver le point nerveux qui m'intéressait.

Un simple geste du bout de mon doigt contre cet amas de nerfs le tendit comme un arc, ses hanches se soulevant au choc de mon contact. Sa respiration pantelante laissa place à des cris de supplications. Ses miaulements s'envolaient avant de retomber, prenant un ton aigu puis s'affaissant dans un gémissement de regrets lorsque je me retirais. Le filet de moiteur que j'avais au fond de la gorge m'indiquait qu'il n'était plus très loin de l'orgasme, mais je voulais pouvoir sentir son sperme atterrir sur mon ventre pendant l'amour.

Accrochant les draps, Jae geignit :

— Pourquoi est-ce que tu t'arrêtes ? Tu me rends complètement fou.

— Je veux être en toi lorsque tu jouiras, chuchotai-je en me redressant sur mes genoux.

Je me penchai pour l'embrasser avec vigueur et le pénétrai de nouveau, étirant l'anneau de chair dans un mouvement de rotation. Je n'étais pas si petit que ça, et cela risquait d'être douloureux pour Jae si nous ne prenions pas notre temps avec les préliminaires. Il poussa un sifflement, haletant, et mordit sa lèvre sous le jeu de mes doigts sur son sexe.

— Prends-moi, murmura Jae contre ma bouche.

— Tu n'as aucune patience, Jae-Min, le taquinai-je.

J'effleurai son antre, et il expira d'un seul coup en frottant ses cuisses contre mes jambes.

— Tu es buté dans ton genre.

— Moi ? grogna Jae en relevant la tête pour venir mordre le lobe de mon oreille.

Il tira si fort que je fus forcé de retomber sur lui. Jae tourna la tête au dernier moment.

Je m'esclaffai et glissai mes doigts sur ma longueur raide pour l'enduire de lubrifiant.

— Arrête.

— Prends-moi, répondit Jae, avant de me libérer, embrassant la chair meurtrie avant que je ne puisse m'écarter. Tout de suite.

— Tes désirs sont des ordres, fredonnai-je. Tourne-toi.

Je le guidai jusqu'à ce qu'il soit allongé sur son ventre, surélevé par un coussin au niveau du bassin. Je le pénétrai doucement, par à-coups, jusqu'à ce que l'anneau cède autour du gland. Je continuai à m'enfoncer, mon propre membre suintant d'anticipation pour chaque centimètre gagné. Un tremblement l'agita, et je savais d'expérience que ce genre de frissons ne pouvaient être satisfaits que par une poussée dans la bonne direction. Dans ma progression, il finit par rouler du bassin, ce qui eut l'avantage de me procurer l'angle exact auquel j'aspirais.

— Là, Cole, soupira Jae, les dents serrées. Juste... là.

L'oreiller humide de salive portait déjà l'empreinte de ses dents. Se retenant de crier, Jae mordit sa surface rebondie. Il releva la tête lorsque je fis un mouvement pour commencer à me retirer lentement. Sa respiration était haletante, et il remuait les hanches vers moi pour me pousser à aller plus vite.

Mon appréciation de chacun de ses soupirs acheva de briser mon self-control et je reculai d'un seul coup, ma raideur engorgée et humide ressortant d'un bond de son antre. Il tremblait sous l'effort tandis qu'il essayait de rester immobile en attendant que je retrouve ma place en lui, ses doigts froissant le tissu des oreillers et le front appuyé contre la tête du lit.

Baissant les yeux, je pris le temps de contempler mon entrée capricieuse en lui. Je fléchis les doigts sur la rondeur de ses fesses et les écartai pour avoir une meilleure vue. Jae s'humecta les lèvres du bout de la langue, souleva les hanches et écarta les genoux. Être témoin de l'engouffrement de mon sexe dans son antre chaud fut presque suffisant pour me faire basculer. Et cela ne fit qu'empirer lorsqu'il gémit sa frustration et roula des hanches pour m'aider à l'empaler toujours plus profondément.

— Je veux prendre le temps qu'il faut, le tempérai-je.

Je souris lorsqu'une composition de coréen lui échappa.

— Ah, cette bouche.

— J'ai besoin de toi, grogna-t-il en s'affaissant légèrement pour presser le bout de mon sexe contre les parois de son antre. J'ai besoin de toi. J'ai besoin de ça.

Je m'émerveillais du corps allongé de Jae, de sa longue forme se tortillant sous la mienne. Mon ombre tomba sur ses épaules, et je glissai en arrière, puis poussai en avant, sentant la spirale serrée autour de moi s'ouvrir peu à peu. Le gland glissa avant de pénétrer complètement l'anneau.

La peau tendre de mon sexe frissonna sous sa moiteur. Je marquai une pause, laissant le sentiment d'assouvissement gonfler. Tremblant, Jae lutta pour reprendre quelque peu ses esprits, et je me retins de replonger dans son corps accueillant.

— Vas-y, maugréa-t-il, la voix rauque, enrouée.

Je savais bien qu'il était inutile d'argumenter avec lui, surtout lorsqu'il avait atteint ce niveau de frustration. Ses ongles s'enfoncèrent dans la peau de mes jambes lorsqu'il tendit la main derrière lui pour me presser à reprendre. Des bouts de peau roulèrent sous son assaut ; le rappel lancinant du dédain de la distance qui nous séparait encore.

Je m'y pris à un rythme lascif, mon bassin ondulant lentement pour plonger au plus profond de lui. Il poussa un grognement, puis laissa échapper un long miaulement strident, sa tête rejetée vers l'arrière sous l'extase. Je me retirai presque complètement du corps de mon amant avant d'attraper ses hanches pour l'immobiliser et recommencer.

Il se tortilla contre la pression de mes mains, cherchant à retrouver la liberté de maîtriser notre étreinte. Légèrement frustré par l'effort vain, Jae gronda et se mit à mouvoir ses hanches dans un mouvement circulaire autour de moi, m'enserrant à chaque remontée.

Nous nous affrontions, de longs grondements remontant le long de sa gorge, ses miaulements prenant rapidement un ton agonisant de supplique pour que j'accélère le rythme, pour que j'aille plus profond. J'ondulais contre lui, pressant en lui jusqu'à entendre mes cuisses frapper bruyamment sa peau. Je ne pouvais pas le pénétrer davantage, mais mon corps en voulait encore, toujours plus de ce que ce bel homme pouvait m'offrir de sa personne.

Les rares gémissements qui sortaient de sa bouche expirèrent rapidement sous mes poussées continues. Ses halètements devinrent de plus en plus torturés, et mon orgasme manqua d'exploser sous le mélange de plaisir et de douleur qu'engendrait son étroitesse. Une légère brûlure remonta mon entrejambe, le va-et-vient de ma longueur secoué par la répercussion de ses spasmes chaque fois que je martelais son point sensible.

S'agrippant au lit, Jae baissa la tête, posant son front sur les draps défaits. Il s'abandonna à mon mouvement, et je l'observai se délecter d'être démantelé de l'intérieur. Il tremblait sous les sensations qui le submergeaient, et je n'étais pas sûr de ce qu'il pourrait encore endurer. Jae était magnifique, sa silhouette complètement dénuée d'artifices et acceptant ma longueur. Avec les deux globes de son fessier écartés, mes poussées étaient facilitées et j'en profitai pour m'imposer une allure stable qui ne fut interrompue que par la caresse de mes doigts sur sa propre longueur.

Il était si proche de la jouissance que ce simple toucher le fit basculer. Jae se tendit et gémit avant de tomber vers l'avant, ses membres tressaillant sous la puissance de son orgasme. Une contraction au niveau du creux de mes cuisses et les picotements qui remontèrent sur mon visage – un rougissement familier – m'indiquèrent que je n'étais plus très loin d'en finir moi-même.

Mon sang battait dans mes oreilles. Jae se resserra autour de moi, repliant son corps jusqu'à ce qu'il tienne fermement mon membre en otage. Je laissai le pouvoir de ma jouissance m'inonder. Jae soupira mon nom lorsque son sperme jaillit sur mes doigts.

Je me laissai partir. Les épaules rejetées vers l'arrière, je m'enfonçai une dernière fois dans cet abîme. Un orage ravagea mes nerfs, m'électrifiant jusqu'à l'orgasme. Lorsque ses muscles se refermèrent autour de moi de nouveau, les soubresauts me firent complètement basculer et un filet de sperme se déversa hors de mon corps. Une dernière poussée m'engouffra suffisamment loin pour que je le sente se refermer autour de ma base.

J'ondulai lentement, poursuivant le plaisir jusqu'à son pic, et lorsque mes mouvements cessèrent enfin, je pris conscience que Jae s'était, lui aussi, entièrement donné. Je me pressai contre son dos brûlant et embrassai son épaule, une main tremblante remontant la colonne de son cou solide tandis qu'il peinait à reprendre son souffle. Je m'apprêtais à me retirer lorsqu'il m'attrapa la jambe.

— Reste comme ça, juste quelques minutes. S'il te plaît, soupira-t-il, la voix féroce et éraillée.

Sa respiration fluctua, incapable de reprendre un rythme stable. Affaibli, il resta allongé sous mon corps, de toute évidence ravi d'être pressé contre le matelas. Le sentir contre moi finit de me détendre et je le fis doucement rouler sur le côté.

— Je suis trop lourd pour toi, grognai-je en laissant un autre baiser dans son dos. Attends-moi là.

Il geignit doucement lorsque je me décollai à contrecœur, mais je le rassurai en lui assurant que je serais vite de retour à ses côtés. Je me débarrassai du préservatif en le jetant dans les toilettes et revins avec un chiffon humide pour essuyer le corps tremblant de Jae. Il resta allongé sur son flanc et me laissa prendre soin de lui. Il sourit lorsque je roulai la serviette en boule et la soulevai au-dessus de ma tête comme s'il s'agissait d'un ballon de basket. Elle atterrit directement dans le panier qui se trouvait près de la porte. Je me glissai de nouveau entre les draps et m'imbriquai contre lui. Aucun de nous deux ne souhaitait rester séparé, et le lit craqua sous le mouvement de nos corps exténués. Mon cœur battit plus fort lorsque je me retournai pour lui faire face. Je l'embrassai et savourai longuement le goût de sa bouche.

— Je suis déjà trop attaché. Ça ne me plaît pas, murmura Jae. Le désir de t'avoir à mes côtés est terrifiant tant il est intense, parfois.

— C'est normal d'avoir peur, dis-je en m'enroulant autour du corps long et chaud de mon amant.

Caressant mon dos, Jae se pencha vers moi pour déposer un tendre baiser qui nous coupa à tous les deux le souffle. Il plaça sa joue contre mon torse et encercla ma taille de ses bras.

— Si ça peut te rassurer, ça me fait peur, à moi aussi.

XIV

Je me réveillai avec son goût en bouche, mais toutes autres traces de lui semblaient m'avoir échappé durant la nuit. À chaque mouvement, une pénitence m'apprenait qu'il était possible de se faire un bleu sur la langue et que mes cheveux pouvaient me faire souffrir. Je papillonnai des yeux et les refermai immédiatement lorsque la lumière me brûla la cornée.

— Quelle heure est-il ?

Ma voix me semblait distante, disparaissant sous le bourdonnement dans mes oreilles. Neko était assise sur le rebord de la fenêtre, miaulant à la vue des oiseaux dans un bruit de claquement qui me parvenait à peine. La lumière du jour me frappa de nouveau pour venir planter ses couteaux jusque dans mon cerveau. Clignant des yeux pour faire remonter mes larmes, le monde se mit à tourner autour de moi avant de me revenir peu à peu dans un épais tourbillon de couleurs. Jae prenait la forme d'une tache noire et dorée, une vague saisissante au milieu d'un océan de rouge sur nos draps et son complément de bruns sur nos meubles.

Après avoir repris en anglais, ses voyelles s'étaient de nouveau arrondies. Leur sonorité me plaisait, tel un murmure, une tasse de thé que l'on prépare.

— Désolé, répétai-je.

J'avais de vagues souvenirs de la nuit dernière ; des baisers enflammés et sa bouche sensuelle sur mon torse. Après ça, je n'avais plus rien. J'avais comme l'impression que je lui devais plus d'une excuse. Je me risquai à ouvrir les yeux et trouvai Jae assis sur le lit, à côté de moi.

L'un de mes vieux tee-shirts avalait sa silhouette mince et les marbrures violettes sur sa gorge commençaient déjà à tourner au jaune sur les bords. J'essayai de lever le bras pour retracer celle que j'avais placée là, mais il refusa de m'obéir. Son visage s'estompa sous les larmes qui m'emplirent les yeux et clore les paupières ne fit qu'aggraver les choses.

— Embrasse-moi, demandai-je, usant de mon apparent handicap pour gratter quelques points d'affection.

— Pas question. Pas avant que tu ne te sois brossé les dents, plaisanta-t-il. Viens, je vais t'aider. Tu dois probablement avoir envie d'aller aux toilettes. Scarlet va passer dans la journée. J'ai vraiment besoin de vêtements, et elle est d'humeur à aller faire du shopping. Est-ce que ça va aller tout seul ?

Je n'étais plus sensible à son pouvoir de suggestion. Mon entrejambe avait bien d'autres choses à penser en ce moment, et la direction de la salle de bain me sembla être pavée jusqu'au Paradis. Je me relevai sur des jambes tremblantes, les centimètres que Jae avait en moins par rapport à moi me déséquilibrant légèrement. Ses longues jambes s'entremêlèrent aux miennes, et je quittai le lit pour m'affaisser sur le sol.

— Je vais m'en sortir. Passe une bonne journée, dis-je pour le rassurer.

Il leva les yeux au plafond, attendant que je le force d'un salut pour quitter la pièce.

J'avais le bras tout endolori après m'être brossé les dents, mais la douche qui m'attendait n'était pas une option.

Des ecchymoses violettes et rouges barraient mon visage, de ma tempe jusqu'à ma joue. Mike avait tendance à me taquiner sur mon minois, mais je doutais de pouvoir ramener chez moi aucun prix d'exposition canine dans l'état dans lequel j'étais. Une traînée de sang séché, barbouillé au niveau du sourcil droit, avait accroché une mèche de cheveux sur mon front. Ma bouche était légèrement gonflée et lorsque je passai un doigt à sa surface, je crus sentir la morsure des dents de Jae me tirailler.

J'augmentai la pression de l'eau jusqu'à son maximum et n'attendis pas qu'elle devienne chaude pour entrer dans la douche. Le choc glacial tourmenta les plaies qui creusaient mon dos jusqu'à ce que l'eau se réchauffe et que la douleur s'infiltre plus profondément sous ma peau. Une fois séché, j'enfilai un jean et grattai la croûte qui s'était formée sur mon front. L'un de mes tee-shirts préférés semblait avoir complètement disparu. Le coupable était sans aucun doute de type félin et cela suffit à me faire sourire. Je n'aurais jamais pensé que la perte de mes vêtements puisse réveiller cette petite étincelle dans mon cœur. Je terminai de me vêtir et descendis au rez-de-chaussée.

Je travaillais à récolter des informations lorsque le silence paisible de la maison fut interrompu par l'arrivée de Claudia par la porte d'entrée.

— Vous vous êtes enfin traîné hors du lit, à ce que je vois, me salua-t-elle chaleureusement, presque comme si j'étais un membre de sa tribu. Il était temps. J'ai des papiers à vous faire signer.

— C'est l'amour fou.

Grommelant, je sirotai le café que je m'étais préparé moi-même, me délectant de la secousse que cela me procura. Son amertume noire se maria à celle de mon dentifrice à la menthe. J'avalais mon breuvage en observant Claudia par-dessus ma tasse. Je finis par signer les papiers qu'elle avait déposés devant moi, après avoir décortiqué chaque contrat et avoir englouti la moitié de mon café. Le dernier papier de la pile capta mon attention, et je le remuai sous son nez.

— Qu'est-ce que c'est que ça ?

— Le remboursement de l'assurance pour votre voiture. Ils ont fait vite. Je suis surprise qu'ils n'aient pas rompu le contrat.

Elle renifla moqueusement et se leva pour aller se servir une tasse. Moins d'une minute plus tard, elle était revenue se planter devant moi, une main vissée sur la hanche. Les fleurs rouges qui décoraient sa robe étaient aussi vives que l'étaient les bleus sur mon visage. Je détournai les yeux avant de brûler ma rétine devant cette couleur si éclatante.

— Ils vous ont donné un bon paquet d'argent pour le tas de métal qu'il en restait.

— C'était une bonne voiture.

Le montant était absolument ridicule ; heureusement pour moi, ils n'avaient pas vu l'état dans lequel je l'avais mise avant qu'elle n'éclate en un tas de guirlandes métalliques qui avaient habillé ma rue, ainsi que le perron de mon domicile.

— Est-ce qu'ils me donnent une voiture de rechange en attendant ?

— Ils vous ont ramené l'un de ces 4x4 en cube que les riches conduisent sans jamais faire attention.

Claudia s'assit, et le canapé grogna.

— Elle est dans l'abri. J'y ai collé une grosse affiche où j'ai noté « Ceci n'est PAS la voiture de Cole McGinnis. Nous vous prions de ne pas la faire exploser. »

— Au moins, tu as été polie. Je suis sûr que c'est ce qui fera la différence.

Je hochai la tête dans sa direction.

— Merci, Claudia. Pour être venue en aide à Jae et pour tout le reste.

— Le petit n'est pas difficile à satisfaire. Il s'est montré agréable et très poli. Vous pourriez en apprendre beaucoup de sa part.

— Ça, c'est toi qui le dis, moquai-je. De mon point de vue, c'est aussi dur de prendre soin de lui que de soigner le mal de dents d'un hérisson. T'ont-ils donné les clés ? Ou suis-je censé deviner où elles sont ?

195

— Vous les confier serait sûrement la chose la plus stupide que j'ai faite de ma carrière.

Elle les sortit de son sac et les fit glisser sur la table d'un mouvement du poignet.

— Comptez-vous me donner raison ?

— Je vais laisser une note à Jae pour qu'il ne s'inquiète pas en revenant à la maison.

Je m'emparai des clés et me penchai pour embrasser Claudia sur la joue.

— Ne m'attends pas, Ma. Je vais aller interroger un homme à propos de son escorte décédée.

— Avec Bobby ? lança-t-elle, avant que je ne puisse refermer la porte derrière moi. Vous aurez besoin de quelqu'un qui puisse vous éviter de faire cette chose si stupide que vous allez faire.

— Non.

Je souris devant l'air renfrogné qui ridait son visage rond.

— Il faudra qu'il se trouve le cadavre de sa propre escorte.

QUELQUES CLICS sur l'ordinateur me donnèrent l'adresse de Brian Park et davantage d'informations sur sa personne. Park était diplômé de l'université de Californie du Sud et était le troisième fils d'une importante famille coréenne ; des médecins et des ingénieurs, pour la plupart, mais être l'avocat de la famille avait ses avantages. Il avait aussi un casier, mais son accès était au-dessus de ma juridiction. Aucun membre de mon réseau ne pouvait contourner le sceau, mais il y avait toujours un moyen d'obtenir l'information dont j'avais besoin si j'y mettais du mien.

Bobby s'en occupait en ce moment même. La Police avait toujours eu du respect pour lui, certains l'admiraient encore pour son silence durant son service. Je ne profitais pas d'une telle popularité. À vrai dire, cela ne m'étonnerait pas si certains des amis de Ben se servaient de mon visage pour s'entraîner au tir.

Ben.

Je garai le 4x4 dans un parking sombre et poussai un soupir en devinant où mes pensées divaguaient. Le volant creusait des fossettes sur mon front en appuyant sur mes ecchymoses. Je pouffai en me souvenant que Ben me taquinait souvent quand je reposais ma tête de cette manière dans la voiture banalisée que nous partagions.

— Tu ne peux pas tourner le volant avec ton nez, McGinnis, disait-il en tapotant le bout du sien. Il t'en faudrait un comme le mien pour ça.

Le sang italien qu'il tenait de son père lui avait donné des traits forts ; des sourcils sombres et un profil solide, ainsi qu'un rire tonitruant. Il avait appris pour mon homosexualité avant même de m'avoir rencontré. Je ne l'avais jamais caché, et personne ne savait jaser mieux qu'un flic. En me disant de la fermer une bonne fois pour toutes, Ben avait sans aucun doute cherché à me faire déraper en jouant sur mon arrogante assurance.

— Tes affaires te regardent, Cole, m'avait-il dit autour d'une bière après une dure journée de travail. Personne n'a envie de savoir que tu es différent des autres. Ils peuvent mieux ignorer ce qui ne se trouve pas directement devant leurs yeux. Tu devrais juste la fermer, une bonne fois pour toutes.

Aussi certain que je l'étais de mes droits en tant que personne, du fait qu'on ne pouvait pas me dire qui aimer, je n'avais pu que lui donner tort. Ben n'avait jamais changé d'opinion en la matière, de ce que j'en savais. Mais je supposais que je n'en serais jamais à cent pour cent sûr. Après tout, ses raisons s'étaient envolées avec lui.

— Rien à faire de lui.

Je poussai Ben dans le tiroir qu'il n'aurait jamais dû quitter. Essuyant mes larmes, je sursautai au son de ma sonnerie de téléphone. Je me penchai vers le siège passager pour l'attraper d'une main maladroite. J'espérais vraiment que Bobby avait quelque chose pour moi.

— Salut, princesse, lança-t-il, et dans le fond, j'entendis Claudia réprimander quelqu'un pour ne pas s'être essuyé les pieds. Tu ne le croiras pas. Je suis chez toi et tu n'y es pas. Je pensais qu'on avait dit que tu ne partais plus à l'aventure sans moi.

— Je n'ai jamais accepté ces conditions, répondis-je en ouvrant mon carnet.

Je dénichai un stylo dans le sac à dos que j'avais jeté sur le siège à la hâte.

— Y a-t-il autre chose que je devrais savoir sur Park ? Je me rends à son domicile en ce moment même.

— Il n'y a rien que je puisse dire qui te fera changer d'avis, je me trompe ?

Le vacarme s'amplifia, troublant sa voix dans le haut-parleur, et un éclat de rire général m'empêcha d'entendre les mots qui suivirent.

— Qu'est-ce qu'il se passe là-bas ? le questionnai-je en ignorant délibérément sa question. On dirait que vous avez organisé une fête. Si c'est le cas, promettez-moi de ne rien casser.

— Une femme de couleur, une transgenre des Philippines et un ancien strip-teaser entrent chez un homo… j'ai vraiment l'impression d'être aux prémices d'une mauvaise plaisanterie. Tout ce qui nous manque, c'est un prêtre et un chien qui parle.

Le brouhaha baissa d'un ton, et je reconnus le son particulier du loquet s'imbriquant dans l'encoche de la porte.

— Je ne rigolais pas, Cole. Tu ne devrais pas être dehors tout seul.

— Tout ira bien. Ma vision est claire et mes hallucinations ont presque complètement disparu. Je vois encore des petits lézards roses de temps à autre, mais on m'a assuré que c'était normal. Bobby, sérieusement, qu'est-ce que tu avais pris quand tu m'as dit ça ?

— Dis à quiconque que tu l'as entendu de ma bouche et je te tue.

Sa menace était peu convaincante. Il tentait sa chance chaque fois que nous nous retrouvions sur le ring ensemble. Heureusement pour moi, après avoir vécu avec Mike, mon esquive était extraordinaire. Je grognai quelques mots pour qu'il passe à autre chose et m'étranglai presque sur ma propre salive en l'entendant déballer le casier de Brian Park.

— Tu te fiches de moi, j'espère ? Est-ce que Jae est au courant ?

J'étais à la fois secoué et prêt à prendre ma rage à bout de bras et à la déverser sur Jae-Min. À ce stade, ça ne me surprendrait pas qu'il ait été au courant du passé de Park et qu'il n'ait rien dit. Je commençais à croire que nous avions tous les deux une définition différente de l'honnêteté.

— Oui, je lui en ai parlé. Il a juste haussé les épaules, comme si de rien n'était. Je ne sais pas trop si ça veut dire qu'il était au courant ou qu'il s'en fiche tout simplement. Tu veux que je te le passe ?

— Non, chuchotai-je.

La dernière chose que je voulais faire à ce moment-ci était bien de me disputer avec Jae pour m'avoir caché tant de choses.

— Je m'en occuperai lorsque je reviendrai à la maison.

— Veux-tu que je lui dise que tu l'aimes et qu'il te manque fort ?

Bobby émit des petits sons de bouche.

Je lui raccrochai au nez et composai le numéro du bureau du patriarche des Kim. Avec un peu de chance, Park serait toujours sur place, et je pourrai y faire un saut pour avoir une petite discussion avec lui. Ce fut sa secrétaire qui décrocha sur un baratin de coréen que je n'avais aucune chance de comprendre, à moins qu'elle ne m'appelle «bébé», «idiot» ou qu'elle m'adresse un mot doux, bien sûr.

— Euh, veuillez m'excuser, répondis-je. J'aimerais parler avec Brian Park. Est-il présent?

— Une petite minute, je vous prie. Puis-je savoir qui le demande? hésita-t-elle.

Elle finit par accepter de transférer l'appel, et je patientai au bip des sonneries jusqu'à ce que Park se décide enfin à décrocher.

— Brian. Comment vous portez-vous?

— Très bien.

Il paraissait confus d'avoir le détective privé qui enquêtait sur la mort de son ami au téléphone, au beau milieu de l'après-midi. Il y avait de quoi. Et s'il avait eu vent des blessures dont j'avais souffert à cause de bombes artisanales, il n'en fit pas mention.

— Que signifie cet appel, McGinnis? Je n'ai pas beaucoup de temps à vous accorder.

— J'ai quelques questions à vous poser, répondis-je en observant un homme au fessier musclé lancer maladroitement un Frisbee à son golden retriever.

Le chien s'élança sur sa trace, se délectant du jeu. L'homme me remarqua et m'offrit un sourire, une invitation que je pouvais saisir si l'envie m'en prenait. Je lui souris en retour, mais baissai les yeux vers mes notes la seconde d'après.

— Je ne vois pas de quoi nous pourrions avoir besoin de discuter, répliqua-t-il pour me désarçonner. À moins que vous ayez des nouvelles informations au sujet de Henry. Si c'est le cas, vous devriez en faire part à M. Kim en premier.

— À vrai dire, je pensais que nous pourrions parler de la manière dont vous avez rencontré Hyun-Shik.

Le Frisbee en plastique se remit à tourner, et le chien sauta à sa suite à la hâte.

— Ou de votre première arrestation.

Il y eut un long silence à l'autre bout du fil, et si je ne l'entendais pas respirer dans le combiné, j'aurais pu croire qu'il m'avait raccroché au nez. Il poussa un long soupir et répondit à voix basse.

— Pas au téléphone. Pas au bureau.

— Où ça, alors?

Un frisson d'excitation me secoua.

Pour la première fois depuis que Jae avait été blessé, je sentais que j'avais enfin une piste. Le plus dur était encore à venir.

Il m'indiqua un endroit calme où nous pourrions discuter près de son bureau ; où je pourrais l'interroger et où il pourrait me répondre sans risquer d'être écouté. Je lançai un dernier regard vers le chien et son humain aux longues jambes et démarrai ma voiture de location.

Park était arrivé le premier et s'était installé dans le coin d'un café à l'ancienne. L'endroit avait un air de restaurant, lumineux et aménagé, aux nuances de rouges sur un fond blanc et noir. C'était très loin des repères boisés que les chaînes avaient tendance à favoriser. L'odeur du café brûlant imprégnait l'atmosphère, tempérée par celle d'une sélection de viennoiseries qui flétrissaient lentement dans la vitrine. Je commandai un café long et une brioche, et on me conduisit jusqu'à une table arborant une maigre variété de condiments. Je demandai à ce qu'on apporte un pot de crème et du sucre. Brian remuait nerveusement dans sa chaise, tandis que je fixais mon café. Il devint encore plus agité lorsque je me décidai enfin à m'asseoir et à lui sourire.

— Bonjour ! Comment Victoria se porte-t-elle ?

— Finissons-en rapidement. Que voulez-vous ? De l'argent ?

L'amabilité n'avait donc pas sa place à cette table.

Il se pencha vers l'avant en me crachant ces mots, ce qui suffit à attirer l'attention de la femme qui se tenait derrière le comptoir. Chuchoter dans un endroit public était bien la meilleure manière de se faire remarquer. C'était encore plus efficace que le port d'un plaid à pois et de chaussures de clown.

— Est-ce que ça suffira pour que vous arrêtiez de me poursuivre ?

— En fait, si vous pouviez me dire qui a tué Hyun-Shik, ce serait parfait, répondis-je en sirotant mon café.

Malgré l'amertume du breuvage – ou peut-être grâce à celle-ci – le café était particulièrement délicieux.

— Et arrêtez donc de chuchoter. On va vous prendre pour un dingue.

— Je n'arrête pas de vous le dire. Je ne sais pas qui l'a tué.

Il joua avec sa tasse en la tournant dans l'étreinte de ses paumes.

— Je ne vous ai pas menti. Hyun-Shik était un bon ami. Nous étions proches.

— M. Kim est-il au courant que vous travailliez au Dorthi Ki Seu ?

Je m'appuyai contre le dos de la chaise en observant attentivement son expression.

— Est-ce comme ça que vous l'avez rencontré ? Était-il l'un de vos habitués ?

Déballer toutes ces choses à l'oral leur donnait un poids qu'elles n'avaient pas précédemment. Elles semblèrent le frapper comme un mur de briques. Son visage pâlit. À le voir, avec sa carrure aussi carrée, j'avais beaucoup de mal à l'imaginer travailler à l'étage, mais je m'étais déjà trompé avec Jae, après tout ; j'avais encore du mal à croire qu'il n'avait été qu'un strip-teaser. J'avais encore du chemin à parcourir avant d'en arriver là.

Brian laissa échapper une expiration tremblante et couvrit son visage de ses mains, malaxant les rides d'anxiété qui se formaient sur son front. Il marmonna quelque chose, à peine assez fort pour que je puisse l'entendre.

— Si vous gardez ça pour vous, je vous donnerai tout ce que vous voulez. Je ne peux pas me permettre que cela sache. Pas maintenant.

— Je ne suis pas là pour vous faire du chantage, dis-je.

Cela ne sembla pas le rassurer. Il me jeta un regard noir en baissant les mains.

— Je vous l'assure. Tout ce que je veux, c'est trouver l'assassin de Hyun-Shik. Jin-Sang est mort, parce qu'il savait que sa prétendue lettre de suicide était contrefaite. Je n'ai pas encore découvert en quoi Jae est lié à tout ça, mais il est devenu une cible, tout comme moi. Donc j'ai beaucoup à perdre dans cette affaire, à présent.

— N'avez-vous jamais pensé que si vous laissiez tomber, peut-être que les choses se calmeraient d'elle-même ? demanda-t-il, sa voix haussée d'un ton, désespérée, presque aiguë. Pourquoi ça a tant d'importance pour vous ?

— Parce que, contrairement à ce qu'on pense de moi, j'ai tendance à vouloir finir ce que j'ai commencé.

J'avalai une gorgée de café.

— Quelle était votre véritable relation avec Hyun-Shik ? Étiez-vous aussi proche qu'il pouvait l'être de Jin-Sang ?

L'espace d'un instant, j'eus l'impression qu'il était prêt à décamper et à me laisser derrière lui avec mon café gourmand, mais sans réponse, néanmoins sa résignation s'accentua : cette fois-ci, il n'allait pas s'en sortir si facilement. Il y avait toujours un moment où on finissait par céder à l'inévitable, et Park avait de toute évidence dépassé ce stade.

— Vous devez me promettre que M. Kim n'en saura jamais rien.

Il secoua la tête et se frotta les paupières.

— Je perdrais mon emploi. Ma place.

201

— Détruire votre vie ne m'intéresse pas. Je me fiche de ce que vous faisiez avant. Et si c'était toujours d'actualité, ça ne m'intéresserait toujours pas, admis-je par-dessus le rebord de ma tasse. Je veux juste qu'on me dise la vérité, une bonne fois pour toutes. J'en ai assez qu'on édulcore les détails, qu'on fasse l'impasse sur des informations importantes.

— J'ai effectivement rencontré Hyun-Shik au club. C'était l'un de mes clients. J'étais dans une mauvaise passe à l'époque. J'étais une véritable épave.

Ses yeux se troublèrent un moment, et je fus désolé de lui faire se rappeler ces souvenirs qu'il avait voulu laisser derrière lui, mais en repensant aux ecchymoses sur le cou de Jae, sur ses épaules, toute once de remords disparut.

— Il venait d'obtenir sa carte de membre et il passait de temps à autre. Nous nous voyions souvent, puis Jae-Min est arrivé dans le tableau, et mes parents m'ont obligé à aller à l'université. Lorsque j'ai eu mon diplôme, Hyun-Shik m'a obtenu un poste en interne dans un cabinet. Il devait sûrement se sentir coupable de m'avoir laissé tomber pour son cousin.

— Saviez-vous que Jae-Min y travaillait?

Je cherchai à lui faire dire ce que je voulais entendre, j'en avais bien conscience. Mais ce n'était pas son cas, et lorsqu'il acquiesça, mon ventre se noua.

— Je le connaissais de nom. Je n'y bossais déjà plus, et il n'allait pas dans les chambres. Pas comme nous. Les plus jeunes se contentent de danser, la plupart du temps.

Park haussa les épaules.

— Il aurait pu se faire bien plus d'argent que ce qu'il récoltait en pourboire. Je connais quelques aînés qui auraient déboursé toutes leurs économies pour l'avoir dans leur lit, même lorsqu'il était encore mineur.

Mettre une raclée à la seule personne qui acceptait d'être franche avec moi dans cette affaire serait une très mauvaise idée. Mes poings me démangeaient. Je pinçai les lèvres pour me retenir de faire une bêtise et souris à la serveuse du comptoir lorsqu'elle vint remplir nos tasses et nous rapporter la crème et le sucre.

— Dites-m'en plus sur Hyun-Shik et Jin-Sang, poursuivis-je.

Park poussa un rire bref, amer, qui dissipa tous les doutes que j'avais pu avoir sur ce qu'il pensait vraiment de l'ancien amant de son boss.

— Jin-Sang n'était rien d'autre qu'une croqueuse de diamants. Je savais quelle était ma place ; j'avais besoin d'argent, comme tous les autres, mais Jin-Sang cherchait toujours à en avoir plus. Il réclamait de l'argent, des habits. Hyun-Shik lui donnait ce qu'il pouvait, mais il avait un plafond sur ce qu'il pouvait dépenser. Lorsqu'il a épousé Victoria et qu'il a eu un meilleur salaire, c'est là qu'il est devenu plus indépendant. C'est aussi lorsqu'il a eu cette promotion que j'ai été engagé.

— Mais il avait arrêté de voir Jin-Sang à ce moment-là, dis-je en repensant à mes notes. Vous êtes en train de me dire qu'il avait arrêté de le voir avant d'épouser Victoria, mais qu'il a repris après la venue au monde de son fils?

— Non, rétorqua Park en secouant la tête. Nous ne parlions jamais de Jin-Sang, mais je savais qu'il avait coupé les ponts avec lui. S'il s'y rendait encore, alors ce n'était pas pour Jin-Sang.

— Saviez-vous qu'il comptait y aller cette nuit-là?

C'était bien la question sans réponse. Malgré toutes mes recherches, je n'avais encore aucune piste sur la raison de sa présence au Dorthi Ki Seu à ce moment précis. Si ça n'avait pas été pour voir Jin-Sang, alors pour quoi?

— Je savais qu'il voulait s'y rendre, mais s'il y a bien une chose dont je suis certain, c'est que ce n'était pas pour coucher.

Park ajouta un carré de sucre à son café et ébranla l'intérieur de sa tasse à l'aide de sa cuillère.

— Hyun-Shik m'avait informé qu'il rentrerait plus tard que d'habitude. Je devais lui remettre des contrats, et nous avions prévu de nous voir vers minuit. Lorsque je suis arrivé chez lui, la police était déjà sur les lieux. C'est là que j'ai appris pour sa mort, et ce sont eux qui m'ont dit qu'il s'agissait d'un suicide.

— Étiez-vous surpris d'apprendre qu'il a décidé d'en finir?

La photo que j'avais de Hyun-Shik ne dépeignait pas vraiment le type de personne qui aurait des tendances suicidaires. D'après ce que j'avais glané jusque-là, c'était plutôt celui d'un homme narcissique à qui on avait tout offert sur un plateau d'argent.

— Absolument. Je me suis dit : pourquoi aurait-il fait ça?

Park fit un hochement de tête.

— Hyun-Shik avait tout ce qu'il voulait. La seule fois où on lui a refusé quelque chose, c'est lorsque sa mère a insisté pour que Jae-Min quitte le foyer. C'est plutôt difficile de prétendre que son fils n'est pas gay lorsqu'il couche avec son cousin sous son propre toit.

Ça n'aurait pas dû me surprendre. Je m'étais fait à l'idée que se faisait Jae de l'honnêteté et j'avais appris à accepter les crevasses qui polluaient son passé. Pourtant, je pus tout de même cocher cette case dans la liste des émotions qui me traversèrent à ce moment-là, juste derrière la colère.

— Minute, l'interrompis-je. Quel âge avait Jae lorsqu'il a été mis à la porte ?

— Je ne sais pas trop. Quatorze ans ? Quinze, peut-être ? Il y a un paquet de garçons de cet âge au club.

Il grimaça en essayant de s'en souvenir.

— Je ne lui prêtais pas beaucoup d'attention, à l'époque. J'essayais de me concentrer sur mes études, et pour dire la vérité, je m'en fichais.

— Hyun-Shik était majeur, lui.

J'expirai difficilement en me demandant comment, avec un tel comportement, le fils des Kim avait pu rester en vie si longtemps avant de se faire avoir au Dorthi Ki Seu.

— S'attendait-il à ce que Jae fasse les chambres, comme Jin-Sang ?

— Comme je viens de vous le dire, je m'en fichais, répondit Park. L'un des transgenres du rez-de-chaussée l'a pris sous son aile après qu'un client lui a fait du mal. Il volait sous mon radar. Écoutez, je dois retourner travailler. M. Kim va se demander où je suis parti.

— Nous en avons presque fini, le rassurai-je en prenant des notes. Êtes-vous certain que votre petite amie, Vicki, n'était pas au courant des penchants de Hyun-Shik ?

— J'en suis sûr, ça a été un choc pour elle.

Brian remua, et je le vis détourner le regard. À ce stade, en le voyant s'agiter sur sa chaise et se racler la gorge de temps à autre, je commençais à comprendre qu'il ne me disait pas toute la vérité.

— Qu'est-ce que vous ne me dites pas ? insistai-je.

Cet homme était une vraie mine d'or ; il suffisait d'appuyer sur le bouton, là où ça faisait mal, et des lingots en sortaient. Et il ne me restait qu'à les rassembler pour faire sens de la situation.

— Nous ne sommes pas vraiment ensemble, admit-il en baissant les yeux. M. Kim voulait que je lui tienne compagnie pour qu'elle évite de déménager. C'est ce que Hyun-Shik voulait faire avant sa mort. Victoria est du Connecticut, et la seule chose à laquelle elle pense est d'y retourner.

— Pourquoi serait-ce un problème ? demandai-je.

— Les Kim veulent qu'elle reste dans la région. Elle a leur petit-fils avec elle.

Park me lança un regard équivoque.

— La famille, c'est tout pour eux. Ils ne la laisseront pas les séparer de Will. Il est tout ce qui reste de Hyun-Shik pour Mme Kim.

Les pièces du puzzle se faisaient de plus en plus nettes. Hyun-Shik aurait pu résoudre un bon nombre de ses problèmes rien qu'en quittant la Californie. Il aurait pu échapper à la surveillance constante de sa famille et aisément reprendre le style de vie qu'il préférait. Il n'aurait plus eu sa femme sans cesse sur le dos ; elle n'aurait plus été un problème. Ç'aurait été une fantastique opportunité pour Hyun-Shik. Une opportunité qui avait importuné quelqu'un.

— Je comprends.

Je me relevai et rangeai mon carnet dans ma poche.

Jetant quelques billets sur la table en guise de pourboire, je refermai la serviette en papier sur la brioche afin de pouvoir l'emporter. D'après l'expression qu'affichait la serveuse du comptoir, j'avais peu de chance d'obtenir un sac de sa part. Il apparaissait que remplir nos tasses avait été un geste motivé davantage par la curiosité qu'à un service propre de sa part.

— Nous avons terminé ?

Il se redressa à son tour, lissant les plis de son costume.

— Vous n'allez pas raconter tout ça à M. Kim… pas vrai ?

— Brian, réfléchissez-y, dis-je en souriant. Vous avez commencé par vous vendre pour Hyun-Shik et vous vous retrouvez aujourd'hui dans la même situation avec sa femme. Il serait temps de considérer que ce soit M. Kim qui vous y pousse. Je doute qu'il ait besoin que je lui apprenne quoi que ce soit. Et vous devriez essayer de trouver un autre boulot. Je suis presque sûr qu'une fois qu'ils se seront assurés que Victoria compte rester dans les parages, ils vont vous faire regretter de ne plus travailler au Dorthi Ki Seu.

XV

JE REGARDAI Brian Park s'en aller depuis ma voiture, puis me décidai à appeler Scarlet. J'avais sérieusement besoin de trouver quelqu'un du Dorthi Ki Seu qui avait vu avec qui Hyun-Shik était cette nuit-là. J'avais juste besoin d'un petit indice, et elle me semblait être la personne idéale pour convaincre quelqu'un de vendre la mèche.

— Allô?

La voix veloutée de Jae me mit à genoux. Il avait ce pouvoir sur moi, et je détestais ça. En fait, je détestais qu'on ne puisse pas avoir été plus loin que quelques baisers ce matin, mais j'étais en grande partie responsable pour avoir voulu partir au plus vite.

— Hé.

Ce n'était pas vraiment le moment de mentionner sa relation avec Hyun-Shik, pas au téléphone, et de toute manière, j'avais besoin d'assimiler comment, à quatorze ans, Jae avait survécu à l'atmosphère empoisonnée de la résidence des Kim.

— Où est-ce que tu es?

— Au club. *Nuna* voulait déposer quelques costumes qu'elle a récupérés du pressing.

Il avait une voix enjouée, ou marquant moins les signes de sa fatigue que ce qu'elle avait été ces derniers jours.

— Tu étais déjà parti lorsque nous sommes venus déposer les courses. C'est Bobby qui m'a appris que tu étais parti voir Brian.

— Oui. Il m'a dit qu'il savait que Hyun-Shik avait rendez-vous au club cette nuit-là. Est-ce que tu crois que Scarlet peut m'aider sur ce coup-là? Je voudrais savoir si quelqu'un les a aperçus, lui ou la personne qu'il a rencontrée.

— Pourquoi ne pas lui avoir demandé lorsque tu es allé la voir au début de ton enquête?

Il émit un sifflement rauque qui m'était familier, puisque je l'entendais me l'adresser chaque fois que je l'exaspérais. Ça avait été une constante à laquelle me raccrocher durant les trois jours que j'avais passés alité.

— Tu es sûr d'avoir déjà fait ça?

J'aurais bien été insulté par cette insinuation, mais il n'avait pas tort. J'aurais dû passer plus de temps à questionner le personnel qu'à faire les yeux doux au cliché de Jae, cette fois-là. Néanmoins, je n'étais pas d'humeur à lui faire savoir combien il avait raison.

— Contente-toi de me passer Scarlet, s'il te plaît.

— Salut, trésor, me salua-t-elle. Comment vas-tu ? Pas encore évanoui sur le bas-côté ?

— Je me porte très bien. Merci, répliquai-je en serrant les dents. Tu ne m'avais pas dit que Hyun-Shik était venu pour voir Jin-Sang la nuit où il a été tué ?

— Effectivement, répondit-elle. Pourquoi ?

— Qui t'a dit ça ? Hyun-Shik ?

— Non.

Il y eut un bruit de tapotement, et j'imaginais sans mal les ongles longs de Scarlet marteler la table dans sa réflexion.

— C'est Jin-Sang lui-même. J'ai aperçu Hyun-Shik lorsqu'il est arrivé, et il nous a informés que le garçon l'attendait déjà. Je n'en ai pas fait grand cas, à ce moment-là. Les hommes reviennent souvent rôder dans les parages après une longue période d'absence. Son ego en avait bien besoin.

— Comptez-vous rester sur place encore longtemps ?

Je démarrai la voiture. Avec la circulation, il me faudrait une bonne demi-heure pour m'y rendre, plus si la rocade était encombrée.

— J'aimerais parler à quelqu'un qui a vu Hyun-Shik cette nuit-là. Il avait bien rendez-vous avec quelqu'un, mais cette personne n'était pas Jin-Sang Yi.

— Je peux toujours faire passer le mot aux gars de devant. Ils travaillent à cette heure, proposa-t-elle.

Je manquai presque de la perdre en entrant sur le boulevard, le fracas des Klaxons éclatant autour de moi.

— L'un d'entre eux pourrait avoir vu quelque chose, mais je ne te promets rien.

— Je prendrai ce qu'ils auront, Scarlet.

Les dieux de l'autoroute avaient dû m'entendre : devant moi s'étendaient deux voies au flux décent et peu animé. Lorsque je me garai finalement devant le club, le soleil était tombé à l'horizon, transperçant le ciel de longues traînées citronnées qui marquaient intensément les ombres sur le sol. Le Dorthi Ki Seu se préparait pour le début de soirée.

Sous les lumières fluorescentes, le club apparaissait défraîchi sur les bords, ses longs rideaux décolorés au niveau des coutures. Plusieurs serveurs vêtus de chemises blanches, le nœud de leurs cravates relâché ou complètement défait, s'affairaient à préparer le service en arrangeant confortablement les chaises autour des tables rondes. L'un d'entre eux se tenait en équilibre sur un escabeau pour remplacer une ampoule au-dessus de la scène, laquelle brillait par endroit là où les paillettes s'étaient prises dans les rainures du parquet laqué.

— Je suis à la recherche de Scarlet, dis-je rapidement, lorsque l'un des videurs se détacha du bar pour venir à ma rencontre, sa forme lugubre ridant son visage en de profondes crevasses.

— Trésor !

Scarlet poussa les rideaux d'un geste élégant de la main et entra dans la pièce principale.

— Ça fait du bien de te voir hors du lit.

— Tu n'aurais pas pu le dire de manière plus coquine, dis-je avant d'embrasser sa joue. Sympa ta tenue.

— Je te remercie.

Elle portait la féminité avec grâce, ses cheveux longs noués dans un chignon compliqué qui défiait la compréhension. Une traînée de petits diamants scintillait le long d'une barrette au milieu des boucles, aussi brillants que la blancheur d'un sourire. Jae était sur ses talons, les mains fourrées dans les poches de son jean, telle une ombre enchanteresse sur les traces d'une magnifique femme.

— Sucre d'orge.

Je m'approchai pour l'embrasser, mais il se détourna de moi, ses yeux glissant sur le reste de la pièce.

Notre conception du monde divergeait complètement. Pour moi, l'embrasser était naturel, normal. Et de son côté, il se dérobait, même si notre entourage connaissait ses préférences ; il sauvegardait les apparences. Jae était habitué à cacher qui il était, et cela me blessa davantage que je ne voulus bien l'admettre. Non pour la première fois, la colère me monta à la tête devant ce monde qui lui avait arraché le simple plaisir d'un baiser.

Il m'étreignit brièvement, et je sentis sa bouche effleurer ma mâchoire. C'était certainement tout ce que je pourrais tirer de lui et c'était largement suffisant pour m'embraser.

— Cole, viens un peu par ici.

Scarlet me tira loin de cette tentation, sa main baguée faisant signe à l'une des montagnes de nous rejoindre.

— Je te présente Johnny. Il était en service cette nuit-là.

Il s'approcha d'un pas lourd, et je reculai inconsciemment. Avec son visage granuleux et la méchante cicatrice qui barrait sa joue pâle, l'homme avait l'air de sortir tout droit d'une dalle de granit. Sa chemise était tendue au niveau des biceps, les coutures prêtes à sauter. Si j'étais l'homme en charge de cet établissement, je n'oserais même pas proposer à mes videurs d'adhérer à un *dress code* plus présentable, de peur de me faire réarranger le portrait par une rangée de poings.

— Salut.

J'envisageai, l'espace d'une seconde, de lui serrer la main, mais cette pensée disparut tout aussi vite.

— D'après miss Scarlet, vous avez des questions à me poser ?

Sa voix, dangereuse et ferme, était en parfait accord avec sa carrure.

— Si vous acceptez que je vous prenne quelques minutes, répondis-je.

Scarlet et Jae m'abandonnèrent pour aller chercher une boisson rafraîchissante au bar. L'air conditionné n'avait pas encore été mis en marche et l'atmosphère était étouffante, stagnante. Je m'assis, espérant qu'il suive le mouvement et qu'il se détende un peu. Sa pince serra le dos de la chaise, qui gémit lorsqu'il prit ma suite en s'asseyant.

— Connaissiez-vous Kim Hyun-Shik ?

— Oui, je sais qui c'est.

Croisant les bras sur son torse, Johnny m'observait depuis l'autre bout de la table. Je doutais que l'élocution soit très haute dans sa liste de priorité. Un bon videur savait quand il devait rester silencieux ; de manière générale : en permanence.

— Vous vous trouviez sur place la nuit de sa mort ?

— Ouais, c'est pour ça que je suis là, non ?

Il jeta un regard par-dessus mon épaule vers Scarlet. Je n'étais pas sûr de savoir s'il vérifiait qu'elle ne contrôlait pas sa bonne coopération ou s'il était assigné à sa protection. Je doutais qu'il lui arrive quoi que ce soit au bar, mais il était vrai qu'elle pouvait toujours s'étouffer sur la tranche de citron dans son gin-tonic.

— Il était assis par là-bas.

Je jetai un œil dans la direction qu'il pointait. Il s'agissait d'une petite table, presque dissimulée par un buisson de feuilles de palmiers et de fougères. Le coin était intime, l'endroit parfait pour discuter sans être dérangé par l'animation du reste du club.

— Dites-moi exactement ce que vous avez vu, insistai-je.

— Il s'est installé dès qu'il est arrivé. Je ne l'avais plus vu dans les parages depuis un sacré bout de temps, mais son visage m'était encore familier.

Il fit un signe de tête en direction du jeune homme qui changeait l'ampoule sur l'escabeau.

— Ça ne lui a pas pris plus de quatre minutes avant d'engager la conversation avec Kwang-Sun. Il voulait l'emmener à l'étage.

— Et je suppose que ce n'est pas dans le règlement? demandai-je, penchant la tête pour avoir une meilleure vue de l'homme en question.

Il était jeune, trop jeune pour ma tranquillité d'esprit, mais certains hommes les préféraient comme ça. Et en repensant à l'âge qu'avait dû avoir Jae lorsque Hyun-Shik l'avait séduit, je ne m'étonnais pas vraiment que ce Kwang-Sun ait attiré son attention.

— Non, confirma Johnny, frappant ses ongles sur la table pour capturer mon attention. Ceux de l'étage y bossent pour une bonne raison. Kwang-Sun n'en fait pas partie. Pas tant que je serai là.

— Votre amant?

J'esquivai immédiatement les postillons qui lui sortirent de la bouche.

— C'est mon petit frère, répondit-il en souriant. Il va entrer à l'université bientôt pour devenir médecin. Je n'allais pas laisser un salopard comme Kim Hyun-Shik le foutre en l'air, comme il l'a fait avec son cousin et Jin-Sang.

— C'est compréhensible, dis-je. Vous l'avez donc menacé, et ensuite?

— Une femme blonde est arrivée. Je n'ai pas vu son visage, mais elle était bien roulée. De longues jambes et de beaux vêtements. Du genre coûteux. Je me souviens avoir pensé qu'elle devait être blanche pour avoir les cheveux si blonds au naturel.

Les yeux de Johnny se troublèrent tandis qu'il repensait aux détails de cette soirée.

— Je l'ai trouvée pas à sa place, ici. La plupart des femmes qui mettent un pied ici n'en sont pas vraiment. Et celles qui le sont jouent les escortes. Ça n'avait pas l'air d'être son cas.

— Vous n'avez pas du tout vu son visage?

— Non, elle se tenait trop loin de moi et elle savait exactement où trouver Hyun-Shik, répondit-il pensivement. Ils avaient dû se passer le mot pour qu'elle sache où aller. Après ça, je ne lui ai pas porté plus d'attention que ça. Il gardait ses distances avec Kwang-Sun et c'est tout ce qui m'importait quand mon service a commencé.

— Y a-t-il autre chose qui vous a marqué cette nuit-là ?

Ce n'était pas grand-chose, mais j'avais pourtant comme l'impression de savoir exactement avec qui Hyun-Shik s'était entretenu.

— Non, c'est à peu près tout. Juste cette nana.

Johnny retourna travailler – retourna à son observation immobile des serveurs qui préparaient le club pour l'ouverture. Scarlet s'était éclipsée pendant notre conversation, mais Jae était resté à m'attendre au bar. Il se dirigea droit sur moi dès que l'homme quitta la table, avec des sodas qu'il était allé chercher dans le réfrigérateur.

— Est-ce qu'il sait que tu les leur as volés ? demandai-je en prenant l'une des bouteilles glacées.

— De rien.

Il s'assit sur la chaise que Johnny venait de libérer.

— Il t'a donné ce que tu voulais ?

— À peu près.

Je remuai la bouteille devant son visage.

— Il faut que j'y aille et j'emporte ça. Est-ce que ça va aller ?

— *Nuna* est avec moi. Son chauffeur pourrait faire passer celui-là pour une brindille.

Il pointa Johnny du doigt.

— Je m'en sortirai. Où est-ce que tu comptes aller ?

— Si j'ai raison, Victoria est venue ici pour tuer son mari, avec la complicité de Jin-Sang.

Je lui résumai le récit de la blonde ayant discuté avec Hyun-Shik, en ajoutant la partie sur Kwang-Sun vers la fin, et Jae hocha la tête, comme si apprendre que son cousin faisait des avances à un jeune homme ne le surprenait pas plus que ça.

— Tu crois vraiment qu'elle en aurait été capable ? demanda Jae en digérant les informations. C'est une vraie garce, mais commettre un meurtre ? Je ne sais pas trop, Cole.

— Je n'y croyais pas non plus, mais à présent, c'est ce à quoi ça ressemble, répondis-je. Mais pour être honnête, Hyun-Shik n'avait pas l'air d'un chouette type.

211

— Chouette et Hyun-Shik vont rarement dans la même phrase, concéda Jae. Un jour, il m'a dit que c'était ma belle gueule qui m'assurait les pourboires, pas mon talent pour la danse.

— Et lui, il avait l'air d'être un bel enfoiré, commentai-je.

Il acquiesça, sirotant son soda de son adorable moue. Je maudis Hyun-Shik intérieurement pour s'être fait tuer. J'aurais apprécié pouvoir lui ficher une raclée pour chaque ombre qui marquait le visage de Jae.

— Jae, pourquoi ça t'importe autant de connaître l'identité de son meurtrier? Si c'est un tel salaud, qu'est-ce que tu as à y gagner?

— C'est toujours un membre de ma famille, répondit Jae en haussant les épaules sous le tee-shirt qu'il avait emprunté dans mon placard. Il m'a aidé lorsque je n'avais nulle part où aller. Je lui dois au moins ça.

— C'est lui qui t'a conduit à travailler ici.

Je jetai un œil aux alentours, aux tentures usées et à l'odeur de luxure qui traînait dans l'air.

— Je n'appelle pas ça t'aider.

— C'était quelque chose, répliqua-t-il. Je pensais être amoureux de lui. Peut-être l'étais-je, mais Hyun-Shik n'aimait que sa propre personne. Il ne l'a jamais caché. *Hyung* m'avait bien fait comprendre qu'il avait beau m'aider à me remettre sur pieds, ça ne voulait pas dire qu'il m'aimait. Alors, c'est vrai. C'était un enfoiré et un menteur, mais lorsqu'on regarde bien le reste de notre famille, quelles étaient les chances pour qu'il tourne autrement?

Je devais bien le lui concéder. Pour tous ces défauts, Hyun-Shik avait tendance à vouloir essayer d'aider en se mêlant des affaires des autres, d'abord avec Jae, puis avec Brian Park. Je retrouvai mes clés au fond de ma poche et m'emparai de la bouteille de soda.

— On se voit à la maison, lançai-je, réprimant mon envie de l'embrasser en guise d'au revoir.

Jae se redressa et pencha la tête en arrière, comblant la distance entre sa bouche et la mienne. Il murmura contre mes lèvres, soupirant un léger rire lorsque j'expirai de soulagement.

— Évite de te faire tirer dessus ou de te faire exploser, cette fois-ci, dit-il en me poussant vers la porte. J'ai encore des projets pour toi, *hyung*. Et je ne peux rien faire si tu te retrouves sans cesse alité et inconscient.

PERSONNELLEMENT, SI ça n'avait été que moi, j'aurais préféré rentrer avec Jae-Min, mettre tout le monde à la porte et découvrir ce que mon sommier pouvait encaisser. Ou au moins, ce que mon corps pouvait endurer. C'était un sacrifice que j'étais prêt à faire. Au lieu de ça, je repris la route qui serpentait entre les canyons sous la chaleur typique de Los Angeles. Le soleil s'était couché, mais les vallées intérieures avaient conservé leur humidité, donnant au climat un air de soupe suffocante qui obstruait les pores. Les lumières de la ville clignotaient, et lorsqu'elles se réfléchissaient sur le nuage brun ambiant, le ciel nocturne prenait un intense ton de terre de Sienne.

Le brouillard nous donnait parfois de beaux couchers de soleil, mais c'était un enfer pour les poumons. J'étais sur le point de prendre la route à péage quand mon téléphone se mit à sonner. J'acceptai l'appel avec mon oreillette, et la voix de mon frère se mit à me percer les tympans.

— Où est-ce que tu es, bordel ?

Mike n'avait jamais été du genre délicat avec ses salutations.

— Salut, Mike, piaillai-je. Comment vas-tu ?

— Tu as intérêt à ramener tes fesses ici, et vite.

D'après la tension que je percevais dans sa voix, il n'était pas d'humeur pour mon baratin.

— As-tu parlé avec Brian Park cet après-midi ?

— Oui. Pourquoi ?

J'empruntai la bretelle et fis le tour pour atteindre les voies qui menaient vers l'ouest. En dépassant une semi-remorque, le 4x4 sauta sur le ciment inégal, les pneus neufs accrochant les rainures du sol pour venir lécher la pellicule d'eau à sa surface.

— Il t'a appelé ? demandai-je.

— Les flics se sont rameutés chez lui, il y a une heure de ça, Cole. On lui a tiré une balle en pleine tête.

Ses propos refroidirent la chaleur qu'avait instaurée Jae dans mes entrailles. Je déglutis la bile amère qui remontait le long de ma gorge.

— Sa secrétaire nous a dit qu'elle avait annulé tous ses rendez-vous de l'après-midi pour qu'il puisse te rencontrer. Ils demandent à te voir.

— Il était encore vivant lorsque je l'ai quitté, protestai-je. Nous nous sommes vus autour d'un café et ensuite, j'ai foncé au Dorthi Ki Seu. Je n'aurais pas pu le tuer.

— Reviens à la maison, c'est tout. Je te rejoins là-bas.

— Ils vont voir d'un bon œil que je ramène mon frère, j'en suis sûr, moquai-je. Je peux m'en occuper, tout ira bien.

— Cole, dès que tu ouvres la bouche, rien ne va plus, rétorqua-t-il. Et je ne viens pas pour te représenter comme un membre de la famille. Jusqu'à ce qu'on te trouve un avocat, tu vas devoir te coltiner ma présence. Tu ne dis rien à personne au sujet de Brian ou sur ce dont vous avez discuté, d'accord ? Pas tant que je ne suis pas là.

— Ils me poursuivent en justice ?

Je connaissais déjà la réponse, mais il était toujours amusant d'alimenter les scénarios catastrophes de mon frère. Les enquêteurs se contentaient de suivre la première piste qu'ils avaient trouvée, sans faire cas des personnes impliquées. Un silence résonna à l'autre bout du fil, et je hochai la tête, satisfait, même si Mike ne pouvait pas me voir.

— Non, c'est bien ce que je pensais, et ils ne le feront pas. Mike. Tu sais aussi bien que moi comment ça fonctionne. Je les laisse poser leurs questions, et ça s'arrête là. Je te passe un coup de fil si j'ai un problème.

Je fus dépourvu du plaisir de lui raccrocher au nez par la tonalité qui éclata dans mes oreilles. Il y avait des chances pour qu'il me rappelle dans quelques minutes, après avoir ruiné le parquet de son bureau. Je coupai mon téléphone et me préparai mentalement à faire face à la pagaille que j'avais inconsciemment laissée derrière moi.

La plupart des commissariats avaient une atmosphère bien particulière. Le reste du monde n'y voyait probablement qu'un tas de gens courant dans tous les sens pour abattre du travail. Pourtant, lorsqu'on savait quoi chercher, les choses prenaient une allure complètement différente. Il y avait un sentiment de désespoir et de frustration qui imprégnait l'expression de tout flic qui se respecte. La plupart des gens croisaient la route d'un policier à contrecœur, et il y avait souvent des cas de course poursuite ou de fusillade à envisager. Des meurtres leur tombaient dessus de temps à autre et les vols les submergeaient telle une vague tant il y en avait. Si on avait la chance d'obtenir des aveux pour meurtre, alors la journée avait été bonne. Et le jour valait d'être célébré lorsqu'une saisie de drogue permettait de réduire les cas là dehors, mais de manière générale, être flic signifiait s'habituer à jouer les ralentisseurs devant un train filant à toute vitesse.

Je pus sentir cette frustration dès que je mis un pied à l'intérieur. Elle exsudait de l'officière vers laquelle on me dirigea, les tapotements frénétiques de son stylo sur le rebord du bureau agissant tel un baromètre pour savoir dans quelle direction la tempête soufflait. Elle me jeta un rapide coup d'œil, fouilla dans une liasse de papiers, puis me pointa une chaise en métal cabossée à côté de son bureau.

L'officière Dell O'Byrne avait l'air plus Latino qu'Irlandaise. Sa longue chevelure brune cascadait le long de son dos, retenue par un bandeau noir et une queue de cheval. La peau tannée et la silhouette fine, elle avait également le visage long, des pommettes saillantes et des yeux perçants, presque aussi sombres que l'étaient ses cheveux. Elle me décortiqua du regard. J'aurais parié un bon pactole qu'elle puisse me décrire au détail près pour un portrait-robot. M'appuyant contre le dos de la chaise, je considérai le chaos qui m'entourait, observant les officiers en uniformes conduire des suspects menottés en direction du couloir au bout duquel se trouvait la zone de détention.

L'officière raccrocha et se tourna dans sa chaise, me regardant par-dessus son long nez. Elle était plus jeune que je ne l'avais cru initialement; à peine plus âgé que moi, mais le badge était là. Si j'avais aperçu l'officière O'Byrne dans la rue, j'aurais pu deviner qu'elle était flic sans même y regarder à deux fois.

— Cole McGinnis?

Lorsqu'elle se leva, je remarquai qu'elle faisait presque ma taille et qu'elle avait une prise ferme. Elle attrapa la chemise cartonnée sur son bureau et me fit signe de prendre la prochaine porte ouverte.

— Nous avons à vous parler. Nous serons plus à l'aise ici.

Face aux limitations de budget, la couleur terne, dont étaient peints les murs de la pièce rectangulaire, rappelait davantage celle du vomi défraîchi qu'un beige tirant sur l'orangé. Un long miroir séparait la pièce de la salle d'observation. Quelqu'un avait allumé la lumière derrière la vitre et rien ne m'empêchait de voir la pièce vide de l'autre côté de celle-ci. Si O'Byrne avait eu de réels soupçons, cette lumière aurait été éteinte et la petite pièce adjacente aurait accueilli un ou deux autres policiers pour nous observer et prendre des notes.

— Asseyez-vous.

Elle s'installa sans attendre et ouvrit son rapport pour le feuilleter. Je tirai la lourde chaise et m'assis en face d'elle.

— Belles ecchymoses que vous avez là, Cole. On a rencontré quelqu'un qui a de la rancune? Park, peut-être?

— Non.

Je tentai en vain un sourire lorsqu'elle releva les yeux du dossier.

— On a essayé de me faire sauter. J'ai atterri face contre terre sur le sol.

— Donc il y a bien quelqu'un qui vous en veut.

215

Son sourire à elle n'accentua en rien sa beauté, mais suffit à adoucir ses traits.

— Parlez-moi de votre petit entretien avec Brian Park.

Je n'avais rien à gagner à lui cacher quoi que ce soit, pas alors que Park était mort et que ma seule piste menant au meurtrier de Hyun-Shik reposait sur un videur d'une humeur massacrante. Je réfléchis quelques secondes à l'enchaînement des événements, depuis mon recrutement dans l'affaire de suicide du fils des Kim, jusqu'à ma conversation avec Brian dans ce café.

— Vous avez un Glock à votre nom, déclara O'Byrne. L'avez-vous utilisé récemment ?

Elle releva la chemise noire pour que je ne puisse plus faire face qu'au dos du dossier. Des étoiles et des feuilles étaient gribouillées à sa surface, ainsi que quelques mots qui sortaient d'une liste de course. D'après ce que je pouvais en lire, l'officière avait un chat et un penchant pour les hot-dog. Son expression était complètement neutre.

— Plusieurs fois au centre de tir, admis-je. Pour ne pas perdre la main.

— Les gens semblent avoir du mal à rester en vie lorsque vous traînez dans les parages, monsieur McGinnis.

L'étincelle dans ses yeux me donna l'inconfortable impression qu'elle cherchait à tout prix quelque chose pouvant m'inculper. Pour que je me tienne tranquille, si ce n'était pour autre chose.

— En enquêtant sur vous, j'ai appris que vous aviez été dans la Police.

— Peu surprenant.

Je croisai son regard sans flancher, gardant le contact jusqu'à ce qu'elle baisse les yeux vers ses notes. Néanmoins, je ne pouvais pas me targuer de l'avoir intimidée. Je n'étais pas sûr de savoir si elle parlait de Jin-Sang Yi, de Brian Park, de Rick ou de Ben. Dans un cas comme dans l'autre, elle n'avait pas tort. Ma malchance semblait déteindre sur mon entourage.

— Vous êtes-vous rendu dans ce café dans l'intention de faire chanter Brian Park ? De préparer votre meurtre ?

Je n'aurais pas pu être plus surpris si elle m'avait mis un poing dans la figure. Elle patienta, le temps que je cesse de m'étrangler sur ma propre salive, appuyée contre sa chaise.

— Ça n'aurait rien d'étonnant, McGinnis.

— Je n'ai pas de problème d'argent, lui rappelai-je. Si vous avez enquêté sur moi, vous devriez le savoir. Je l'ai rencontré pour qu'il me parle de Hyun-Shik Kim. Je vous l'ai déjà dit. Je n'avais aucune raison de vouloir sa mort.

— Park a été tué à bout portant avec une arme qui a une bonne puissance de feu.

Elle fit glisser vers moi une photographie et mes yeux accrochèrent une tache de sang sur la chemise immaculée de Brian.

— Vous êtes en possession d'un 23. C'est le genre d'arme qui peut causer de tels dégâts à un homme, surtout à bout portant.

Il ne restait pratiquement rien du visage de Brian, si ce n'était l'arête de son nez et une partie de sa mâchoire. Le point de sortie lui avait arraché une bonne moitié de sa joue et du sang coulait sur les bords de son épiderme déchiré. Il reposait sur un petit tapis bleu, des postillons ayant séché sur ce qu'il lui restait de sa lèvre inférieure. Cela donnait l'impression qu'on lui avait vidé un chargeur en pleine tête. Je me forçai à détourner les yeux, les refermant pour réprimer les souvenirs qui n'étaient plus très loin de m'écraser.

— Souhaitez-vous que nous fassions une pause, monsieur McGinnis ?

Je l'entendis à peine sous le son de ma propre respiration. Une pellicule d'inquiétude avait recoupé le tranchant de sa voix.

— Non.

Je secouai la tête, reprenant le contrôle pour me concentrer sur le présent. Le tiraillement au niveau de ma cicatrice reprit sans prévenir, mes nerfs s'enflammant autour de l'ancienne plaie. La mort de Brian n'avait rien à voir avec celle de Rick. Il y avait de la colère dans ce meurtre : quelqu'un de particulièrement enragé avait commis l'acte. Je ne savais pas quelles émotions avaient poussé Ben à faire de même avec Rick.

— Je veux bien vous céder mon arme pour que vous la fassiez vérifier. Je ne l'ai pas avec moi. Elle se trouve chez moi.

— Vous avez un permis qui vous l'autorise.

Elle me jeta un regard curieux.

— Pourquoi ne pas l'avoir sur vous ?

— Je n'ai pas l'habitude d'en avoir besoin à portée de main, répondis-je calmement, rouvrant les yeux et papillonnant des paupières à la lueur de l'ampoule. Je l'ai sortie de son étui il y a quelques jours, mais depuis, elle est restée à la maison. Nous avions rendez-vous autour d'un café. Je ne pensais pas en avoir besoin.

— Vous avez admis avoir eu connaissance de l'arrestation de M. Park pour proxénétisme. Ce serait le genre d'informations qui pourrait l'avoir rendu nerveux.

217

O'Byrne se pencha vers l'arrière, altérant légèrement sa position pour placer un coude sur le dos de sa chaise.

— Croyez-vous qu'il aurait été jusqu'à appeler quelqu'un pour régler le problème ? Quelqu'un qui aurait pu vous faire du chantage ?

— Je n'en sais rien. Nous n'avons parlé qu'à deux reprises.

Il semblait qu'O'Byrne n'était pas près de me faciliter la tâche. Il n'y avait pas d'horloge dans la pièce, mais j'entendais le cliquetis des secondes qui s'écoulaient bourdonner dans ma tête.

Je jetai un autre regard sur la photo que l'officière avait laissée sur la table. Il y avait quelque chose qui me dérangeait dans ce cliché, et je risquai un nouvel examen en luttant contre mon estomac qui se retournait à sa seule vue. Des ronds de lumière étaient inscrits sur le tapis, les fibres sombres ayant brûlé sur les bords.

— Où est-ce que ça a été pris ?

Comprendre ce que je ne voyais pas fut une tâche plus difficile que prévu. Elle avait choisi ce cliché tout particulièrement pour me mettre en état de choc, espérant que la frappante sévérité de la mort de Park briserait quelque chose en moi. Si je l'avais vraiment tué, j'aurais presque pu vomir devant mon propre ouvrage, mais à part cette révulsion tenace à la vue de la cervelle éclaboussée d'un homme, aucune culpabilité ne me torturait.

— On dirait une voiture.

— Intéressante remarque.

O'Byrne sortit une nouvelle photo ; un plan large qui montrait les jambes de Park dépassant par la portière d'une Ford E-150.

— Park a été tué à l'arrière d'un fourgon qui correspond à la description de celui qui vous aurait pourchassé il y a quelques jours.

L'extérieur du fourgon dépeignait les signes d'un véritable combat. Ses flancs et son pare-chocs arrière étaient complètement enfoncés et sa peinture blanche était barrée de longues traînées colorées de la couleur exacte de mon Rover. Aussi désinvolte que sa position pouvait la faire paraître, je savais qu'à ce moment-là, O'Byrne cherchait à porter le coup fatal.

— Monsieur McGinnis, pourriez-vous me rappeler les raisons qui vous auraient rendu sa mort malencontreuse ? Personnellement, je crois que retourner la monnaie de sa pièce à quelqu'un qui a essayé de vous tuer est une raison aussi bonne qu'une autre.

XVI

UNE FOIS que j'eus décidé d'en arrêter là et de demander à voir un avocat, Mike mit le temps pour arriver au commissariat. Cela me semblait plus prudent étant donné la gravité en hausse du ton des questions. Après avoir informé l'officière O'Byrne que je souhaitais voir mon frère, elle me conduisit dans une pièce encore plus étroite, celle-ci étant équipée d'un miroir sans tain derrière lequel une équipe relèverait sans aucun doute le moindre de mes faits et gestes. C'était du moins ce que j'aimais à penser ; qu'on ne prête pas attention à sa personne avait le don de mettre un coup à l'ego d'un homme, surtout lorsque celui-ci patientait sagement pour que son grand frère vole à son secours.

Comme toujours, Mike ne me fit pas défaut. Il arriva, une expression sévère sur le visage ; les origines japonaises de notre mère tendaient à lui procurer une gravité qui lui allait comme un gant. Il arrivait que je souhaite ressembler moins à mon père que cela ; il arrivait que j'aie besoin de savoir mieux intimider que charmer mon monde.

Ses cheveux étaient hérissés, davantage à cause de la main qui courait dans sa chevelure qu'à cause des produits dont il se servait. La vilaine cravate rouge que sa femme lui avait achetée pour son anniversaire était magistralement nouée autour de sa gorge et le costume coûteux fait sur mesure qu'il portait tombait parfaitement sur ses épaules. Madeline devait penser qu'il avait l'air sexy comme ça. Je pensais qu'il ressemblait au méchant yakuza d'un film d'action.

Entre-temps, O'Byrne avait appris que la balle provenait d'un Browning et non d'un Glock, mais elle avait tout de même formulé une requête pour que je sois testé pour des résidus de poudre. Malgré le refus net de Mike, j'autorisai la procédure. Je n'avais rien à cacher, et si je me montrais coopératif, il y avait des chances pour que je puisse sortir plus vite. J'étais exténué et j'avais des courbatures. Je ne comptais pas rester une minute de plus que nécessaire assis sur une chaise en métal dans cette pièce glacée. Lorsqu'ils en eurent terminé, il me fit sortir de la salle d'interrogatoire dans laquelle ils m'avaient enfermé.

— Prends tes affaires, on s'en va, aboya-t-il à travers la porte ouverte.

219

Mon frère avait une sorte de tic, dont j'étais presque sûr d'être à l'origine, tout comme la cicatrice sous sa lèvre inférieure, qui était semblable à celle que j'avais à l'épaule. Il arrivait à sa paupière de frémir en ma présence. Et lorsqu'il m'avait vu assis là, son œil gauche s'était mis à envoyer des instructions télégraphiques aux ovnis dans le vaisseau qui planait au-dessus de notre planète.

— Je n'ai rien à prendre, répondis-je en me penchant jusqu'à ce que deux pieds de ma chaise s'élancent dans les airs.

Ses tics tournèrent aux spasmes, signe que mon frère n'était pas loin de me laisser en plan ou que ses poings le démangeaient.

— Je ne plaisante pas. Tout ce que j'avais sur moi, c'était mon téléphone et mon portefeuille. Quelques poils de chat, aussi. Et j'aurais bien besoin d'un chewing-gum.

Si sa paupière continuait à papillonner comme ça, il risquait de se blesser. J'entrepris de jouer au plus intelligent et me relevai.

— Je n'ai pas tué ce gars, je te le promets, lançai-je à la nuque qui me faisait face. Au début, c'était juste quelques questions et ensuite, elle a commencé à se mettre en rogne.

— Tais-toi, Cole.

Mon frère coupa à travers l'open space, serpentant entre les différents bureaux à longues enjambées. Il grogna par-dessus son épaule.

— Garde-la bien fermée jusqu'à ce qu'on soit sorti d'ici.

— Ils n'ont rien sur moi, fis-je remarquer.

O'Byrne avait disparu, et le réceptionniste ne nous adressa même pas un regard lorsque nous le dépassâmes.

— Elle cherchait à gratter des informations, c'est tout.

— Tiens, du chewing-gum. Si tu t'étrangles avec, je ne te ressusciterai pas.

Mike tâtonna la poche de sa veste et en sortit un petit paquet, qu'il ouvrit pour m'offrir un chewing-gum avant de le ranger.

— Eh bien, tu as gagné. À partir de maintenant, elle va t'avoir à l'œil.

— Tu lui as dit qu'elle n'était pas vraiment mon genre ?

Le chewing-gum avait un goût fruité. Je m'étais attendu à quelque chose de plus mentholé, mais les mastications permirent au moins au goût amer que j'avais en bouche de s'estomper.

— Je suis flatté, mais Jae me suffit amplement.

— Je n'ai pas envie de t'entendre parler de tes affaires personnelles.

— Désolé, dis-je faussement en haussant les épaules. Mais c'est la vérité.

— Tu aurais dû m'appeler *avant* qu'elle ne commence à t'interroger.

Mike gara la voiture et se tourna vers moi pour tapoter mon torse du bout du doigt.

— Tu l'as rendue suspicieuse avec ta grande bouche. Je ne suis pas magicien, Cole. Je ne peux pas continuer à les faire détourner le regard, surtout si tu laisses derrière toi une traînée de cadavres.

— Combien de fois dois-je le dire : je n'ai pas tué Brian Park !

— Je sais ça, mais ce n'est pas son cas.

Mon frère gonfla les joues et son tic s'apaisa, le calme le regagnant.

— Cole, Jae vit chez toi. Il était présent lors du meurtre de Jin-sang Yi et son appartement a sauté. Et après que quelqu'un a essayé de t'emboutir, trois bombes sont retrouvées sous ta bagnole. C'est sans même compter sur le fait que nous suspectons Brian Park d'en être l'auteur.

— Je te l'accorde. On ne peut pas dire que ça va booster ma réputation.

En y réfléchissant bien, il était logique qu'elle pense que j'avais quelque chose à voir avec la mort de Park.

— Mais pourquoi est-ce qu'il aurait commis tous ces crimes ? Il en voulait à l'homme qui lui avait offert ce job, le même homme qui l'a abandonné pour coucher avec un autre dans un sex club, d'accord. Mais de là à faire ça ?

— Peut-être que Hyun-Shik le faisait chanter.

Il y avait peut-être quelque chose à tirer de cette hypothèse, mais la piste restait mince.

— Peut-être que ce n'était pas pour l'argent. Peut-être qu'il le forçait à lui offrir ses services.

— Je commence à connaître les préférences de Hyun-Shik, rétorquai-je en grimaçant. Même s'il le voulait, Park n'aurait pas fait le poids. Même sous son meilleur jour. Et il était trop âgé. Hyun-Shik les préférait plus jeunes, parfois trop jeunes.

— Encore une fois, je me passerai des détails, m'interrompit-il, levant la main pour me stopper dans ma progression.

— Il faut vraiment que tu travailles sur ta tolérance, Mike. Tu es encore pire que Mad-la-Démone, fis-je remarquer. Est-ce que tu veux savoir ce que j'ai appris au club, oui ou non ?

— D'accord. Dis-moi tout.

Il dénoua sa cravate, la tirant de son col, et déboutonna le haut de sa chemise. Jetant sa veste à l'arrière, Mike m'écouta lui conter les aveux de Brian et ce que le videur m'avait révélé au Dorthi Ki Seu. Il prit le temps de digérer les informations, se mordant le bout des doigts pour faire passer le tout.

— Il n'a pas vu son visage ?

— Non, mais d'après lui, la blonde l'était au naturel ou alors il s'agissait d'une très bonne couleur.

J'appuyai ma hanche contre sa berline, observant une voiture de police nous dépasser.

— C'est forcément Victoria. Elle est la seule à avoir une bonne raison de vouloir sa mort. Si j'étais à sa place, je partagerais le sentiment.

— Ne sautons pas trop vite aux conclusions, commenta Mike, le regard distant. Tout ce qu'on sait, c'est qu'elle est ta seule piste viable.

— Je compte retourner la voir. C'est là que je me rendais lorsque tu m'as appris pour Park.

— Penses-tu vraiment que ce soit une bonne idée ? Si c'est bien elle qui l'a tué ?

— Je ne compte pas l'accuser de but en blanc.

Je secouai la tête.

— Ce serait mieux que l'un d'entre vous m'y accompagne, peut-être ?

— C'est ce que je crois aussi. Bobby ou moi, on t'y emmènera demain.

— Je ne suis plus un enfant, Mike.

Débattre avec lui ne mènerait nulle part. Mon frère était aussi têtu que moi.

— Tu comprends pourquoi je t'avais dit d'arrêter d'enquêter sur cette affaire, maintenant, s'exclama Mike. Si c'est elle qui l'a tué, elle n'y pensera pas à deux fois avant de réitérer. Tu devrais laisser l'enquête à la Police.

— Nous en avons déjà parlé, Mike.

Je cherchai ma voiture de location aux alentours.

— J'ai fait une promesse à Jae-Min, et les flics n'en ont rien à foutre. Hyun-Shik avait beau être un enfoiré, il n'aurait pas dû mourir. Où est-ce que tu as fichu ma voiture ?

— Je l'ai fait mettre à la fourrière, répondit-il d'une voix mielleuse. Rentre dans la bagnole. Je te ramène.

— Ma voiture est à la fourrière ?

Je comptai jusqu'à trois et expirai.

— Où ça ? Et pourquoi ?

— Parce que tu aurais *encore* pris la route et tu te serais *encore* mis dans le pétrin. Et comme ça, je peux être sûr que tu dormiras chez toi, ce soir. Je ne te dirai pas où. Tu la récupéreras demain matin.

— Tu as vraiment une case en moins, Mike.

Je serrai les dents et entrai dans la voiture en claquant la portière derrière moi.

— Peut-être, admit-il. Mais j'aime à savoir que mon frère est encore en vie. Tu peux m'insulter, mais je sais ce qui est important pour moi. Et si tu te fais descendre, Madeline va être furax. Elle compte toujours sur ta présence au dîner avec Maman et Papa.

— Super, marmonnai-je, et mon frère tourna la clé. Juste ce qu'il me fallait : une raison de vouloir me foutre en l'air.

J'ÉTAIS LESSIVÉ, et mes bleus me faisaient regretter de ne pas me trouver dans un bon bain chaud à bulles. J'avais reçu suffisamment de coups durant ma vie pour connaître la douleur comme une vieille amie. Et à ce moment-là, j'avais bien conscience qu'elle me poussait, un pas après l'autre, vers le lit. Cela dit, s'il y avait bien une chose qui ne manquait jamais de l'assourdir, c'était le besoin de contredire mon frère. Mon estomac grognait, mais il allait devoir patienter encore un petit peu, le temps que je me traîne à l'intérieur.

Mike m'avait jeté dehors dès que nous étions arrivés à destination. Le trajet s'était fait en silence, lui baignant dans l'autosatisfaction typique des grands frères et moi, dans ma mauvaise humeur. Je longeai le trottoir qui s'étendait à perte de vue jusqu'à ma porte. Jae se trouvait dans le salon, occupé à examiner des photos sur l'écran de l'ordinateur. Il releva les yeux lorsque je me manifestai et me sourit avant de reprendre son travail. Les gargouillements dans mon estomac laissèrent place aux papillons de ma libido.

Avec le parfum de mon gel douche sur sa peau, il sentait divinement bon. Je me penchai sur lui et léchai la partie tendre de son cou. Jae se déroba en riant. Le voir dans l'un de mes tee-shirts, son odeur le marquant comme une chose qui faisait partie à part entière de moi… c'était presque… féérique. La chatte installée sur le rebord miaula dans ma direction, ses oreilles tressautant lorsqu'elle aperçut un moineau brun picorant la pelouse. Je saluai tristement une bière blonde planquée au fond du frigo et m'emparai d'une bouteille d'eau à la place. L'alcool n'avait toujours pas reçu l'aval du

223

Conseil de mes priorités. Une casserole bouillonnait sur le feu, diffusant un parfum aussi exotique que l'homme qui se tenait dans mon salon.

— Sur quoi est-ce que tu travailles ?

Je sirotai mon eau, grimaçant au contact du plastique froid sur mes lèvres abîmées. M'installant en biais sur le canapé, je passai une jambe derrière lui, laissant reposer mon genou douloureux contre son dos. Il se pencha pour me laisser de la place, caressant distraitement l'intérieur de ma cuisse.

— J'ai photographié un mariage avant l'incident, révéla-t-il, son attention complètement portée sur les taches de couleurs qui s'étalaient sur son écran.

Sa distraction m'était agréable ; cela me donnait du temps pour me détendre et l'observer.

— Je garde toutes mes sauvegardes sur un cloud pour ne rien perdre. Je n'ai plus mon équipement, mais au moins, j'ai encore les photos.

Les longs doigts de Jae volèrent au-dessus du clavier, renommant des dossiers une fois que chaque cliché avait été examiné au pixel près. La mariée portait une longue robe rouge qui faisait ressortir sa peau blanche. Ses manches aux couleurs de l'arc-en-ciel voilaient ses mains. Des fleurs roses et blanches ornaient sa robe, et son sourire mystérieux, taquin, était adressé au jeune homme aux joues rondes qui se tenait à ses côtés.

— Nous te trouverons du nouveau matériel, dis-je en caressant sa jambe.

— Souris et tais-toi, s'il te plaît. J'ai presque terminé.

J'avais passé suffisamment de temps en sa compagnie pour savoir que cela pouvait s'éterniser. Mais la vue était plaisante, et je savais être capable de me tenir occupé en attendant. Je m'affalai sur les coussins du sofa.

Après dix bonnes minutes, je craquai en lui offrant un ultimatum qui, je l'espérais, lui ferait réaliser son erreur de jugement.

— Si je ne peux pas t'avoir pour moi rapidement, je ne pourrais plus être tenu responsable de mes actions.

Ses cils noirs caressèrent ses joues lorsqu'il me jeta un regard en biais brillant de curiosité. Je me demandai ce qu'il pouvait bien penser, tandis qu'il faisait glisser un regard illisible sur moi, ses mains gagnant mes épaules et son poids enfonçant le bras du canapé. Je changeai de position pour lui laisser la possibilité de placer ses genoux d'un côté et de l'autre de chaque cuisse. Je poussai un soupir lorsqu'il se pencha pour m'embrasser, laissant sa langue m'envahir lorsqu'il titilla ma lèvre.

— La menace a fonctionné? murmurai-je contre ses lèvres.

— Parfois, tu fais des choses vraiment stupides, *agi*. Je ne voulais pas le risquer.

Sa main passa sous mon haut, trouvant la cicatrice sur mon thorax. Je tressautai sous ses doigts. Les tissus étaient encore tendres après mon envolée dans les buissons qui bordaient mon bâtiment.

— Je ne pense pas que tu sois capable d'en faire beaucoup, n'empêche.

— Sucre d'orge, je peux te promettre que je me sens parfaitement capable, en ce moment même, rétorquai-je.

Le tiraillement qui me démangeait sur le chemin de son regard s'accentua, et je baissai les mains vers son jean pour tirer sur la toile. Ses mains suivirent les miennes et il frotta son pouce contre la bosse en ronronnant de plaisir. Sa bouche trouva la mienne dans un long baiser.

— Hé, attends...

Je le repoussai et fis remonter ses yeux jusqu'aux miens.

— Il nous faut quelque chose. Je ne veux pas te faire prendre le moindre risque.

— Tu n'as pas ce qu'il faut ici?

Ses dents étaient dangereuses. Plus que tout, j'avais envie de plonger en lui, le sentir s'ouvrir à moi jusqu'à ce que je puisse attraper son âme et ne plus jamais la relâcher.

— Ou devons-nous monter jusqu'à la chambre?

— Hm.

Confronté à de tels compromis, mon esprit avait tendance à se disperser, effleurant tout juste le fond des pensées qui m'étaient passées par la tête quelques heures plus tôt. Je me mis à penser aux croquettes qui nous manquaient; une information qui n'avait rien de bon à apporter à la situation présente.

— Dans la boîte bleue, sur l'étagère. Bobby m'a offert quelques jouets pour mon anniversaire. Je pense qu'il y avait aussi des préservatifs là-dedans.

Jae se détacha de moi, telle une longue courbe gracieuse que je pourrais dévorer des yeux pendant des heures. Je m'esclaffai lorsqu'il ouvrit la boîte et que ses yeux s'écarquillèrent de manière appréciatrice. En fouillant, il parvint à trouver quelques préservatifs aux emballages dorés. Il m'en lança un et replaça les autres à l'intérieur. Reprenant sa place sur mes genoux, Jae se mit à embrasser mon ventre nu, tandis que je me débattais avec la pellicule.

— Bobby fait d'étranges cadeaux, marmonna Jae, repoussant mon tee-shirt plus haut jusqu'à ce que sa langue trouve un mamelon.

Je m'étranglai presque sur un morceau d'emballage lorsque j'arrachai l'un des coins à l'aide de mes dents. Toussant, je le recrachai dans ma main avant de l'essuyer sur mon tee-shirt et d'inviter Jae à se calmer.

— Tu vas me tuer avant qu'on n'ait pu faire quoi que ce soit, l'avertis-je.

Il m'ignora, presque comme le faisait sa chatte lorsque j'avais à ouvrir une porte contre laquelle elle était allongée. Jae traça le contour des boutons de chair, laissant derrière lui une traînée brûlante et humide sur laquelle il souffla après coup. Un tremblement secoua ma silhouette. L'emballage s'arracha proprement et le préservatif sauta du paquet, atterrissant sans cérémonie sur mon ventre. Souriant, Jae m'embrassa et mordit mon menton.

— Laisse-moi faire, dit-il entre ses dents. Ne bouge pas. Je veux pouvoir le faire moi-même.

De toute évidence, je ne pouvais pas rester loin de Jae plus de quelques heures. Mon entrejambe avait certainement son mot à dire là-dessus. Elle tressautait à chaque effleurement de sa main, devenant plus douloureuse à son contact. Le bouton de mon pantalon se défit sous le pouce que Jae mit à la tâche et ses dents se refermèrent sur la languette de ma fermeture éclair. Il tira doucement vers le bas, et je tendis la main pour presser l'arrière de son crâne de ma paume. Reposant ma tête contre les coussins, j'expirai profondément. Le contrôle que j'avais sur moi-même était fragile, tout au plus ; contenu par ce qui s'apparentait à une ficelle fine comme le tranchant d'un rasoir.

Il accrocha le bout du préservatif sur mon membre, prolongea le contact sur toute la longueur jusqu'à la base et remonta jusqu'en haut. Le parfum musqué qui imprégnait mes pores se mélangea au sien, un suc riche et masculin qui enflamma mon désir. De ses doigts, il déroula peu à peu la capote, la laissant dévorer mon sexe de sa fine membrane. De curieuses et inquiétantes pensées emportèrent ma concentration.

— Tu n'as pas pris l'un de ceux qui sont lubrifiés, si ?

Je poussai un glapissement lorsque les dents aiguisées de Jae croquèrent la chair tendre de ma cuisse.

— Qu'est-ce que tu fais ? Hé, lâche-moi.

— Toi, lâche-toi, répondit-il d'une voix basse en relevant un regard voilé sur moi. Arrête de penser, Cole. Ressens.

Il était magnifique. J'avais envie de le conduire jusqu'en haut et de redonner à son monde des couleurs, de m'intégrer à cet océan de nuances.

J'aurais aimé que mon salon soit la seule pièce de l'existence, un sanctuaire dans lequel je n'avais pas à le partager avec sa culture ou l'étroitesse d'esprit de sa famille.

Je me noyai rapidement devant la promesse du plaisir prochain. Mes pensées se mirent en suspens. Je n'avais plus en tête que l'homme allongé sur moi, les délices qu'il suscitait. Lorsqu'il m'enveloppa, je perdis la raison, fermant les yeux pour me concentrer sur l'obscurité veloutée de sa bouche. L'air était tendu, lancinant, et le souffle se mit à me manquer, mes mains se balançant, incapables de rester posées sur la largeur de ses épaules. J'explorai le relief de ses omoplates, la ligne de son dos, espérant inscrire leur empreinte sur mes doigts avant que je n'aie à le relâcher.

— Jae, dis-je, et un éclair traversa mon corps.

Il se blottit contre moi, léchant toute once d'énergie qui transpirait sur ma peau. Je cherchai à le ramener vers moi, ne pensant qu'à le submerger à mon tour, mais il accrocha mon membre de ses dents, creusant dangereusement la peau sensible.

— Sucre d'orge, je t'en prie.

— Rallonge-toi.

Grognant, l'air taquin, il mordilla et pinça la surface de mon épiderme, ses mains étendues sur mon ventre. Je m'allongeai dans un grondement qui remonta le long de ma gorge, suppliant mon corps d'atténuer les tremblements qui secouaient ma cage thoracique. Un picotement remonta la longueur de mon corps, la peau tendre se contractant sous une mer de cicatrices à chacun de mes mouvements.

— Ne bouge pas.

Je n'arrivais plus à respirer. Il n'y avait pas assez d'espace dans mes poumons pour les soupirs et l'oxygène. Je cessai de lutter, aspirant à expirer sous le plaisir que Jae me faisait ressentir, le désir qui commençait à se nouer dans mon ventre. Chaque plongeon de sa langue me tendait comme un arc, et les blessures dont j'avais écopé lors de l'explosion se rappelèrent à moi, la douleur pulsant au même rythme que celle qui raidissait mon sexe.

La tempête qui faisait rage à l'intérieur, éclata et je poussai un cri, pulsant dans la chaleur de sa bouche. Le préservatif entrava toute fuite, et ma jouissance macula le bout de mon membre, remplissant entièrement le réceptacle. J'étais presque sûr d'avoir crié son nom, de m'être enfoncé dans sa gorge serrée, animé par le besoin d'être en lui.

Il reposa, haletant, sur mon estomac, riant doucement contre la traînée de poils qui partait de mon nombril. J'ouvris la bouche, en vain, arraché à la réalité par un bourdonnement qui m'avait assourdi. Languissant, je tendis la main vers lui pour remonter son visage jusqu'au mien... pour imbriquer les courbes de son corps aux miennes.

— Minute, chuchota Jae. Laisse-moi nettoyer tout ça.

J'essayai à peine de protester, trop affaibli pour laisser échapper plus d'un marmonnement dépourvu de sens, lorsqu'il me dépouilla du préservatif et m'essuya à l'aide d'une serviette humide.

— *Aish*, arrête de te plaindre.

Ses mots s'étaient de nouveau arrondis, le doux renflement du coréen m'obligeant à sourire. Lorsqu'il n'adhérait plus à l'anglais, j'avais comme cette impression qu'il partageait avec moi les recoins les plus inconnus de sa personnalité. Nous en avions parlé, une fois, au lit, lorsqu'il avait marmonné quelques mots et que son embarras m'avait fait m'esclaffer et l'étreindre plus fort. Inspectant son ouvrage, il pencha la tête sur le côté et acquiesça.

— Voilà. C'est mieux comme ça.

— Viens par là, dis-je en tapotant mon ventre.

Il s'allongea prudemment, inspectant avec attention mon visage tandis que je réprimais plusieurs grimaces lorsque mes côtes me firent souffrir.

— Je suis là, soupira-t-il, s'étirant, son corps collé de moitié contre le mien.

Il faudrait que j'envoie une carte de remerciement à la personne qui avait rendu ce canapé applicable à notre étreinte. C'était une bonne pièce de mobilier et elle était suffisamment confortable pour se câliner. J'essayai de me rappeler qui, de moi ou de Madeline, l'avait choisi, mais les doigts de Jae sur ma bouche me ramenèrent à la réalité.

— Arrête de penser, soupira-t-il. Tu n'arrives pas à t'en empêcher.

— C'est à toi que je pense.

— Et ça, c'est le mensonge du siècle, moqua Jae.

Je grimaçai.

— Tu es un très mauvais menteur. Comment as-tu bien pu survivre dans la Police?

— J'étais plutôt bon, me défendis-je. Je devais surtout faire du négoce. C'était mon job. Faire en sorte qu'on te fasse confiance. Ce n'était pas toujours facile.

— Moi, je te fais confiance, dit-il en s'appuyant sur mon épaule. La plupart du temps.

— La plupart du temps?

Je me serais presque senti offensé, mais la paresse qui évoluait dans mon corps me permit de lui pardonner.

— Savais-tu que Brian Park travaillait au club auparavant ?

— Je commence à croire que toutes ses connaissances ont un lien avec cet endroit, soupira Jae.

— Quelqu'un l'a tué, révélai-je à voix basse en caressant ses cheveux. Un bon nombre de ses proches ont perdu la vie, ces derniers temps. Je crains que tu sois le prochain.

— Tu ne laisserais pas ça m'arriver, j'en suis sûr.

Il se mut, et mon membre se réveilla, durcissant sous sa friction.

— Je suis désolé pour Park. J'aimerais pouvoir t'aider plus que ça.

— Savoir que tu es en sécurité lève déjà un poids, le taquinai-je.

Je fronçai les sourcils lorsqu'il se redressa.

— Verrouille la porte, et nous pourrons continuer cette conversation à l'étage.

Il glissa du canapé et me jeta un regard lubrique.

— S'il y a quelque chose que nous devrions retenir de tous ces meurtres, c'est qu'il est important de profiter de la vie, tu ne penses pas ?

XVII

LORSQUE JE me réveillai au matin, le ciel était gris et les rayons troubles du soleil pénétraient dans la chambre au travers du voilage des rideaux. Je poussai la chatte de ma cheville et me complus dans l'étreinte chaude de Jae. Des effluves de sexe et d'épices se dégageaient de sa peau. Entre les bleus de l'explosion et cette longue nuit que j'avais passée en lui, j'avais des crampes un peu partout, mais ça en avait valu la peine. Mon membre tressauta involontairement lorsque je me frottai contre lui. Je calmai doucement mes ardeurs. Si je voulais rendre une petite visite surprise à Victoria Kim, il fallait que je me prépare.

Je restai juste le temps de passer une main sur sa joue lisse. J'avais gentiment moqué son manque de pilosité faciale en lui demandant s'il était vraiment suffisamment âgé pour être dans mon lit. Il m'avait plaqué contre lui et m'avait montré combien sa bouche pouvait être vilaine lorsqu'il prenait le temps de s'appliquer. Je changeai de position, me délectant du tiraillement au niveau de mes cuisses, là où il avait planté ses dents, et vins embrasser sa nuque sans le réveiller. Je me glissai hors du lit, faisant taire Neko lorsqu'elle se mit à miauler.

Lorsque je sortis de la salle de bains, le lit était vide et une odeur de café me provint du rez-de-chaussée. Je remerciai les dieux de m'avoir fait rencontrer Jae, qui avait une tendance à la domesticité. Après m'être habillé, je sortis mon Glock de son étui. Jae avait raison. Il y avait trop de personnes qui mouraient autour de nous, et même si je ne comptais pas en faire tout un plat, je me sentirais plus à l'aise avec une arme sous ma veste. La veuve avait probablement tué Park dès qu'il ne lui avait plus été utile. Je ne me faisais pas d'illusion sur l'utilité qu'elle pourrait trouver en ma personne.

Je fus accueilli par une tasse pleine et un coup dans l'entrejambe, avant même que je n'aie pu avaler une seule gorgée. Ou du moins, c'est l'impression que cela me fit. Je laissai brusquement retomber ma tasse sur le comptoir, manquant de me brûler lorsque le café se déversa sur celui-ci.

— Qu'est-ce que tu as dit?

La question semblait innocente, certainement pas assez controversée pour mériter le regard méfiant de Jae, alors que nous nous déplacions dans la cuisine.

— Je ne suis pas sûr de t'avoir bien entendu ?

— Ils vont me rendre ma voiture, aujourd'hui, grommela-t-il autour d'une gorgée de thé. Je vais commencer à chercher un appartement.

— Tu ne supportes déjà plus de vivre avec moi ?

C'était quelque peu pathétique de ma part, mais je luttais déjà intérieurement contre mon ras-le-bol, et le soupir que Jae expira n'arrangea rien à la situation. Au fond, j'avais eu conscience qu'il partirait, un jour ou l'autre, mais je ne m'y étais pas encore préparé. Surtout pas quand les cadavres n'en finissaient pas d'être retrouvés.

— Tu savais bien que…

Il prit une longue inspiration et tourna les talons pour s'appuyer contre le comptoir. Son mug rejoignit le mien, fumant, sur le granit. Jae se frotta les tempes et passa une main dans ses cheveux, tirant sur les pointes, avant de répondre.

— Je ne peux pas vivre ici. C'est trop… dur… trop rapide… trop. Être ici, ce n'est pas vivable.

— Pour toi, dis-je. Je le vis plutôt bien, pour ma part. C'est dans ta tête que ça se joue.

— Je ne partirai pas tant que tu ne seras pas certain que je suis en sécurité, poursuivit-il d'une voix calme en fourrant ses mains dans les poches de son jean. Mais il faut que je reprenne ma vie en main, Cole.

— Et pour nous ?

Je m'approchai pour m'asseoir contre lui, plaçant mes mains sur ses hanches.

— Qu'est-ce que tu fais de nous ?

— Nous ?

Il s'humecta la lèvre et me jeta un regard équivoque.

— De quoi parles-tu ? Tu peux me le dire ? Nous ne nous sommes rien promis pour l'avenir. Nous ne parlons même pas du présent.

— Alors, parlons-en.

Je serrai la mâchoire et tentai de faire retomber la colère qui me rongeait. Il avait repris cette façade froide, glaciale, en réponse à mes étincelles, et si je ne parvenais pas rapidement à me reprendre, je risquais de ne bientôt plus pouvoir l'atteindre du tout. Jae plaça une main sur mon

231

ventre pour me repousser, mais je refusai de bouger. Son corps se raidit et il inclina sa posture en relevant le menton.

— Non, je ne te laisserai pas fuir cette conversation.

L'inclinaison de sa tête était provocante, et si j'avais acquis un peu de bon sens en ce qui concernait Jae, je me rétracterais certainement, mais cette fois, je n'étais pas disposé à céder.

— Va te faire voir. Je suis loin de fuir quoi que ce soit.

Je montrai les dents, luttant pour ne pas lui renvoyer ses remarques blessantes. Grognant, j'inspirai profondément et l'encerclai dans une étreinte, mes mains reposant dans le creux de ses reins. Il était tendu, son poids porté sur la plante des pieds, comme s'il était prêt à m'emmener sur le ring. Je déglutis et lorsque je relevai les yeux vers lui, son souffle se coupa une seconde.

— Parle-moi.

J'étais secoué de l'intérieur, et mon désir de presser une main sur sa joue me passa à l'idée qu'il puisse me mordre.

— Tu ne peux pas retourner là-bas. C'est un vrai dépotoir.

— Je chercherai quelque chose dans le coin, si c'est ce que tu veux, répondit-il en expirant. Un endroit pas trop cher dans lequel je pourrais garder Neko.

— Les environs sont agréables, dis-je, autant soulagé que contrarié. Et je ne comprends toujours pas ce que tu trouves « invivable » ici.

Jae se mordit la lèvre.

— Je ne sais pas trop. C'est confus. Je crois que j'ai besoin de temps pour assimiler ce que nous sommes l'un pour l'autre.

— Je pensais avoir été plutôt clair sur mes intentions à ton égard.

— Je ne plaisante pas, *hyung*.

Il plissa les yeux.

— Je suis très sérieux. Être avec toi me fait oublier la personne que je suis, ce que je devrais être. Cet état de confusion qui me ronge ne me plaît pas. Ce serait plus facile de partir et de prétendre que tout ça n'est jamais arrivé.

— Alors, pourquoi ne pas l'avoir déjà fait ? demandai-je d'une voix douce, le pressant plus fort contre moi lorsqu'il tenta de m'échapper. Je ne cherche pas la dispute. Et ce n'est pas une blague, pour moi. Je sais que tu ressens cette chose qui plane entre nous. Où est le mal de chercher à savoir où ça va nous mener ? Es-tu vraiment prêt à capituler aussi facilement ?

232

— Tu ne comprends pas, rétorqua Jae. Tu me demandes d'abandonner ma famille.

— Je ne ferais jamais…

— Mais c'est exactement ça, insista-t-il. Si ma mère découvre que je suis gay, elle montera le reste de ma famille contre moi. Je ne serais plus rien pour eux, rien du tout.

Le souvenir d'une conversation similaire avec Joshua Yi remonta à la surface.

— Certaines personnes sont coupées de leur famille et elles s'en sortent très bien. S'ils ne t'acceptent pas pour la personne que tu es, alors ils ne te connaissent pas vraiment.

— Qui je suis n'a aucune importance, Cole. Je ne suis pas comme toi.

La frustration était évidente sur son visage.

— Je ne peux pas blesser ma mère de cette manière. Sans moi, elle ne s'en sortira pas. Jae-Su ne lui envoie rien, et mes sœurs ne sont pas encore majeures. Ils ont besoin de cet argent. Je ne peux pas me montrer aussi égoïste.

— Ta mère te tournerait le dos, même si c'est toi qui ramènes l'argent à la maison ?

Ça me semblait trop stupide pour être vrai.

— Elle se mettrait elle-même en difficulté. Tout ça par étroitesse d'esprit.

— Ça n'a aucune importance. Elle est très attachée aux traditions. Dans son monde, je ne pourrais pas avoir ma place chez elle, continua Jae. Ma tante me fait sans cesse chanter sur le sujet. Chaque fois qu'ils ont besoin de quelque chose, c'est moi qui m'en occupe. Et je le lui dois. Pour son silence.

— Ta tante n'est qu'une hypocrite. Son fils a été retrouvé dans un club privé destiné aux homosexuels. Qu'est-ce qu'elle pense ? Qu'il était là pour un show ?

— Hyun-Shik était son fils unique. Elle peut lui pardonner, parce qu'il a été discret. Elle peut blâmer quelqu'un d'autre. Si j'emménageais ici, avec toi, que devrait-on lui dire lorsqu'elle me passe un coup de fil ou qu'elle passe me voir ? Tu pourrais le supporter quelques mois, et ensuite, tu me détesterais pour t'avoir enfermé à nouveau dans ce placard. Ce ne serait pas juste pour toi.

— Ce n'est pas juste pour toi non plus. Cette vie est un mensonge, sucre d'orge.

— Tu ne comprends pas, et je ne m'attends pas à ce que ce soit le cas. Tu es trop américain. Au fond, tu penses que les choses doivent être comme il te plaît qu'elles soient, qu'importe l'opinion des autres. Je ne peux pas me permettre de penser comme ça. Et c'est ce que tu me demandes. Tu veux que je sois comme toi, que je partage tes convictions, mais je ne le peux pas. J'ai besoin… de temps.

— Oui, j'ai cru comprendre.

Essayer d'intégrer comment on pouvait s'accrocher à des personnes qui refusaient de faire des compromis pour soi ne me mènerait nulle part. Même dans notre conflit silencieux, je savais que mon père demandait des nouvelles à Mike, espérant que je reprenne mes esprits et que je tombe amoureux d'une femme. J'avais des amis qui avaient perdu leur famille, mais ils avaient trouvé des personnes semblables pour partager leur vie. Jae en parlait comme si la chute lui serait fatale.

— Alors, c'est tout ? Nous sommes trop différents, d'après toi ?

— Je n'en sais rien.

Au moins, il était franc avec moi. Ça ne me plaisait pas plus que ça, mais je devais le lui concéder.

— Il faut que je revoie mes priorités. Je ne sais pas.

— Qu'est-ce qu'il y a à savoir ?

— Si tu es avec moi, est-ce parce que ça t'aide à surmonter la perte de Rick ?

Jae pencha la tête, et je reculai d'un pas.

— Tu ne parles jamais de lui et pourtant, sa mort remonte à plusieurs années. Parfois, je me demande vraiment si tu es avec moi parce que je lui ressemble ou parce qu'au contraire, je n'ai rien à voir avec lui.

— Je n'ai pas…

Je marquai une pause. Je ne savais quoi dire sans que cela apparaisse comme une comparaison entre eux. Ces deux relations n'avaient rien à voir l'une avec l'autre, mais n'était-ce pas tout l'intérêt ?

— Ne puis-je pas chercher à voir quelqu'un de différent ?

— À toi de me le dire, répondit-il. C'est comme si Rick était toujours là, toujours avec toi. À vrai dire, je pense que si tu n'es pas passé à autre chose, c'est que tu n'as jamais eu à le faire. Et maintenant que tu t'y retrouves confronté, je crains que tu finisses par me détester pour te l'avoir fait oublier. Et si je te fais passer avant ma propre famille, ne serait-ce pas un comble que tu en viennes à me détester, en fin de compte ? Qu'est-ce qu'il me restera, après ça ?

— Je vois.

Je soupirai et m'écartai du comptoir. Une part de moi était nouée de douleur. Mes tripes peut-être, ou bien était-ce mon cœur qui se pinçait comme ça?

— Je peux t'accorder du temps. Mais de l'espace? Je n'en sais trop rien. Te voir franchir cette porte sans savoir si tu comptes revenir, ce serait trop difficile.

— Je ne peux pas te promettre que cela n'arrivera pas un jour ou l'autre.

Son honnêteté se planta profondément dans mon estomac et le désarroi me prit au ventre.

— Mais ce jour n'est pas encore venu. Je veux pouvoir profiter de ce que nous avons. Même si ce n'est pas réel.

— C'est *bien* réel, Jae.

Je me dressai face à lui, le bout de mes doigts cherchant son ventre. La tête me tourna. Je le désirais plus que tout et mon cœur se languissait de sa présence. J'étais vraiment en train de me transformer en nana. Si ça continuait comme ça, j'allais finir fine bouche en sélection de rideaux et de porcelaine.

— Tu sens ça. Cette chose entre nous que nous avons de la chance d'avoir trouvée. C'est agréable. Dis-moi que tu ne ressens pas la même chose.

— Ça l'est, confirma-t-il tendrement. Il aurait été mieux que ça ne se résume qu'au sexe pour que je puisse te quitter, mais ce n'est pas le cas. Alors, je t'en prie, laisse-moi ralentir le rythme. Je n'ai pas l'intention de m'en aller, Cole. Je te le promets. Plus maintenant.

— Et ça me suffit, dis-je.

Je n'étais pas prêt à le laisser, mais je pouvais lui accorder un peu de temps.

— Ne te dérobe pas. Ne fuis pas nos conversations. Quoi qu'il arrive, promets-moi au moins ça, d'accord?

— Je te le promets.

Jae hocha la tête.

— Mais si les choses tournent mal, de ton côté, il faut que tu me promettes que tu mettras un terme à ton enquête. Je ne veux pas que tu meures à cause de moi.

— À ce stade, qu'est-ce que je risque de plus?

Je me penchai pour lui voler un baiser. Ses lèvres avaient un goût de chai tea, de cannelle et de clou de girofle.

— Je suis comme un cafard. Tu peux tout essayer pour me faire disparaître, mais je reviendrai toujours.

— Reste prudent, c'est tout ce que je demande, dit-il en tapant du doigt sur mon torse. Même les cafards peuvent mourir si on y met du sien.

JE TOURNAI la clé de ma voiture de location et pris le temps d'observer les ruines de mon perron et les buissons roussis. La pelouse brûlée avait été nettoyée de tous débris. Je le devais sûrement à la tribu de Claudia. La flore peinait à retrouver sa place au milieu des ravages, mais c'était une cause perdue.

— Nous allons devoir tout remplacer.

Je contemplai la façade malmenée de ce que je considérais tant comme mon lieu de travail que mon foyer. La cicatrice sur mon flanc se fit connaître et je la frottai sans m'en rendre vraiment compte.

Ma sueur tapissait chaque centimètre de cet endroit. J'avais saigné et j'avais juré sur chaque planche de bois, chaque clou qui le constituait. Le plâtre lui-même devait connaître le goût de ma salive. Dieu savait combien de fois j'en avais avalé la poussière. Le porche penchait légèrement au niveau d'une tablette que je n'avais pas bien clouée, mais malgré tous ses défauts, cet endroit était le mien.

À moi seul.

Il était plus que temps que je l'accepte.

Les larmes me montèrent aux yeux. Je papillonnai des paupières pour faire disparaître l'humidité qui collait à mes cils et les souvenirs qui l'accompagnaient. Qu'importait ce que je faisais, les deux hommes que j'avais chéris dans le passé seraient toujours enchaînés dans la mort. Je ne pourrais jamais penser à l'un sans penser à l'autre.

Jae avait raison. Il y avait quelque chose qui clochait chez moi.

Je laissai le moteur tourner en écoutant le chahut du trafic autour de moi. Une bruine avait arrosé le pare-brise, laissant derrière elle de fines gouttelettes qu'il ne m'intéressait pas de faire disparaître à coups d'essuie-glaces. C'était le genre de matinées parfaites pour s'asseoir et boire un café, blotti sous une couverture ou sur son canapé. Au lieu de ça, j'allais rendre visite à une femme que je suspectais d'avoir tué son époux, tout ça pour l'homme que j'avais laissé à ses rêves dans mon lit.

Frottant mes yeux, je forçai mon corps à se détendre. Rick me manquait. Mon cœur se languissait de lui, mais la douleur lancinante qui avait accablé mon corps ces dernières années s'était évaporée. J'avais rebâti cet endroit en l'honneur d'un mort en choisissant ses couleurs favorites pour les murs, comme s'il allait franchir le seuil et sourire à cette vue.

— Je suis désolé, bébé, murmurai-je en direction du ciel.

J'espérais qu'il pouvait m'entendre, là où il était. Je me demandais où Dieu mettait les homosexuels victimes de meurtres.

— Je voulais cette vie pour toi, pour nous, mais c'est un rêve inatteignable. J'aimerais que tu sois là, à mes côtés, mais tu ne l'es pas. Jae, lui, est avec moi. Je voudrais apprendre à ne plus me sentir si coupable de…

Je marquai une pause avant de confesser ce que je ressentais pour Jae. Une fois que j'aurais trouvé le meurtrier de Hyun-Shik, il s'en irait et quitterait le sanctuaire de ma maison. Nous n'avions jamais parlé d'amour ou d'un futur partagé. Nous avions débattu, nous avions ri. Il était plus têtu qu'une mule et charmant, mais il ne m'avait jamais dit qu'il m'aimait.

— Mais toi non plus, me rappelai-je en baissant le frein à main. Voyons voir ce que Vicki a à me dire, cette fois-ci.

JE N'INFORMAI pas Jae-Min de mes intentions en ce qui concernait Victoria Kim. Ce n'était pas que je pensais qu'il allait l'appeler pour la prévenir de ma venue, mais un simple parti pris au cas où il déciderait d'en parler avec l'un des membres de sa famille. Je voulais que la surprise soit pleine et entière. Prendre quelqu'un au dépourvu était souvent le meilleur moyen de le faire parler, et sans Park, je voulais voir si j'étais capable d'en tirer quelque chose. Il y avait de bonnes chances pour que ce soit la blonde qui s'était rendue au Dorthi Ki Seu cette nuit-là et pour qu'elle ait un lien avec son meurtre. Je ne savais pas si l'homosexualité de son mari était une raison suffisante pour vouloir sa mort, mais compte tenu du dégoût qui l'avait animée en la matière lorsque je l'avais rencontrée, cela ne me semblait pas impossible.

Mais bien sûr, c'était avant que je découvre que Papa Kim, celui-là même qui m'avait engagé, avait poussé Park à séduire Victoria. Le feu au bout de la bretelle tourna au vert et deux nouvelles voitures se présentèrent sur la voie. Je jetai un coup d'œil à l'horloge et je fis quelques calculs mentaux. À cette heure, Mike devait déjà être en train de s'installer derrière son bureau en sirotant son premier café de la journée et en imaginant comment compliquer la mienne. Cette fois, je décidai de prendre les devants et composai son numéro.

— McGinnis à l'appareil, aboya-t-il dans l'appareil d'un ton qui ressemblait tant à celui de notre père que je manquai presque de raccrocher.

— Pas mal, m'esclaffai-je. Seulement, tu oublies que tu n'es pas le seul McGinnis.

— Qu'est-ce que tu veux ?

Il avala une gorgée dans le téléphone.

— Il n'est même pas encore midi, qu'est-ce que tu fais hors du lit ?

— J'ai du travail. Pour l'affaire Kim, au cas où tu aurais oublié. Je me demandais si tu pouvais me fixer un rendez-vous avec Papa Kim.

— Il est à Séoul, en ce moment, répondit Mike. Et je pensais t'avoir dit de lâcher l'affaire ?

— Je fais ça sur mon temps libre.

Je m'engageai sur la rocade et m'insérai dans le flux discontinu matinal de Los Angeles.

— Pour Jae.

— Cole, je comprends bien que tu as l'impression de…

— Ne mets pas de mots dans ma bouche, Mike, l'interrompis-je. Si la police ne veut pas chercher à comprendre ce qui relie trois meurtres, alors qui le fera, si ce n'est pas moi ?

— L'affaire a été assignée à l'officière O'Byrne. Elle a fait retirer Branson de l'enquête. Je peux t'assurer qu'elle fera bien son travail.

— O'Byrne est terrifiante, dis-je. Ça ne m'étonnerait pas de la voir le mettre à terre. Et je ne sais pas bien comment nous sommes censés le prendre.

— Fuis. Elle t'a toujours à l'œil pour le meurtre de Park. Retire-toi, Cole.

— Désolé, je ne peux pas. J'ai fait une promesse à Jae.

— Les promesses ne t'ont jamais réussi. Il y a toujours quelque chose qui finit par t'en distraire.

— Cette fois, c'est différent, Mike. Je t'assure.

Je ne pouvais pas mieux expliquer l'emprise que Jae avait sur moi.

— Je pense que je suis en train de tomber amoureux de lui.

— Attends de voir si tu ressens la même chose lorsque les médicaments ne feront plus effet. Je suis sûr que ça te passera.

— Ha, ris-je. Suis-je aussi casse-pieds avec toi et Mad-la-Démone ?

— Tu le connais depuis combien de temps, au juste ? Quelques semaines ? Ce n'est pas ton cœur qui parle, je peux te l'assurer.

— Eh bien, peut-être que c'est ce qui marche pour moi, répondis-je. Je dois y aller. J'ai des gens à voir. Je te fais passer le mot si j'ai de nouvelles informations.

Je raccrochai avant qu'il ne puisse répondre. La circulation commençait à devenir monstrueuse, tout comme mon mal de crâne. Le sentiment d'angoisse qui me nouait le ventre ne faisait que s'intensifier à mesure que je m'approchais de la résidence. Mais ma seule pensée se résumait à la liberté que Jae retrouverait une fois l'enquête terminée.

— Faut lui laisser le temps, Cole, grognai-je pour moi-même. Si c'est comme ça, alors c'est comme ça.

Lorsque je me garai, je remarquai que le quartier était étrangement calme. Ayant grandi dans un tumultueux logement militaire, le silence de ces résidences de style hispanique, avec leurs jardins soignés, avait l'air fabriqué de toute pièce, comme si j'étais tombé sur un plateau de tournage vide. Du mouvement rompit l'immobilité ambiante lorsqu'un moineau s'envola non loin, mais la rue reprit tout aussi vite sa tranquillité funèbre.

Mes jambes craquèrent sous l'effort lorsque je sortis du véhicule. Ma peau se tendit au niveau des ecchymoses pulsant sous l'épiderme, et un éclair remonta ma colonne vertébrale au mouvement de pivot que j'effectuai pour refermer la portière. Passer la journée au lit me sembla soudain être une merveilleuse idée; et si j'avais le choix, je préférerais planer pour ne plus souffrir de toutes ces crampes.

Faire des galipettes avec Jae n'aurais probablement pas aidé mon rétablissement. Un pincement titillait encore mes cuisses à chaque mouvement, et au souvenir de son corps sur le mien, je ne pus m'empêcher de sourire.

— Mais qu'est-ce que c'était bon !

Malgré l'absence de présence humaine, des voitures étaient rangées le long du trottoir et dans les allées privées. Une Cadillac Escalade prenait toute la place devant la résidence des Kim. À côté, ma voiture de location n'avait l'air de rien. La cour avant des Kim était dénuée de jouets, mais une paire de baskets recouvertes de boue devant la porte d'entrée informait les visiteurs qu'il y avait un enfant à l'intérieur.

Pour ce voisinage, je me serais attendu à un triple verrouillage et à un système de sécurité armé de tasers. Ce que je trouvai à la place fut une porte entrouverte. La boue sur les chaussures de l'enfant était encore fraîche; noire, glissante et parfumée à l'engrais, une odeur qui me frappa en plein nez lorsque j'approchai de la porte d'entrée. Je poussai le battant d'un pied, m'appuyai contre le chambranle et tendis l'oreille. Le silence régnait. Je jetai un coup d'œil aux alentours et ce fut à ce moment que mon cœur s'arrêta de battre.

La femme au ton nasal qui m'avait accueilli la dernière fois était étendue sur le sol carrelé de l'entrée, ses yeux vides dirigés vers la porte ouverte. Deux trous lui fracassaient la face, et du sang provenant des plaies maculait le sol en longues traînées qui suivaient les sillons des carreaux.

— Merde.

Je sortis mon Glock et cherchai de l'oreille le moindre signe de vie à l'intérieur de la maison. Le bruit des arroseurs et le piaillement des oiseaux étaient les seuls perturbateurs du silence. Je tirai mon téléphone et composai le numéro de la Police.

«Vous avez bien contacté le numéro d'urgence du 911. Toutes nos lignes sont occupées pour le moment...», fit la voix d'une femme dans mon oreille.

— Fait chier, jurai-je avant de raccrocher.

Réessayer me mena à réentendre la même mélodie et au bout de la troisième fois, je me décidai à appeler ce qui se rapprochait le plus du 911 pour moi. Je coupai Mike avant qu'il ne puisse émettre le moindre son.

— Ferme-la et écoute. Je suis chez Victoria Kim. La porte d'entrée est grande ouverte et la gouvernante... je crois que c'est la gouvernante... est étendue sur le sol de l'entrée. Elle a l'air morte. La police ne répond pas. Fais-moi une faveur et appelle O'Byrne pour voir s'ils peuvent envoyer quelqu'un. Tout de suite.

— N'entre pas, Cole. Attends qu'ils arrivent, hurla Mike. Je ne plaisante pas. Ne rentre pas dans cette putain de...

— Il faut que je sache s'il y a encore quelqu'un en vie là-dedans. Il y a un gosse ici.

Je n'étais pas d'humeur à débattre.

— Passe ce coup de téléphone et précise-leur bien que je suis entré. Je ne voudrais pas qu'ils me tirent dessus par accident.

— Bordel... entendis-je maugréer avant de raccrocher.

J'espérais qu'il aurait plus de chance que moi avec cet appel. Je passai le pas de la porte.

XVIII

LE GLOCK en main, je pénétrai dans la résidence. Je contournai le corps sans faire de bruit. Je n'avais pas besoin de vérifier son pouls. Même depuis la porte, j'avais pu deviner qu'elle était morte. Il n'y avait rien que je puisse faire pour elle.

L'odeur de sang était forte. Elle devait avoir été en plein ménage lorsqu'on lui avait ôté la vie, car une bouteille de détergent citronné était renversée dans la flaque de sang, près de sa main droite. Des cartouches étaient éparpillées autour d'elle comme les étoiles dans le ciel. Le meurtre était laid, brutal, sanguinolent. Les murs étaient troués de balles ; le tireur ne devait pas être très expérimenté. Mais son manque d'expérience n'avait aucune importance pour la femme qui était allongée sur le sol. Une balle en pleine tête suffisait, qu'importait que le tir ait été ciblé ou non.

Depuis là où je me tenais, je jaugeai la situation dans le parloir. Les murs couverts de sang ruinaient la décoration. Le ton aussi intense et brillant du sang me rappela de l'encre de Chine. Il n'avait pas encore eu le temps de sécher. Pointant mon arme vers le sol, je gardai mon dos au mur et fis le tour du hall d'entrée pour rentrer en travers dans la pièce.

C'était un vrai champ de bataille. L'un des sièges était renversé et un tableau était brisé en deux. Le tapis était humide à cause du fracas d'un vase et des roses jaunes gisaient au milieu des débris. Une bonne partie d'entre elles avait été piétinée. Un portrait de Hyun-Shik et Victoria à leur mariage était tombé au sol, le cadre fissuré. Un large éclat de verre se trouvait à proximité, sa pointe recouverte de sang. Plusieurs points scintillant sur le tapis crème s'avérèrent être des ongles cassés vernis en rose.

Un gémissement me parvint avant que je ne décide de quitter la pièce. J'avançai dans sa direction en essayant de ne rien écraser. Les flics allaient déjà me faire la peau pour être entré. Je ne devrais pas fouiner dans les parages, mais j'étais déjà à l'intérieur, de toute manière.

J'aperçus deux pieds nus dans un coin de la pièce et m'en approchai prudemment. Le choc me prit aux tripes lorsque je découvris Victoria étendue sur le tapis, derrière une causeuse. Ses cheveux blonds emmêlés cascadaient sur ses épaules et une ecchymose en forme de croissant se

241

formait déjà sur sa joue. J'avançai vers elle en évitant la tasse éclatée sur le sol et m'accroupis pour jauger son état.

Elle respirait difficilement. Le tapis sous sa silhouette était tant imprégné de sang qu'il craquait sous mon poids et humidifiait les semelles de mes chaussures.

Victoria était allongée face contre terre, les yeux vitreux et papillonnant doucement. Ses jambes étaient immobiles, et la jupe à volants noire qu'elle portait était arrachée et dévoilait une bonne partie de ses cuisses. Son haut, autrefois crème, avait été transpercé à plusieurs reprises par des balles. Des cercles sanglants ceignaient les plaies. Son regard m'accrocha durant de longues secondes, et elle murmura quelque chose dans un gargouillement de mots, ses ongles griffant le tapis sous ses doigts.

— Ne bougez pas, dis-je en me penchant vers elle.

Je déposai le Glock par terre à portée de main, au cas où j'aurais besoin de m'en servir. Pressant mes doigts contre son cou, je cherchai son pouls, mais il était trop faible pour que je le sente et un gargouillis lui échappa, sa gorge tressautant sous ma paume.

L'arrosage automatique à l'extérieur faisait davantage de bruit que la femme qui peinait à rester en vie sous ma main. Victoria lutta pour inspirer, et je tentai de la calmer en lui disant de s'accrocher. Mon téléphone vibra dans ma poche. Je l'allumai pour voir le numéro de Mike apparaître sur l'écran.

— Mike, j'ai besoin d'une ambulance. Victoria Kim a été touchée.

Je la redressai d'un bras pour libérer ses poumons du sang qui les obstruait. Sa respiration se fit plus facile, bien que toujours irrégulière.

— J'ai appelé la police. Ils arrivent, m'informa Mike. O'Byrne devrait arriver juste après. Je serai là aussi vite que possible.

— Merci.

Je n'avais aucun intérêt à lui dire de ne pas venir. O'Byrne risquait de m'inculper si je n'étais pas prudent, et le tireur pouvait toujours se trouver dans la maison. Je raccrochai et reportai mon attention sur Victoria.

— Hé, il faut que vous teniez le coup. L'ambulance arrive bientôt. Ils vont vous remettre sur pieds en un rien de temps.

C'était un mensonge. Il n'y avait rien qu'on puisse faire pour elle, à ce stade. J'effleurai le point de sortie au niveau de sa poitrine. La plaie était béante et son sein droit, aplati et humide, était dans un sale état. Il y avait au moins quatre autres entrées le long de son dos, et si elles étaient aussi

242

affreuses que celle sur laquelle je tentai de faire pression, ses organes ne devaient plus ressembler à rien.

Je ne comprenais pas comment elle pouvait être encore en vie, et encore moins consciente, mais elle paraissait déterminée à me dire quelque chose... même si elle mourait, ce faisant.

— Will...

Elle attrapa ma jambe pour tirer sur mon jean. Trop meurtrie pour retrouver sa voix, elle se mit à tousser.

— Will quoi?

Je ne savais pas ce qui serait mieux : lui dire d'économiser son énergie ou la laisser parler. Son souffle fut pris d'un hoquet et sa poitrine tressauta sous mes mains.

— Victoria, ne dites plus rien. Ça ne vous fait...

— L'étage.

Son visage se tendit alors qu'elle luttait pour relever les yeux vers moi. L'effort herculéen qu'il lui fallut déployer pour pencher la tête contracta les muscles de son torse et du sang jaillit de sa plaie pour venir souiller mes mains.

— Will...

Bordel, elle parlait de son fils, Will. Le fils de Hyun-Shik. Will, qui serait bientôt le dernier membre encore en vie de cette petite famille et qui se trouvait présentement à l'étage.

— Ne bougez pas, d'accord?

L'anxiété commençait à la submerger et se débattit contre son immobilité. Haletant, elle essaya de se retourner, mais je retins son mouvement.

— Tenez bon, je vais aller vous chercher un coussin pour contenir l'hémorragie et ensuite, j'irais inspecter l'étage. Ne parlez pas. C'est l'important.

Son hochement de tête fut subtil, mais son corps se détendit entre mes bras. J'attrapai un petit coussin sur la causeuse et le plaçai soigneusement sous son sternum. Après m'être essuyé les mains sur mon pantalon, je ramassai mon arme. Je ne savais pas si elle survivrait jusqu'à mon retour, mais trouver son fils était ma priorité.

Avec Victoria qui se vidait de son sang dans le parloir, je ne savais plus qui blâmer pour les meurtres.

— Le canon vers le sol, pas de précipitation, murmurai-je. On ne sait pas ce qui se trouve là-haut.

Je contournai de nouveau le cadavre dans le hall en prenant soin de ne pas toucher aux flaques de sang. J'avais déjà compromis la scène en aidant Victoria, mais je n'étais pas assez odieux pour la laisser mourir comme ça sans rien faire, même si je croyais qu'elle avait été complice dans la mort de son époux.

— Qui reste-t-il ?

Je marquai une pause au niveau des escaliers.

L'escalier était un déroulé de marbre blanc tacheté de noir, monté d'une rampe en fer forgé noir. Un bandeau doré coupait chaque marche en leur centre. De petites gouttes de sang régulièrement espacées le tachaient. Victoria devait avoir touché le tireur, mais d'après les traces, il ne semblait pas être en état de panique.

Et le pire dans tout ça : cette personne savait que Will se trouvait à l'étage et elle s'était lancée à sa poursuite. Pour le kidnapper ou pour le tuer, sans aucun doute. L'une comme l'autre de ces possibilités pourrait s'avérer désastreuse pour la famille Kim.

C'était une grande maison et l'étage supérieur était séparé en deux directions au niveau de la cage d'escalier en marbre. Je tentai ma chance vers la bifurcation que j'espérais mener jusqu'à la chambre parentale. La chance devait être avec moi, car la balle visant ma tête manqua sa cible et frappa le miroir accroché au mur derrière moi. Je tressaillis et plongeai, alors que des morceaux de verre volaient, déchirant mon tee-shirt sur leur passage et s'enfonçant dans ma peau déjà bien abîmée.

J'effectuai une roulade et cherchai un abri du regard, mais il n'y avait rien derrière lequel se cacher. Le couloir était dénué de tout mobilier utile, si ce n'était une barrière portative en plastique que le tireur devait avoir poussée en arrivant en haut. Je l'attrapai et la lançai de toutes mes forces pour repousser le tireur dans la pièce qui se trouvait derrière lui afin que je puisse reprendre l'avantage du coin pour me couvrir. La barrière s'envola et heurta une porte ouverte avant de s'écraser sur le sol, complètement inutilisable.

Grace Kim émergea du bout du couloir. Will pleurait dans ses bras. Elle avait une prise tremblante sur son Browning, le canon pointant dans ma direction générale. Son visage était livide et tendu dans une grimace. Elle était sous le choc, mais sa détermination donnait un air sauvage à son regard.

— Papa sait-il que tu lui as emprunté son revolver ?

Je me relevai lentement, le Glock au poing. Après quelques pas vers elle, son canon se stabilisa, ciblant mon torse.

— Ne b… b… bougez pas, bredouilla Grace, et les spasmes reprirent de plus belle.

Je levai les mains en l'air, le Glock pendant au bout de mon index.

— Et ce n'est pas son revolver. C'est le mien… C'est moi qui l'ai… acheté.

— Je vois.

Je gardai mon calme. Je ne savais pas combien de munitions il lui restait. L'enfant se mit à brailler, et Grace le fit taire en le faisant rebondir. Elle pouvait avoir rechargé après ce qu'elle avait fait à Victoria et à l'autre femme. Je n'avais aucun moyen d'en être sûr.

— Chut, tout va bien. On va aller voir mamie. Elle va prendre soin de toi, mon cœur, murmura Grace.

Elle embrassa son crâne.

L'espace d'un instant, son visage disparut derrière les mèches humides du garçon, mais elle s'en détacha trop rapidement pour que je puisse tenter quoi que ce soit. Elle fit quelques pas dans ma direction, l'arme pointant toujours vers moi.

— Je n'ai pas envie de vous tuer. Vraiment pas. Je sais que vous vous contentiez de faire votre job. C'est évident.

— La femme qui est étendue devant la porte faisait son job, et ça ne vous a pas empêché de la tuer, notai-je avant de grimacer.

La raison devait m'avoir quitté.

— Elle a essayé de m'arrêter.

Son rugissement résonna dans l'espace vide au-dessus du hall d'entrée.

— Il fallait que je la tue. Je n'avais pas d'autre choix. Je ne pouvais pas faire autrement.

— Et Park ? Que vous a-t-il fait ?

— Il allait dire à Papa que j'étais responsable de la mort de Hyun-Shik. Je ne pouvais pas le laisser faire. Je n'avais pas encore terminé. Nous n'en avions pas encore terminé.

Elle se mit à faire des aller-retour pour réconforter son neveu tout en gardant l'arme vissée sur moi. Je fis un pas dans sa direction lorsqu'elle eut le dos tourné.

— S'il s'était tu encore pendant quelques jours, tout ça aurait pris fin.

— Et Jae ? Votre cousin ? insistai-je.

Le canon vacillait de manière erratique, quittant de plus en plus fréquemment la cible que je représentais. J'amorçai un autre pas en espérant qu'elle était suffisamment ébranlée pour finir par laisser tomber l'arme, ou bien l'enfant. Qu'il s'agisse de l'un ou de l'autre, j'agirais sans hésiter.

— Jae-Min n'a aucune importance. C'est un… dépravé. Un pervers. Voyez un peu ce qu'il a fait à Hyun-Shik! Mon frère aurait été normal s'il ne s'était pas jeté sur lui, s'il ne l'avait pas séduit.

Grace fut secouée d'un hoquet et elle s'essuya rapidement les yeux avec le dos de la main qui tenait le revolver.

— J'avais dit à Brian qu'il aurait dû s'assurer que Jae-Min était mort lorsqu'il est allé descendre cette putain, mais il a fait les choses à moitié. Vous voyez? Je ne pouvais pas lui faire confiance! Il ne faisait jamais rien correctement!

— Pourquoi avoir tué votre frère?

J'avais tout un tas de questions à lui poser et la forcer à parler semblait la distraire. Will s'était calmé, mais il n'avait toujours pas l'air très à l'aise au bout du bras de sa tante.

— Il allait emmener Will et il était complètement dévergondé. C'est Jae-Min qui l'a corrompu. Quel genre d'homme est attiré par son propre sexe? expliqua-t-elle doucement, comme si j'étais un enfant. Après sa mort, cette garce était censée se calmer, mais elle a essayé de s'en aller. Rien de tout ça ne serait arrivé si elle avait fait le bon choix et qu'elle était restée tranquille.

— Peut-être qu'elle…

— Nous sommes tout ce qu'elle a. Nous lui avons tout donné, mais ça ne lui a pas suffi. Elle a voulu nous prendre la seule chose… la seule personne qu'eo*mma* [8] chérit plus que tout.

— Votre frère n'avait pas à mourir, parce que vous le pensiez… malade, murmurai-je. Il était juste…

— Non! Vous ne comprenez pas! Hyun-Shik était… ce qu'il faisait était mal. En copulant avec des hommes, il nous a fait honte. Comment pouvions-nous le regarder en face en sachant ce qu'il faisait? Avec Will, c'est différent. C'est une nouvelle chance pour eo*mma* d'avoir un fils… le fils dont elle rêve.

Elle pressa Will contre sa poitrine, et j'avançai d'un nouveau pas en jouant sur son manque d'attention.

---

8 «Eomma» est une manière familière de dire «maman» en coréen.

Je dus avoir franchi une certaine limite, car elle tira sans tergiverser. L'explosion du coup de feu qui partit effraya Will, qui se remit à pleurer de toutes ses forces. Je touchai le sol, goûtai au tapis et roulai sur le dos d'une poussée contre le mur. Je visai sa cuisse.

Un rapide coup de Glock, et elle tomba en hurlant de douleur. Will s'envola vers l'avant, dans sa chute, et je l'attrapai au moment où le cri de Grace culmina. Le Browning sauta de ses mains et rebondit sur le tapis. J'envoyai un coup de pied, espérant le garder hors de sa portée. Il alla voler plus loin, heurtant le marbre du haut des escaliers, et son poids le fit basculer. Le revolver ricocha sur la pierre à plusieurs reprises, mais le son se perdit dans les sanglots de l'enfant.

Serrant Will contre ma poitrine, j'inspirai fortement et haletai lorsqu'une douleur cuisante irradia de ma clavicule. Je baissai les yeux pour découvrir avec un léger étonnement le trou qui se dessinait sur mon épaule. Un léger filet de sang s'en échappait, coulant le long de ma chemise et de mon bras. La main de Will toucha le point humide, et j'eus bientôt droit à des empreintes de bambin sur mon visage, alors qu'il s'agitait pour se libérer.

J'entendis du bruit en provenance de l'extérieur. Le chahut se rapprocha de plus en plus et le bourdonnement dans mes oreilles fut bientôt aux prises avec la pétarade aiguë des sirènes. Le son des semelles qui martelaient le sol et les ordres lancés depuis l'entrée m'annonça l'arrivée des renforts locaux. Attirés par les cris et les pleurs, plusieurs agents armés en uniformes montèrent l'escalier, leurs armes au poing. Je laissai tomber le Glock sur le sol.

Un officier attrapa Will, tandis qu'un autre approchait Grace. Je poussai un gémissement lorsque deux silhouettes modestement vêtues me remirent sur mes pieds et me poussèrent contre le mur. Cette fois-ci, Dame Chance arriva juste à temps pour m'empêcher d'adresser une remarque arrogante et stupide aux agents de police.

Je m'évanouis avant même qu'ils n'aient pu me passer les menottes.

ÉPILOGUE

MIKE NE parvint à me faire sortir de l'hôpital que trois jours après l'incident. Entre-temps, je m'étais fait tourmenter et piqué à répétition par le charmant, mais sadique, infirmier qui avait l'air bien trop jeune pour attirer mon attention ou pour s'occuper de ma blessure par balle. Après un seul examen des blessures dont j'avais écopé durant l'explosion, il m'avait tout de suite placé dans la catégorie des fous dangereux et m'avait pris en otage.

Mon frère m'aida à rentrer, me sermonnant tout du long sur mon sommeil et mon alimentation. Je finis par le forcer à aller retrouver sa femme et m'affalai dans le canapé. Je n'avais pas envie de contempler le silence de ma maison. Le début de l'après-midi avait sonné et le quartier était animé par diverses activités, pourtant le silence régnait chez moi.

Jae était parti.

Et il avait pris sa stupide chatte avec lui.

J'avais su, avant de revenir, qu'il avait trouvé un appartement à quelques kilomètres. L'ami d'un ami l'avait contacté à propos d'une propriété ouverte et ensoleillée qui acceptait les animaux de compagnie. Jae avait déserté la maison avant même qu'on me serve mon premier repas à l'hôpital.

Lorsque j'étais arrivé, je m'étais retrouvé devant un large arrangement de ballons d'hélium qui flottaient dans mon salon ; un message coloré et plein d'espoir pour mon bon rétablissement. Une enveloppe m'étant adressée les accompagnait. Elle contenait une clé, similaire à celle que j'avais fait faire pour Jae pour qu'il ait toujours accès à ma maison. Parfaitement similaire.

J'abandonnai les cachets pour la douleur que l'adorable sadique m'avait donnés avant de me renvoyer chez moi et je décidai de panser mes blessures à l'aide d'une bière bien fraîche. Je parvins à la finir de moitié avant de tomber de sommeil.

Lorsque je me réveillai, le salon était plongé dans l'obscurité et une odeur de curry vert planait dans l'air.

Une odeur délicieuse.

— Mike a appelé.

Jae entra dans le salon, un bol fumant en main. Je manquai presque de pleurer de soulagement.

— Je lui ai dit que tu dormais.

Tendant la main vers lui, je l'attirai vers moi en prenant soin d'attraper le bol pour le déposer sur la table basse. Je me brûlai les doigts dans la manœuvre. Le poids qu'il fit peser sur mes jambes fut particulièrement douloureux, mais je m'en fichais. Je m'en fichais, car cela attestait de la réalité de sa présence.

Je volai son goût sur ses lèvres, savourant la saveur sucrée et épicée qui persistait sur sa langue. Il devait avoir goûté son propre curry. Sa bouche dansa sous la mienne, s'ouvrant à moi lorsque je lui demandai l'accès. Son abandon me faisait chaque fois frissonner de plaisir. Jae gémit et se glissa correctement sur mes genoux, écartant les siens pour se presser contre mes hanches. Elles pulsaient, elles aussi, mais d'une douleur qui était complètement différente. Mon entrejambe flambait à l'idée de plonger en lui.

Je remuai, à la recherche d'une position plus confortable pour mon membre raide. Le pantalon de survêtement que je portais ne me facilitait pas la tâche. Le tissu enserrait de plus en plus ma peau au rythme des mouvements de Jae. Jurant, je le soulevai, peinant sous son poids, mes épaules protestant leur fatigue.

— Tu es là.

J'étais le roi des évidences, et mon sexe pulsa lorsqu'il se pressa contre mon torse. Je pris son visage entre mes mains, contemplant ses magnifiques yeux sombres et sa bouche pulpeuse, que je ne pouvais qu'imaginer m'engouffrant.

— Je suis là.

Perplexe, il se pencha vers l'arrière.

— Où est-ce que tu voudrais que je sois ? Tu es rentré à la maison. Je vais m'assurer que tu y restes.

— Je pensais que… que…

J'attrapai l'enveloppe avec la clé toujours à l'intérieur et la lui mis devant les yeux.

— Je pensais que tu étais parti pour de bon.

— Non, j'ai trouvé un logement et je me suis occupé du déménagement, expliqua-t-il.

Il prit le temps de s'installer confortablement, à cheval sur mon ventre.

— Cette clé est celle de mon nouvel appartement. Elle est pour toi, si tu la veux.

— Oui, je la veux.

Mon ventre se réchauffa sous son poids et mes joues prirent une teinte cramoisie d'embarras.

— Te faire confiance va me prendre un peu de temps.

— Ce n'est pas grave, répondit-il sur un sourire. Ça va m'en prendre, à moi aussi.

— Tu vas... me manquer.

Je pouvais au moins être honnête à ce propos. Je m'étais habitué à sa présence, et même l'absence de sa chatte me mettait les nerfs à vif. Plus que tout, je voulais pouvoir me réveiller le matin et l'entendre pester contre le soleil.

— Je ne serai pas très loin, répondit-il en poussant légèrement mon épaule. C'est juste à côté. Enfin, presque. Juste à quelques rues d'ici.

— J'en ai bien conscience, soupirai-je en plaçant mes mains sur ses cuisses.

Je remontai jusqu'à sa ceinture pour caresser la peau lisse exposée entre son tee-shirt et son jean.

— Ne pas rester avec moi... c'est pour ta famille aussi, hein ?

— En partie, admit Jae en baissant les yeux, la confusion et la crainte obscurcissant son beau visage. Je ne suis pas prêt à ce qu'ils me rejettent... Je ne peux pas.

— Je comprends, maintenant. Tu n'as pas vu le visage de ta cousine lorsqu'elle parlait de son frère. On aurait pu la presser pour obtenir un jus de haine pure. Ça me rend malade.

Et c'était vrai : je comprenais. Ça ne me plaisait pas plus que ça, mais c'était le cas. Il était difficile pour moi d'assimiler que l'image que Jae se faisait de sa personne était raccrochée à une si grande communauté. Ça allait au-delà de son cercle familial, à ce stade. Sa mentalité était construite autour d'une idée de partage. Et *ça*, il me faudrait encore un peu de temps pour m'y habituer.

— Être Coréen, être asiatique en général, et aimer un homme n'est pas si simple.

Il poussa un soupir et laissa sa tête tomber vers l'avant, les yeux clos, comme s'il se détournait de moi. Voir la douleur ravager son visage était une terrible expérience. Je posai une main sur sa joue. J'aurais souhaité pouvoir faire disparaître son angoisse d'un seul geste.

— Je ne comprenais pas, avant. Je pourrais tout aussi bien te mentir et te convaincre de les envoyer promener, parce que tu ne mérites pas d'être traité comme ça, mais j'en serais incapable à présent. Je sais que c'est quelque chose de… profond, qui vous lie tous les uns aux autres dans cette grande communauté. Même si l'un d'entre vous disparaît, le reste survit.

J'essuyai les larmes qui coulaient sur ses joues. Si seulement je n'étais pas celui qui lui causait cette peine…

— Je sais que tu trouves ça stupide.

Il renifla et se détendit à mon contact. Ce signe d'acceptation, aussi subtil qu'il soit, me fit chavirer.

— Ça ne l'est pas. C'est juste que je n'arrivais pas à l'intégrer avant ça. Je pense que je commence à voir comment ça fonctionne. C'est comme si toi… tu ne t'appartenais pas entièrement… tu es ta mère… et tes sœurs… et ton bon à rien de frère… et ça n'aurait aucune importance pour eux de rejeter ce qu'ils pensent être une brebis galeuse, même si tu mourais à l'intérieur si ça venait à arriver. Je ne peux pas laisser ça se produire. Je ne peux pas te demander de souffrir à ce point pour moi. Tu mérites mieux, sucre d'orge. Et moi aussi.

— Grace pensait le contraire. Ma tante… aussi.

Ses mots étaient pleins d'amertume, presque âcres dans leur douleur.

— Elle m'a dit de ne plus jamais revenir traîner dans les parages. Que je n'étais plus le bienvenu chez eux, après ce que je leur ai coûté… comme si j'étais responsable de la mort de Hyun-Shik. Moi.

— Oui, eh bien, je crois bien que cette famille est complètement dérangée du cerveau, maugréai-je en l'attirant à moi.

J'embrassai la rangée de cils, goûtant au sel amer que j'y trouvais.

— Que va-t-il se passer maintenant ? Que va-t-il arriver à Grace ? demanda-t-il à voix basse en passant ses bras autour de mon torse.

Je poussai un grognement lorsque la douleur pulsa dans tout mon corps. Je tins le coup lorsqu'il tenta de m'échapper.

— J'ai entendu dire qu'elle avait été placée en détention. Mon oncle pense qu'il peut la faire sortir, mais j'ai du mal à comprendre comment. Elle a tué tellement de personnes… Victoria…

— En comptant Victoria, elle en a tué cinq.

Je haussai les épaules, grimaçant devant la tension qui noua immédiatement ses épaules.

Caressant son dos, je tentai de l'apaiser autant que possible.

— Ils peuvent toujours dire qu'elle n'était pas dans son état normal. Quelque chose dans cette veine. Mais en fin de compte, elle a eu ce qu'elle voulait : Will ira vivre chez ta tante et tous ceux après qui elle en avait sont six pieds sous terre. Sa famille entière s'est fait massacrer.

— Ils sont riches, songea Jae. Très riches, et mon oncle a de bonnes connexions. D'après ce qu'il m'a dit, il ne croit pas qu'elle soit un cas perdu.

— Oui, c'est triste à dire, mais il n'a probablement pas tort.

Je poussai un soupir en repensant au monologue que m'avait fait mon frère sur la route de la maison.

— Mike est persuadé qu'il compte le virer à cause de mon implication dans l'inculpation pour meurtre de Grace.

— Tu crois qu'il était au courant ? Qu'elle les avait tués ?

— Mike ?

Je baissai les yeux sur son expression renfrognée.

— Oh, ton oncle ? Peut-être. Je ne sais pas. On ne peut jamais vraiment connaître tous les faits et gestes de ses propres enfants, je crois. Mon père a été surpris d'apprendre que j'étais gay, mais d'après Mike, il savait que j'étais attiré par les hommes depuis le collège. Peut-être que si les parents veulent bien être aveugles aux actions de leurs enfants, c'est qu'ils n'ont pas vraiment envie de savoir.

— Je suis presque sûr que ma mère est au courant. Pour moi.

Il reposa son menton sur mon torse. Dans l'obscurité, ses yeux étaient sombres, mais à la minute où il m'embrassa, une étincelle d'ambre brilla dans leurs profondeurs.

— Parfois, j'aimerais qu'elle l'admette à voix haute. Nous ne faisons que faire semblant et tourner autour du pot. Je n'arrête pas d'espérer qu'elle y mette fin une bonne fois pour toutes, mais elle ne prend jamais l'initiative.

— Il y a des chances pour qu'elle ne dise jamais rien.

L'espoir était difficile à alimenter. Même avec ce que je savais de la situation, Jae semblait bloqué entre la vie qu'il voulait mener et ses responsabilités envers sa famille.

— Tout ça est nouveau pour moi, mais peut-être qu'un jour, cela n'aura plus aucune importance. On ne peut pas savoir, sucre d'orge.

Il frissonna entre mes bras, et je plaçai ma joue contre son crâne, inhalant l'odeur vanillée du shampoing qu'il utilisait. Un léger miaulement nous provint depuis l'escalier. Je relevai la tête en voyant la chatte sauter sur le dos du sofa. Elle se roula en boule et commença à ronronner, probablement plus parce qu'elle cherchait un moyen de m'arracher les yeux que parce qu'elle était contente d'être revenue.

— Qu'est-ce que tu comptes faire, maintenant ? demandai-je.

Je l'embrassai lorsqu'il se redressa pour me faire face.

— Je pensais à te faire à avaler quelque chose et à te mettre au lit.

Il jeta un regard noir vers ma bière tiède.

— Avec quelques cachets pour que tu puisses dormir.

— Tellement romantique, maugréai-je. Vas-tu passer la nuit ici ? Avec moi ?

— Si tu promets de ne rien tenter ?

Il me jeta un regard équivoque, et je hochai la tête innocemment.

— C'est promis, jurai-je en levant une main. Peut-être. Absolument.

Il se glissa hors du canapé pour aller chercher le curry, laissant derrière lui un vide là où son corps m'avait réchauffé. Je voulais le rattraper et ne plus jamais le lâcher, mais pour le moment, je devais apprendre à me satisfaire de ce qu'il me donnait. Je laissai Jae m'aider à me relever et l'autorisai même à me faire avaler quelques cuillérées de ragoût épicé en quémandant un baiser toutes les deux bouchées.

— Tu devrais aller te reposer, dit-il lorsque je le laissai finalement reprendre son souffle.

Passant ses mains entre mes mèches, il me tint fermement et posa son front contre le mien. Nos yeux se croisèrent.

— *Saranghae, agi.*

— Utiliser une autre langue comme ça, ce n'est vraiment pas juste.

Je glissai mes mains dans le creux de ses reins, savourant de l'avoir tout près de moi. Pour la première fois depuis plusieurs années, je me sentais bien dans ma peau, et ce, malgré les tiraillements qui m'indiquaient que je devais y aller doucement. Je ne m'étais jamais senti aussi à l'aise… et aussi excité.

— Qu'est-ce que ça veut dire ?

L'expression sur son superbe visage se lissa, et il me sourit tendrement. Il m'embrassa et soupira sur mes lèvres entrouvertes :

— Apprends le coréen.

RHYS FORD est une auteure primée, avec une collection de longues séries de romans LGBT+ de genres « policier », « urban fantasy », « paranormal », ainsi que quelques thrillers. Elle a été deux fois finaliste du prix Lambda et a reçu plusieurs médailles d'Or et d'Argent de la part du *Florida Authors and Publishers President's Book Awards*. Elle est publiée chez Dreamspinner Press, DSP Publications et Rogue Firebird Press.

Elle vit en compagnie d'Harley, un chat bicolore au visage orné d'un motif en fleur, Badger, un ancien chat de gouttière avec un sale caractère, et Gojira, un tabico excentrique, ainsi qu'un petit terroriste de cairn terrier au pelage roux nommé Gus. Rhys est également asservie à l'entretien d'une Pontiac Firebird de 1979 du nom de Tengu et se délecte du meurtre de personnages fictionnels.

Vous pouvez retrouver Rhys en suivant les liens ci-après :

Blog : www.rhysford.com
Facebook : www.facebook.com/rhys.ford.author
Twitter : @Rhys_Ford

Par RHYS FORD

415 INK
Rebelle
La sauveteur
Fauteur de troubles

MEURTRE ET COMPLICATIONS
Meurtre et complications
Amants et voleurs
Flics et Comics
Meutre et complications : Intégrale

MYSTÈRES SIGNÉ COLE MCGINNIS
Au risque d'un baiser

SINNERS
Sinner's Gin
Whiskey and Wry
The Devil's Brew
Tequila Mockingbird
Slow Ride
Absinthe of Malice
'Nother Sip of Gin

Publié par DREAMSPINNER PRESS
www.dreamspinner-fr.com

TOME 1 DE LA SÉRIE SINNERS

RHYS FORD

SINNER'S GIN

Série Sinners, tome 1

Il y a un homme mort dans la Pontiac GTO Vintage de Miki St John et ce dernier n'a aucune idée de la manière dont il a pu arriver là.

Après avoir survécu au tragique accident qui a tué son meilleur ami et les autres membres de leur groupe Sinner's Gin, tout ce que Miki veut, c'est se cacher du monde dans l'entrepôt rénové qu'il a acheté avant leur dernière tournée. Mais quand l'homme qui l'a agressé sexuellement dans son enfance est tué, et que son corps est retrouvé dans sa voiture, il redoute que la mort n'en ait pas encore fini avec lui.

Kane Morgan, un inspecteur de la police départementale de San Francisco qui loue un atelier à la coopérative d'art à côté, suspecte tout d'abord Miki d'être impliqué dans l'assassinat, mais il se rend vite compte que ce dernier est autant une victime que l'homme écorché vif à l'intérieur de la GTO. Alors que le nombre de corps imputable à l'assassin augmente, l'attirance entre Miki et Kane s'enflamme. Aucun d'eux ne sait si une relation entre eux a la moindre chance de réussir, mais en dépit des traumatismes émotionnels de Miki, Kane est déterminé à lui apprendre à aimer et à être aimé… à condition, bien sûr, que Kane puisse attraper le tueur avant que Miki ne devienne sa prochaine victime.

Scanner le code QR ci-dessous pour commander

TOME 2 DE LA SÉRIE SINNERS

RHYS FORD

WHISKEY AND WRY

Série Sinners, tome 2

Il était mort. Et c'était le plus odieux des meurtres. Si effacer l'existence d'un homme pouvait être considéré comme un meurtre.

Lorsque Damien Mitchell reprend connaissance, il n'a plus de vie, plus de nom. Les médecins de l'asile du Montana lui affirment qu'il est délirant et que ses souvenirs ne sont que des mensonges : il est vraiment Stephen Thompson et il a basculé dans la folie, obsédé par une rock star morte dans un violent accident. Sa chance de pouvoir s'échapper pour retrouver sa vie survient quand sa prison brûle, mais un homme armé l'attend, déterminé à ce que, ni Stephen Thompson, ni Damien Mitchell n'y survivent.

Avec un assassin sur les talons, Damien s'enfuit jusqu'à la Ville sur la baie, où il fait profil bas, seule façon pour lui de survivre pendant qu'il cherche son meilleur ami, Miki St John, dans les rues de San Francisco. Retournant à ce qui lui permettait de se nourrir avant qu'il ne devienne connu, Damien chante devant le Finnegan, un pub irlandais sur la jetée, pour avoir de quoi manger, et il tombe bientôt sur le propriétaire, Sionn Murphy. Damien n'a pas besoin d'une complication tel que Sionn et, pour aggraver les choses, le tireur – qui ne se soucie pas de faire face à Sionn, ou à n'importe qui d'autre, si cela lui permet de tuer Damien – resurgit pour finir ce qu'il a commencé.

Scanner le code QR ci-dessous pour commander

RHYS FORD

TEQUILA
MOCKINGBIRD

Suite de *Whiskey and Wry*
Série Sinners, tome 3

Le lieutenant Connor Morgan, du SWAT de la police de San Francisco, ne cherchait pas l'amour. Surtout pas avec un homme. Ses projets d'avenir n'incluaient pas Forest Ackerman, un batteur blond aux yeux bruns, aussi sexy que noyé sous les problèmes. Sa famille compte sur lui pour être comme son père : un solide pilier central qui, un jour, guidera le clan Morgan.

Non, Connor a déjà tout prévu : une carrière dans les forces de l'ordre, une belle maison et une famille. Cependant, lors d'une descente pour une affaire de drogue, il trouve un homme assassiné et perd son cœur en réconfortant son fils adoptif. Ce n'est pas comme s'il n'avait jamais ressenti d'attirance pour les hommes… c'est juste qu'en aimer un ne rentre pas dans ses plans.

Forest Ackerman n'a vraiment pas besoin de convoiter un flic hétéro, même si celui-ci est partout où il pose les yeux, surtout après la mort de Frank. Il vient juste de se dissuader de continuer à désirer le flic baraqué quand son salon de café devient un champ de tir et que Connor intervient pour le sauver.

Celui qui a tué son père semble vouloir envoyer Forest le rejoindre dans l'au-delà. Alors que le tueur se rapproche de son objectif, Forest apprend à connaître Connor et se demande ce qu'il va perdre en premier : sa vie ou son cœur.

Scanner le code QR ci-dessous pour commander

SÉRIE 415 ☆ INK • TOME 1

Rebelle

RHYS FORD

Série 415 Ink, tome 1

La chose la plus difficile à faire pour un rebelle n'est pas de se battre pour une cause, mais de se battre pour lui-même.

La vie prend un malin plaisir à poignarder Gus Scott dans le dos lorsqu'il s'y attend le moins. Après avoir passé des années à fuir son passé, son présent et le sombre avenir que lui avait prédit les assistantes sociales, le karma lui fournit la seule chose à laquelle il ne pourra – ne voudra – jamais tourner le dos : un fils né d'une nuit passée avec une femme quelques années auparavant après une rupture dévastatrice.

Retourner à San Francisco et au 415 Ink, le salon de tatouage familial, lui a fourni un abri idéal pour combattre ses démons personnels et se reconstruire… jusqu'à ce que le pompier qui l'avait brisé revienne dans sa vie.

Pour Rey Montenegro, le tatoueur Gus Scott était une récompense insaisissable, un prix étincelant qu'il n'avait pas eu la force de retenir. Mettre un terme à sa relation avec le tatoueur versatile avait été douloureux, mais Gus n'avait pas voulu de la vie de famille dont lui rêvait, le laissant avec une âme meurtrie.

Lorsque la vie et le monde de Gus commencent à s'effondrer, Rey l'aide à rassembler les morceaux, et Gus se demande si l'histoire d'amour éternel à laquelle aspire Rey peut vraiment exister.

Scanner le code QR ci-dessous pour commander

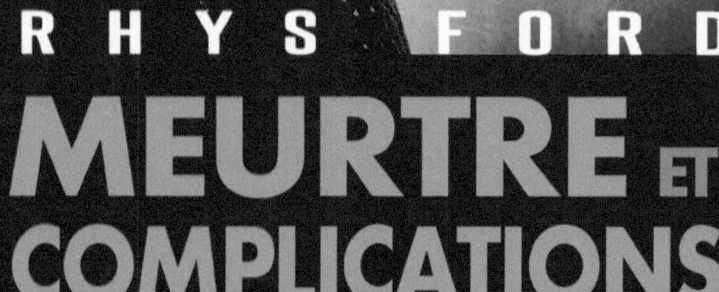

RHYS FORD

MEURTRE ET COMPLICATIONS

Meurtre et complications, tome 1

Seuls les cadavres ne parlent pas.
Cambrioleur réformé, Rook Stevens a jadis volé d'innombrables objets de valeur inestimable, mais jamais il n'avait encore été accusé de meurtre – jusqu'à aujourd'hui. Déjà surpris de découvrir une de ses anciennes complices à Potter's Field, sa boutique dédiée aux collectionneurs et fans du cinéma, Rook l'est encore plus de constater qu'elle a été assassinée.

L'inspecteur Dante Montoya pensait ne jamais revoir Rook Stevens – surtout après une douteuse affaire de falsification de preuve commise par son ancien partenaire pour piéger le voleur. Aussi, quand il intercepte un suspect couvert de sang fuyant la scène d'un crime, est-il choqué de reconnaître celui qu'il avait tant voulu mettre en prison quelques années plus tôt. Et comme autrefois, Rook Stevens lui enflamme le sang.

Rook, malgré son attirance inexplicable pour l'inspecteur cubano-mexicain qui vient de l'arrêter, est déterminé à se disculper. Malheureusement, les cadavres ne cessent de s'accumuler autour de lui. Quand sa vie est menacée, Rook est obligé d'accepter l'aide d'un flic qu'il n'aurait jamais cru capable de croire à son innocence : Dante, le seul homme qu'il ait dans la peau.

Scanner le code QR ci-dessous pour commander

www.ingramcontent.com/pod-product-compliance
Lightning Source LLC
Chambersburg PA
CBHW031939010726
47493CB00007B/1996